T. Jefferson Parker

De kleur van leugens

A.W. Bruna Uitgevers B.V., Utrecht

Oorspronkelijke titel
The Fallen
© 2006 by T. Jefferson Parker
Vertaling
Hugo Kuipers
Omslagontwerp
Studio Eric Wondergem
© 2006 A.W. Bruna Uitgevers B.V., Utrecht

ISBN 90 229 9181 4
NUR 305

Tweede druk, juli 2006

Voor Jim en Jeannie, al veertig jaar...

Proloog

Toen de vijfde verdieping van het Las Palmas Hotel in brand vloog, zat Robbie Brownlaw in het restaurant aan de overkant. Hij wilde gaan lunchen.

Het was een koele middag in maart in San Diego, en Brownlaws kalkoenburger was net gearriveerd toen hij oranje vlammen achter de ramen van het hotel zag oplaaien. Hij nam een hap van het broodje en rende naar buiten. De ramen op de vijfde verdieping sprongen kapot en een oranje explosie smeet hem tegen de muur van het restaurant.

Robbie hoorde kreten in het vuur. Hij had nog nooit zulke kreten gehoord. Toen hoorde hij het geschreeuw van mensen die uit restaurants en kantoren kwamen en omhoogwezen naar het Las Palmas, terwijl er van alles op het asfalt kletterde: een versplinterde stoel, een brandende lampenkap, een nachtkastje met openhangende laden.

Overal in de straat gilde het brandalarm. Brownlaw hoorde iemand schreeuwen op de vijfde verdieping, boven al die herrie uit. Wat een angst. Hij keek op, nog steeds tegen de muur van de Sorrento Diner geleund. Zijn hart bonkte als een wasdroger met een lading sportschoenen.

Toen zette hij zich tegen de muur af en rende naar het Las Palmas, zigzaggend tussen de gestopte en claxonnerende auto's, langs het rokende karkas van een televisietoestel met de wandbeugels er nog aan vast. Het ding was midden op 4th Street gekletterd.

Brownlaw stopte voor de deur van het hotel en liet de golf van mensen langs zich heen gaan: een jongeman in een blazer met een naamplaatje en met een telefoon bij zijn oor, een oudje met grote ogen en met een wankelende stok, een schoonmaakster die haar rubberen handschoenen nog aanhad en woedend naar Robbie keek, alsof hij dit had veroorzaakt. Toen nog twee oude mannen in afgedragen pakken, een in het Spaans vloekend gangstertype in een hemd, een Indisch echtpaar met drie krijsende kinderen, een lange, blonde man in een T-shirt van de Sonics, en een aantrekkelijke jonge vrouw met warrig blond haar, een blauw oog en een ochtendjas om zich heen.

Robbie ging de trap op langs een oude vrouw met een yorkshireterriër in haar armen. Hij had het gevoel dat hij iets nuttigs kon doen en was daar blij om. Op de derde verdieping was de rook dicht en op de vijfde was het heet. Er was een zwak gekreun te horen achter de eerste deur waar hij bij kwam. Die zat op slot, maar met een harde trap en een dreun met zijn schouder kreeg hij hem open. Binnen trof hij een erg oude vrouw aan. Ze zat klem onder het matras, dat blijkbaar uit het overeind geworpen ledikant op haar was gevallen. Alleen haar hoofd en hals staken er nog onder vandaan. Ze keek door de rook naar hem op alsof hij God zelf was en Brownlaw zei tegen haar dat het goed kwam. Hij bukte zich, groef met zijn vingers in het matras en trok het weg. Omdat de oude vrouw niet zelf overeind kon komen, hees Brownlaw haar over zijn schouders en rende met haar de trap af.

Toen hij op de vijfde verdieping terug was, hoestte hij en brandden zijn ogen. Het geloei van de sirenes was hier dichterbij en alle kamerdeuren, op één na, waren opengegooid.

Achter die deur hoorde Brownlaw de kreten van een man, dezelfde doodsbange, dierlijke geluiden die hij op straat had gehoord. Na één trap ging de deur met schokjes open en was Robbie binnen. Er hing een dichte rook, maar hij zag een man geknield bij het glasloze raam zitten, met zijn rug naar Robbie toe. Hij droeg een korte broek en verder niets. Hij klampte zich aan de vensterbank vast en brulde met wilde angst naar de stad.

Toen Robbie halverwege de kamer was, draaide de man zich naar hem om en besefte Robbie dat het helemaal geen angst was. De man kwam bliksemsnel overeind en vloog op hem af. Hij was erg groot en had Robbie binnen de kortste keren in de houdgreep. Hij tilde Robbie van de vloer en zwaaide hem de kamer door. In die twee keer dat hij snel in het rond vloog, keek Brownlaw van dichtbij naar een gezicht dat hij nooit zou vergeten of begrijpen, een gezicht vol razernij en wanhoop, een gezicht met peilloze diepten. Meedogenloze ogen. Robbie probeerde met zijn knie in het kruis van de man te stoten, maar die was zo groot dat hij alleen maar zijn dij raakte. Robbies pistool zat in de schouderholster, die onder zijn colbertje zat, maar zijn armen zaten klem. Hij kon niet eens ademhalen.

Aan het eind van die tweede zwaai – hij was er vrij zeker van dat het er maar twee waren – voelde Brownlaw dat de grote handen zich om zijn armen sloten en hem het raam uit gooiden.

De buitenlucht was koud en hij voelde helemaal niets. Het eerste wat hij dacht, was dat hij met pure wilskracht zijn val kon stuiten.

En dat leek waar te zijn. Hij concentreerde zich uit alle macht op één ding: boven blijven. Omhoog! Omhoog! Omhoog! Robbie bracht zijn armen omhoog, maaide door de lucht en voelde dat zijn lichaam bleef hangen. Hij viel helemaal niet, maar bewoog zich met een flinke snelheid naar voren, en een ogenblik vroeg hij zich af of hij tegen het gebouw aan de overkant van de straat zou botsen. Of misschien zelfs door een raam zou vliegen, op zijn voeten zou neerkomen en in het Sorrento terug zou zijn voordat de serveerster zijn lunch weghaalde.

Toen vloog Brownlaw opeens niet meer opzij. Er volgde geen aarzeling, geen moment dat hij stil in de lucht hing. Hij werd opeens weer zwaar en stortte naar beneden.

Snel, en nog sneller. Hij had nog nooit zo'n snelheid gevoeld, niets wat hierbij in de buurt kwam. Nog sneller. Robbie Brownlaw, nu op zijn rug, zijn armen gespreid, zijn handen graaiend in het luchtledige, zag dat de bovenkant van het Las Palmas zich in de grijze wolken verhief en voelde dat zijn oren naar voren bogen, zo snel ging hij nu naar beneden. Hij begreep dat hij nu in handen was van iets wat veel groter was dan hijzelf, als hij al in handen van iets was.

Hij dacht aan zijn jonge vrouw Gina, van wie hij hartstochtelijk veel hield. Hij begreep dat de kracht van hun liefde nu van invloed zou zijn op het resultaat. Er ging een zekere opluchting door Robbie heen, en terwijl de wolken zich van hem verwijderden, probeerde hij in te schatten op welk moment hij zou neerkomen. Vijf meter per seconde? Maar dat was toch alleen maar de beginsnelheid? Daarna ging het natuurlijk sneller. Hoe hoog is een verdieping van een oud hotel? De frase 'nog twee seconden' kwam bij hem op.

Maar ondanks Robbies geloof dat hij in leven zou blijven om nog jaren van Gina te houden, ging er nu een veel overtuigender gedachte door zijn hoofd: het is afgelopen.

Hij geloofde plotseling in de God aan wie hij zijn hele leven had getwijfeld. In een fractie van een seconde was hij helemaal bekeerd.

Toen liet hij zich gaan. Hij voelde inzicht en begrip. Hij zag dat de eerste vijf jaren van zijn leven gelukkig waren geweest, dat zijn kinderjaren een tijd van verwondering waren geweest, dat hij in zijn tienertijd naar vrijheid had gezocht, dat hij als jonge volwassene in verwarring had verkeerd en naar liefde had verlangd, dat hij als twintiger een gelukkig leven had geleid met Gina en vrienden en Gina en vrienden en Gina en Gina en Gina – en Robbie stortte door het gillen van de sirenes en het tumult en de toeschouwers heen, vloog door de verbleekte rode luifel boven de ingang van het Las Palmas Hotel, als een aambeeld door een laken, en viel toen met een krakende, doffe klap op het trottoir.

1

Ik ben Robbie Brownlaw en ik ben rechercheur op de afdeling Moordzaken in de stad San Diego. Ik ben 29 en ik leidde een gewoon leven tot drie jaar geleden, toen ik uit een hotelraam in de binnenstad werd gegooid.

Behalve mijn vrouw weet niemand het, maar ik heb nu synesthesie, een neurologische aandoening waardoor je zintuigen in de war zijn. Als mensen tegen me praten, zie ik hun stem soms als gekleurde vormen. Dat gebeurt wanneer ze emotioneel zijn. De vormen die ik zie, zijn ongeveer vijf bij vijf centimeter groot en het zijn er meestal tussen de vier en de acht, soms meer. Ze blijven tussen mij en de spreker in de lucht hangen, ongeveer op hoofdhoogte. Ze vervagen snel. Ik kan ze met mijn vinger of een pen verplaatsen als ik dat wil.

Kort na mijn val gebruikte ik ruitjespapier en verschillend gekleurde markeerstiften om aan te geven welke woorden en woordcombinaties gekleurde vormen opriepen. Dat was tijdrovend en niet altijd prettig, want ik kreeg er soms erge hoofdpijn van. Ik constateerde ook dat een spreker die blij was meestal blauwe driehoeken produceerde. Rode vierkanten kwamen van iemand die loog. Groene trapezia kwamen meestal van iemand die jaloers was – groen is echt de kleur van de jaloezie, precies zoals ze altijd zeggen.

Maar in de loop van de weken merkte ik dat identieke woorden en zinnen soms heel verschillende vormen en kleuren konden oproepen. Ik was bang dat ik een posttraumatische zwelling in mijn hoofd had. Misschien zou mijn synesthesie zo erg worden dat ik de rest van mijn leven naar onzichtbare vormen zou kwijlen als mensen tegen me probeerden te praten.

Op een avond vertelde ik Gina waar ik bang voor was. Toen ze zei dat ik me geen zorgen moest maken, zag ik haar woorden als zwarte driehoeken van angst op me af komen. Voor alle zekerheid pakte ik mijn schema's erbij en zocht ze op. Toen begreep ik dat de gekleurde vormen werden opgeroepen door de emoties van de spreker, niet door de woorden zelf.

Ik heb dus een primitieve leugendetector, al weet ik niet zeker hoe betrouwbaar hij is. Ik denk dat een gewetenloze psychopaat me kan misleiden, en een erg goede leugenaar misschien ook. Wie weet wat voor kleuren en vormen zij oproepen? In mijn werk liegen mensen tegen je over de kleinste, onbeduidendste dingen.

Synesthesie wordt door synestheten – de mensen die het hebben – als een gave beschouwd, maar dat weet ik zo net nog niet. Er is een Synesthesievereniging in San Diego, en ik denk er nu al meer dan een jaar over om eens naar een bijeenkomst te gaan. Ik kijk op hun website en zoek de datum en tijd van de volgende bijeenkomst op, maar ik ben er nooit geweest. Ik ben nieuwsgierig, maar ook een beetje bang voor wat ik daar te horen krijg. Het kost me moeite om over mijn aandoening te praten, zelfs met Gina. Hoewel ze tolerant is en geweldig veel begrip heeft voor de manier waarop andere mensen tegen de wereld aan kijken, vindt ze het ergerlijk dat zelfs haar kleinste leugentjes zich als knalrode vierkanten aan me voordoen. Dat zou mij ook ergeren.

Toen ik uit het raam was gegooid, kwam ik hard neer. Je beseft pas hoe hard beton echt is als je er van vijfhoog op neerkomt, al wordt je val grotendeels gebroken door een luifel van canvas. Tijdens mijn val ging ik in God geloven. Het is waar wat ze zeggen; als je denkt dat je doodgaat, trekt je leven in een flits aan je voorbij, maar het is niet je hele leven. Blijkbaar had ik moeten sterven, maar ik brak alleen een paar botten en ik ben helemaal hersteld, afgezien van een groot litteken op mijn achterhoofd, inmiddels verborgen onder haar, en die synesthesie.

Die val leverde me wel twee promoties kort achter elkaar op. Zodra bleek dat ik weer helemaal gezond was en mijn werk kon doen, gingen er deuren voor me open. In een ommezien van Fraude naar Zeden naar Moordzaken. Iedereen had verwacht dat ik door die val aan mijn eind zou komen. Na alle publiciteit wilde het korps zijn onwaarschijnlijke held belonen. De journalisten noemden me 'de Vallende Rechercheur'. En mijn superieuren vonden echt dat ik iets extra's verdiende na alles wat ik had moeten doormaken. Hoe dan ook, ik ben nu de jongste rechercheur bij Moordzaken, maar niemand is daar kwaad om. Ik zit in team Vier. Ons oplossingspercentage is 84, en dat is erg goed.

Om vier uur die ochtend kreeg ik een telefoontje van onze inspecteur. Een anonieme beller had ons getipt over een lichaam in een auto bij Balboa Park. Agenten hadden bevestigd dat er een zwarte Ford Explorer tussen de bomen bij de Cabrillo Bridge over Highway 163 stond. De inspecteur zei dat een dode man voorovergezakt achter het stuur zat. Bloed, wapen op de vloer, waarschijnlijk doodgeschoten.

Ik belde mijn collega, McKenzie Cortez, en schonk een kop koffie in. Een poosje bleef ik in het donker naast het bed zitten. Ik trok de lakens om Gina heen en kuste haar.

In het zwakke licht schreef ik haar aan de eettafel een briefje. Ik zei dat ik voorzichtig zou zijn en dat ik van haar hield. Echtgenoten zijn altijd bang dat hun dierbaren om het leven komen als ze hun werk doen; daar is al menig politiehuwelijk aan te gronde gegaan. En ik wil graag dat Gina iets prettigs onder ogen krijgt als ze wakker wordt. Ze werkt als kapster in Salon Sultra in de binnenstad, en dat is de top. Niet zo lang geleden, toen de Rolling Stones in Los Angeles speelden, knipte ze Mick Jagger. Een beetje bijknippen, meer niet. Mick liet haar per helikopter naar zijn hotel in Beverly Hills vliegen. Hij betaalde duizend dollar voor het knippen en gaf haar vijfhonderd dollar fooi.

De rit vanaf mijn huis in Normal Heights nam twaalf minuten in beslag. Het was een koele, heldere ochtend in maart. De vorige avond had het meer dan genoeg geregend om ondiepe zwarte plassen op het wegdek achter te laten. De sterren stonden helder aan de hemel en de autolichten waren fel in het donker. De maan leek zo dof en koud als ijskoud staal, alsof je tong eraan zou blijven vastplakken. Als ik de grijns van het mannetje in de maan zie, vraag ik me af of ik er ook zo uitzag toen ik van vijf-hoog naar beneden viel. De journaalbeelden waren niet zo helder dat je de uitdrukking op mijn gezicht kon zien. Tenminste, dat zegt Gina. Ik heb er nooit naar gekeken.

Naast de onverharde weg onder de Cabrillo Bridge stonden twee politie-wagens en de Ford Explorer. De brug is gebouwd in de stijl van een Romeins aquaduct. Het is een fraai, oud bouwwerk dat zich majestueus uit het groen verheft, gebouwd in 1914 voor de grote Verenigde Staten-Panama-tentoonstelling. Op die vroege ochtend in maart zag hij er impo-sant en gevoelloos uit. Onder de brug liep de snelweg, en om de grote caissons heen stonden weelderige bomen, uitlopers van het park. De lucht was vochtig en benauwd. Er stonden drie auto's op een kleine, met gras begroeide doorgang tussen grote Canarische dadelpalmen en de met klim-op begroeide pijlers van de brug. Een politieagent had zijn wagen naast de suv gezet en de koplampen aangelaten. De regendruppels op de Explorer glinsterden in het licht.

Het zijraam aan de kant van de bestuurder was alleen nog maar een hoop-je verbrijzeld veiligheidsglas; het meeste lag in het gras. Er lagen een paar glaskorrels op het portier, bij het slot. De man was tegen het portier gezakt zoals alleen een dode dat kan. Alsof hij in een vreemde vorm was gegoten en daarna hard was geworden. Het hoofd in een vreemde stand tegen de sponning van het raam. Linkerarm tegen het portier, de handpalm omhoog. Rechterhand gesloten op de middenconsole. Pistool op de vloer aan de passagierskant. Sleutel nog in het contact. Een diplomatenkoffertje van geborsteld aluminium op de achterbank. Bloed op de raampjes, de zittingen, het handschoenenvakje, de console, het dashboard. Liters bloed. Ik liep naar de andere kant om er zeker van te zijn dat ik degene zag die ik meende te zien.

'Het is Garrett Asplundh,' zei ik.

'Ja,' zei de agent. 'Dat is bevestigd door de dienst Motorvoertuigen. Het is zijn auto, bedoel ik.'

Tot voor een paar maanden was Garrett een van onze brigadiers van de eenheid Professionele Normen geweest. Die eenheid maakt deel uit van Interne Zaken; het is de politie van de politie. Garrett Asplundh was een mysterieus type, een beetje gevreesd. Zijn dochter was negen maanden eerder verdronken door een ongeluk in een zwembad, en dat had zijn carrière en zijn huwelijk verwoest.

Ik had hem niet goed gekend. Kort na mijn val was hij naar het ziekenhuis gekomen en hadden we een tijdje gepraat, vooral over vliegvissen, waar we allebei gek op zijn. Vreemd dat twee mannen onder zulke omstandigheden over vissen gaan praten. We spraken af dat we een keer samen in Glorietta Bay zouden gaan vissen, maar dat hadden we nooit gedaan. Als je bij de politie werkt, ga je niet om met mensen van Professionele Normen. Asplundh was kalm en zag er bijna goed uit. Donkere ogen, lachrimpels op zijn wangen. In het korps werd hij beschouwd als iemand die het ver zou schoppen. Die dag in het ziekenhuis trok hij meteen Gina's aandacht.

Een paar maanden geleden had Garrett een rustiger baan genomen als onderzoeker bij de dienst Ethiek van de gemeente San Diego. Ik zeg 'rustiger' omdat de mensen van Ethiek niet meer tot de politie behoren, al komen de meesten daar wel vandaan. Sommigen dragen een wapen. De dienst Ethiek is twee jaar geleden in het leven geroepen om te voorkomen dat politici, gemeenteambtenaren en zakenlieden wetten overtreden om meer geld te verdienen en meer macht te verwerven. De eenheid houdt toezicht op gemeentepersoneel zoals Professionele Normen toezicht op politieambtenaren houdt.

'Je denkt aan zelfmoord?' vroeg de agent.

'Zet het terrein af,' zei ik.

McKenzie Cortez kwam aangelopen over het vochtige, stugge gras, haar handen diep in de zakken van haar jas. Spijkerbroek, bouwvakkersschoenen, haar haar onder een politiepet. Haar adem vormde een wolkje voor haar mond, iets wat je in San Diego wel vaker zag.

'Wat is er, Robbie?'

'Garrett Asplundh.'

'O ja?'

Ze liep langs me naar de Explorer en keek naar binnen. Ik zag dat ze met haar rechterhand vlug een kruis sloeg op haar borst, waarna ze hem weer in haar warme jaszak stak. Ze bleef een tijdje staan kijken en kwam toen naar mij terug.

'Het lijkt erop dat hij zich van kant heeft gemaakt,' zei ze.

'Ja, dat zou kunnen.'

'Je klinkt niet overtuigd.'

'Waarom heeft hij dat dan niet eerder gedaan?'

McKenzie knikte en keek me aan. Ze is een paar jaar ouder dan ik, half van Noord-Europese en half van latino-afkomst. Ze is sterk en intelligent. Vrijgezel, trots, niet bang voor risico's. Ze heeft een mooi gezicht, al is het getekend door acne. Ze is hard en ongelukkig.

'Het zal uit de kruitsporen blijken,' zei ze.

De hand van iemand die met een pistool zelfmoord heeft gepleegd, is bespikkeld met kruitsporen, vooral met het barium en antimoon in het kruit. Je kunt het gemakkelijk opnemen met tape. Maar als de handen schoon zijn, is het moord. Een slimme boef kan iemand van dichtbij neerschieten en dan de hand van de dode of stervende persoon rond het pistool leggen en ergens heen schieten waar de kogel niet gevonden wordt om het op zelfmoord te laten lijken. Maar dat gebeurt veel meer in boeken en films dan in het echte leven en de echte dood.

Voorzover bekend waren er geen getuigen, al stopte er een oudere automobilist om ons te vertellen dat hij daar de vorige avond om een uur of negen ook langs was gereden en toen een rode Ferrari langs de snelweg had zien staan. Die stond niet ver van de plaats waar nu de zwarte Explorer stond. Hij had nog net een man tussen de bomen zien lopen. Ik liet een van de agenten de gegevens van de automobilist natrekken, maar de man was brandschoon. Een gepensioneerde marineman. Terwijl de controle werd uitgevoerd, zat hij zelfverzekerd op de achterbank van een politiewagen.

De anonieme beller die de politie op de Explorer en het mogelijke slachtoffer attent had gemaakt, was een man en sprak Engels met een onduidelijk accent. Het gesprek was voor een deel op de centrale opgenomen.

14

McKenzie en ik keken naar de technisch rechercheurs, die metingen verrichtten, schetsten, fotografeerden en filmden. Glenn Wasserman, een van onze beste technisch rechercheurs, bracht me een papieren zakje met een patroonhuls, zo te zien een 9mm Smith Factory Load.

'Op het dashboard,' zei hij. 'Hij viel bijna in het verwarmingsrooster.'

'Goed dat je hem hebt,' zei ik.

'Het is Garrett Asplundh, hè?'

'Ja.'

'Ik heb nooit met hem samengewerkt.'

Ik praatte even met de eerste agenten die ter plaatse waren geweest. Ze hadden alles volgens het boekje gedaan: naar levenstekenen gezocht, de centrale gebeld met een mogelijke 187, de plaats afgezet door gebruik te maken van boomstammen, en gewacht tot de horden van Moordzaken er waren. Ze bevestigden dat er niets aan het passagiersportier was veranderd – dat was dicht geweest, met het raampje omhoog.

Het team van de lijkschouwer stelde de dood vast en haalde het lichaam weg. Ze maakten alleen de deur aan de bestuurderskant open en legden Asplundh op een plastic lijkenzak die op een laag gezette brancard lag. Voordat ze de zak dichtritsten, haalde ik zijn portefeuille uit zijn jaszak. Ik keek naar het geld en de creditcards, zijn rijbewijs en de identiteitskaart die hij als ambtenaar van de stad San Diego had. Ik zag dat hij in november jarig was en dat hij dan veertig zou zijn geworden. Ik schoof de portefeuille weer in zijn jas. Ik zag de mobiele telefoon die aan zijn riem geklemd zat. Ik zag dat zijn das bijna helemaal doorweekt was met bloed. Een klein stukje ervan was nog lichtblauw. Er zijn weinig plaatsen waar bloed schokkender is dan op een das.

Ze trokken de rits dicht en legden een deken over de lijkenzak. Ik bedacht dat hij eens groot en ontzagwekkend had geleken. En dat hij door de dood van zijn dochter en de ondergang van zijn huwelijk kleiner was geworden. En dat er binnenkort niet één herkenbare molecuul van hem over zou zijn.

Ik reikte in het binnenste van de Explorer, schoof de automatische garagedeuropener van de zonneklep en stopte hem in mijn zak. Toen liep ik met Asplundh mee naar de wagen van de lijkschouwer. Ik hoopte dat er goed voor zijn ziel werd gezorgd. Per slot van rekening was hij een van ons.

Ik hoopte aan de passagierskant van de Explorer bruikbare voetafdrukken te vinden, maar vond ze niet. Het gras zag er goed uit en was te nat en te veerkrachtig om een afdruk lang vast te houden. Maar er had daar kortgeleden nog een auto geparkeerd gestaan, en die had donkergroene sporen achtergelaten toen hij de helling af kwam, net als de Explorer. De sporen van die tweede auto waren dieper en donkerder dan die van de Ford, en ik vroeg me af of de bestuurder misschien achteruit was gereden toen hij weer naar boven ging. Met dat natte gras moest je wel vierwielaandrijving hebben om die helling op te komen.

Ik bukte me een beetje en keek door het raam aan de passagierskant naar de plaats waar Garretts hoofd zou zijn geweest als hij nog in leven zou zijn. Hij had daar gezeten. Misschien gepraat. Voor zich uit gekeken. Het kon bijna niet anders of hij had de schutter gezien.

Toen keek ik langs hem heen en probeerde na te gaan waar de kogel zou kunnen zijn als hij in een min of meer rechte lijn was doorgegaan. Hij zou over Highway 163 zijn gevlogen, door een paar meter geboomte, tenzij hij een tak had geraakt en was afgezwenkt, waarna hij ten slotte in de helling bij het andere eind van de brug moest zijn verdwenen. Maar de kans dat de kogel in een min of meer rechte lijn was gevlogen was niet groot, want hij had zich eerst nog door de schedel en het glas moeten boren. De kans dat de kogel nog intact was, was nog kleiner. Ik nam me voor de technische recherche naar fragmenten te laten zoeken, maar had weinig hoop.

Ik beklom de lichte helling waarover de Explorer was afgedaald om op die afgeschermde plek te komen. De bandensporen die hij had achtergelaten, waren gemakkelijk te zien, net als het tweede stel sporen dat de helling af kwam en vlak naast de Explorer ophield.

Ik zwaaide naar Glenn en wees op de sporen. Hij maakte digitale foto's en videobeelden en werkte zich over de helling naar ons toe. We bleven op de top even staan. Ik keek naar de auto's die voorbijraasden op Highway 163.

'Asplundh was van Interne Zaken, hè?' vroeg Glenn.

Ik knikte.

'Wat een verandering,' zei Glenn. 'Van Professionele Normen naar dit.'

We gingen naar de Explorer terug om hem nog wat beter te bekijken. Een andere technisch rechercheur bestudeerde en fotografeerde de banden voordat ze hem naar de politiegarage sleepten, waar ze naar vingerafdrukken, haren en vezels zouden zoeken.

'Kijk hier eens,' zei ze.

Ik ging naar haar toe, knielde neer en keek naar het glanzende groene steentje dat in het profiel van de linkerachterband was blijven zitten.

Ze maakte er foto's van. Twee invalshoeken, telkens drie foto's. Daarna maakte ze wat videobeelden en gaf daar commentaar bij. Toen wrikte ze het steentje los en liet het in een papieren zakje voor bewijsmateriaal vallen. Ik nam het zakje over en scheen er met mijn zaklantaarn in. Het was geen steentje, maar een halve kleine knikker. Hij was lichtgroen. Ik herinnerde me dat formaat knikker uit mijn kindertijd.

'We noemden ze mini's,' zei ik.

'Ja,' zei ze. 'Kleiner dan de gemiddelde knikker.'

Zo te zien was hij in het brede profiel van de suv-band blijven zitten en was hij daarna zijn andere helft kwijtgeraakt. Er zat een klein stukje licht roodoranje in het glas. Misschien een deel van het kattenoog. Of een ander figuurtje in de knikker. In het breukvlak zaten kleine kuiltjes.

'Vijftig dollar dat het zelfmoord was,' zei McKenzie.

Het was vreemd dat ze zoiets zei, want de lavendelblauwe ovaaltjes die uit haar mond kwamen en tussen ons in de lucht hingen, maakten duidelijk dat ze oprecht medelijden met Garrett Asplundh had. Ik knikte, en de ovaaltjes gingen op en neer als kurken op een traag stromende rivier en losten toen in de lucht op. McKenzie doet zich vaak harder voor dan ze zich voelt. Na drie jaar schenk ik niet veel aandacht meer aan de kleuren en vormen van andermans gevoelens, tenzij ze niet overeenkomen met diens woorden.

'Ik denk van niet,' zei ik. 'Hij was van Professionele Normen. Een van de rechte pijlen.'

'Rechte pijlen kunnen niet buigen,' zei McKenzie.

We liepen naar de andere kant van de auto. Ik deed handschoenen aan en maakte toen het rechterachterportier open. Ondanks de koelte van de vroege ochtend hadden de vliegen het bloed al gevonden. Ik legde het aluminiumkoffertje op de zitting voor me, drukte op de knoppen en zag het openspringen. Een geel schrijfblok met een net handschrift op de bovenste pagina. Twee pennen, twee potloden en een kleine rekenmachine. Een adressenboekje. Een agenda. Een kleine bandrecorder, een digitale camera en een 11mm Colt-pistool in een zwaar geoliede leren holster. Met een potlood zocht ik tussen die voorwerpen, op zoek naar iets wat verborgen zat of los lag of niet op zijn plaats was. Maar het zat allemaal keurig in uitsparingen in het schuim dat het deksel en de bodem bedekte.

Politiemannen en hun vuurwapens, dacht ik. Onafscheidelijk tot het eind.

'Moet je kijken hoe netjes hij was,' zei McKenzie. 'Hij moet dat schuim zelf hebben gesneden om het zo netjes te krijgen.'

Ik legde de automatische garagedeuropener in het koffertje, maakte het dicht en zette het in de kofferbak.

Een lange, slanke man in een lange, zwarte jas kwam slippend de helling af, een heel eind van het afzettingslint vandaan. Hij hield zijn voeten opzijgedraaid en hing achterover om in evenwicht te blijven. Het duurde even voor ik hem herkende. Het was Erik Kaven, directeur van de dienst Ethiek, een man die net zo gevreesd was als zijn onderzoeker Garrett Asplundh.

'Die heeft het nieuws snel gehoord,' zei McKenzie.

Kaven nam alles in zich op en kwam naar ons toe. Zijn handdruk was krachtig.

'Garrett?' vroeg hij.

Ik knikte.

'Roof?'

'Het lijkt meer op zelfmoord,' zei McKenzie.

'Het was geen zelfmoord,' zei Kaven. Hij keek eerst McKenzie en toen mij aan. Kaven was lang en had een brede kinpartij, en zijn gezicht was diep doorgroefd. Zijn grijsbruine haar was dicht, recht en weerbarstig. Hij had een zwierige snor, die op de een of andere manier wel bij hem paste. Ik schatte hem op vijftig. Hij was rechter hier in San Diego geweest, totdat hij twee jaar geleden de leiding had gekregen van de nieuwe dienst Ethiek. Kaven was in het nieuws gekomen toen hij op een vrijdagmiddag twee bankrovers had neergeschoten in El Cajon. Twee schoten, twee doden. Hij had in de rechtszaal altijd een pistool bij zich gehad, en hij was net van zijn werk gekomen. Hij had zijn salarischeque ingeleverd toen de bankrovers hun pistolen tevoorschijn haalden. Zijn ogen lagen diep in hun kassen en keken altijd argwanend.

'Het was geen zelfmoord,' zei hij opnieuw. 'Dat kan ik je verzekeren.'

2

Garrett Asplundh woonde in de wijk North Park van San Diego. Mooie omgeving, fatsoenlijke buurt en niet ver van zee. Vanaf het balkon van Garretts appartement kon ik Balboa Park zien. De ochtendbries was koel en scherp.

Het was een appartement met twee slaapkamers. Een kleine keuken met uitzicht op de buurt en de elektriciteitsdraden. Niet veel in de koelkast, maar genoeg whisky in de drankkast. De huiskamer was ingericht met een hardhouten vloer, een gashaard, een lage, zwarte bank, een leeslamp met zwanenhals, boekenplanken op drie van de muren. Ik stond daar als een museumbezoeker met mijn handen in mijn zakken. Ik hou van stilte als ik het geluid van het leven van een slachtoffer probeer te horen. Er was veel te horen aan Garrett Asplundh. Hij was bijvoorbeeld geëxecuteerd. Door hemzelf of door iemand anders.

Het soort boeken dat hij bezat liep sterk uiteen, van *De wereldatlas der naties* tot *Forel in kleine rivieren* van Dave Hughes, en voorzover ik kon zien, stonden ze niet in een bepaalde volgorde. Veel fotoboeken. Veel boeken over *true crime*. Geen pockets. Geen romans. Een hele plank met boeken over waterinsecten. Ook een plank met alleen meteorologie. Een plank met boeken over Abraham Lincoln.

Er was een kleine collectie cd's en dvd's, sommige gekocht, sommige zelfgemaakt. Een van de dvd's had de titel *Leven en dood van Samantha Asplundh*. Hij zat niet in een plastic doosje, maar in een soort leren hoes; de titel was op de voorkant daarvan aangebracht. Het was een heel werk geweest om die hoes te maken. Ik vroeg me af of Samantha de dochter was die was doodgegaan.

In de eerste slaapkamer stond een computer bij een raam. Verder zag ik een gecapitonneerde trainingsbank, een rek met gewichten en een hometrainer. Tegenover een ander raam stond een kleine tafel om vliegen te binden. De muren waren bedekt met zwart-witfoto's van een vrouw en een klein meisje. Ik bedoel helemaal bedekt, elke vierkante centimeter, met geen millimeter tussen de randen van de foto's, die voor het merendeel 20 bij 25 centimeter waren. Het leken me artistieke foto's, maar ik

19

weet niets van kunst. De vrouw straalde licht, diepgang en schoonheid uit. Het meisje was onschuldig en blij. Ik kon de emotie van de fotograaf voelen. Als hij eerlijk met me over die twee personen had kunnen praten, had ik gele parallellogrammen uit hem zien stromen, want gele parallellogrammen zijn het teken van liefde.

'Dat moeten zijn ex en zijn kind zijn,' zei McKenzie.

De andere slaapkamer was even spaarzaam ingericht. Alleen een strak opgemaakt tweepersoonsbed, een leeslamp, een ladekast en nog meer zwart-witfoto's van de vrouw en het meisje. Op een paar foto's stond Garrett Asplundh zelf ook. Hij keek slaperig en gevaarlijk. Hij was een magere maar gespierde man, en hij had de reputatie dat hij goed was in boksen en andere vechtsporten.

'Hij was geobsedeerd door zijn vrouw,' zei McKenzie.

'Ik kan me haar naam niet herinneren.'

'Stella. Het meisje is in het zwembad verdronken toen haar moeder op haar had moeten passen. Of misschien Garrett, dat weet ik niet meer. Maar haar moeder kon het niet aan en ging bij hem weg. Dat heb ik gehoord.'

'Ja. Zoiets heb ik ook gehoord.'

'Vreemd dat het allemaal zwart-witfoto's zijn. Geen kleur.'

'Misschien zag hij de dingen zo,' opperde ik.

'Kleurenblind?'

'Nee. Zwart of wit.'

'Je bedoelt, geen grijs,' zei McKenzie.

'Precies.'

Ze haalde haar schouders op. 'Het kind had een mooi gezichtje.'

Ik vroeg me af waarom er geen camera's waren. Geen statieven, lampen, lenzen, foedralen, batterijhouders, *motor drives*, filmrolletjes. Niets – behalve de digitale camera in zijn aluminium koffertje – wees erop dat Garrett Asplundh na de dood van zijn dochter ook maar één foto had gemaakt.

Ik ging aan het bureau voor het raam zitten en trok een van de laden aan de linkerkant open. Die zat vol hangmappen, allemaal rood, allemaal met tabs van vinyl en etiketten die met de hand geschreven waren. Ik bladerde in MEDISCH, maar vond niets van belang. Ik keek in de map met TELEFOON, want dat doe ik altijd. Niets bijzonders. In NUTSBEDRIJVEN vond ik gegevens over gas en licht, en ook maandelijkse overboekingen naar Kohler Property Managers voor de huur van het appartement in North Park. Vreemd genoeg waren er ook overboekingen naar een ander beheer-

derskantoor geweest: Uptown Property Management. Het ging om achthonderd dollar. Uit niets bleek waar dat voor was. Achthonderd dollar is
een hoop geld, maand in maand uit. Ik had borden van Uptown Property
Management in de stad gezien, vooral in Barrio Logan en Shelltown en
National City. Niet echt de beste wijken van de stad. Ik nam me voor ze
op te bellen.

De map met SAM bevatte maar twee documenten: geboorte- en overlij-
densakte. Ze was op de leeftijd van drie jaar en twee maanden verdronken. Haar officiële geschiedenis was een map met twee stukken papier. Bij
de gedachte aan wat dat kleine meisje had kunnen doen in al die jaren die
ze nog had kunnen leven, alles wat ze nog had kunnen worden, wist ik me
geen raad meer.

Vervolgens haalde ik de map met EXPLORER eruit en vergeleek het nummer van de Explorer met het nummer dat ik had genoteerd. Hetzelfde. De
SUV was nieuw gekocht bij een plaatselijke Forddealer. Drie jaar financie-
ring van Ford Credit. Ik vroeg me af hoeveel Garrett Asplundh als onderzoeker bij de dienst Ethiek verdiende.

De la daarboven gaf me het antwoord: strookjes van salarischeques van de
gemeente San Diego. Hij verdiende 1.750 dollar per week, plus of min een
paar dollar. Dat was voor aftrek van inkomstenbelasting, sociale premies en
pensioenpremie. 91.000 dollar per jaar maakte Asplundh niet rijk. Ik verdiende 81.000, inclusief overuren, en ik zat nog geen jaar bij Moordzaken.
Achter de map met salarisstrookjes zaten twee mappen met ENTERTAIN 1
en ENTERTAIN 2. Ik maakte ENTERTAIN 1 open en keek naar de bonnetjes:
dure restaurants, de Del Mar Thoroughbred Club, bedrijven die exotische
auto's verhuurden. Veel avonden uit. Een deel was betaald met een cre-
ditcard op Asplundhs naam. Een deel was contant betaald.

Een rechterla zat vol met lichtblauwe hangmappen die allemaal betrekking hadden op vliegvissen: DROOMREIZEN, UITRUSTING, STRATEGIE,
DIVERSEN. Ik bladerde in de map met DIVERSEN en zag knipsels uit dezelfde enthousiaste tijdschriften die ik ook las. Technische dingen: grafiet-
soorten en flex range. Esoterische dingen: 'Delicate presentaties' en
'Mono of fluoro carbon'. Favoriete artikelen: 'Jerkbaits van Harrop' en
'Nimfen voor snoeken'.

'Kijk,' zei McKenzie. 'Garrett mocht zich graag goed kleden.'

Ze stond met een hanger in elke hand in de deuropening. 'Hij was gek op
Armani en Hugo Boss. Hij heeft schoenen van driehonderd dollar in de
kast staan. Hij had vannacht ook een pak aan, toen hij die kogel in zijn
hoofd kreeg.'

'Terwijl hij onderzoek deed naar ethiek,' zei ik.

'Ja, je moet goed gekleed zijn om het verschil tussen goed en kwaad te zien. Tussen zwart en wit. Geen grijstinten. Hoeveel zou hij verdiend hebben?'

'Ongeveer wat bij ons een inspecteur krijgt.'

'Hij moet wel een fantastische onkostenrekening hebben gehad.' McKenzie keek naar de pakken en draaide zich toen om naar de gang.

De kasten in de gewichtenkamer annex studeerkamer bevatten golfclubs, vliegvismaterieel en nog meer archiefkasten.

Toen we in de keuken terug waren, luisterden we naar de boodschappen op het antwoordapparaat.

Een zekere Josh Mead had gebeld. Hij vroeg of Garrett zin had op zaterdag een viertal compleet te maken in het Pala Mesa in Fallbrook en sprak zijn nummer in.

Een opgenomen stem probeerde hem een goedkopere ziektekostenverzekering aan te smeren.

Een vrouw die zei dat ze Stella heette, zei dat ze tot elf uur had gewacht. Ze zei dat ze hoopte dat er niets met hem aan de hand was en dat ze hem later nog eens zou bellen. Ze klonk teleurgesteld en zorgelijk.

'Ze is niet erg vriendelijk, hè?' vroeg McKenzie.

'Ze klinkt bezorgd.'

De secretaresse van John Van Flyke van de dienst Ethiek belde met wat vragen over zijn onkostendeclaraties van de vorige week. Van Flyke was Garretts directe baas, het hoofd van de afdeling Handhaving van de dienst Ethiek. Wij van de politie vonden Van Flyke nukkig en veel te serieus. Toen hij in dienst werd genomen, werd hij door de *Union-Tribune* de hemel in geprezen omdat hij Erik Kaven kon helpen de corruptie in San Diego aan te pakken. Van Flyke had niet gewild dat hijzelf of een andere medewerker van de eenheid Handhaving werd gefotografeerd. Hij was de directe ondergeschikte van Kaven en mocht zelf zijn mensen in dienst nemen. Ik had zelfs geen idee waar de eenheid Handhaving van de dienst Ethiek zich bevond.

'Ik ben een keer aan Van Flyke voorgesteld,' zei McKenzie. 'Hij keek naar me alsof hij wilde raden hoe zwaar ik was. Trommelde met zijn vingers op de tafel alsof hij niet kon wachten tot ik wegging. En dus ging ik weg.'

'Waar was dat?'

'Het Chive Restaurant in de Gaslamp Quarter. Een echt machotype, net als Kaven.'

Stella belde weer. Ze zei dat ze die avond om tien uur in de bar van het

Delicias in Rancho Santa Fe bij elkaar konden komen.

'Garrett,' zei Stella, 'als je hebt gedronken, laat dan maar zitten. Ik dacht dat we echt iets hadden om gisteravond te vieren. Als je niet kunt, heb ik graag dat je belt. Ik neem aan dat het goed met je gaat.'

'Ze maakt zich blijkbaar niet erg druk om hem,' zei McKenzie.

'Ik vind dat ze bezorgd klinkt.'

Terwijl McKenzie de boodschappen nog eens afspeelde, vond ik Stella's telefoonnummer en adres in Garretts boekje. Ze woonde in de binnen-stad. Officieel was Stella niet zijn naaste familielid, maar ze was wel dege-ne met wie we moesten praten. Dat vind ik het vervelendste onderdeel van mijn werk bij Moordzaken: mensen vertellen dat iemand dood is, maar ik kon niet aan McKenzie vragen of ze het wilde doen, want ze was altijd zo bot.

Asplundhs garage was net als zijn appartement: netjes en schoon. Hij was groot genoeg voor een auto, twee hoge planken met dozen en een kleine werkbank. Twee paar tl-buizen van twee meter wierpen een hard schijnsel op alles. Ik ging op de metalen kruk achter de werkbank zitten. Het leek me een plaats waar je wel wat tijd kon doorbrengen. Op de bank lag een glanzende, grote schelp met wat sigaretten erin, en daarbovenop een doos-je lucifers. In de kast boven de werkbank lagen stapels visbladen, dozen met vliegen en spoelen en ander visgerei, en een grotendeels volle fles Johnnie Walker Black. In de laden lag het gebruikelijke gereedschap, en ook een 9mm revolver, geladen en gebruiksklaar.

Ik bedacht dat als Garrett Asplundh zelfmoord had willen plegen, hij dat hier zou hebben gedaan. Maar volgens mij had Garrett zichzelf niet van het leven beroofd. Hij moest daar bij de brug hebben geparkeerd omdat hij er met iemand had afgesproken. Iemand die hij kende. Iemand die hij vertrouwde. Die iemand had hem vermoord. En als iemand anders hem had weggebracht, wilde dat zeggen dat er minstens twee mensen bij betrokken waren. Dat wees op samenspanning, voorbedachten rade en een mogelijke doodstraf.

Iemand met lef, dacht ik.

Je schiet een opsporingsambtenaar van de gemeente in zijn eigen auto dood. Je laat hem op een openbare plaats achter en neemt niet eens de moeite om het op iets anders dan moord te laten lijken.

Je neemt niet de moeite om zijn portefeuille, diplomatenkoffertje of auto te stelen.

Je neemt niet de moeite – durfde ik te wedden – om het pistool in Garretts trillende hand te leggen en ermee in het duister te schieten, opdat we kruitsporen zouden vinden en zouden denken dat het zelfmoord was. Nee, niets van dat alles. Daar waren ze te zelfverzekerd voor geweest. Te zakelijk. Te kalm. Ze hadden Garrett door zijn hoofd geschoten, waren daarna weggereden en hadden een borrel bij Rainwater's of Waterfront genomen.

Ik vroeg me af wanneer Garrett Asplundh voor het laatst had gezeten waar ik nu zat. Ik keek over de werkbank naar de muur om te zien wat Garrett had gezien toen hij daar had gezeten – laat op de avond, nam ik aan – en niet in slaap had kunnen komen omdat steeds weer dezelfde herinneringen door zijn hoofd gingen.

Ik zou je niet kunnen vertellen wat Garrett had gezien. Misschien was het een afbeelding. Misschien een foto. Misschien een foto die hijzelf had gemaakt. Of een ansichtkaart. Of een gedicht of gebed of een grap. Of iets wat hij uit een tijdschrift had geknipt.

Er waren alleen vier witte punaises overgebleven, tien bij vijftien centimeter uit elkaar.

'Hoe lang je er ook naar kijkt, het blijven vier punaises,' zei McKenzie.

'Je vraagt je af wat daar heeft gezeten,' zei ik. 'Ik vraag me in verband met Garrett wel meer dingen af. Er is niet genoeg.'

'Genoeg waarvan?'

'Van alles. Er is niet genoeg van hem.'

McKenzie keek me verbaasd aan. Niet voor het eerst.

'Ik vraag me af waarom een politieman eigenlijk voor de dienst Ethiek zou willen werken,' zei ze. 'Waarom wil je de gemeente bespioneren waar je voor werkt? Waarom wil je overal rondsluipen? Waarom? Om je belangrijk te voelen?'

'Het is zoiets als toezicht houden op de waakhonden.'

'Vroeg of laat moet je iemand vertrouwen,' zei McKenzie. 'Anders komt er geen eind aan al die onzin.'

'Dat heb je mooi gezegd.'

Ik bleef een ogenblik in de garage naar de straat staan kijken. De maartse middag vloog voorbij en het zou een schitterende zonsondergang worden. Vanaf een strand zou het lijken of er een blik oranje verf over een blauwe spiegel was uitgegoten. Ik dacht aan Gina, die zo graag een huisje aan zee wilde, en aan de spaarrekening die ik daarvoor had geopend. We hadden in vijf jaar bijna 20.000 dollar bij elkaar gekregen. Tien keer dat bedrag was genoeg voor een aanbetaling. Als het zo doorging, zou ik dat voor mijn tachtigste bij elkaar hebben. Mijn opa Rich is 85 en nog helemaal fit.

Ik draaide me om en keek naar de keurig gestapelde dozen op de planken.

Alles wat Asplundh deed, was netjes. Ik nam een doos van een plank en zette hem op de werkbank. Hij was verrassend licht. McKenzie sneed met mijn pennenmesje het plakband door. In de doos zaten, elk apart verpakt in vloeipapier, alsof het cadeaus waren, bloesjes, broekjes, jurken, jassen, truitjes. Een paar gympies met tekenfilmfiguren erop. Een paar glanzende, zwarte lakschoentjes. Haarklemmetjes en kammetjes. Zelfs een pop, een dikke babypop met een verschoten blauwe jurk. Het waren geen nieuwe dingen. Zo te zien hoorden ze bij een kind van drie, ongeveer de leeftijd van Garretts dochter toen ze verdronk. Er was een cowboyhoed van zwart vilt, opgevuld met vloeipapier om hem in model te houden. Op de hoed waren in felle kleuren wilde paarden, pony's, een reuzencactus en een kampvuur afgebeeld. Op de voorkant was met roze letters SAMANTHA geborduurd.

'Een monument in een doos,' zei McKenzie.

'Toen mijn tante Melissa doodging, wist oom Jerry niet wat hij moest bewaren en wat hij moest wegdoen,' zei ik. 'Hij bewaarde de meeste dingen van haar.'

'Zo'n pop,' zei McKenzie. 'Man, dat is moeilijk. Je wilt hem niet elke dag zien, maar je kunt hem ook niet zomaar weggooien alsof hij er niet toe doet. Je kunt er niet naar kijken, maar je kunt hem ook niet loslaten.'

3

Stella Asplundh maakte twee grendels en een ketting open, zette de deur op een kier, keek van McKenzie naar mij en zei: 'Hij is dood.'

Vier zwarte driehoekjes tuimelden in de ruimte tussen ons in. Zwarte driehoekjes zijn een teken van afgrijzen.

'Ja, mevrouw. Gisteravond of vannacht.'

'Is hij vermoord?'

'Dat weten we nog niet,' zei ik. 'Waarschijnlijk wel.'

De zwarte driehoekjes vervaagden en verdwenen.

Ze droeg een wijde, zwarte trui, een spijkerbroek en donkere sokken. Ze was een mooie vrouw, al zag ze er verfomfaaid en ongezond uit. De lift kletterde achter ons naar beneden.

'Kom binnen.'

Haar appartement was een Queen Anne Victorian in de Gaslamp Quarter, ooit een rosse buurt en nu een wijk met veel restaurants en clubs. Ze woonde op de derde verdieping, boven een kunstgalerij en twee andere appartementen.

We zaten in de donkere huiskamer op een grote, paarse bank met goudkleurige biezen. De muren hadden een lambrisering van zwart notenhout en de ramen keken uit op het noorden en westen. Ik zag de al donkere hemel en het dak van een ander gebouw aan de overkant van de straat, en dat deed me denken aan mijn val van de vijfde verdieping van het Las Palmas. In de kamer rook het vaag naar kaneel en een vrouwenparfum.

Ik legde Stella Asplundh uit wat we hadden gevonden.

Ze keek naar me zonder te bewegen. Ze zei niets. Haar haar viel losjes om haar gezicht en haar ogen waren zwart en glanzend.

'Zoveel,' zei ze rustig.

'Zoveel van wat?' vroeg McKenzie. Ze had haar schrijfblok gepakt en was al aan het schrijven.

Stella sloeg haar ogen neer, streek iets van haar knie. 'Hij heeft zoveel doorgemaakt.'

'Hebt u hem de laatste tijd gezien?' vroeg ik.

'Twee weken geleden voor het laatst. We hebben... We hádden een ongewone relatie. Het is erg moeilijk uit te leggen. We zouden gisteravond in Rancho Santa Fe bij elkaar komen, op neutraal terrein. Hij kwam niet opdagen. Dat was nooit eerder gebeurd. In de twaalf jaar dat ik Garrett ken heeft hij me nooit laten zitten. Daarom dacht ik, toen ik daarnet de deur opendeed...'

'U wist dat er iets was gebeurd,' zei McKenzie, haar hoofd naar haar schrijfblok gebogen.

'Ja, precies. Wilt u me even excuseren?'

Ze stond in het halfduister op en liep langs me heen. Er ging een lamp aan in de hal. Ik hoorde een deur dichtgaan en water stromen. Een toilet dat werd doorgespoeld. Een tijdje later legde McKenzie haar pen en schrijfblok neer en ging naar de hal. Ik hoorde haar kloppen.

'Mevrouw Asplundh? Gaat het?'

Stella gaf antwoord, al kon ik niet verstaan wat ze zei.

Ik stond op en liep naar een kleine nis waar foto's en souvenirs aan de muur hingen. Het waren voor het merendeel foto's van Stella, Garrett en een leuk klein meisje. Naast een crèchediploma van Samantha Asplundh hing een politieonderscheiding. Een psychologiediploma van Stella Asplundh hing naast een foto van tien vrouwen, zo te zien studentes, die in badpakken voor een zwembad stonden. Op een plaquette stond de inscriptie: SAN FRANCISCO MERAQUAS, PAN-AMERIKAANSE SPELEN KAMPI-OENEN SYNCHROONZWEMMEN 1983.

Het toilet werd weer doorgespoeld en de deur ging open. Ze praatten zachtjes met elkaar. Toen kwamen ze de schemerige kamer weer in, McKenzie met haar hand op Stella Asplundhs arm.

Stella ging weer zitten en keek uit het raam. Beneden op Island gingen de straatlantaarns aan en een claxon schetterde, en schetterde opnieuw. Een duif vloog snel voorbij.

'We kunnen terugkomen,' zei ik.

'Als het moet,' zei McKenzie.

'Nee,' zei Stella Asplundh. 'Stelt u uw vragen maar.'

'Dat is moedig en goed van u,' zei ik.

Stella knikte, maar keek ons geen van beiden aan.

'Maakte hij zich zorgen?' vroeg ik.

'Altijd.'

'Vijanden?'

'Honderden. Toen hij bij de politie was, controleerde hij andere politie-mensen. Bij de dienst Ethiek controleerde hij de gemeente en de politici en de zakenmensen met wie ze in zee gaan.'

27

'Een lange lijst.'

'Eigenlijk iedereen.'

'Maar wie in het bijzonder?'

Ze keek mij aan en keek toen uit het raam. 'Hij vertelde me eigenlijk nooit details.'

'Sommige omstandigheden kunnen op zelfmoord wijzen,' zei McKenzie.

'Denkt u dat hij zelfmoord kan hebben gepleegd?'

'Nee. De laatste keer dat ik hem zag, was hij optimistischer dan ooit sinds Samantha is verdronken. In juli, toen het gebeurd was, scheelde het niet veel of hij had zich van kant gemaakt. Maar nee. Niet nu.'

'Waarom niet?' vroeg ik.

Stella Asplundhs ogen glansden in het donker. Ik wist dat ze op mij gericht waren. 'We probeerden ons met elkaar te verzoenen. We hadden veel doorgemaakt. We waren uit elkaar geraakt. Maar er ontstond weer toenadering. Ik kan het niet goed uitleggen, alleen hadden we ooit erg veel van elkaar gehouden en probeerden we om dat weer te doen.'

'Waarom zouden hij en u op neutraal terrein bij elkaar komen?' vroeg ik. 'Die afspraak in Rancho Santa Fe?'

'Garrett werd soms emotioneel. Als hij dronk, werd dat erger, en hij dronk vaak.'

Ik zei niets, en McKenzie ook niet. Niets kon iemand zo goed aan het praten brengen als stilte.

Stella sloeg haar ogen neer. Haar haar viel naar voren. 'We waren uit elkaar. Ik ben vier maanden geleden uit ons huis vertrokken. November vorig jaar. Garrett verhuisde ook, want we hadden het huis waar het gebeurd is verkocht. Je kunt niet ergens wonen waar zulke herinneringen zijn. Maar ik ging nog steeds met Garrett om, want dat leek me het beste voor hem. Als we elkaar niet elke week zagen, of tenminste na veertien dagen, zou hij gespannen en verschrikkelijk irrationeel worden. We kwamen in een restaurant of koffieshop bij elkaar. Of we gingen een eindje wandelen. Hij had gewoon behoefte aan... het gezelschap.'

'Uw gezelschap,' zei McKenzie. 'Bent u ooit in zijn appartement geweest?'

'Nee. Nooit.'

'Kwam hij hier?'

'Hij is nooit binnen geweest. Hij... Ik heb hem een paar keer gezien in de straat. Dan keek hij omhoog.'

'Hij stalkte u,' zei McKenzie.

'Dat is het verkeerde woord,' zei Stella.

'Wat is het juiste woord?' vroeg McKenzie.

28

Stella Asplundh bleef stil in de donkere kamer zitten.

'Was u bang voor hem?' vroeg McKenzie.

'Een beetje. En ik maakte me ook zorgen over hem.'

'Wanneer is de scheiding uitgesproken?' vroeg McKenzie.

'Dat is niet gebeurd. Ik had de papieren opgesteld, maar ik had niet de moed... om ze te ondertekenen.'

Na al die dingen, dacht ik, kon ze hem niet helemaal loslaten. En hij kon haar blijkbaar niet loslaten. Alsof ik nog meer bewijs nodig had dan zijn schrijn van foto's.

'Hoe laat zou u hem gisteravond in Rancho Santa Fe ontmoeten?' vroeg McKenzie.

'Negen uur.'

'In restaurant Delicias?'

Stella knikte en haalde diep adem. Ze straalde een intense eenzaamheid uit.

'Wanneer hebt u Garrett voor het laatst gezien?' vroeg ik.

'Afgelopen donderdagavond. We hadden afgesproken in de koffieshop en praatten bijna twee uur. Hij was erg optimistisch. Hij zei dat hij was gestopt met drinken. Hij zei dat hij nog van me hield en dat hij er klaar voor was om met mij verder te gaan.'

Het was plotseling donker geworden. Maartse middagen vliegen voorbij, maar de avonden lijken eindeloos lang te duren.

'Weet u wat Garrett over de moord op hemzelf zou hebben gezegd?' vroeg Stella Asplundh. 'Hij zou hebben gezegd dat het geen moord was, maar een executie.'

Ik was het met haar eens, maar zei niets.

'Laten we geen voorbarige conclusies trekken, mevrouw Asplundh,' zei McKenzie.

'U begrijpt er niet veel van, hè?' zei Stella vriendelijk. Ze beet op haar duim en wendde haar ogen af. De tranen liepen over haar gezicht, maar ze maakte geen geluid. Ik had nog nooit iemand zo zien huilen.

Een paar minuten later liet Stella ons uit en gingen we met de langzame lift naar beneden. Op Island twinkelden lichtjes in de bomen en verspreidden straatlantaarns hun schijnsel. Op 4th stonden de gastvrouwen voor hun restaurants.

Een mooie vrouw in een witte Volkswagen cabriolet stopte om met een man te praten. Ik vroeg me af waarom ze de kap omlaag had met dit koele weer. Misschien wilde haar verwarming niet uit.

'Ik hou van cabriolets,' zei McKenzie. 'Maar ze zijn een beetje slapjes als het op de pk's aankomt. Ik heb er eens een laten ronken toen ik een testrit maakte. De verkoper wist niet hoe hij het had. Wat vond je van de bijna-ex?'

'Helemaal op,' zei ik.

'Ja. Alsof een vampier haar bloed heeft opgezogen.'

Op weg naar huis gingen we naar mijn kantoor om de opname van de anonieme tip te beluisteren. Het telefoontje was om 3:12 uur in de ochtend van woensdag 9 maart binnengekomen.

> AGENT VILLERS, CENTRALE: 'Politie, San Diego.'
>
> MANNENSTEM: 'Ik hoorde schieten bij de Cabrillo Bridge aan Highway 163. Er staat daar een zwarte auto, een bestelwagen of een SUV. Misschien is het moord. Ik weet het niet.'
>
> AGENT VILLERS, CENTRALE: 'Uw naam, meneer?'
>
> MANNENSTEM: 'Dat is niet nodig.'
>
> AGENT VILLERS, CENTRALE: 'Ik heb uw naam nodig, meneer.'

De beller was een man met een normale, enigszins zwakke stem. Zijn woorden waren duidelijk, maar hij sprak met een accent. Hij aarzelde even voordat hij ophing.

'Arabisch?' vroeg McKenzie.

'Ik denk het,' zei ik. 'Dat kan Eddie Waimrin ons vertellen.'

Waimrin is een van de twee politiemensen in San Diego die in het Midden-Oosten zijn geboren. Hij komt uit Egypte en is al sinds september 2001 onze contactpersoon bij de grote, gesloten Arabische gemeenschap. Ik probeerde Eddie Waimrins nummer, maar kreeg een bandje. Hoofdinspecteur Evers van de geüniformeerde dienst zei dat Eddie een vroege dienst had gehad en al naar huis was gegaan. Ik zei dat ik hulp nodig had met de tip over Asplundh, en hij zei dat hij het zou regelen.

'Heeft Garrett zelfmoord gepleegd?' vroeg de hoofdinspecteur.

'Ik denk van niet.'

'Garrett Asplundh was keihard. En eerlijk.'

'Dat weet ik,' zei ik. 'We hebben vanmorgen met iemand gesproken die op die avond een rode Ferrari langs Highway 163 had zien staan. Niet ver van de plaats waar we Asplundhs auto hebben gevonden. Hij zei dat hij iemand tussen de bomen had zien lopen. Misschien heeft Rode Ferrari iets gezien. Wie weet, misschien heeft hij de trekker overgehaald.'

Ik hoorde dat hij aantekeningen in zijn computer invoerde.

'Geef dat door aan de *Union-Tribune*,' zei hoofdinspecteur Evers. 'Die kunnen een oproep doen of zoiets.'

'Dat ga ik straks doen.'

'Ik zal zien wat ik kan ontdekken, Brownlaw.'

Ik belde een bevriende journalist die voor de *Union-Tribune* werkte. Hij heet George Schimmel en hij schrijft over misdaad. Hij is een goede journalist die bijna altijd over de juiste feiten beschikt. Toen ik drie jaar geleden korte tijd in de schijnwerpers stond, heb ik hem een kort interview gegeven. Daarna heeft George vaak tegen me gezegd dat hij een veel langer stuk wil schrijven, of liever nog: mijn eigen verhaal in mijn eigen woorden. Ik heb dat geweigerd, omdat ik niet graag in de publiciteit sta. En ook omdat er bepaalde dingen zijn gebeurd, en niet gebeurd, toen ik uit dat hotel viel. Ik vind dat sommige dingen privé zijn en privé moeten blijven.

'Dus je bent eraan toe om me een echt interview te geven?' vroeg hij, zoals ik al wel had verwacht.

'Dat niet, maar je zou iets voor me kunnen doen.'

Ik vertelde hem over de rode Ferrari die op de avond van de moord langs Highway 163 had gestaan. Ik gaf hem de naam en het telefoonnummer van Gepensioneerde Marineman.

'Wat was het allerlaatste waar je aan dacht,' vroeg hij. 'Voordat je op de grond viel?'

'Mijn vrouw Gina.'

'Wat ontzettend menselijk, Robbie. Hartstikke goed.'

'Bedankt voor de rode Ferrari.'

'Ik zal zien wat ik kan doen.'

Toen ik thuiskwam, was Gina al weg. Op haar briefje stond dat ze bij Rachel zou zijn, waarschijnlijk in de binnenstad of in La Jolla. Alleen om te eten, en misschien daarna nog een drankje – ze zou vroeg terug zijn. Rachel en Gina waren goede vriendinnen. In Salon Sultra hebben ze stoelen naast elkaar. Ze gaan nog ongeveer net zoveel met elkaar om als toen Gina en ik niet getrouwd waren, maar Rachel heeft een hekel aan mij. Soms verkeert Gina in tweestrijd tussen haar beste vriendin en mij, en dat is begrijpelijk. Op een avond voordat we getrouwd waren, probeerde Rachel toen ze een slok op had het met me aan te leggen op de terugweg naar huis in mijn auto. Later vertelde ik Gina niet over het aanbod; ik zei alleen dat Rachel te dronken was geweest om zelf te rijden. Daarna negeerde Rachel me, en daarvoor deed ze dat eigenlijk ook al.

Ik warmde wat hutspot op en deed er een blikje asperges bij. Ik dronk een biertje. Na het eten trok ik nog een biertje open, ging aan de bindtafel in onze garage zitten en probeerde wat vliegen te binden. Ik heb aan een patroon gewerkt om wilde regenboogforel in de rivier de San Gabriel boven Pasadena te vangen. De San Gabriel is voor mij de dichtstbijzijnde rivier voor forel; eigenlijk is het meer een beek dan een rivier. De vis kan kieskeurig zijn, vooral 's avonds. Ik had twee vliegen bedacht om hem te lokken: Gina's Eendagsvlieg en Gina's Kokerjuffer. Tegen het eind van de lente, over een maand of twee, zou ik kunnen zien of ze werken. Dat is het leuke van vliegvissen: je misleidt de vis met je vliegen. Verder vind ik het leuk om 's winters met de radio aan in mijn kille garage te zitten en me de stromingen, poelen, draaikolken en ondiepten van de San Gabe op een zomerochtend voor te stellen, en me dan ook voor te stellen hoe mijn kleine nepvliegje boven de vissen over het wateroppervlak danst. Het is fantastisch om een wild wezen uit de rivier en in je hand te lokken en het dan weer in de rivier te gooien. Ik kan het niet uitleggen. Gina zegt opgewekt dat het allemaal saai en nutteloos is. Ik stel haar mening echt wel op prijs en begrijp dat vliegvissen niet iets voor iedereen is.

Later haalde ik Garretts digitale camera uit het foedraal en keek naar de foto's die hij had gemaakt. Het waren er maar twee. De eerste was een close-up van Samantha Asplundhs grafsteen. Die was van rood graniet, eenvoudig en glanzend. De tweede was een opname van Stella die haar handen omhooghield om haar gezicht tegen de camera te beschermen. Ze lachte niet. Ik stopte de camera weer weg, keek naar het bandrecordertje en zag dat er geen cassette in zat.

Toen keek ik in Garrett Asplundhs agenda. Zijn op een na laatste afspraak op de dag dat hij werd vermoord, had hij met HH bij HTA in La Jolla. Vijf uur. Er stond een telefoonnummer bij.

Zijn laatste afspraak had hij met CAM op de Imp B. Pier om halfzeven. De Imperial Beach Pier, dacht ik. Vreemde plek om af te spreken. Ook daar stond een telefoonnummer bij. Ik zat in onze kleine huiskamer en bladerde in zijn agenda. Garrett Asplundh was een druk baasje.

Ik belde het nummer in La Jolla en kreeg een bandje van Hidden Threat Assessment. Ik belde het nummer van CAM en kreeg een bandopname die me verzocht mijn naam, telefoonnummer en een korte boodschap in te spreken. Dat deed ik niet.

Het was vreemd om in Garretts agenda te bladeren en naar de afspraken te kijken die hij niet had gehaald. Een daarvan trok mijn aandacht omdat hij twee keer was onderstreept: Kaven, JVF en PROC GEN.

Het was een afspraak voor aanstaande woensdag, 16 maart.

De directeur van ons forensisch lab belde kort na zeven uur om me te vertellen dat de kruitspoortest op Garrett Asplundh een negatief resultaat had opgeleverd. Ze hadden overal naar resten gezocht: op zijn vingers, duimen, handen, manchetten, mouwen. Links en rechts. Helemaal geen kruitsporen. Maar wel veel op en bij zijn rechterslaap, omdat het pistool dicht bij zijn hoofd was afgeschoten. Ze hadden brandwondjes van kruitsporen gevonden, en spikkels en noem maar op. Er was blijkbaar op vijf centimeter afstand geschoten.

Hij vertelde me ook dat de 9mm Smith & Wesson in de Explorer gestolen was; er was in 1994 aangifte van diefstal gedaan in Oceanside, district San Diego. Het wapen leverde geen vingerafdrukken op en was kortgeleden schoongeveegd met een product als Tri-Flow, een populair middel om vuurwapens te beschermen.

'Niet gek: een gestolen wapen gebruiken om zelfmoord te plegen en na afloop zelf je vingerafdrukken afvegen,' zei de directeur.

Ik bedankte hem en belde McKenzie om haar te vertellen dat ze me vijftig dollar schuldig was.

Gina kwam laat thuis en had zo'n honger dat ik een omelet met spek en kaas in elkaar draaide en ook nog wat guacamole maakte om eroverheen te doen. Terwijl ik aan het koken was, stond ze in de keuken een wodka met ijs te drinken en vertelde me over haar avond. Als Gina opgewonden over iets is, kan ze alinea's lang zonder komma praten, maar die avond had ze niet veel te zeggen. Haar zachte, rode haar was opgestoken, maar er vielen een paar strengen over haar gezicht en hals, en ik kuste haar. Ik rook parfum en sigarettenrook en alcohol, maar proefde alleen mijn vrouw. Daar is geen smaak mee te vergelijken. Ik dacht zelfs aan die smaak toen ik uit het Las Palmas viel, al dacht ik eerlijk gezegd in die heel korte tijd ook aan talloze andere dingen.

Ze giechelde zachtjes en trok zich terug. Ze glimlachte. Ze heeft groene ogen, maar de hoeken waren die avond een beetje rood.

'Hé, die omelet ziet er goed uit!' zei ze, en ze liep heupwiegend naar de eettafel.

Toen ik de borden had afgespoeld en de pan in de week had gezet, lag Gina in bed. Ik tilde het dekbed op en legde het over haar schouders. Ik herinnerde me dat ik ongeveer hetzelfde had gedaan op de ochtend dat de inspecteur over Garrett had gebeld. Ze snurkte vredig en ritmisch. Ik hield haar dicht tegen me aan. Na een paar minuten viel haar mond open en draaide ze haar hoofd van mijn borst weg, diep en snel ademhalend, alsof ze hard had gelopen.

Ik legde mijn hand op haar warme, vochtige hoofd en zei tegen haar dat het wel goed met haar kwam. Ze had alleen maar een nare droom, of misschien had ze een beetje te veel gedronken. Ik nam een handvol haar en blies tegen haar hals. Even later snurkte ze weer.

4

De volgende morgen parkeerde ik voor het kantoor van de dienst Ethiek van San Diego, een statig gebouw van twee verdiepingen in edwardiaanse stijl aan Kettner Boulevard. Het was een heldere, koele dag en je rook de baai op twee straten afstand.

'Ik kan niet geloven dat ze van hieruit tegen boeven vechten,' zei McKenzie. 'Het was vroeger een bakkerij.'

'De familie woonde boven,' zei ik. 'Italianen.'

'Ja, en de eigenaar parkeerde zijn zwarte Eldo met witte banden vlak voor de deur. Zijn zoon moest die auto elke dag wassen.'

Ik keek naar de vroegere bakkerij waar nu de dienst Ethiek was gehuisvest. Hoewel we ons de mooiste stad van Amerika noemen, hebben we hier in San Diego een lange traditie van gekonkel en corruptie. Ooit ging dat soms zelfs zover dat het een presidentschap van Amerika aantastte: dat van Richard Nixon. Soms is het laag-bij-de-gronds en te smerig en op een bepaalde manier ook grappig: een burgemeester die onder één hoedje speelt met een zwendelaar, raadsleden die smeergeld aannemen van strip-clubeigenaren in ruil voor minder regels en voorschriften. Er is hier waar-schijnlijk niet meer hebzucht en geknoei dan in de meeste andere grote Amerikaanse steden, maar onze burgemeester en de gemeenteraad vonden het tijd worden om het probleem aan te pakken, en dus werd de dienst Ethiek in het leven geroepen, met de schietgrage rechter Erik Kaven als directeur.

Ongeveer een jaar nadat de dienst was opgericht, ging Kaven ertoe over John Van Flyke van de DEA in Miami in dienst te nemen. Hij gaf hem de leiding van de afdeling Handhaving. Van Flyke had nooit in San Diego gewoond en was er maar één keer geweest, had ik gelezen. Hij had hier geen familie. Dat was precies wat de gemeente wilde: een ethiekonder-zoeker die geen persoonlijke belangen in de stad had. Van Flyke werd nooit gefotografeerd door de kranten en was ook nooit in het televisie-journaal te zien geweest. Zijn medewerkers verschenen maar zelden in de media. We wisten alleen van hem dat hij tweeënveertig, alleenstaand, zwijgzaam en volstrekt onkreukbaar was. George Schimmel van de *Union-*

Tribune had hem de bijnaam 'De onaanraakbare' gegeven. McKenzie had voor de grap gezegd dat niemand hem zou willen aanraken.

De benedenhal was klein en kil. Er stonden twee stoelen en een stoffige, wankelende glazen tafel met tijdschriften over zeilen erop. Een oudere vrouw zat achter een groot bureau met een schoon vloeiblad, een kantooragenda en een glimmend zwarte telefoon. Er stond ook een vaasje met verbleekte papieren papavers. De vrouw had grijs haar in een knotje. De col van haar groenige trui kwam bijna tot haar kin. Ze droeg een koptelefoon met een erg dunne microfoonbeugel van oor tot mond. Ze drukte op een knop van het telefoonpaneel.

'De rechercheurs Cortez en Brownlaw zijn er,' zei ze. Haar stem was helder en krachtig, en galmde door het oude huis. 'Ja, meneer.'

Ze drukte op een knop van haar telefoon en keek me aan. De lijnen in haar gezicht waren een nooit vertelde geschiedenis. Haar ogen waren bruin met zachtblauwe randen. Op het naamplaatje bij de rand van haar bureau stond ARLISS BUNTZ.

'De trap op en naar rechts,' zei ze.

'Dank u.'

Het was vreemd om een trap op te gaan naar een afspraak. Ik vond het ouderwets en kon me niet herinneren wanneer ik het voor het laatst had gedaan. Onze voetstappen galmden om ons heen in het harde, tochtige pand. Ik weet dat de federale overheid het verplicht stelde dat er in een openbaar gebouw een lift voor gehandicapten was, maar ik zag er nergens een. Blijkbaar hield de dienst Ethiek zich niet aan de regels.

Ik keek over de trapleuning omlaag naar het omhoogkijkende gezicht van Arliss Buntz.

Van Flyke was lang en goed gebouwd. Donker pak, wit overhemd, gele das. Hij had een breed gezicht, zoals veel acteurs of profsporters hebben, en zijn roodbruine haar was met agressieve halen naar achteren gekamd. Zijn hand was droog en sterk.

Een zwijgzame jongeman in overhemd en das bracht een dienblad met koffie voor drie personen. Hij droeg bretels en had een holster met een pistool op zijn heup hangen. Met een glimlachje gaf hij McKenzie haar kopje aan, en daarna ging hij weg. De kamer baadde in een scherp maarts licht en door de ramen zag je hogere gebouwen, een stukje van de baai en een palm. McKenzie klapte haar schrijfblok open en legde het op haar knie.

Van Flyke boog zich naar voren en bestudeerde ons een voor een. Zijn handen lagen op twee groene mappen. 'Hebt u de kruitspoortest gedaan?'

Zijn stem was diep, maar zacht.

'Ja,' zei ik. 'Negatief.'

'Geen kans op zelfmoord?'

'Erg weinig.'

'Hoeveel patronen zaten er nog in het wapen?'

'Acht,' zei ik. 'We hebben een lege huls gevonden op het dashboard van de Explorer.'

'Hebben ze iets meegenomen?' vroeg hij.

'Hij is niet beroofd,' zei McKenzie, schrijvend. 'Tenminste, niet zover we momenteel weten.'

Van Flyke pakte zijn kopje koffie op en keek naar McKenzie. Hij had dichte wenkbrauwen en zijn ogen waren blauw en lagen diep in hun kassen. 'Dit is moeilijk. Garrett was een erg goede vriend. Hij was mijn beste onderzoeker. Ik was diep getroffen door wat Stella en hij met hun kleine meisje moesten doormaken. Echt diep getroffen. U hebt hem niet gekend?'

'We leren hem nu kennen,' zei McKenzie. 'Als we wisten wat hij voor u deed, zou dat ons erg helpen.'

'Dat denk ik ook. Getuigen?'

'Misschien,' zei ik.

Van Flykes gezicht klaarde op, als dat van een hond die een geur oppikt. 'O?'

Ik vertelde hem over Rode Ferrari die tussen de bomen had gelopen.

'Hoe laat?'

'Daar mogen we niets over zeggen,' zei McKenzie.

Van Flyke keek haar met een stalen gezicht aan. 'Dit is iets waarover we kunnen praten.'

Hij gaf ieder van ons een groene map.

'Garrett deed voor mij onderzoek op twee verschillende terreinen,' zei Van Flyke. 'Het eerste was terrorismebestrijding, bedrijven die onderzoek doen voor het ministerie van Binnenlandse Veiligheid, vooral in Spook Valley. Ze hebben daar tegenwoordig meer geld dan verstand. Zeven miljard federale dollars die over het hele land worden uitgegeven. Spook Valley wil zijn deel daarvan. Erik – onze directeur, Erik Kaven – denkt dat daar terroristen op af kunnen komen. Garrett deed ook onderzoek naar de Commissie voor Toezicht op de Begroting, de groep van Abel Sarvonola. Saaie materie, maar veel geld. Veel graaiende handen, veel paden die elkaar kruisen.'

'Dank u,' zei ik. 'We stellen dit op prijs.'

Ik kreeg het dossier over het onderzoek voor Binnenlandse Veiligheid. Het begon met een lange lijst van ondernemingen die zich met veiligheids-problemen bezighielden. De meeste werkten met informatie, beveiliging en biomedische technologie en software, maar er waren ook makers van persoonlijke vluchtmodules, biohazard-waarschuwingssystemen op zonne-energie en 'stoppende' handvuurwapens. Namen, telefoonnum-mers, adressen. Er volgden getypte en met de hand geschreven aanteke-ningen. Ik nam aan dat ze van Garrett Asplundh waren.

Ik ruilde van map met McKenzie en keek nu naar een lijst van afdelingen en commissies, besturen, groepen, raden en autoriteiten. Dat was Abel Sarvonola's wereld. Zijn bevoegdheden als voorzitter van de begrotings-commissie waren zo bekend dat er op het hoofdbureau van politie flauwe rijmpjes over werden gemaakt. Een dollar rendabel? Met Abel een fabel! Enzovoort. Bij de Commissie voor Toezicht op de Begroting had hij een parttime functie en hij kreeg alleen een kleine vergoeding wanneer de commissie in zitting was. Sarvonola had in de jaren zeventig een grote rol gespeeld bij de ontwikkeling van het vakantieoord La Costa Resort ten noorden van de stad. Er was sprake van geweest dat de maffia bij de bouw van die dure badplaats betrokken was, maar Sarvonola was uiteindelijk van alle blaam gezuiverd en schatrijk geworden.

Ik zag dat Garrett Asplundh zich niet alleen met de vele onderdelen van de gemeente San Diego bezighield, maar ook de kopstukken kende van de belangrijkste bedrijfstakken in onze stad: horeca, projectontwikkeling, entertainment en consumententechnologie. Daar waren ze dan, de eige-naren van sportclubs, de financiers, de technologiemiljardairs, de project-ontwikkelaars, de biomedisch onderzoeksbedrijven en het oude geld – kortom, de mensen die het in de stad voor het zeggen hadden. De com-missie Ethiek moest ervoor zorgen dat die machtige particuliere sector niet al te goede maatjes met de verschillende onderdelen van de gemeen-telijke bureaucratie werd.

'Waarom zou een onderzoeker van de dienst Ethiek een Testarossi huren voor 450 dollar per avond?' vroeg McKenzie.

'Een incidentele uitgave om zijn bronnen te cultiveren,' zei Van Flyke. Hij trok zijn dichte wenkbrauwen op. Blijkbaar vond hij zijn eigen antwoord grappig.

'Zijn bronnen cultiveren,' zei ik.

'Natuurlijk. En in sommige gevallen probeerde hij de indruk te wekken dat hij corrupt was.'

Ik hoorde McKenzies pen over het papier vliegen. Ik had er niet aan gedacht dat je de onderzoekers van Ethiek op die manier kon gebruiken om te proberen iemand tot iets illegaals te verleiden. Met zulke politie-tactieken loop je gevaar van uitlokking te worden beschuldigd. Maar ik wist dat Van Flyke bij de DEA vast wel had geleerd hoe je iemand in de val kon lokken zonder dat je later moeilijkheden op de rechtbank kreeg.

'U laat uw onderzoekers dat doen?' vroeg McKenzie.

'Ik geef mijn onderzoekers vertrouwen, respect en zelfstandigheid.' Van Flykes ondoorgrondelijke blauwe ogen gingen van mij naar McKenzie en weer naar mij. 'Hij was een beste kerel.'

McKenzie en ik zwegen.

'Je leven kan zo snel veranderen,' zei hij rustig. 'Een keerpunt. Een moment. Een gebeurtenis die een fractie van een seconde duurt maar een heel leven doorwerkt. Garrett begreep dat. Het gaf hem diepgang en inzicht.'

Hij zuchtte en keek uit het raam.

'Hebt u het nu over de dood van zijn dochter?' vroeg ik.

'Natuurlijk.'

Achter in elke map stond een lijst met ingediende klachten, opgelegde boetes, behaalde veroordelingen of tenlasteleggingen op grond van Garrett Asplundhs onderzoekingen. De meeste delinquenten waren ondernemers die zaken deden met de gemeente, maar er waren ook ge-meenteambtenaren bij. Er waren boetes opgelegd op grond van het regle-ment Ondernemingen en Vrije Beroepen, het reglement Ambtenaren-gedrag en het reglement Overheidscontracten. Een chef van Bouw- en Woningtoezicht was ontslagen omdat hij smeergeld had aangenomen. Een ambtenaar van de afdeling Inkoop had een berisping gekregen omdat hij de 'schijn van bevoordeling' had gewekt. Het leek me allemaal niet erg genoeg om iemand te vermoorden, maar ik was zelf nooit ontslagen of berispt.

'Waren de onderzoeken waaraan hij werkte de laatste tijd intensief?' vroeg ik.

'Ja,' zei Van Flyke. Hij wendde zich van het raam af en keek mij weer aan. 'Garrett boekte vooruitgang op beide terreinen. Ik heb Garretts aanteke-ningen afgedrukt en aan het eind van het dossier gezet. Dat geeft jullie een indruk van wat hij deed en hoe mensen op ons reageerden.'

'Zijn dit al zijn aantekeningen?' vroeg ik.

'Ja. Alles wat hij heeft ingeleverd.'

Ik zag een roofvogel met iets in zijn snavel naar een palm vliegen. De palmbladeren glansden in het winterse zonlicht en de vogel verdween erin. Ik dacht even na. Ik zag Garretts appartement weer voor me. Nog steeds had ik het gevoel dat er iets ontbrak. Er was gewoon niet genoeg, niet voor een man die zo ordelijk en doelgericht was als Garrett Asplundh blijkbaar was geweest. Niet genoeg voor iemand die, zoals zijn ex-vrouw had gezegd, zoveel had doorgemaakt. Ik dacht aan het geld dat hij aan Uptown Management had overgemaakt. De roofvogel liet zich uit de palm vallen, spreidde zijn vleugels en steeg recht boven ons op. Ik zag de strepen op zijn staart en de glans in zijn ogen.

Ik vroeg Van Flyke naar de onderstreepte notitie in Garretts agenda bij aanstaande woensdag, 16 maart. Ik las voor uit mijn aantekeningen: 'KAVEN & JVF & PROC GEN.'

'Dat betekent: directeur Kaven, ikzelf en een medewerker van de procureur-generaal. Garrett zou zijn bevindingen presenteren. We zouden samen beslissen op welke zaken we ons gingen concentreren en welke zaken we lieten vallen.'

'Als de procureur-generaal erbij betrokken was, moet Garrett over serieus bewijsmateriaal hebben beschikt,' zei ik.

'Dat hoeft niet,' zei Van Flyke. 'Die besprekingen houden we elk halfjaar. Het is routine.'

'Die onderstreping wijst op meer dan routine,' zei ik.

'Ik kan u alleen maar vertellen wat ik weet,' zei Van Flyke.

'Hebt u hem een laptop gegeven voor zijn werk?' vroeg ik.

'Natuurlijk,' zei Van Flyke. 'Twee maanden geleden hebben we allemaal een nieuwe gekregen.'

'Die hebben we niet gevonden,' zei McKenzie. 'Hij lag niet in de Explorer en ook niet bij hem thuis.'

Van Flyke staarde haar aan. 'Hier is hij ook niet. Misschien is Asplundh toch beroofd.'

McKenzie schreef het allemaal op.

'Zijn laatste twee besprekingen had hij met HH bij iets wat Hidden Threat Assessment heet, in La Jolla. En daarna met CAM op de Imperial Beach Pier,' zei ik.

'HTA is een onderneming in Spook Valley,' zei Van Flyke. 'En HH is Hollis Harris, de oprichter daarvan. En CAM op de Imperial Beach Pier? Ik heb geen idee wie dat zou kunnen zijn.'

'Mogen we zijn werkplek zien?' vroeg ik.

'Natuurlijk.'

Van Flyke schreef zijn mobiele nummer achter op een visitekaartje en gaf dat aan mij. Toen ging hij ons voor zijn kantoor uit naar wat vroeger een slaapkamer van de Italiaanse bakkersfamilie moest zijn geweest. Er liep een scheidingswand door het midden. Een bureau en een lege stoel aan weerskanten. Op Garretts bureau stonden een zwart-witfoto van Samantha en een koffiekop met een afbeelding van de regenboogforel. Aan de muur hing een grote kalender van San Diego. Die gaf voor deze maand een foto van het mooie Casa del Prado-gebouw in Balboa Park te zien, een paar honderd meter verwijderd van de plaats waar ze Garrett Asplundhs lichaam hadden gevonden.

Ik gaf Van Flyke een hand en bedankte hem voor zijn tijd. McKenzie deed geen van beide.

Ze liep voor me uit de trap af. Arliss Buntz was inmiddels opgestaan. Blijkbaar had ze gewacht tot we naar beneden kwamen. Haar koptelefoon zat nog op haar hoofd en ze had haar coltrui nog helemaal omhooggetrokken voor de warmte. Haar blauwbruine ogen keken me aan.

'Hij kon moeilijkheden verwachten,' zei ze.

'Hoe weet u dat?' vroeg ik.

'Kijkt u maar naar zijn hoogverheven idealen!'

Ze ging zitten en draaide met haar stoel. Met haar rug naar ons toe bukte ze zich om een la open te maken.

'Wat bedoelt u?' vroeg ik haar.

'Hij was te goed voor de mensen om hem heen,' mompelde ze zonder zich om te draaien.

McKenzie reed, terwijl ik Hollis Harris en CAM belde. Hollis had van Garretts dood gehoord en was bereid ons een uur van zijn tijd te gunnen. De computerstem van CAM vertelde me opnieuw dat ik een naam, telefoonnummer en korte boodschap moest inspreken, maar opnieuw deed ik dat niet. Ik wilde CAM zelf aan de lijn hebben. Veel mensen beantwoorden telefoontjes van rechercheurs van Moordzaken niet, maar bijna niemand gooit de hoorn op de haak als hij er een aan de lijn krijgt.

Ik belde Gina om er zeker van te zijn dat ze op was en het goed maakte. Ze antwoordde al voordat ik was uitgesproken. Ze verontschuldigde zich voor de vorige avond. Zei dat ze er eentje te veel had gehad. Rachel was stomdronken geweest. Ik zei dat ze zich nergens druk om moest maken, en dat we die avond misschien uit eten konden gaan, en dat ik van haar hield. McKenzie kuste de lucht en reed de snelweg op.

Spook Valley is een bijnaam voor een groep ondernemingen in La Jolla die zich heeft toegelegd op kernwapentechnologie, strategische defensie, grenscontrole, industriële beveiliging en militaire surveillance. In veel gevallen zijn dat geheime of 'zwarte' programma's, rechtstreeks gefinancierd door de CIA of het Pentagon of het ministerie van Binnenlandse Veiligheid. Sommige ondernemingen gingen al van start in het begin van de jaren negentig, maar in veel gevallen zijn ze na 2001 opgericht. Ik dacht aan John Van Flykes zeven miljard voor onderzoek en ontwikkeling, alleen al van het ministerie van Binnenlandse Veiligheid, en aan het deel daarvan dat naar San Diego ging.

Spook Valley is helemaal niet spookachtig. Het is precies zoals iedereen denkt dat Zuid-Californië eruitziet: deinende palmen en kronkelige zeedennen en prachtige stranden onder een blauwe hemel. De groene heuvels rollen naar de Stille Oceaan als een gemorste partij smaragden. De architectuur in La Jolla is een levendige mengeling van mediterraans, Spaans-koloniaal, Spaanse Revival, Craftsman, Prairie, California Rancho, postmodern, hedendaags, noem maar op. Zelfs de 'Toscaanse' monstruositeiten zijn hier doorgedrongen, al zien ze er topzwaar uit, log en gedrongen op hun kleine maar dure kavels. Maar de ondernemingen van Spook Valley staan weggedoken in de strikt geheime schaduwen, terwijl de rest van La Jolla in het licht baadt, en iedereen gaat naar de dure restaurants op de rotsen om de zon te zien ondergaan.

Omdat we langs het pand van Hidden Threat Assessment waren gereden zonder het nummer te zien, maakte McKenzie rechtsomkeert en hobbelde met mijn oude Chevrolet het parkeerterrein op.

'Moet je al dat gespiegelde glas zien,' zei McKenzie. 'Ze zetten niet eens hun naam op het gebouw, alleen HTA. En kijk daar eens, die Enzo. Dat is 650 pk. Te gek. O, man, dat is nog eens een auto.'

Het was een rode Ferrari en op het nummerbord stond H-THREAT. Ik vroeg me af of hij korte tijd langs Highway 163 geparkeerd had gestaan op de avond dat Garrett was doodgeschoten. Ik vroeg me af hoeveel rode Ferrari's er in San Diego waren.

Hollis Harris kwam ons tegemoet bij de veiligheidsbalie in de glanzende hal. Hij was ongeveer van mijn leeftijd. Ruim dertig. Hij was klein, slank, bijna kaal en in het zwart gekleed: schoenen, broek, riem, golfshirt, horloge. Zijn gezicht was strak en zijn blik was open en onbevangen.

We bleven bij een wagentje met koffie en broodjes staan. Harris nam een driedubbele espresso, zwart.

'Ik probeer te minderen,' zei hij.

'Hoeveel per dag?' vroeg McKenzie.

Hollis boog zijn hoofd en fronste zijn wenkbrauwen. 'Drie? Nou, vier dan, maar vier op zijn hoogst.'

'Ik zou tegen de muren stuiteren,' zei ze.

'Misschien slaap ik daarom maar vijf uur per nacht.'

'Hoe voelt u zich 's morgens?'

'Nou,' zei Harris, 'eigenlijk heel goed.'

Zijn kantoor op de derde verdieping was groot, netjes en licht door de ochtendzon. De vloer bestond uit gelakt essenhout en zijn gebogen bureau was van roestvrij staal. De meeste accessoires waren ook van roestvrij staal. Er waren ramen aan twee kanten en de andere kanten bestonden uit witte muren. Een kolossaal schilderij nam het grootste deel van een muur in beslag – je zag de achterkant van een Ferrari die met grote snelheid van je wegreed. Op de andere muur prijkte een verzameling foto's van Hollis Harris met allerlei beroemdheden.

We zaten op meubilair van roestvrij staal en roomkleurig leer voor een van de grote ramen. Harris klapte zachtjes twee keer in zijn handen en er daalde een zonnefilter van het plafond neer. Terwijl dat naar beneden kwam, zag ik hoe de levendige beelden van de Soledad Highway en de San Clemente Valley zich verzachtten en terugtrokken.

'Ik heb de afgelopen twee jaar herhaaldelijk met Garrett Asplundh gesproken,' zei Harris. 'In het begin was hij geïnteresseerd in de financiële betrekkingen van HTA met het ministerie van Binnenlandse Veiligheid, de CIA en een aantal casino's in Las Vegas en het district San Diego. En natuurlijk met de gemeente San Diego. En dus heb ik hem onze boeken voorgelegd. Ik heb hem alles laten zien, van de contracten tot de loonlijst. Hij is in drie maanden niet teruggekomen.'

'Ik neem aan dat uw boekhouders hun werk hadden gedaan,' zei McKenzie. Ze keek van haar schrijfblok op naar Harris.

'Onze boeken zijn zo smetteloos als deze vloer,' zei Harris. 'Wij van HTA doen goede zaken en we hebben geen enkele reden om te bedriegen, te liegen of te stelen. Daar heb ik geen tijd en geen belangstelling voor.'

Terwijl Harris aan het woord was, las ik Asplundhs aantekeningen door. 'Garrett zei dat u – HTA – in 2003 150.000 dollar aan de Republikeinse Partij hebt gedoneerd om te proberen de gouverneur afgezet te krijgen.'

'Ja,' zei Harris. 'We hebben een soortgelijk bedrag aan de Democratische Partij gedoneerd om hen te helpen een goede kandidaat te vinden. Wij zijn geen politieke onderneming, maar we geloven in de staat Californië. Ik ben in deze staat geboren. Ik heb hier mijn hele leven gewoond. Deze staat zegt me iets.'

Ik keek in Hollis Harris' kalme ogen. 'Garrett heeft u hier eergisteren om vijf uur ontmoet – de dag waarop hij stierf.'

'Dat klopt,' zei Harris. 'We hadden het over de ontwikkeling van Hidden Threat Assessment-software voor de dienst Ethiek.'

'Wat is "hidden threat assessment" precies?' vroeg McKenzie.

Harris boog zich op de rand van de roomkleurige bank naar voren alsof hij op het punt stond overeind te springen. 'De kern daarvan is een softwaresysteem dat databases in realtime met elkaar laat communiceren. Ik kreeg dat idee al op de middelbare school. Mijn vader werkte voor TRW en klaagde altijd dat de informatie er wel was, maar dat hij er niet op tijd bij kon. En dus ontwierp ik in mijn informaticalessen een programma voor hem en kreeg daar een tien voor. Toen ik achttien was, verkocht ik het voor een half miljoen dollar aan TRW. Dat was genoeg om dit bedrijf te starten. We zijn twee keer failliet gegaan en kwamen er twee keer bovenop. Ik heb overal gewoond, van goedkope hotelletjes in de binnenstad tot villa's in La Jolla. Villa's zijn beter, maar goedkope hotelletjes besparen je tijd, want je hebt er minder onderhoud aan. Het werk heeft mijn huwelijk verwoest, maar ik maak diezelfde fout niet nog een keer. Ik heb een geweldig zoontje. Vorig jaar verdiende mijn bedrijf meer dan 45 miljoen en we zijn hard op weg om dat dit jaar te overtreffen. Ruimschoots.'

'Hoe hebt u als scholier zo'n programma geschreven?' vroeg McKenzie.

Harris haalde zijn schouders op. 'Dat weet ik eigenlijk niet. Het is een gave. Als ik met gecodeerde informatie werk, wordt het auditief voor mij. Muzikaal. Ik hoor het. Ik hoor manieren waarop geluiden – het zijn eigenlijk geen geluiden, het zijn megabytes en gigabytes en zo – harmonieus kunnen klinken, in een vloeiend ritme. Dat soort informatie, opgestapeld en in enorme hoeveelheden, kan digitaal worden aangepast en gesynchroniseerd. En dan kan die informatie zich letterlijk met de snelheid van elektriciteit verplaatsen. Het is niet alleen een kwestie van software. Je hebt speciale machines nodig om zo'n programma te laten draaien. Die heb ik ontworpen. Het is moeilijk uit te leggen.'

'Blijkbaar,' zei McKenzie.

Ik kwam in de verleiding om tegen Hollis Harris te zeggen dat ik vormen en kleuren van emoties achter gesproken woorden kon zien. Maar ik deed het niet. Het is niet zomaar een trucje. Als het op het hoofdbureau van Broadway bekend werd, zou dat me vroeg of laat lelijk opbreken. Mijn promotie was versneld door mijn wonderbaarlijke herstel van de val en doordat ik ongevraagd een kleine beroemdheid was geworden. Ik mag dan 'vreemd' genoeg zijn om vormen en kleuren te zien als mensen praten, maar ik ben niet vreemd genoeg om dat aan iemand anders toe te geven dan aan Gina.

'Hoe beoordeelt die software bedreigingen?' vroeg ik.

'De software vindt verborgen connecties tussen mensen die een bedreiging kunnen vormen,' zei Harris. 'Hij vindt ze meteen, in realtime. Stel, persoon A solliciteert hier naar een baan. We halen hem door een elementair protocol. Daaruit blijkt dat de broer van de vroegere kamergenote van zijn vrouw veroordeeld is voor oplichting en dat persoon A en de veroordeelde oplichter nu op hetzelfde adres wonen. Dat duurt tien seconden. En vervolgens nemen we persoon A niet aan. We wijzen hem de deur. Van casino's tot de federale overheid – iedereen heeft onze software nodig. Ik noem onze software "een symfonie van informatie". Maar je kunt beter van twintig symfonieën spreken, samengebald in een soundbyte.'

'Indrukwekkend,' zei McKenzie.

'Indrukwekkend, mevrouw Cortez?' vroeg Harris glimlachend, en hij nam de laatste slok van zijn espresso. 'Het is bijna ongelooflijk. We kunnen momenteel contacten tussen mensen natrekken in vijf stappen, dus iemand kent iemand, en die kent weer iemand, en dat vijf keer. Aan het eind van volgend jaar zitten we op acht stappen. We werken momenteel voor de grenspolitie – je steekt je wijsvinger in een scanner aan de grens bij San Ysidro of Tijuana, en wat gebeurt er? Ik laat de volgende databases als supersnelle grondverzetmachines in je verleden graven: Binnenlandse Veiligheid, belastingdienst, de DEA, de grenspolitie, de politie van het district San Diego, de politie van de gemeente San Diego, het Interagency Border Inspection System en het Automated Biometric Identification System, en dat is nog niet alles. Even ademhalen, en ik ga verder: het Treasury Enforcement Communications System, het Deportable Alien Control System, het Port of Entry Tracking System, het National Automated Immigration Lookout System en het systeem van de San Diego User Network Services. Ik raak buiten adem als ik over mijn werk praat, dus laat ik nog eens diep ademhalen en dan ga ik weer verder: het Computer Linked Application Information System en het National Crime Information Center van de FBI. En ik laat al die databases zo snel met elkaar praten als elektriciteit in een telefoonlijn. Ik kan u alles over uzelf vertellen: fysiek, financieel, crimineel, maatschappelijk. Ik krijg de naam, het adres en het sofinummer van de arts die u aan uw amandelen opereerde toen u vier was, en ik zal precies weten hoe hoog uw telefoonrekening vorige maand was, en als u uw vinger weer uit de scanner haalt, weet ik al de naam en het adres van uw zogenaamd geheime minnaar. Als u een bedreiging vormt, komt dat aan het licht. Als u misschíén een bedreiging vormt, komt dat aan het licht. Als u alleen maar een schaduw vormt van de herinnering aan een mogelijke dreiging, komt dat aan het licht. En dat, rechercheur Cortez, is indrukwekkend.'

Harris was buiten adem. 'Ik weet dat het opschepperig klinkt, rechercheur. En dat is het ook.'

En inderdaad, de oranje rechthoekjes van de trots hingen tussen ons in de lucht en losten toen op.

'Wilt u zo'n onderzoek naar Garrett Asplundh voor ons doen?' vroeg ik. Harris keek me aan, maar zei niets.

'Misschien heeft hij dat al gedaan,' zei McKenzie. Ze glimlachte, iets wat niet vaak gebeurde.

Harris ging naar zijn bureau en maakte een la open. Hij kwam terug met een bruine map en gaf hem aan McKenzie. 'Toen ik gisteren hoorde wat er gebeurd was, heb ik Garrett door de computer gehaald. Het is moeilijk om veel over politiefunctionarissen te weten te komen, omdat hun bazen dit spel al jaren spelen. Maar de achtergrondinformatie komt er toch wel uit. Daarom leverde Garrett naar onze begrippen een beetje weinig op. Het is niet meer dan 180 bladzijden informatie, allemaal in deze envelop. Er zit ook een cd voor u bij. Ik heb het gisteravond allemaal doorgelezen en zag niets wat betrekking zou kunnen hebben op de moord. Maar het is mijn terrein niet. Het is uw terrein. Misschien zit er iets bij wat u kunt gebruiken.'

'Dank u,' zei McKenzie. 'We stellen dit op prijs.'

'Wilde Garrett een programma van u voor de dienst Ethiek?' vroeg ik.

'Ja,' zei Harris. 'Maar ze hebben er het geld niet voor. Ik heb hem uitgelegd dat ik het systeem kan opzetten, het kan installeren, de gebruikers kan trainen, en het twee jaar kan updaten, voor 400.000 dollar. Garretts budget voor systeemupgrades was 80.000. Hij zei dat ik mijn diensten tegen kostprijs zou kunnen aanbieden om de stad te helpen die mij zo welvarend heeft gemaakt. Ik was het daarmee eens, en dat was die 400.000 dollar precies: mijn kostprijs.'

'Hoe reageerde Asplundh daarop?' vroeg McKenzie.

'Dat wist ik nooit bij Garrett. Ik kon hem niet doorgronden. Ik kon merken dat hij die middag met zijn gedachten ergens anders was. Hij was er niet helemaal bij. Meestal was hij erg intens, erg geconcentreerd. Toen ik hem in dit kantoor sprak... Nee... Hij was met zijn aandacht heel ergens anders.'

'Zei hij iets over wat hem bezighield?' vroeg McKenzie.

Harris schudde zijn hoofd. Toen keek hij ons beiden aan.

'Hoe laat ging hij hier weg?' vroeg ik.

'Om tien voor zes.'

'Wat voor kleren had hij aan?'

'Zwart pak, double-breasted, wit overhemd, goudkleurige das. Met de hand gestikte brogues. Mooie kleren.'

'Was die das goudkleurig?' vroeg ik.

'Goudkleurige zijde.'

Niet blauw. Niet doorweekt met zijn eigen bloed.

Harris keek op zijn horloge, zuchtte en stond op. 'Sorry. Ik heb hier nu geen tijd meer voor. Misschien zit er iets in dat boek van HTA wat u in de juiste richting stuurt.'

'Hoe snel is die Enzo?' vroeg McKenzie.

'De topsnelheid is 347. Hij gaat in 3,65 seconden van nul naar 100. Je krijgt er plooien van in je gezicht.'

'Hebt u er dinsdagavond mee gereden?'

Hij keek haar aan en glimlachte. 'Ik ben om ongeveer zes uur naar huis gereden, naar Carlsbad. Om ongeveer tien over halfzeven ben ik er weer mee weg geweest. Ik ging met mijn zoon naar een drive-in hamburgertent. Hij is vijf. Om zeven uur waren we thuis met onze hamburgers. Om acht uur lag ik in bed te lezen. Ik heb pas de volgende morgen weer met de Enzo gereden. Hij kan voor me instaan, als u dat wilt.'

'Dat hoeft momenteel nog niet,' zei McKenzie. 'Is het een vreemd gevoel om met een auto van 600.000 dollar naar een hamburgertent te gaan?'

Hij keek haar peinzend aan. 'Ja. En je moet je arm ook ver omhoogsteken.'

Op het parkeerterrein keek ze verlangend naar de auto. Ik moest toegeven dat het een mooie machine was. Mijn eigen droomauto is altijd een Shelby Cobra geweest. Gina heeft me een keer voor mijn verjaardag een dag in een dure rijschool in Arizona gegeven. Ik kreeg een lezing en reed de rest van de dag met een instructeur in een opgevoerde stockcar die op de rechte stukken 250 haalde. Snelheid is geweldig, al ben ik er sinds mijn val minder enthousiast over. Ik vind het nu een beetje ondankbaar om je leven op het spel te zetten voor een middelmatig genot. Die avond gaf Gina me bij het avondeten een klein Shelby Cobra-model, en dat staat nog steeds op een ereplaats op mijn vliegenbindtafel.

Voordat ik in de Chevrolet stapte, probeerde ik CAM opnieuw te bellen, en nu werd er opgenomen.

'Toestel van Carrie Ann Martier.'

'Met Robbie Brownlaw, politie San Diego, afdeling Moordzaken.'

'Een ogenblik.'

Het was de stem van een vrouw. Ze klonk zelfverzekerd en professioneel. Ik liep van mijn auto vandaan en wachtte bijna een volle minuut. McKenzie stond aan de andere kant van het parkeerterrein naar me te kijken.

'Meneer Brown?'

'Brownlaw.'

'Ja? Wat kunnen we voor u doen?'

'Ik wil graag met Carrie Ann Martier over Garrett Asplundh spreken.'

'Ik ben Carrie Ann Martier. Maar ik weet niet of ik u kan helpen.'

'Ik heb uw hulp niet nodig. Garrett wel.'

Er volgde een lange stilte. 'Goed.'

'Zullen we zeggen: vanavond om halfzeven aan het begin van de Imperial Beach Pier?' zei ik. 'Ik draag een Chargers-pet.'

'Wilt u uw naam spellen en me uw insignenummer geven?'

Ik deed beide.

'En komt u alleen,' zei ze.

'Goed.'

Stilte, en toen hing ze op.

48

5

Toen ik om een uur of zes naar Imperial Beach reed, kwam er mist opzet-ten. In het westen zag ik het parkeerterrein van Silver Strand State Park, waar nog niet zo lang geleden een zevenjarig meisje door een kidnapper was meegenomen. Later vermoordde hij haar. Ze heette Danielle. Altijd wanneer ik daar was, dacht ik aan haar, en dat blijf ik waarschijnlijk de rest van mijn leven doen. Veel mensen zullen dat blijven doen. Ongeveer drie weken nadat haar lichaam was gevonden, werd ik uit het Las Palmas gegooid.

Ik had de Chargers-pet eigenlijk niet nodig. Ik stond in mijn eentje aan het begin van de Imperial Beach Pier en keek naar de golven die kwamen aanrollen en naar de lichtjes van de stad die een voor een aangingen in de schemering. Een kunstwerk dat uit surfplanken van acryl bestond, glans-de vaag in de mist. Imperial Beach is de zuidelijkste stad aan onze kust. Je kunt Mexico aan de overkant van de rivier de Tijuana zien liggen. Op een vreemde manier heb je daar ook het gevoel dat er een eind aan de dingen komt. Het is het einde van Californië en van de Verenigde Staten en de grondwet en de Amerikaanse manier van leven. Dan denk je aan Danielle en vraag je je af of het allemaal wel zoveel betekent als je dacht.

Halfzeven kwam en ging. Ik belde Gina weer en we praatten een poosje. Ze zei dat de vorige avond haar niet lekker zat en ik zei dat ik het jammer vond dat ik die avond niet kon komen. Het is vreemd dat twee mensen zonder kinderen met elkaar konden samenwonen en toch zo weinig tijd voor elkaar hadden. Soms lijkt het of ik Gina bijna nooit zie. Ik weet niet of ze mijn gezelschap net zo erg mist als ik het hare, maar dat zou ook moeilijk kunnen.

Er was een bericht van Samuel Asplundh, Garretts oudere broer en naaste familielid, die op die avond in San Diego zou aankomen.

Er was een bericht van hoofdinspecteur Evers, die zei dat ze nog drie getuigen hadden gevonden die op de avond dat Garrett werd vermoord een auto langs Highway 163 hadden zien staan. Ze zeiden alle drie dat de auto rood was. Een van hen zei dat het een sportwagen was, een Mustang of misschien een Corvette. Een ander dacht dat hij een man tussen de

bomen daar had zien staan, en dat kwam overeen met wat Gepensioneerde Marineman ons die ochtend had verteld.

Daarna beantwoordde ik een telefoontje van Eddie Waimrin, onze brigadier uit Egypte. Hij vertelde me dat het accent op de bandopname van het
tiptelefoontje waarschijnlijk Saudisch was. Hij zei dat de spreker bijna
zeker in het buitenland geboren was. Ik vroeg hem zijn voelhoorns uit te
steken naar Saudische mannen die in een rode Ferrari reden, want het was
altijd mogelijk dat de beller zelf Rode Ferrari was.

'Ik weet er al eentje,' zei hij. 'Sanji Moussaraf, een student hier aan de
State University. Rijke oliefamilie in Saudi-Arabië. Erg, erg rijk. Populaire
jongen. Ik heb zijn telefoonnummers voor je.'

'Misschien kun jij beter eerst met hem praten,' zei ik.

Drie van de kapers van 11 september woonden hier toen die noodlottige
vliegtuigen opstegen. Een van hen had geïnformeerd naar mogelijkheden
om hier vlieglessen te nemen. Een aantal eerste arrestaties in verband met
die aanval had hier in San Diego plaatsgevonden – twee van de gear-
resteerde mannen werden bijna drie jaar vastgehouden voordat ze in 2004
werden uitgewezen. Er waren hier ook wat moeilijkheden geweest na de
zelfmoordaanvallen: beledigingen die met verf op een plaatselijke moskee
waren gespoten, scheldwoorden die mensen waren toegeroepen die eruit-
zagen alsof ze uit het Midden-Oosten kwamen, vandalisme bij restaurants
en bedrijven, intensieve politieverhoren in de dagen en weken die volgden.

Eddie Waimrin, die Egyptisch, Arabisch, Libanees, Frans en Engels
spreekt, werd er vaak bij gehaald om mensen te verhoren, als tolk te fun-
geren of uitleg te geven over zeden en gewoonten. Hij kwam naar ons land
toen hij elf was, hierheen gestuurd door zijn vader om hem voor de ellende en armoede van Egypte te behoeden. Daarna had Eddie zijn vader,
moeder en twee zussen naar de Verenigde Staten gehaald. Hij is een vriendelijke man, altijd opgewekt, en hij is actief in de politiebond.

Aangezien de grote Arabische gemeenschap in San Diego sinds 11 september erg terughoudend en voorzichtig was, wilde ik geen goede bron
bederven. Eddie Waimrin maakte veel meer kans om informatie uit zo
iemand los te krijgen dan ik.

'Ik zal zien wat ik kan doen,' zei hij.

Ik bedankte hem en verbrak de verbinding.

Ik stond net op het punt Carrie Ann Martier te bellen, toen er plotseling
licht in mijn ogen scheen en een vrouwenstem door de mist tot me doordrong.

'Brownlaw?'

Ik hing de telefoon weer aan mijn riem.

'Robbie Brownlaw, Moordzaken?'

'Doe dat licht weg.'

De lichtbundel werd uitgezet en een vrouw kwam in het zwakke licht van de lampen op de pier naar voren. Ze was klein en aantrekkelijk, midden twintig. Ze had glanzend, sluik blond haar, dat net niet over haar schouders hing, en een pony. Ze droeg een zwart donsjasje over een wit T-shirt, een spijkerbroek en suède werklaarzen. Een suède tasje hing kruiselings aan haar schouder, zodat je het niet kon losrukken om ermee vandoor te gaan.

Ik liet haar mijn insignenummer zien en bedankte haar voor haar komst.

'U was niet verplicht te komen. Ik stel dit op prijs.'

'Ik weet niet of ik u kan helpen en ik heb niet veel tijd.'

'We kunnen lopen,' zei ik.

'Liever niet.'

'Dan blijven we hier staan. Hebt u hem eergisteravond ontmoet?'

'Ja, hier, om halfzeven.'

'Wat was het doel van die ontmoeting?'

Carrie Ann Martier zuchtte en keek uit over de branding. 'Laten we gaan lopen.'

In de mist kon je het eind van de pier niet zien. Je kon de golven ook niet zien, maar je hoorde hoe ze tegen de pijlers van de pier sloegen. Ik voelde hun kracht en die bracht me op een onprettige manier uit mijn evenwicht. Boven ons waren de lampen voorzien van metalen stekels om te voorkomen dat de vogels er nestelden, en die stekels wierpen spitse schaduwen op de palen. Door al die somberheid liep Carrie Ann Martier, gezond en fris, een type uit een reclamespot voor vitaminesupplementen.

'U weet dat hij rechercheur bij de dienst Ethiek was,' zei Carrie. 'Nou, een gemeenteambtenaar ging om met een vriendin van me en die vriendin werd in elkaar geslagen. Nogal erg. Dat was een maand geleden. Ze wilde geen aangifte doen, want ze komt uit een goede familie en de man is getrouwd. Ze wilde het schandaal niet. Ik wierp één blik op haar en ging toen met Garrett praten, want dat is een waakhond, nietwaar? Ik praatte met hem. Iemand moest met hem praten. Twee dagen later kreeg ze vierduizend dollar in contanten, een erg mooi stel oorbellen met parels en een verontschuldigend briefje in haar postbus. Garrett zei tegen haar dat de lul "voor rede vatbaar" was geweest.'

'Wie is die ambtenaar?'

51

'Steven Stiles, de assistent van het gemeenteraadslid.'
Ik herinnerde me die naam uit Garretts met de hand geschreven aanteke-
ningen.
'En uw vriendin?'
'Ellen Carson.'
Die naam kende ik niet.
'Was u getuige?'
'Nee. Ik zag haar toen het gebeurd was. Het zag er lelijk uit.'
We vervolgden onze weg over de onzichtbare zee. Een paar vissers lieten
hun hengel op de reling steunen; hun lijnen verdwenen in de mist. Ik
voelde kleine druppeltjes op mijn gezicht. Een vis smakte in een plastic
emmer.
'Vertel me eens wat meer over Ellen,' zei ik. 'Wat doet ze? Wat is haar
beroep?'
Carrie Ann Martier, ineengedoken in haar jasje, keek me lang en scherp
aan. Ik zag dat ze een besluit nam. 'Ze studeert aan de Universiteit van
Californië hier in San Diego. En ze werkt ook parttime als prostituee. In
het luxe segment – snel geld.'
'En zo ontmoette ze...'
'Stiles.'
'Ben jij ook studente?'
'Ik studeer Engels. Daarna wil ik rechten doen. En nee, ik ben geen
prostituee. Ik maak boeken persklaar voor McGrew & Marsh hier in San
Diego – we publiceren boeken over autoreparaties.'
Ik zag de rode vierkantjes van leugens uit Carrie Ann Martiers mond tui-
melen. Ik had al geraden dat zijzelf 'Ellen' was, maar het was prettig om
dat bevestigd te zien.
'Dat zijn goede boeken over autoreparaties,' zei ik. 'Ik heb jaren geleden
het boek van Volkswagen gekocht. De tekst was erg goed geredigeerd.'
'O. Mooi zo.'
'Waar ging je ontmoeting met Garrett over?'
'Een videodisk. Beelden van andere mannen die met Ellen en collega's van
haar omgingen. Het was de derde verzameling die Ellen me voor Garrett
had gegeven.'
'Hoeveel andere mannen?'
'Weet ik niet. Ik heb ze nooit gezien.'
Nog meer rode vierkantjes, deinend in de lucht tussen ons in. Ik was me
daar nauwelijks van bewust. Maar ik was me er wel goed van bewust dat
Garretts belangstelling voor die videodisk maar één ding kon betekenen.

'Mensen van de gemeente?'

Ze knikte. 'Dat zeggen Ellen en haar vrienden. Allerlei types: gemeente-huis, politie, brandweer, politici, bestuurders. En ook de kerels die zaken-doen met de gemeente: aannemers, dienstverleners, andere ondernemers.'

'Dat is een bom die elk moment kan afgaan.'

'Ik denk van wel, met Garrett. Daarom was ik bereid je te ontmoeten.'

'Ik moet met Ellen praten,' zei ik.

'Nee. Dat kan ze niet riskeren. Het is jouw taak om mensen als zij in de gevangenis te zetten. Ze heeft voor je gedaan wat ze kon, rechercheur. Je moet niet om meer vragen.'

'Het kan me niet schelen wat Ellen in haar vrije tijd doet. Het kan me wel wat schelen wie Garrett Asplundh heeft vermoord, en daarom moet ik haar spreken.'

Ze keek me met een koele blik aan. Vreemd dat ze er zo schoon en fris kon uitzien, en tegelijk zo hard. 'Ik wist wel dat je dat zou flikken.'

'Het heeft al eens bij je gewerkt,' zei ik. 'En misschien werkt het nog een keer bij je, want je mocht Garrett graag. En je wist dat hij een goed mens was en dat hij probeerde het goede te doen, en dat hij waarschijnlijk daardoor is vermoord.'

'Mijn tijd is kostbaar. Ben je bereid me hiervoor te betalen?'

'Nee.'

'Garrett Asplundh wel.'

Ik moest uitwijken voor de rode vierkantjes.

Ik glimlachte naar haar, want ik heb echt bewondering voor bedriegers. Ze hebben de moed om een leugen te vertellen en weten niet of een ander erin trapt. Toen ik nog bij Fraude zat, had ik veel met geweldige bedrie-gers te maken, en daar genoot ik immens van. Misschien omdat ikzelf nooit ook maar het kleinste leugentje kon vertellen zonder dat het meteen op mijn gezicht te zien was. Mijn ouders lachten dan alleen maar en schudden hun hoofd.

'Nou, in werkelijkheid betaalde hij je niet voor je tijd, Ellen.'

Haar blik ging van koel naar ijzig. 'Rot op, smeris.'

'Nou, goed dan. Maar waarom zou je wel met Garrett praten en niet met mij? Afgezien van het feit dat iemand hem twee avonden geleden over-hoop heeft geschoten toen hij net bij jou was geweest?'

'Hij was lief en verdrietig, een geweldige kerel.'

Ik dacht daarover na. 'Ik ben niet lief of geweldig, maar ik ben soms ver-drietig. Dat is dus één op de drie.'

'Ik heb de pest aan mensen als jij.'

Ik haalde mijn schouders op, maar wendde mijn blik niet van haar af, want ik was bang dat ze er ineens vandoor zou gaan.

'Hoor eens, Carrie,' zei ik. 'Of Ellen of Marilyn of Julie – het kan me niet schelen hoe je heet. Het kan me niet schelen hoe je de kost verdient, al hoop ik dat je een goede ziektekostenverzekering en een goed pensioenplan hebt.'

Ze zuchtte, trok haar kleine suède tas naar voren en trok de rits open. 'Jouw oordeel zegt me niks. Ik doe hetzelfde wat je vrouw doet, maar ik krijg van tevoren betaald en ik kan nee zeggen wanneer ik maar wil.'

'O, man, moet ik daar iets op zeggen?'

Haar lippen vormden een glimlach.

'Help me eens,' zei ik. 'Help Garrett.'

'Goed, goed. Wil je me dan uit die mist hier halen en me iets te drinken aanbieden? Ik vernikkel van de kou. En om je de waarheid te zeggen, heb ik er misschien ook behoefte aan om met een politieman te praten.'

'Hoe dat zo?'

'Omdat ik erg bang ben, Robbie.'

Ze haalde een pakje sigaretten uit haar tasje en bood mij er een aan. Ik schudde mijn hoofd.

'Vuurtje?' vroeg ze.

'Sorry.'

'In oude films waren de mannen beter.'

'We gaan achteruit.'

'Hier dan. Leer wat nuttigs.' Ze haalde een aansteker uit haar tas en hield hem me voor.

Ik glimlachte, maar kwam niet in beweging.

'Nou?' vroeg ze. 'Wat valt er te lachen?'

'Oké, wie je ook bent. Dan leer ik iets nuttigs.'

Ik liep langzaam naar haar toe, maar pakte snel haar pols vast en draaide er genoeg aan om haar pijn te doen.

Ze slaakte een kreet.

De aansteker viel op de houten balken van de pier en ik zag hem een eindje wegrollen en tot stilstand komen. Zij keek er ook naar.

Ik raapte hem op en ze probeerde me niet te schoppen en weg te lopen. Inderdaad, het was een aansteker. Maar aan het andere eind zat een spuitbusje met pepperspray. Ik had daarover gehoord van collega's bij Zeden.

'Kom,' zei ik. 'Laten we wat gaan drinken. Ik rij.'

Ze bewoog haar pols. 'Ik wilde dat niet tegen jou gebruiken. Dat zweer ik je, man...'

'Volgens mij wel.'

'Geef terug.'

'Ik geef hem later terug.'

'Garrett zou mijn sigaret hebben aangestoken.'

'Misschien is hij daarom dood.'

In het Beachside dronk zij Irish coffees en nam ik een biertje. Ik vroeg hoe ze heette en ze zei dat ik het maar op Carrie Ann Martier moest houden. Ze zei dat ze was opgegroeid in San Diego en uit een rijke familie kwam, hoewel haar vader een schoft en haar moeder goedaardig maar krankzinnig was.

'Schizofrenie, met een paranoïde subtype,' zei ze. 'Geen goede combinatie als je met een stiekemerd als hij getrouwd bent.'

Ze vertelde me dat Steven Stiles, assistent van raadslid Anthony Rood van wijk Negen, haar twee keer had gestompt en haar de keel had dichtgeknepen omdat hij 'm niet overeind kon krijgen. Dat was in februari geweest. Twee gekneusde ribben – hij had geen half werk geleverd. Zijn trouwring had haar huid geschaafd, en dat vond ze 'bijzonder ironisch', in combinatie met het feit dat het de dag daarvoor Valentijnsdag was geweest. Ze boog zich naar me toe en wachtte tot ik me naar haar toe boog.

'En, Robbie,' fluisterde ze, 'niemand behandelt Carrie Ann Martier op die manier.'

Ze zei dat na die mishandeling haar ribben pijn deden bij het ademhalen en praten. Lachen was nog erger, maar niezen en hoesten was het allerergste. Ze had twee weken niet kunnen werken. Ze zei dat ze naar Garrett was gegaan, omdat Garrett geen echte politieman was en geïnteresseerd zou zijn in gemeenteambtenaren en aannemers die naar de hoeren gingen. Ze wilde niet naar de politie gaan en ze was nog steeds niet bereid aangifte te doen, al deden haar ribben nog steeds pijn wanneer iemand haar een goede grap vertelde, wat niet vaak gebeurde.

Ze zei dat ze de disks voor Garrett had gemaakt met een videocamera die ze in haar kamer had verborgen. Ze gebruikte een camera in het Coronado Oceana Hotel, en ze had 'een goed contact' met de bewaking daar. Twee vriendinnen werkten ook met een camera, niet omdat Stiles hen ook had geslagen, maar omdat ze 'kwaad op Jordan' waren en dachten dat ze een duidelijk verband konden aantonen tussen Jordans telefoontjes, die ze stiekem hadden opgenomen, en mannen die voor seks betaalden.

'Vertel me eens iets over Jordan,' zei ik.

'Jij weet niks, hè?'

Ik schudde mijn hoofd. Eigenlijk wist ik wel een beetje. Bij Zeden waren ze al maanden een zaak tegen Jordan aan het opbouwen.

Jordan was de 'Squeaky Clean Madam', zei Carrie. Ze had die bijnaam gekregen omdat ze jaren geleden een schoonmaakbedrijf had gehad dat Squeaky Clean heette. Ze verdiende veel geld, maar werd toen opgepakt wegens illegalen, achterstallige belastingen en vergrijpen tegen de arbeidswetgeving. Ze zat haar tijd uit, en toen ze vrijkwam, ontdekte ze dat met seks meer te verdienen was dan met schoonmaakwerk; en als haar meisjes mooi genoeg waren, hoefde ze niet eens dweilen en stofzuigers te kopen. Ze had nu vijftig of zestig meisjes en zette ze vooral in op congressen en speciale gebeurtenissen zoals de Super Bowl. Als dekmantel had ze een firma die beleggingsadviezen gaf, met een nepnaam, Sheehan & Partners of zoiets. Zeker, ze had partners. Jordans meisjes kleedden zich als receptionistes, ze zagen eruit als je buurmeisje, ze hadden goede manieren en een innemende glimlach, en ze kostten een heleboel geld. Hotels konden ze er niet uitpikken. Pure klasse en veel regels, zei ze, geen kinky gedoe, niets ruigs, geen speelgoed, geen drugs, geen pijn of trio's. Nooit in een auto. Ze mochten geen gewaagde kleding dragen. Geen uitdagende schoenen, en geen piercings behalve in de oren. Niet vloeken, niet roken. Geen meisjes van boven de dertig. Ieder meisje had een pieper. Je praatte nooit met Jordan, want de madam zat in de top van de piramide en beneden haar zaten de 'bellers', die je vertelden wie de klant was en wanneer je naar hem toe ging. Jordan had altijd een heleboel klanten. Ze had iets zuivers, iets eenvoudigs. Jordan had mannen in haar zak zitten. Jordan kon een priester binnen vijf minuten in een betalende klant veranderen. De meisjes deden ook hun eigen marketing; ze zaten niet te wachten tot hun pieper ging. Jordan zei tegen ze dat ze in Volkswagen cabriolets moesten rondrijden, dan konden de mannen ze goed zien. De beheerder van het Mission Center Volkswagen was een vriend van Jordan en verhuurde hun de cabriolets met korting. Het was een soort autoreclame, zoals voor pizza en ongedierteverdelgers, maar dan voor vrouwen. Jordan had dat idee overgenomen van Ida Bailey, de oude madam in de Gaslamp Quarter die haar meisjes altijd in rijtuigen liet rondtoeren, opdat de mannen hen konden zien en een keuze konden maken. Je had dus vijftig meiden die door San Diego reden, en wat denk je dat er gebeurde als je floot of zwaaide? Man, dan stopten ze meteen en deden je een voorstel. Een uur later was je duizend dollar armer. Jordan kreeg vierhonderd dollar per contract, de 'provisie'. De meisjes kregen alles wat ze er daarboven uit sleepten. Duizend dollar was 'de norm' voor een Squeaky Clean-meisje, maar soms moesten ze genoegen nemen met minder. Als ze bij een gemeenteman waren, een van Jordans 'speciale klanten', kregen ze veel minder, wel een fooi, maar sommige klanten dachten dat twintig dollar al een fooi was. Als je onder de provisie uit probeerde te komen, had Jordan een reusachtige kerel, een zekere Chupa junior, met een klein, kaalgeschoren hoofd en tatoeages op zijn hele lijf, en die was niet aardig. Maar waarom zou je haar bedriegen? Je kon in je lunchpauze met gemak meer dan duizend dollar verdienen – je zou er versteld van staan hoe lucratief juist dat middaguur was – en ook nog in de loop van de middag, met de flexibele werktijden van veel mannen. En dan had je daarna een goede avond. Voordat de zon boven de horizon verscheen, kwam je thuis met drie- of vierduizend dollar in je tasje, soms nog meer.

'Behalve ik,' zei ze. 'Ik ga meteen naar de geldautomaat en stort mijn verdiensten op mijn rekening. Dat is het probleem van veel meisjes die in het leven zitten: ze geven meer uit dan ze sparen en op sommige avonden werken ze helemaal niet. Soms werk je een hele week niet. Maar je zou niet geloven wat ze allemaal kopen. Sieraden en elektronica en kleren en reisjes en dope – als ze vrij zijn, feesten ze aan één stuk door. Maar Carrie Ann Martier doet dat niet. Nee. Ik koop mijn werkkleding bij postorderbedrijven, want ik zie er toch altijd goed uit. Ik koop dingen in bulkverpakkingen bij de groothandel, want ik ben een kleine zelfstandige. En dat vind ik nog grappig ook. Wat geeft het als ik vijf liter haarconditioner in mijn aanrechtkastje heb staan? Ik spaar voor een huis in Maui en dat wil ik hebben voor ik dertig ben. Ik zal het krijgen. En dan zeg ik dag met het handje tegen de Squeaky Cleane Madam. Ik ga het leven uit. Ik ga surfen en tuinieren en ik leer mijn eigen sushi te maken.'

'Dat is een mooi plan,' zei ik. 'Veel succes.'

Ze haalde haar schouders op en er kwam een wazige blik in haar ogen, die blauw waren. 'Ja, vast.'

'Nee, ik meen het echt.'

Ze keek me aandachtig aan. 'Ik denk dat je me zo zou oppakken als je daardoor promotie of opslag kon krijgen.'

Ik nam een slokje bier. Ze had misschien wel gelijk, al had het niets met geld of status te maken. De wet was nu eenmaal de wet. Soms kon een politieman een oogje toe knijpen – je weet wel, in het belang van een grotere zaak. Soms niet. Ik dacht weer aan de witte Volkswagen cabriolet die ik voor Stella Asplundhs huis had zien staan en de rode die ik eerder die dag van het parkeerterrein van HTA had zien komen. In beide gevallen had er een aantrekkelijke jonge vrouw achter het stuur gezeten.

'Waarom waren je vriendinnen kwaad op Jordan?'

'Omdat ze de provisie had verhoogd naar zeshonderd.'

'Waarom deed ze dat?'

'Om plaats te maken voor de jongere meisjes. Om de jongere meisjes in haar organisatie te krijgen, laat ze hen minder afdragen. En de klant wil jonge meiden. De bedrijfsonkosten gaan omhoog als je ouder wordt. Zes, zeven-, achthonderd dollar per klant. Algauw werk je alleen voor Jordan of werk je helemaal niet meer.'

'En dus maken je vriendinnen en jij stiekem die video-opnamen. Jij geeft ze aan Garrett voor zijn onderzoek, omdat je door de assistent van een politicus bent mishandeld en omdat Garrett dat voor je in orde heeft gemaakt. Maar die twee andere meisjes dan? Wat gingen zij met hun kopieën doen? Wilden ze chantage plegen omdat Jordan meer geld van ze vroeg?'

'Het is geen chantage als je wordt bestolen.'

Ik dacht aan twee jonge prostituees die hun eigen madam te slim af wilden zijn. Dat klonk gevaarlijk. 'Weet Jordan van die videobeelden?'

'Dat kon niet. Als Jordan ooit vermoedde dat we dat hadden gedaan, zou ze ons er meteen uit hebben gegooid. Ze zou nooit meer hebben gebeld. Of erger.'

'Chupa junior?'

Ze keek me aan en nam de laatste slok van haar tweede Irish coffee. 'Ja. Er wordt gepraat. Er wordt altijd gepraat, weet je. En dan gebeurt er iets. Op de ene dag werkt een meisje nog, en dan is ze weg. Misschien heeft ze Jordan bedrogen. Misschien heeft ze haar één keer te vaak tekortgedaan. Misschien probeerde ze klanten over te halen haar rechtstreeks te bellen. Of ze heeft een scène gemaakt. Of ze heeft een belangrijk iemand teleurgesteld of kwaad gemaakt. Chupa duikt hier op. Chupa duikt daar op. Als iets uit een nachtmerrie. Het zet je aan het denken.'

'Heb je Jordan Sheehan ooit ontmoet?'

'Niet persoonlijk. Niet veel meisjes hebben haar ontmoet, tenzij ze persoonlijk door haar gerekruteerd zijn. Dat zijn meestal de bellers. Dat is misschien de reden waarom Jordan nog steeds in zaken is. Ze woont ergens in La Jolla en runt daar haar beleggingsfirma. Ha, ha.'

'Hoe oud ben je?'

'Hoezo?'

'Ik ben nieuwsgierig,' zei ik.

'Je probeert na te gaan wat ik waard ben?' Ze trok haar schouders recht, fronste haar wenkbrauwen en schudde één keer haar hoofd. Het licht glansde op haar blonde haar, dat meteen weer op zijn plaats viel.

58

'Ik ben 29,' zei ik.

'Jij verkoopt jezelf niet.'

'Dat moet een beetje vreemd zijn: jezelf verkopen. Dat is niet beledigend bedoeld.'

'Je kunt me niet beledigen, Robbie. Op een dag ben jij ook versleten. We komen op dezelfde schroothoop terecht.'

Ik dacht daarover na – dus dat iedereen er uiteindelijk hetzelfde aan toe is. Ik had die gedachte zelf ook vaak gehad en had nooit geweten of je erom moest huilen of lachen – totdat ik uit het Las Palmas werd gegooid. Op weg naar beneden had ik beseft dat het feit dat je gaat sterven een reden is om te glimlachen. Elke seconde die je leeft, krijg je de grootste beloning die er is.

'Je hebt een bekend gezicht,' zei ze. 'Televisie of zo?'

'Nee.'

'Een tijdschrift?'

'Nee.'

'Toch heb ik je gezien.'

'Veel mensen denken dat. Ik heb een gangbaar gezicht. Sorry.'

Ze keek me weer scherp aan en knikte. Ze glimlachte even.

'Ik kan je terugbrengen naar je auto,' zei ik. Ik betaalde en we liepen de mistige avond in.

'Ik heb naar je geïnformeerd bij de politie. En bij kennissen van me die wel eens wat zaken met de politie doen. Niemand had iets negatiefs over je te zeggen. Je hebt vast nooit gedacht dat een hoer je zou natrekken, maar ik wist niet waar ik vanavond op de pier mee te maken zou krijgen. Misschien wel met iemand die van de meiden van Squeaky Clean hield. Misschien wel met iemand die wist wat Garrett had. Misschien dachten ze dat het beter zou zijn als mij ook het zwijgen werd opgelegd. Dan zou er weer één iemand minder zijn die dit ellendige verhaaltje kan vertellen.'

Ik vond het prettig dat Carrie Ann Martier, of wie ze ook was, op die manier voor zichzelf zorgde. Ik hield van haar zelfstandigheid en haar moed. Maar over haar dwaasheid maakte ik me zorgen.

'Je moet niet proberen Squeaky Clean iets te flikken,' zei ik. 'Dat kun je niet winnen.'

'Ik ben niet levensmoe.'

'Waarom stap je niet gewoon uit dit vak?'

'Bemoei je er niet mee, Robbie.'

Ik reed met haar naar de pier terug. Het was maar een paar straten. De sculptuur van surfplanken glansde nog in het donker, de kleuren vochtig van de mist. Ik merkte dat Carrie Ann van opzij naar me keek en zich nog steeds afvroeg waar ze mijn gezicht van kende.

Haar auto was een gele Volkswagen cabriolet, precies zoals haar werkgeefster wenste.

'Wanneer krijg ik mijn aansteker terug?'

Ik diepte hem op uit mijn jaszak en gaf hem aan haar.

'Je doet me aan Garrett denken,' zei ze.'

'Ik ben niet lief en verdrietig en geweldig.'

'Dat ben je wel. Ook al ben je uit dat hotel gegooid. Je loog tegen me. Je bent de Vallende Rechercheur. Je bent beroemd.'

6

Gina kwam niet naar de deur toen ik thuiskwam. Er brandden veel lampen, maar ik hoorde geen muziek. Geen geluiden van de achterkant van het huis. Geen etenslucht. Het huis voelde vreemd aan, alsof er iets veranderd was. Ik bleef even in de huiskamer staan.

'Gina?'

Ik liep vlug naar de slaapkamer, maar daar was ze niet. Het bed was opgemaakt, en dat was het bijna nooit. Er lag een envelop op mijn kussen en daar zat een brief in. Ik las in Gina's opgewekte handschrift met grote lussen:

Beste Robbie,

Dit is het moeilijkste wat ik ooit heb gedaan. Ik heb een hekel aan mezelf en jij verdient een verklaring. Het is of mijn hart bijna helemaal is verschrompeld en ik weet niet waarom. Ik voel me vaak zo ongelukkig. Ik hou van je. Het is niet dat ik niet van je hou. Maar ik heb op dit moment wat ruimte nodig, en daarom ben ik nu bij mensen die ik van Salon Sultra ken. Ik heb tijd nodig om na te denken en met mijn problemen in het reine te komen. Ik wilde dat ik de ongelukkige onderdelen eruit kon halen om ze te repareren en mezelf weer in elkaar kon zetten, en dat ik dan weer net zo gelukkig was als toen we pas getrouwd waren. Moeilijk te geloven dat het nog maar vijf jaar geleden is, hè? Morgen, als je naar je werk bent, kom ik terug om een paar dingen te halen. Alsjeblieft, kom niet naar de kapsalon om met me te praten. Ik denk dat ik alleen maar zou huilen, en daar schieten we niets mee op, en als Chambers het ziet, gooit hij me er misschien uit en neemt hij iemand die goedkoper is. Je weet hoe Chambers is. Ik ben langs de Taco Bell gegaan, en er liggen twee taco's en een Burrito Grande voor je in de koelkast. Er is een pakje met visspullen voor je gekomen van de Fly Shop, misschien kan dat je wat afleiden. Het ligt op de keukentafel. Het spijt me dat ik je dit moet laten doormaken. Het spijt me verschrikkelijk. Misschien

zijn we op een dag nog steeds de beste vrienden van de wereld en kij-
ken we hier lachend op terug.

Veel liefs,
Gina

Ik stond daar en las het nog twee keer. Het allereerste wat ik dacht, was: wat is dit een verrassing. Wat een grote en afschuwelijke verrassing.

Mijn tweede gedachte was: nee, dit is helemaal geen verrassing. Je hebt dit zien aankomen. Je wist dat er iets mis was en je hebt er niets aan gedaan. Ik ging op ons bed liggen en vouwde haar kussen om mijn hoofd. Sloeg mijn armen eromheen. Luisterde naar het kloppen van het bloed in mijn oren, rook haar parfum en stelde me haar gezicht voor. Een hele tijd voelde ik me alsof ik weer uit het Las Palmas viel, alleen langzamer.

'Nee,' zei ik. 'Dit kan niet gebeuren.'

Ik kwam met een ruk overeind, bleef nog een minuut of zo zitten en gooide het kussen toen tegen de muur.

Ik belde Rachel en kreeg haar antwoordapparaat. Ik zei: als Gina daar was, dan wilde ik haar laten weten dat ik van haar hield en dat ik begreep hoe ze zich voelde, en dat ik ernaar uitkeek om het met haar te bespreken. Ik probeerde iets optimistisch, iets geruststellends te bedenken voordat ik ophing, maar ik wist niets, behalve dat ik van haar hield, en 'Maak je geen zorgen, Gina, we komen wel over deze hobbel heen'.

Ik trok een fles cognac open die we eens met Kerstmis hadden gekregen en goot een koffiekop bijna vol. Ik nam een paar grote slokken, spoelde de rest toen door de gootsteen en nam een biertje.

Ik zette het eten dat Gina voor me had meegenomen in de magnetron en stelde hem per ongeluk op twee uur af in plaats van twee minuten. Toen ik besefte wat ik had gedaan, was de boel al zwaar oververhit. Het eten stond dampend en pruttelend voor me op de eettafel. Ik dacht erover om mijn vriend Paul te bellen, maar hij had avonddienst; hij legde een nieuw wegdek op de Interstate 5 bij Carlsbad. Dit leek me een goed moment om een broer of zus te hebben.

Ik dacht erover om mijn moeder en vader te bellen, maar ik wilde niet dat ze zich zorgen maakten over wat alleen maar een misverstand was. Ze woonden in El Cajon, ten oosten van San Diego. Mijn vader is verkoper bij Pacifi-Glide, een dochterbedrijf van Great West Consolidated. Ze maken schuifdeuren voor baden en douches. Mijn moeder heeft 24 jaar als secretaresse bij het schooldistrict San Diego gewerkt, al sinds ik naar de kleuterschool ging. Het zijn geen oude mensen, maar ik zag geen reden om ze van streek te maken. Mijn vader heeft vorig jaar een hartaanval gehad, al was die vermoedelijk licht geweest, het gevolg van spanningen. Trouwens, tussen Gina en mij kwam het wel weer goed. Waarom zou ik andere mensen aan het piekeren zetten?

Na het eten ging ik aan mijn tafel in de koude garage zitten en probeerde wat vliegen te binden. Maar omdat ik me steeds weer afvroeg waarom Gina zo ongelukkig was, kon ik me niet op de haakjes en veertjes concentreren. Hoe lang was dit al aan de gang? Vijf jaar geleden, toen we pas getrouwd waren, was ze gelukkig. Ze was toen nog maar negentien, maar ze was bijna door het College of Beauty heen en had al een baan voor ze haar diploma had. Ik was 24 en werkte net op Fraude. We trouwden in juni in de Pala Mission aan Highway 76, want Gina is katholiek en de St.-Agnes-kerk in San Diego was die dag volgeboekt. We huurden een huis hier in Normal Heights en twee jaar lang deden we niets anders dan hard werken, plezier maken en de liefde bedrijven. Met haar vrienden en de mijne hadden we altijd iets leuks te doen. Soms bedierf ik het misschien een beetje voor Gina's vrienden, omdat ze drugs wilden gebruiken. Ik vond dat niet erg, maar ik wilde niet zien dat ze het deden, en ik wilde ook niet dat ze achter het stuur gingen zitten als ze onder invloed van het een of ander waren. Rachel gaf soms joints door onder mijn neus en glimlachte dan uitdagend, maar meestal deed ze of ik er niet was. Ik probeerde sigaretten te gaan roken om er een beetje bij te horen, maar mijn mond en vingers gingen ervan stinken. De meeste vrienden en vriendinnen van Gina zagen er goed uit en waren aardig. In het algemeen zijn ze in het kappersvak nogal spraakzaam. Ze zijn nieuwsgierig en hebben oog voor alles wat ongewoon is. Ze houden zich niet altijd zo precies aan de feiten. Ze zijn gek op roddelen. Veel van de mannen waren homo, maar niet allemaal.

Ik zat daar aan mijn vliegenbindtafel, dronk nog een biertje en nam een nieuw pakje veren. De nieuwe 3 Metz Brown Capes zagen er goed uit, al had ik liever de 1 gehad, want die waren van betere kwaliteit. Als je bij de politie werkt, moet je altijd zuinig zijn, tenzij je corrupt bent. Ik liet ze op het tafelblad vallen, deed het licht in de garage uit en ging het lege huis weer in.

Wanneer was het begonnen mis te gaan?

Ik herinnerde me een avond, ongeveer een jaar geleden, toen Gina niet wilde dat ik met haar meeging naar een feest. Het was een loftfeest in Little Italy, en het werd gegeven door een producent van surffilms. Ze kwam kort voor de ochtend thuis. Ze was huiverig en rillerig in haar dunne kleren en ik kon merken dat ze een of ander stimulerend middel had genomen, al ontkende ze dat. Ik vroeg me af waarom iemand die zo opgewekt en spraakzaam was als Gina een stimulerend middel zou willen. Ik zette kruidenthee voor haar, en toen ze aan de tafel ging zitten, legde ik een deken om haar schouders. Ze gooide die van zich af en zei: 'Je smoort me, smoor me niet, wil je me niet smóren?' Ze rende naar de douche, en toen ze daarvandaan kwam, zei ze tegen me dat ze alleen maar bedoelde dat ik haar met die deken smoorde. We vrijden ongelooflijk, een van onze toptien, in elk geval voor mij. Ze was buitengewoon hartstochtelijk en huilde na afloop. Ik denk dat ze me toen al begon te ontglippen.

Later die ochtend, op het bureau, hoorde ik agenten uit de nachtploeg over dat feest op de loft van die filmproducent in Little Italy praten. 'Blote tieten overal waar je keek,' noemde een van de agenten het, buiten gehoorsafstand van onze vrouwelijke collega's. Ze hadden buiten op straat een paar luidruchtige feestgangers opgepakt, eentje voor coke, eentje voor ecstacy en eentje voor Mexicaanse bruine heroïne. Hé, Brownlaw, heeft jouw vrouw rood haar en scheert ze zich beneden?

Daarna hebben zich meer dan eens zulke scènes voorgedaan als met die deken. Ik geef het toe. Het was nooit meer zo verrassend als die eerste keer, en het gebeurde ook minder vaak dat we ons door middel van het liefdesspel met elkaar verzoenden. Maar Gina en ik zijn volhouders. We kwamen na die plotselinge ruzies altijd weer tot elkaar, en dan was alles een hele tijd goed. We hebben nooit in aparte bedden geslapen, behalve twee nachten toen ze op bezoek was bij haar ouders in Nevada.

Deze nacht zou dat dus voor het eerst gebeuren.

Terwijl ik de borden afspoelde, dacht ik aan Gina. Ik dacht aan haar terwijl ik onder de douche stond. Ik dacht aan haar terwijl ik naar de winkel reed om een sixpack en wat zoutjes te halen. Toen ik niet meer aan haar kon denken, haalde ik het Asplundh-boek uit de kofferbak van mijn dienstauto en ging aan de eettafel zitten.

Eerst nam ik de Hidden Threat Assessment-papieren over Garrett Asplundh door. Hoewel het rapport 180 bladzijden lang was en de namen bevatte van honderden mensen, levend en dood, die contact met Garrett Asplundh hadden gehad, had niemand, ook Garrett zelf niet, een 'Threat Alarm' in de HTA-software ontketend.

Wanneer er duizenden feiten over iemand worden verzameld, zonder dat daar belangrijke dingen bij zijn, ontstaat er een wazig beeld. Het is of je een foto van iemands gezicht in kleine stukjes knipt en die dan willekeurig aan elkaar legt. Ik las bijvoorbeeld dat Asplundh op zijn zesde aan een hernia was geopereerd en dat zijn twee keer gescheiden chirurg tien jaar voor de operatie failliet was gegaan. Ik las dat Garrett met een footballbeurs naar de Universiteit van Michigan was gegaan. Hij had in de verdediging gespeeld en was later door de Detroit Lions gerekruteerd, maar tekende niet. En ik las dat het zwembad waarin zijn enig kind was verdronken gebouwd was door een bedrijf dat eigendom was van een zekere Myron Franks. Franks' zoon Lyle was in de staat Arizona voor poging tot moord veroordeeld.

Het interesseerde me wat ik op bladzijde 156 las: Garrett Asplundh, destijds rechercheur bij Zeden, had Jordan Sheehan in 1990 opgepakt voor rijden onder invloed. Vijftien jaar geleden. Hij was ook op bezoek geweest in de vrouwengevangenis van Westmoreland, waar Sheehan had gezeten wegens belastingontduiking.

Het interesseerde me ook dat Garrett ongeveer een jaar voordat hij naar zijn baan bij de dienst Ethiek hier in San Diego had gesolliciteerd, ook bij de DEA in Miami had gesolliciteerd. In beide gevallen was het sollicitatiegesprek afgenomen door John Van Flyke.

Ik las dat Garretts oudere broer, Samuel Asplundh, FBI-agent was, gestationeerd in Los Angeles, en dat hij Garretts getuige was geweest bij diens huwelijk met Stella.

Allemaal erg interessant, maar ik geloofde dat het motief voor de moord op Garrett ergens in zijn werk van de laatste tijd te vinden was, niet in zijn verleden. Daarom moest ik mezelf dwingen om het allemaal door te lezen, op zoek naar iets wat licht op de zaak kon werpen.

Ik kwam veel feiten aan de weet, maar niets waar ik van opkeek.

Ik moest steeds weer aan de achthonderd dollar per maand denken die Garrett Asplundh aan Uptown Property Management had betaald. Ik zou de volgende dag aan het begin van de middag een gesprek hebben met Al Bantour, de bedrijfsleider van Uptown. Als Garrett Asplundh achthonderd dollar per maand betaalde voor wat ik dacht – een kleine, geheime woning, buiten de radarschermen van iedereen die hij kende – kon ik misschien de videodisks vinden die hij van Carrie Ann Martier had gekregen, en ook de informatie die hij over bepaalde gemeenteambtenaren had verzameld, en de laptop die hij van de dienst Ethiek had gekregen.

Ik dacht dat Garrett zijn moordenaar had gekend. Ik dacht dat Garrett op die plek met hem – of haar – had afgesproken en dat hij was doodgeschoten terwijl hij zat te wachten. Ik dacht dat de naam van de moordenaar daar ergens te vinden zou zijn, dus in de gegevens van Garretts recente onderzoeken. Ik dacht aan wat Stella had gezegd toen we naar vijanden hadden gevraagd.

Honderden.

Ik sloot het boek en vroeg me af of Carrie Ann Martier op dat moment aan het werk was.

Om middernacht liep ik door het huis. Omdat ik in dit huis was opgegroeid, kwam ik overal herinneringen tegen. Gina en ik waren erg blij geweest toen we het een jaar of wat geleden van mijn ouders hadden kunnen kopen, voordat de huizenmarkt omhoog schoot. Het zou ons zonder de hulp van mijn ouders niet gelukt zijn. Zij wilden een flat met weinig onderhoud en vroegen een lage prijs, met een lage hypotheekrente. Het huis is klein en oud, maar het verkeert in goede staat, want mijn vader en ik zijn handig met gereedschap. Het is in waarde gestegen.

Onze buurt, Normal Heights, is vrij goed en ook gunstig gelegen. De buurt kwam aan zijn naam door een kweekschool, een normaalschool, die hier vroeger stond. Ik was naar een lagere en middelbare school op een paar straten afstand gegaan. Sloeg mijn eerste homerun op het Little League-veld. Hing rond met Gary en Jim en Rick. Werd verliefd op Linda toen ik tien was en op Kathy toen ik elf was en op Janet toen ik dertien was. Ze woonden allemaal binnen een straal van een kilometer. Toen Gina en ik getrouwd waren, wilde ze een flat in de binnenstad, aan de baai, maar de huren waren daar astronomisch hoog. De flat die ze wilde, kostte 2.800 dollar per maand. De huur van ons eerste huis hier in Normal Heights bedroeg 1.400, exclusief gas en licht, maar je vuilnis werd opgehaald en je had een garage. Twee jaar later vond ik het prachtig dat ik het huis uit mijn kinderjaren kon kopen, al begreep ik dat Gina niet enthousiast was. Het is geen flat aan de baai.

Ik probeerde me het huis zonder Gina voor te stellen, en dat was moeilijk, want ik wist dat ze terug zou komen en dat we dan zouden afrekenen met wat haar dwarszat. Gina zegt soms plagend tegen me dat ik dingen wil fiksen die niet te fiksen zijn. Ik liet een keer een bord vallen, en het ging helemaal aan scherven, maar ik lijmde het weer in elkaar. Het kostte me uren om de scherven te verzamelen en na te gaan waar al die kleine splinters en driehoekjes moesten. Het gelijmde bord was lelijk, incompleet en nutteloos, en eigenlijk ook wel grappig. Uiteindelijk kon het nog dienstdoen onder een potplant op de patio achter het huis.

Gina belde om een uur of één. Ze huilde, en ik begreep niet veel van wat ze zei, behalve dat het haar speet. Ik zei tegen haar dat ik haar wilde

komen halen, maar ze wilde me niet vertellen waar ze was. Ik hoorde geen stemmen of geluiden op de achtergrond. Ze klonk erg alleen.
Ze zei nog eens dat het haar speet, en toen hing ze op.

7

De man die me uit het Las Palmas Hotel gooide, heet Vic Malic en hij woont in een huurkamer in de Gaslamp Quarter. Dat is niet ver van het vroegere Las Palmas, dat herbouwd is als Execu-Suites.

Na zijn arrestatie was Vic een en al verdriet om wat hij had gedaan. Hij verklaarde zich meteen schuldig aan ernstige mishandeling, brandstichting, verstoring van de openbare orde, diefstal en vernieling van eigendom.

Tijdens zijn proces was hij somber en berouwvol en deed hij blijkbaar zijn best om eerlijk uit te leggen waarom hij het had gedaan. Hij had indertijd onder vreselijke druk gestaan. Hij was kort daarvoor gescheiden van zijn vrouw, met wie hij zes maanden getrouwd was geweest, was failliet gegaan, en was net afgewezen door de World Wrestling Federation; als hij was toegelaten, zou hij werk hebben gehad. Blijkbaar had hij tijdens zijn proefwedstrijd een medeworstelaar verwond en was hij daarom afgewezen. Hij had nog maar zestig dollar. Op de dag dat hij het hotel in brand stak, had hij bijna een liter gin gedronken. Hij had geen idee gehad dat de aardgasleiding die achter de kamers op de vijfde verdieping langs liep, in brand zou vliegen. Hij was van plan geweest uit zijn raam te springen als het vuur hard genoeg brandde, maar hij had de moed verloren toen hij mij beneden door de luifel had zien scheuren. Zijn verhaal was ondersteund door een zelfmoordbriefje. Uiteindelijk was Vic naar beneden gelopen. Hij had even naar mij gekeken en zich toen overgegeven aan een brandweerman.

Op een dag had ik hem in de lunchpauze in de rechtszaal gezien. De agenten hadden hem met handboeien aan een tafel in rechtszaal Acht vastgemaakt en waren daarna gaan lunchen in de kantine. Dat deden ze wel vaker, totdat iemand die terechtstond omdat hij een veertienjarig meisje had doodgestoken uit zijn boeien was geglipt en naar buiten was gelopen. Tegenwoordig worden de verdachten nooit meer alleen gelaten in de lunchpauze.

Hoe dan ook, ik liep langs de rechtszaal en zag hem door het ruitje in de deur. Hij keek naar een broodje dat in zijn kolossale hand erg klein leek.

Ik ging naar binnen, en Vic liet zijn hoofd hangen en probeerde zich af te wenden, al lieten zijn voetboeien hem niet veel bewegingsruimte. Het was de eerste keer dat ik met hem alleen was. Ik wist niet wat ik ging zeggen, en de grote razernij waarop ik had gehoopt, wilde niet in me opkomen. We praatten maar heel even. Het was erg vreemd om weer dicht bij hem te zijn, dicht bij dat gezicht dat me zo levendig voor ogen was blijven staan. Een ogenblik rook ik weer vuur en ging mijn hart wild tekeer. Hij kon me nauwelijks aankijken. Hij vroeg of ik het hem ooit kon vergeven en ik zei: ja, ik vergeef het je nu meteen, voorzover je daar iets aan hebt. 'Ik koester geen wrok,' zei ik. 'Maar je moet je problemen niet op andere mensen afreageren. Dat weet zelfs een kind.'

Hij schudde zijn hoofd en keek nog steeds omlaag. 'Nee. Nee, dat zal ik nooit meer doen. Dat zweer ik. Nooit, nooit meer.'

Toen hij me dat vertelde, was het ongeveer twee maanden geleden dat hij me uit het raam had gegooid. En toen hij het zei, werden zijn woorden vergezeld door een stroom van lichtblauwe ovaaltjes. Sinds de val had ik veel lichtblauwe ovaaltjes gezien als mensen praatten, en ik begreep zo langzamerhand dat ze betekenden dat iemand oprecht was.

En dus geloofde ik hem. Ik weet ook dat krankzinnigen erg geloofwaardig kunnen zijn en dat er aan Vic Malics geestelijke gezondheid werd getwijfeld. Twee psychiaters legden verklaringen af, een voor en een tegen hem, maar er kwam geen duidelijk antwoord op de vraag of Vic krankzinnig was. De volgende dag moest ik toevallig voor een andere zaak bij de rechtbank zijn. Ik kocht een grote burrito, en toen ik op zoek was naar een plekje om hem in alle rust op te eten, kwam ik langs rechtszaal Acht en zag Vic daar weer aan de tafel geboeid zitten, met weer een klein broodje in zijn handen. En dus lunchten we samen. Hij kon op merkwaardig milde toon converseren, erg nieuwsgierig en zonder meteen een oordeel over alles te vellen. We praatten vooral over het professionele worstelcircuit en zijn hoop dat hij op een dag zou worden toegelaten. Vic was in zijn cel aan het trainen gegaan en hij zat al aan duizend sit-ups en vijfhonderd push-ups per dag. Hij zag er sterk uit.

Tijdens de zitting luisterde de oude, gerimpelde rechter Milt Gardner met zijn gebruikelijke kalmte. Vics toegevoegde advocaat merkte op dat er geen mensenleven verloren was gegaan en dat er behalve mij maar twee lichtgewonden waren – gelukkig was er veel minder schade aangericht dan waar het eerst naar uit had gezien – en Execu-Suits had ten tijde van de brand toch al een oogje laten vallen op het sterk verouderde Las Palmas Hotel. Vic verontschuldigde zich langdurig en erg ontroerend bij mij en bij het hof. Hij zei zoveel aardige dingen over mij dat ik wilde dat hij ermee ophield. Gardner ondervroeg Vic uitgebreid en ik voelde geen moment enige oneerlijkheid bij hem. Ik zag geen vormen en kleuren die niet bij zijn woorden pasten.

Vic kreeg zeven jaar in de gevangenis van Corcoran. Na een paar maanden hielp hij bij de ontmaskering van een bende van bewaarders die gevechten tussen gedetineerden organiseerden en daarop wedden. Als semiprofessionele worstelaar kwam Vic onder grote druk te staan om mee te vechten, maar hij werd in plaats daarvan getuige à charge. Het was een akelige geschiedenis, en het ging weken door en haalde de kranten en de televisie. Tweeënhalve maand geleden is hij op de dag voor Kerstmis vrijgelaten wegens goed gedrag en ook omdat hij had geholpen die bende op te rollen.

Ik trof Vic in de Higher Grounds-koffieshop bij hem om de hoek. Hij woont op de derde verdieping, en hoewel hij mij heeft uitgenodigd, heb ik nooit de moed gehad om in het gebouw naar boven te gaan om te kijken hoe hij woont. Ik mag hem graag, maar ik kan me nog steeds niet voorstellen dat ik met hem in één kamer ben, vier verdiepingen boven de grond. Ik drink nu al twee maanden elke week koffie met hem, altijd op vrijdag, zoals vandaag. Het was Vics idee, maar ik ging ermee akkoord. Hij heeft mij meer nodig dan ik hem en dat geeft niet, al weten we altijd algauw niet meer wat we tegen elkaar moeten zeggen.

'Hallo, Vic.'

'Hallo, Robbie, hoe gaat het?'

'Z'n gangetje, je weet wel.'

'En hoe gaat het met Gina?'

'Geweldig, zoals altijd.'

'Doe haar de groeten van me.'

Vic en Gina hebben elkaar nooit ontmoet, maar Vic vraagt altijd naar haar. Ik verwacht dan altijd de rode vierkantjes van de leugen of de zwarte parallellogrammen van de woede uit zijn mond te zien komen, maar dat is nooit gebeurd.

Ik dacht aan Gina's brief en alle ongelukkige, verdrietige gevoelens die daarin tot uiting kwamen.

'Hoe staat het met het boek?' vroeg ik.

'Deze week achttien verkocht.'

In de gevangenis had Vic *Val naar je leven!* geschreven. Hij vertelt daarin hoe moeilijk hij het heeft gehad en hoe hij tot inkeer kwam nadat hij het hotel in brand had gestoken en mij van vijfhoog naar beneden had gegooid. Het gaat over levenshouding; je moet ervan uitgaan dat je tot alles in staat bent. Zodra hij was vrijgekomen, gaf hij het boek in eigen beheer uit, en nu verkoopt hij het op toeristische plaatsen in de stad. Hij komt dan aanrijden in een sputterende oude pick-uptruck met een tafeltje, een klapstoel, een doos met wisselgeld en een doos met boeken. Op het omslag van het boek zie je mij uit het hotel vallen, een foto die met toestemming van de fotograaf is gebruikt. Ik zie er opvallend kalm uit, mijn gezicht omhoog, mijn benen en voeten uitgestrekt, en hoewel je mijn uitdrukking niet precies kunt zien, kijk ik blijkbaar omhoog naar iets kleins en verbazingwekkends.

Ik voel me niet op mijn gemak als ik naar die foto kijk. Ik heb geprobeerd me voor te stellen wat ik dacht toen die foto werd gemaakt, maar het ging allemaal zo snel dat het niet meer na te gaan is. Ik kan aan van alles gedacht hebben, van de manier waarop de vouwen op het rugpand van mijn moeders blouse bewogen wanneer ze 's morgens van de bushalte Normal Heights vandaan liep, tot aan de vlag die op het bankgebouw boven me stond en snel kleiner werd terwijl ik viel, of mijn eerste home-run in de Little League. Gina maakte een kopie van de videobeelden die overal op het plaatselijke en landelijke nieuws te zien waren geweest, maar ik had nog steeds niet de moed gehad om ernaar te kijken. Ze heeft meer dan eens gezegd dat ik me misschien weer 'heel' zou voelen als ik ernaar keek, maar ik wil het echt niet zien. Ik ben niet zonder meer trots op sommige dingen die ik dacht toen ik naar beneden viel en wil die moeilijke herinneringen liever voor me houden.

'Hier,' zei hij.

'Nee. Ik...'

'Kom op, Robbie. Ik weet dat je het niet nodig hebt, maar pak het nou maar aan.'

Een maand geleden, toen Vic de boeken begon te verkopen, hadden we afgesproken dat we de opbrengst zouden delen. Ik zei tegen hem dat ik geen geld van zijn werk wilde hebben, maar hij stond erop en ik zag dat het voor hem een morele plicht was om mij te betalen. Hij stelde een verdeling van driekwart en één kwart voor, waarbij hijzelf het grootste deel kreeg. Dat vond ik goed, want ik wilde toch al geen geld van hem.

Val naar je leven! werd verkocht voor tien dollar, en dus gaf Vic me nu 45 dollar. Onze beste week, die samenviel met een kermis in Little Italy, had 110 dollar opgebracht. Het leek wel of de hele stad in dat weekend zijn boek had gekocht.

Hij glimlachte.

'Dank je, Vic.'

'Nou, weet je, NBC, de *Union-Trib* en de *Reader* willen nog steeds graag een verhaal over ons brengen. En *Esquire* misschien ook.'

'Ik heb hen niets te vertellen, Vic.'

'Dat weet ik. Dat respecteer ik.'

'Nog iets van de worstelfederatie gehoord?'

'Ik heb ze de krantenberichten over mij gestuurd. We zullen zien. Ik denk dat publiciteit over mij goed zou zijn voor het worstelen. Je weet wel: iemand die tot inkeer komt. Ze zijn altijd op zoek naar zoiets menselijks.'

We gingen met onze koffie naar buiten en bleven bij de muur staan. Het koufront hing nog over de stad en de mist trok door 4th Avenue als iets uit een droom. Ik liet mijn blik in de richting van Salon Sultra gaan en keek op mijn horloge. Gina zou over een paar minuten op haar werk komen.

'Robbie, heb je iets gehoord over die man van de dienst Ethiek die is doodgeschoten?'

'Ik behandel die zaak, Vic.'

'O, man. Een ex-smeris. Een gemeenteambtenaar. Als je het mij vraagt, is alles wat met een overheidsdienst te maken heeft erg griezelig.'

'Wat heb je gehoord?'

Ik vroeg dat omdat Vic in de binnenstad woont en met veel mensen op straat praat, van wie velen hem als een beroemdheid beschouwen. Ik heb wel eens van een afstand naar hem gekeken, zoals hij boven andere mensen uittorende. Het zijn meestal eenzame, arme, hopeloze mensen, maar ze vormen een merkwaardig stel. Ze willen graag dingen weten, of doen alsof ze dingen weten.

'Micro zegt dat die kerel hem een keer heeft opgepakt.'

Micro is een klein mannetje dat Mike Toner heet. Toner stuitert heen en weer tussen opvanghuizen, huizen van bewaring, kerken en trottoirs.

'Waarvoor?'

'Bedelen. Nou ja, niet echt opgepakt, alleen maar weggejaagd. Micro herkende hem van de foto in de krant. Die man z'n dochter is verdronken en dat werd zijn ondergang.'

'Zo kun je het wel zeggen,' zei ik.

'Jammer dat hij zich zo liet gaan,' zei Vic. 'Kijk maar eens hoe jij erbovenop bent gekomen. En ik.'

'Ik word liever uit een raam gegooid dan dat mijn dochtertje verdrinkt,' zei ik. Ik weet niet hoe ik dat wist, want ik was immers geen vader, maar ik wist het.

Vic knikte peinzend. 'Ik heb het artikel in de *Union-Trib* gezien. Daarin stond dat er een auto met pech was, iemand die misschien iets heeft gezien.'

Ik dankte George Schimmel in stilte. 'We hopen dat er zich iemand meldt. Hou je ogen en oren goed open, Vic.'

'Ik zal alles doen om je te helpen.'

Een zwarte Volkswagen cabriolet reed door het verkeer op de avenue. Het dak was neergeklapt, ook al was het koud, en de vrouw die achter het stuur zat, droeg een zwarte, leren jas. Ze had een parelsnoer om haar hals en een zonnebril op. Ze keek ons met een vermoeid glimlachje aan. Ik vroeg me af hoe het leven was als je eenmaal voorbij de mooie kleren en auto's was: mannen, geld, condooms, aids, drugs, gevaar, zedenpolitie, gevangenis, borgtocht, advocaten, madams, pooiers, de hele dag slapen, en dan dat alles opnieuw doen.

'Het lijkt wel of alle mooie vrouwen van San Diego in die cabrioletjes rijden,' zei Vic. 'Man, ze trekken wel je aandacht.'

'Ja, dat is zo.'

Ik keek haar na en dacht weer aan Carrie Ann Martier en het huis op Hawaï dat ze wilde kopen en waarvoor ze elke prijs wilde betalen.

'Bedankt voor de royalty's,' zei ik.

'Bedankt voor de koffie, Robbie.'

'Volgende week vrijdag?'

'Ja. Tot dan. Robbie? Je hebt me gered, man. Ik hou van je. Echt waar.'

Ik liep naar Market Street en naar de San Diego Bay. Op een halve straat afstand zag ik Gina de kapsalon ingaan. Ze had haar hoofd gebogen en liep met snelle, korte passen. Daardoor voelde ik me een beetje beter. Als ze met grote passen was komen aanlopen, haar kin naar voren en glimlachend naar de wereld, zou ik misschien naar de Execu-Suites zijn gerend, naar de vijfde verdieping, en nog een keer omlaag zijn gesprongen, maar nu naast de luifel. Niet echt, maar mijn hart deed pijn toen ik haar door die deur naar binnen zag gaan, want ik wist dat haar hart ook pijn deed. Ik wilde achter haar aan gaan, maar deed het niet. Soms moet je gewoon wachten, hoe graag je iets ook wilt.

De deur van Salon Sultra is van spiegelglas, en toen hij achter haar dicht was gegaan, was het spiegelbeeld van Market Street weer compleet en was Gina weg.

8

McKenzie trof me buiten Uptown Management in 15th Street. Al Bantour was een slanke man in een oud, blauw pak. Een zestiger, grijs haar, grijze ogen. Hij had een niet-brandende sigaar in zijn mond en bekeek ons eens goed toen McKenzie uitlegde wat we wilden weten. Hij glimlachte om de sigaar heen en legde toen uit dat Garrett Asplundh inderdaad een woning in de Seabreeze Apartments in National City had. Jammer wat er gebeurd was. Garrett was de laatste op de wereld die hij vermoord had willen zien. Als er mensen van de politie werden gedood, was dat een heel ernstige situatie. Bantour zei dat de huismeester in de Seabreeze een zekere Davey was, en Davey moest een extra sleutel hebben. Als er problemen waren, hoefden ze maar te bellen. Was ik niet degene die uit dat hotel was gegooid?

We namen de Interstate 5. Weinig verkeer, de mist nog dicht boven de oceaan.

Ik vertelde McKenzie over mijn afspraak met Carrie Ann Martier, over de seksvideo's die voor Garrett waren gemaakt, over de Squeaky Clean Madam, haar bellers, en de meisjes in de cabriolets. McKenzie schudde haar hoofd en blies vol walging haar adem uit. Ze vertelde me dat ze de vechtersbaas van Squeaky Clean Madam een keer was tegengekomen en dat het een heel coole kerel was.

'Cool in die zin dat hij je tepel in tweeën knipt om je een beetje respect bij te brengen,' zei ze. 'Cool in die zin dat hij een paar van je ribben breekt en je in de Glorietta Bay gooit om je te zien lijden. Een meter negentig, 135 kilo. Hij bestaat voor de helft uit tatoeage. Zo'n grote kerel met een te klein hoofd, maar hij scheert het evengoed kaal. Hij heeft een bende autorovers die in San Diego en Tijuana opereren, en hij houdt hanengevechten in het oosten van het district. En soms doet hij een klusje voor Jordan Sheehan, want hij houdt van mooie meisjes. Chupa junior. Een afkorting van *chupacabra*. En "gunior" omdat zijn pappie precies zo was.'

Ik had verhalen gehoord over de *chupacabra*. Dat betekende 'geitenzuiger' in het Spaans. Het was een vampierachtig wezen met grote, rode ogen en een rij stekels op zijn rug. Volgens de verhalen waren ze een meter vijftig groot en zogen ze de lichamen van geiten, schapen en andere dieren bijna helemaal droog.

Ik stelde me voor hoe Carrie Ann Martier tegenover 135 kilo Chupa junior zou staan en hoopte dat ze niet zo dom was om haar bazin te bedriegen. Dat zou ze nooit kunnen winnen.

Ik dacht weer aan Gina. Ik stelde me voor dat ze nu aan het werk was en met opgeheven armen, schaar en kam in de hand, naast haar stoel stond te knippen. Vorig jaar had ik op haar verjaardag een Hikari Cosmosschaar voor haar gekocht, een van de beste scharen die er bestaan. Ze hebben bladen van een molybdeenlegering en ze zeggen dat die bladen door haar heen kunnen 'smelten'. De Rylon-glijders garandeerden grote nauwkeurigheid van draaipunt tot uiteinden. Hij kostte twaalfhonderd dollar. Hij paste erg goed in haar kleine handen, ook zonder de inzetstukjes die ze soms moest gebruiken. Ik had een inscriptie op de binnenkant van de handgrepen laten aanbrengen, dus waar haar vingers met het metaal in aanraking zouden komen. Daar stond: *Kussen en knuffels van mij*, al waren de woorden vanwege de beperkte ruimte moeilijk te lezen. Op de een of andere manier had ze hem niet lang daarna in Beverly Hills laten liggen toen ze Mick Jagger daar knipte. De volgende dag had ze wel tien keer naar het hotel gebeld, maar ze had de schaar nooit teruggekregen. Ze was er kapot van. Ze kon niet geloven dat ze vergeten was hem in zijn foedraal en doos terug te doen. Omdat ik het ook niet kon geloven, zocht ik op eBay, en ja hoor: daar was hij, met 'echt haar van Mick Jagger'. Ik probeerde vlug boven iedereen uit te komen door vijfhonderd dollar boven de vraagprijs van 3.500 te bieden, mits ik eerst de inscriptie zou mogen zien. Ik was bereid er op eigen kosten heen te reizen en was natuurlijk bereid om contant te betalen. De eigenaar van de schaar en het haar bleek in Culver City te wonen. Toen ik bij een groezelige woning aankwam, had ik medelijden met het jonge kamermeisje dat de schaar had gevonden, of waarschijnlijker: gestolen. Haar gespierde man eiste plotseling zevenduizend, en dus bedankte ik de vrouw, stopte de schaar in mijn zak en liep naar de deur. Toen de man me aanviel, verloor ik eindelijk de zelfbeheersing die ik met zoveel moeite had gehandhaafd, en stompte hem hard in het midden van zijn borst. Ik trok zijn overhemd over zijn hoofd en duwde hem tegen de vloer. Toen ik wegliep, lag hij dubbelgeklapt en kwam hij zo langzamerhand weer op adem. Intussen had ik verscheidene misdrijven gepleegd, waaronder mishandeling, en toen ik naar San Diego terugreed, was het of mijn maag in de knoop lag.

McKenzie onderbrak mijn gedachten. 'Hollis Harris belde me gistermid-

dag. Hij vroeg of ik na werktijd iets met hem wilde drinken en ik zei ja.'
'McKenzie, dat is goed.'
'Je vindt niet dat hij yuppietuig is?'
'Hij stond me wel aan. En ik kon merken dat hij indruk op jou probeerde te maken.'
'Ik ook. Maar ik dacht niet dat hij zou bellen. Hij durft wel: een boodschap inspreken op het antwoordapparaat van een politievrouw om haar te vragen of ze met hem uit wil. We hebben iets gedronken bij Dobson. Je krijgt veel aandacht als je met Harris binnenkomt. Om de een of andere reden kan ik mensen met één blik intimideren als ik dienst heb. Maar als ik gewoon mezelf ben, kijk ik het liefst de andere kant op. Maar goed. We dronken iets, en toen gingen we iets eten en nam ik kreeft. Goh, die was goed. Ben jij met Gina uit geweest?'
'We zijn thuisgebleven.'
'Klinkt goed.'
'Dat was het ook.'
We waren inmiddels bij de Seabreeze Apartments aangekomen, in het hart van National City. National City, aan de waterkant ten zuiden van San Diego, was ooit een spoorwegstad geweest, maar nu draaide alles om de scheepvaart. Gigantische marineschepen van de Vijfde Vloot liggen voor onderhoud en reparaties aan de grote werfpieren, met duizenden mannen en vrouwen op de dekken. Elk schip is een kleine, zelfvoorzienende stad. Grote kranen verheffen zich in de lucht, snijbranders verenigen staal met staal, en 's nachts zijn de kroegen schreeuwerig en ruw.
De Seabreeze was een grijs gebouw van drie verdiepingen uit de jaren vijftig. Een van de buitenmuren was met zwarte verf opgeëist door de Ten Logan 30s. De hal was voorzien van stoffige ramen en een glazen deur met een metalen kruk die een schraperig geluid maakte toen ik hem opendeed. Er was een wand met brievenbussen; de meeste namen ontbraken of waren doorgestreept. Uit een kamer op de benedenverdieping, met het opschrift HUISMEESTER op de open deur, kwam jazzmuziek. Een zwarte man keek geamuseerd naar ons vanuit de deuropening en bracht toen langzaam zijn handen omhoog.
'Ik heb het niet gedaan.'
We lieten hem onze insignes zien. 'We komen voor Garretts appartement.'
'Allicht. Boven, nummer 105. Hij heette hier Jimmy. Ik wist pas dat hij Garrett heette toen ik zijn foto in de krant zag. De lift is defect.'
'We hebben een sleutel nodig,' zei ik.

'Nee hoor. Klop maar gewoon aan.'

'En wie doet er dan open?' vroeg McKenzie.

De man glimlachte. 'Al sla je me dood.'

Zijn lach volgde ons de trap op. De vloerbedekking op de trap en de overloop was versleten en het rook naar schimmel en desinfecteermiddelen. Garretts appartement was het laatste aan de linkerkant van een korte gang.

McKenzie maakte de drukknoop van haar heupholster los en ging links van me staan. Ik klopte aan en ging naar rechts.

'Wie is daar?'

Een vrouwenstem.

McKenzie fronste haar wenkbrauwen. 'Rechercheurs Cortez en Brownlaw, politie San Diego. We moeten met u praten.'

Ik hoorde een deurketting klikken, en daarna werd er een grendel teruggeschoven.

De deur zwaaide open. Het was nog maar een meisje, jong en aantrekkelijk. Ze droeg een spijkerbroek, laarzen van schapenvacht en een geruit flanellen overhemd met opgestroopte mouwen. Bruine ogen, lichte huid, wangen met een blos. Donker haar, opgestoken en in de war geraakt. Ze leek op Stella Asplundh.

'We willen graag over Garrett praten,' zei ik. Ik noemde haar onze namen weer.

'Goed. Ik ben April Holly.'

Ze ging een stap terug om ons binnen te laten en sloot toen de deur. McKenzie liet haar insigne zien en April Holly keek mij ongemakkelijk aan.

Het appartement was netjes en spaarzaam ingericht. Een hardhouten vloer en een oude, rode bank die er comfortabel uitzag. Er was een kleine gashaard met een rechte rij vlammetjes over de hele lengte van de zogenaamde houtblokken. Een kort gangetje met twee slaapkamers. Ingelijste foto's aan de muur, zwart-witfoto's die blijkbaar door Garrett Asplundh waren gemaakt. Doordat er in het westen geen hoge gebouwen stonden, kon je een stuk van de Stille Oceaan zien.

'Wat moet ik doen?' vroeg ze. 'Ik kan koffiezetten. U kunt rondkijken. Of...'

'Gaat u maar zitten,' zei McKenzie. 'U hoeft ons niet te onthalen.'

April Holly wees naar de rode bank, liep toen zachtjes naar de kleine eethoek en trok een stoel voor zichzelf bij.

'U weet dat Garrett dood is,' zei ik.

Ze knikte. 'Ik heb het gezien in de krant. En op de televisie. Hij zei tegen mij dat hij Jimmy Neal heette. Ik heb hem gesproken op de avond dat het gebeurd is.'

McKenzie keek me aan. Ze haalde haar pen en schrijfblok tevoorschijn.

'Ik wil dat je ons daarover vertelt,' zei ik. 'Maar kun je, April, ons eerst zeggen wie je bent en waarom je hier bent?'

Ze kreeg een kleur en wendde haar ogen af. 'Goh, dat is nogal veel, hè?'

'Misschien helpt het ons zijn moordenaar te vinden,' zei ik.

Ze keek ons nog steeds niet aan. Ze keek naar haar laarzen of misschien naar de vloer.

'Weet u... Eh... het komt erop neer... Ik ben van huis weggelopen, en toen kwam ik in moeilijkheden, en toen zei Jimmy dingen als: "Je verpest je leven, April." En dus liet hij me hierheen komen; dan kon ik weer een normaal leven leiden.'

'Werkte je voor Jordan?' vroeg ik.

April schudde haar hoofd en kreeg een kleur. Ze wilde ons niet aankijken. Het deed me goed om te zien dat ze zich schaamde, want dat zie je niet veel meer bij mensen.

'Dat wilde ik wel,' zei ze rustig. 'Maar Jimmy wilde het niet. Hij vond het niet goed.'

McKenzie keek me weer aan en noteerde iets.

'Hoe oud ben je?' vroeg McKenzie.

'Achttien.'

'Vertel ons eens over Garrett en hoe je hem hebt leren kennen,' zei ik.

Toen ze ons eindelijk weer aankeek, glansden haar ogen van de tranen. Ze veegde ze met haar handpalm af. 'Waarom zou iemand hem willen vermoorden? Het was de aardigste en vriendelijkste man die ik ooit heb ontmoet.'

'Vertel me wat meer, April,' zei ik.

April was bijna een halfuur aan het woord voordat we haar weer een vraag stelden. Aan haar kleuren en vormen zag ik dat ze de waarheid sprak. Ze was vrij intelligent, maar naïef. Blijkbaar koesterde ze geen illusies over zichzelf. Ze kwam niet met veel verontschuldigingen, en je leert bij de politie algauw dat criminelen dat wel doen, met eindeloos veel energie en creativiteit. Ze had spijt van sommige dingen die ze had gedaan, en dat gevoel hebben criminelen nu juist bijna nooit, want die geven de schuld altijd aan anderen.

Ze kwam uit een armoedige wijk in Temecula, een bedrijvig stadje ten noorden van San Diego. Haar vader was er allang vandoor, haar moeder had vriendjes, haar jongere broertje was een kruimeldief en drugsgebruiker. April wist welke uitwerking ze op mannen had, maar de jongens van haar leeftijd waren onvolwassen en je wist niet wat je aan ze had. Op een feestje had de vader van een vriendin haar apart genomen en haar honderd dollar aangeboden als ze haar kleren uittrok in de kleedkamers van het zwembad, maar ze zei nee. Dat was een jaar geleden. Later zeiden een paar geharde meiden op school dat mannen in het winkelcentrum je tweehonderd dollar gaven als je in hun auto stapte en ze pijpte. Je gebruikte een condoom, je trok nog niet eens je beha uit, het was in vijf minuten voorbij en als je het vijf of zes keer per week deed, had je genoeg voor zo ongeveer alles wat je wilde hebben. April had daar ook nee tegen gezegd, al was ze wel gaan kijken. Ze had haar vriendinnen aan het werk gezien en het had weinig gescheeld of ze had het ook geprobeerd. Dat was in juni, na haar eindexamen. In de herfst had ze er genoeg van. Ze had Thanksgiving altijd al de ellendigste dag van het jaar gevonden. En dus liep ze weg naar San Diego, waar ze een tijdje als serveerster in de Gaslamp Quarter werkte, maar daarmee verdiende ze weinig. Hooters nam meisjes aan, maar ze was nog geen 21 en het leek wel of er overal mannen op haar af kwamen, mannen die veel ouder waren dan zij, de helft van hen met een trouwring om; ze vroeg zich af waarom mensen eigenlijk nog trouwden. Ze had dringend werk nodig, kreeg longontsteking, had geen ziektekostenverzekering voor de antibiotica, geen geld voor benzine, en toen hoorde ze van een van haar nieuwe vriendinnen, Carrie Ann, over de Squeaky Clean Madam, en... nou, toen ging ze naar een van Jordans bellers en werd 'goedgekeurd', en Carrie nam haar mee naar een zekere Jimmy, van wie ze pas sinds twee dagen wist dat hij eigenlijk Garrett Asplundh heette, en hij betaalde haar vijfhonderd dollar om naar dit appartement te komen en ze praatten een groot deel van de nacht, en daarna ging April niet meer voor Squeaky Clean werken. Ze zou hier gaan wonen, een gewone baan nemen, wat ze inderdaad deed, en sparen voor een betere auto en een eigen plek om te wonen.

'Ging je met hem naar bed?' vroeg McKenzie.

April schudde haar hoofd. 'Nooit.'

'Nam je cadeaus of geld van hem aan?'

'Eh... ja. Dit allemaal.'

April gaf toe dat het allemaal ongeloofwaardig klonk, maar Jimmy had iets wat haar erg voor hem innam. Hij zag haar zoals ze was, en liet haar volkomen eerlijk tegen zichzelf en de wereld om haar heen zijn.

'Heeft hij je nooit om seks gevraagd?' vroeg McKenzie.

April schudde weer haar hoofd. 'Nee. Ik zou het wel hebben gedaan. Ik wilde hem graag een plezier doen. Ik denk dat hij alles voor mij zou hebben gedaan. Hij was net een goede vader. Hij had normen en daar wilde je aan voldoen.'

Hij had ethiek, dacht ik.

'En nu?' zei ze zachtjes. 'Ik kan niet geloven dat ze hem hebben vermoord. Ik kan het gewoon niet geloven.'

'Vertel ons eens wat over de laatste avond dat je hem hebt gezien,' zei McKenzie.

'Hij kwam hier om een uur of halfacht. Ik was om zes uur klaar in de fotokraam en zou hier na ongeveer een kwartier zijn.'

'Fotokraam?'

'Ik werk in Sea World. De kraam met wegwerpcamera's, filmpjes en videobanden en dat soort dingen.'

'Wat wilde Garrett? Waarom kwam hij hier?'

'Hij kwam kijken hoe het met me ging. Dat deed hij meestal om de andere dag. Minstens drie of vier keer per week. We probeerden samen te eten, maar dat lukte niet altijd, omdat we allebei ons werk hadden.'

'Hij kwam alleen kijken hoe het met je ging?' vroeg McKenzie.

'Ja, hij kwam alleen maar kijken, of u dat nu gelooft of niet.' Haar stem klonk een beetje scherp en ze keek McKenzie aan. Alsof ze een gesprek met haar moeder had.

McKenzie keek me aan. Inmiddels was ze onder de indruk van mijn 'instinct'. Ze geloofde dat ik aanvoelde of mensen de waarheid spraken of niet. Ik verwachtte dat er rode leugenvierkantjes uit Aprils mond kwamen rollen, maar dat gebeurde niet. Helemaal geen symbolen of kleuren, zoals bij de meeste gesprekken. Daarom knikte ik.

'Wat is er?' vroeg April.

'Niets,' zei ik. 'Ga verder.'

'Hij had het die avond druk,' zei April. 'Hij zei iets in de trant van: "Ik kan niet met je eten en ik kan niet lang blijven." En ik zei: "Dat geeft niet, ik red me wel. Ik moet de was doen en een leuke jongen van de kraam met gekoelde dranken – dat is ook in Sea World – gaat met me naar de film." En Jimmy vond dat prima.'

'Als jij het zegt,' zei McKenzie fronsend. Ze geloofde niet in Aprils verhaal.

'Het is zoals ik zeg,' zei April.

'Hoe laat ging hij hier weg?' vroeg ik.

'Om een uur of acht.'

'Waar ging hij heen? Waarom had hij haast?'

Ze schudde haar hoofd. 'Dat zei hij niet. Maar ik had het gevoel dat hij zich op iets verheugde. Dat hij iets ging doen wat hij erg graag wilde. Hij was enthousiast, vond ik.'

McKenzies pen vloog over het papier.

'Welke kleren had hij aan?'

'Dat is moeilijk te zeggen. Jimmy kleedde zich erg goed.'

'Doe je ogen dicht,' zei ik. 'Stel je voor waar je in dit appartement was. En denk aan de dingen waar jullie over praatten.'

Ze deed haar ogen dicht. Nam de tijd. Toen zei ze: 'Hmm. O, een zwart pak en een wit overhemd, en hij verwisselde zijn stropdas voordat hij hier wegging. Eerst had hij een goudkleurige; die kan ik me goed herinneren, want het is de kleur van mijn nieuwe Mazda. Ik weet bijna zeker dat hij er nog is, in Jimmy's kamer. Maar voordat hij wegging, deed hij een licht-blauwe om. Cool.'

We bleven even zwijgend bij elkaar zitten. Ik herinnerde me Garrett Asplundhs lichtblauwe das, doorweekt van het bloed. Ik luisterde naar een auto die buiten voorbijreed, de bastonen zo hard dat de Seabreeze-ramen ervan trilden, de stem van de zanger scherp en woedend op zijn bitches. Ik probeerde me die zanger en Garrett Asplundh in dezelfde wereld voor te stellen, maar dat lukte niet. Misschien was dat de reden waarom Garrett dood was. Al was de zanger misschien ook dood.

'Hij heeft een hoop dingen verteld,' zei April. 'Hij vertelde me over zijn dochter die verdronken is en over zijn vrouw. Hij zei dat hij bij de politie had gezeten voordat hij een Ethiek-man werd. Ik noemde hem "E-man". Nou ja, hij zei dat je jezelf kon maken. Hij zei dat goede dingen je sterker en slechte dingen je zwakker maken. En wat waar was en wat niet en hoe je het verschil kunt zien. En de trucs die mensen met je proberen uit te halen. En over dat je een persoonlijkheid moest opbouwen, en de tol die een bepaald gedrag van je kan eisen, en over het verliezen van mensen die van je houden. Jimmy wist daar alles van. Ik begreep niet alles en was het ook niet met alles eens. Hij was hard voor zichzelf en ook voor mij. Maar het was goed. En hij vertelde me een keer iets wat ik heel poëtisch en waar vond. Het ging over hemzelf. Hij zei dat hij bang was dat hij zichzelf zou verliezen in de geest van de jacht.'

'Bang dat hij zichzelf zou verliezen in de geest van de jacht,' zei ik.

'Ja,' zei April. 'Zo zei Jimmy het precies. Ik weet die woorden nog, zoals je je woorden herinnert. Ik herinner het me zoals regels uit een song je bij-blijven.'

'Je zegt dat je die woorden "waar" vond. Waarom golden ze voor hem?' vroeg McKenzie zonder op te kijken. Ik zag dat ze zorgvuldig notities maakte. Ze wilde de woorden precies zo op papier hebben als Garrett ze had gezegd.

'Nou,' zei April, 'omdat hij op zoek was naar iets erg belangrijks.'

'Wat dan?' vroeg McKenzie.

'Ik heb geen idee. Misschien wist hij het zelf ook niet. Hij zei altijd tegen me dat de vragen niet de antwoorden mochten worden. Het pad mocht niet het bos worden. En ik denk dat hij dat bedoelde met de geest van de jacht: dat de geest hem wegleidde van wat hij wilde. Hoe sneller je jaagt, des te verder raak je van je doel vandaan. Maar hij kon het niet laten om te jagen, weet u.'

'Een mooie gedachte,' zei ik.

McKenzie zuchtte en leunde achterover.

April keek ons om de beurt aan. 'Nu is het mijn beurt om een vraag te stellen. Waarom denkt u dat Jimmy iemand als ik zou helpen, iemand die de weg kwijt was?'

'Waarom denk jij dat?'

'Omdat hij zelf ook de weg kwijt was. Dat was het eerste wat me aan hem opviel. Daarom was het zo goed om te zien dat hij zich die avond op iets verheugde. Wat het ook was. Wie het ook was. En daarom had ik, toen ik de volgende dag het nieuws zag, het gevoel dat iemand mijn hart uit mijn lijf had gescheurd en het in een afgrond had gegooid.'

Ik dacht aan iets wat mijn moeder een keer tegen me had gezegd toen ik een tiener was: '*Robbie, een mens heeft drie dingen nodig om gelukkig te zijn: iemand om van te houden, iets te doen, en iets om naar uit te kijken.*'

Misschien keek hij uit naar zijn afspraakje met Stella, dacht ik. Verheugde hij zich daar altijd zo op, of was er iets anders?

'Had je hem ooit eerder zo enthousiast meegemaakt?' vroeg ik. 'Dat hij zich zo op iets verheugde?'

April dacht even na. Tikte zacht met de neuzen van haar laarzen tegen elkaar. 'Nee. Ik geloof dat hij op weg was naar iets bijzonders.'

April liet ons de keuken en haar slaapkamer zien. Haar kamer was meisjesachtig en niet erg netjes. Ze had een grote, kartonnen figuur van een zwaardwalvis die uit het water sprong, mee naar huis genomen. Die nam het grootste deel van een van de muren in beslag. Ze had een paar ondertanden verbogen om er halskettingen aan te hangen. Haar bed was roze en er lagen overal kleren.

De tweede slaapkamer was van Jimmy. Ze zei dat hij haar had gevraagd om daar niet naar binnen te gaan, en hoewel ze haar hoofd een paar keer om de deur had gestoken, was ze nooit naar binnen gegaan om rond te kijken. Niet dat er veel te zien was.

Ik duwde de deur open. Alleen een tafeltje en twee metalen klapstoelen bij het raam. Een goudkleurige stropdas die over een van de stoelen hing. Op het tafeltje stonden een printer, een cd-brander en een laptop. Aan de muur onder het raam hing een afbeelding van een beek of rivier.

Bingo, dacht ik. De andere helft van Garrett Asplundh.

McKenzie ging zitten, keek onder de tafel en drukte met haar teen op de knop van een apparaat dat de computer tegen stroompieken beschermde. De machines sloegen zoemend aan en er knipperden groene lichtjes. Ze had een paar jaar eerder dan ik bij Fraude gewerkt en had zich daar in computercriminaliteit gespecialiseerd. En ze had een speciale cursus forensische informatica gevolgd. Ze kan een wachtwoord binnen enkele minuten oproepen of omzeilen.

Ze opende de laptop en glimlachte.

'O,' zei April. 'Die avond bracht hij die laptop mee. Dat deed hij vrij vaak: iets achterlaten en het later ophalen.'

Ik vroeg haar of ooit iemand anders naar Garrett had gevraagd of iets voor hem was komen ophalen.

'Nee. Hij was altijd alleen.'

McKenzie keek naar me op en typte toen weer iets in.

'Je hebt geen idee wat er op die laptop staat? Geen idee wat Garrett hier deed?' vroeg ik.

'Nee. Dat waren Jimmy's dingen. Ik bemoeide me niet met Jimmy's dingen. Dat was regel één van het huis.'

'Wat was regel twee?'

'Hij zei dat ik, als ik ooit de hoer speelde, eruit vloog.'

'Wat ga je nu doen?' vroeg ik.

'Ik neem met ingang van de eerste van de maand de huur van dit appartement over. Er is iemand in Sea World die het misschien met me wil delen. Jullie mogen die dingen meenemen, als jullie er iets aan hebben.'

Ik bedankte haar, hoewel het niet aan haar was om de computer en andere apparaten weg te geven.

'Ik zou u om één gunst willen vragen,' zei ze. 'Wilt u ervoor zorgen dat ik op de begrafenis word uitgenodigd, als die er komt?'

'Dat zal ik doen,' zei ik.

April verontschuldigde zich. Ze zei dat ze straks naar haar werk moest, maar intussen moesten we maar doen alsof we thuis waren.

McKenzie keek haar na en keek toen naar mij op. 'Ik ben erin.'

9

Garrett Asplundh en Carrie Ann Martier hadden niet stilgezeten. Ze hadden alle namen in zijn laptop gestopt. Hij had daar hoofdinspecteur Chet Fellowes van Zeden met drie prostituees in zitten. Drie verschillende meisjes, drie verschillende gelegenheden. Het was bijna surrealistisch om de naakte, ongeüniformeerde versie te zien van een chef met wie ik in mijn bijna tien jaar durende carrière had samengewerkt. Het was interessant dat Fellowes niet betaalde, al sprak hij zijn wensen erg specifiek uit en snauwde hij heel duidelijk tegen de meisjes wat hij wilde.

Garrett had ook een jonge agent van de verkeerspolitie op film, al betaalde die wel – honderd dollar. Ik wist weinig meer van hem dan dat hij Mincher of Mancher of zoiets heette en nog niet zolang bij het korps zat. Er was ook een brigadier van de brandweer wiens naam ik niet wist maar wiens gezicht ik herkende. En gemeenteraadslid Anthony Rood en zijn assistent, de energieke Steve Stiles.

Allemaal vastgelegd op video terwijl ze de tijd van hun leven hadden met meisjes van Squeaky Clean. Sommigen betaalden, anderen niet.

'Dit is erg,' zei McKenzie.

'Erg genoeg om je in grote moeilijkheden te brengen,' zei ik. 'Als je er verkeerde dingen mee zou doen.'

Er waren drie mannen die McKenzie en ik niet kenden, al kwamen twee van hen ons bekend voor. Een van hen zag eruit als tachtig. Nummer twee was doodsbang. Nummer drie was jong en donkerharig en droeg een glanzende trouwring en een zware halsketting die voor Carrie Ann Martiers gezicht bungelde terwijl hij op haar neerkeek met een gezicht alsof hij rechten kon doen gelden.

We sloegen de meeste video's over. Er is niet veel voor nodig om zoiets duidelijk te maken. Het financiële aspect – wanneer er betaling werd gevraagd – was expliciet te zien. De daad zelf was inspannend en enigszins komisch. Het is vreemd om als man naar een neukpartij te kijken terwijl er een vrouw bij je is, of dat nu een collega is of niet. De opmerkingen die ik tegen een mannelijke collega zou hebben gemaakt, waren nu niet op hun plaats.

Het deed me weer verdriet om Carrie Ann Martier met dat getrouwde gemeenteraadslid te zien. Hij betaalde niets. Ze rolde met haar ogen naar de camera toen hij deed waarvoor hij was gekomen. Ze kreeg tweehonderd dollar fooi van hem toen het voorbij was en Rood zei tegen haar dat hij een goed appartement had dat ze goedkoop kon huren als ze woonruimte nodig had. Misschien kunnen we het gezellig hebben in ruil voor de huur, zei hij.

April kwam in haar Sea World-uniform de kamer in. Gelukkig hadden we net een printbestand op het scherm. Ze leek zo onschuldig en jong, en ik begreep plotseling hoe goed het was geweest wat Asplundh voor haar had gedaan. Ze gaf me een sleutel en vroeg me die aan Davey te geven als we weggingen.

'Ik hoop dat jullie degene vinden die Jimmy heeft vermoord,' zei ze. 'Ik wil alles doen om te helpen. Jullie kunnen me altijd bellen als jullie nog meer vragen hebben.'

'Bel ons als er je iets te binnen schiet,' zei ik. Ik noteerde de nummers van haar mobiele telefoon en haar rijbewijs. Ze nam met een hoofdknikje mijn kaartje aan en ging weg.

Ik ging weer naast McKenzie voor de laptop zitten.

Garrett had meer gedaan dan alleen maar gore filmpjes verzamelen. In de printbestanden op zijn laptop vonden we namen en telefoonnummers, adressen, functies, levensbeschrijvingen, zelfs financiële en medische informatie over de klanten. Ik vroeg me af of hij Hollis Harris zover had gekregen dat die wat namen door zijn computers haalde om de Mooiste Stad van Amerika te beschermen. Al die informatie ging gepaard met Garretts eigen opmerkingen en aantekeningen en vragen, gemakkelijk te herkennen aan een groot, vet lettertype. Sommige bladzijden leken op de bijbel met Christus' woorden vet gedrukt, die mijn ouders me hadden gegeven toen ik twaalf was en gedoopt werd. Er waren 32 printbestanden en sommige daarvan waren bijna honderd pagina's lang.

In een van de bestanden had Garrett telefoonrekeningen van de Squeaky Clean-meisjes gescand, blijkbaar om te proberen de verbanden te laten zien tussen hen, de klanten, de bellers en de madam zelf.

Dat was lastig, want geen van Jordan Sheehans zes telefoonnummers kwam in de rekeningen van de meisjes voor, al troffen we daarin wel de nummers van drie bellers aan. Maar zolang de nummers niet werden afgeluisterd, viel niet te bewijzen waarover ze praatten, en Garrett had venijnig opgemerkt: *Abel Sarvonola zegt dat de gemeente het geld niet heeft om afluisterapparatuur voor de dienst Ethiek te kopen, maar er is wel geld om plaatsen voor Chargers-wedstrijden te kopen.*

Hij ging nog een tijdje door over het afluisterprobleem, en toen volgde deze interessante alinea: *Denk daar eens even over na, Stella. Sarvonola zegt dat er geen geld voor Ethiek is. Zoals er ook geen geld was voor de brandweer, terwijl het halve district in brand stond en de brandweer niet genoeg batterijen voor zijn walkietalkies had. En vergeet niet dat onze gemeenteambtenaren niet genoeg pensioen krijgen, al hebben sommigen daar dertig jaar voor betaald. Dat zijn nog maar een paar voorbeelden van de instorting die op komst is, Stella. De crash waarover niemand wil praten.*

'Hij is kwaad op Sarvonola,' zei McKenzie. 'Omdat de Commissie voor Toezicht op de Begroting op het gemeentehuis over het geld gaat. En Abel Sarvonola is de baas van die commissie.'

'Omdat Sarvonola meer waarde hecht aan een verliezend footballteam dan aan de dienst Ethiek,' zei ik. Ik had altijd al het gevoel gehad dat de begrotingscommissie graag in het gevlij wilde komen bij de rijke zakenlieden die enorme bedragen verdienden aan onze gemeente.

Garrett merkte vervolgens woedend op dat zijn verzoek om de Squeaky Clean Madam en haar relaties door Zeden te laten afluisteren, twee keer was afgewezen door hoofdinspecteur Fellowes, die we zojuist op het scherm hadden gezien.

'Hij is zelfs kwaad op ons,' zei McKenzie. 'Zijn vroegere werkgever.'

'Politieambtenaren moeten niet zulke dingen doen. Dat kan niet,' zei ik. Maar mijn woorden deden me weer denken aan die keer dat ik die gespierde echtgenoot tegen de grond had geslagen nadat ik Gina's Hikarischaar met inscriptie had opgehaald. Toen had ik ook de wet overtreden.

Een andere regel in Garretts uitgebreide aantekeningen trok mijn aandacht, vooral omdat ik een deel daarvan al eerder had gezien: *Ik kan dit alles, of het meeste ervan, op 16 maart voorleggen aan Kaven, JVF en de proc. gen., al zouden de gevolgen ons allemaal kunnen treffen.*

'Wat zou hij daarmee bedoelen?' vroeg ik McKenzie. Ik draaide de monitor naar haar toe.

'Hij bedoelt dat als de procureur-generaal van de staat Californië zich ermee bemoeit, het middel wel eens erger zou kunnen zijn dan de kwaal.'

Dat bracht Garrett in een interessante positie, dacht ik: hij wilde het vuil opvegen zonder de gemeente kwaad te doen. Was dat echt mogelijk? Dat was het probleem met corruptie: hoe belangrijker de figuren waren die werden neergehaald, des te ongunstiger was het stempel dat de gemeente kreeg opgedrukt. Daarom waren het altijd de kleintjes – degenen die betrokken waren bij dingen waar ze niet eens altijd om hadden gevraagd, degenen die niet gemist zouden worden – die werden opgeofferd. En de grote jongens kropen weg tot de storm was overgewaaid.

Ik sloot het bestand en keek nog eens naar het menu van video's. Een van de beschikbare video's trok mijn aandacht, omdat hij zo kort was.

JS Live duurde volgens de lijst maar acht seconden.

En dus klikte ik hem aan, wreef over mijn ogen en leunde achterover.

Eerst ging er een blonde vrouw van een jaar of veertig ergens zitten, blijkbaar in de bar van een restaurant, en glimlachte naar de camera. Ze droeg een kantachtige, witte blouse onder een zwarte blazer en haar dichte, sluike haar reikte tot net over haar schouders.

'O, Garrett, wat is dit?' vroeg ze opgewekt. Haar glimlach was gul. Mooie tanden en lippen. Ze betastte haar haar achter haar ene oor, en je zag een oorbel in de vorm van een halvemaan, met een edelsteentje aan de binnenkant van de kromming.

Ze glimlachte nog steeds toen ze haar hand van haar haar naar de camera bracht.

'Mijn venster naar de wereld,' zei een man, waarschijnlijk Garrett.

'Je zult wel denken dat ik stapelgek ben.'

Toen werd alles luidruchtig en werd het beeld zwart.

Ik speelde het nog eens af.

'Squeaky Clean zelf?' vroeg ik.

'Dat is haar,' zei McKenzie. 'Jordan Sheehan.'

Ik speelde het fragment nog een paar keer af.

'Ze heeft er niet lang over gedaan om de verborgen camera te vinden,' zei ik.

'Acht seconden,' zei McKenzie. 'Dat was trouwens de Onyx Room.'

'Nooit geweest.'

'De toeristen hebben het nog niet ontdekt,' zei McKenzie. 'Maar je moet cool zijn om daarheen te gaan. Het is niets voor een gelukkig getrouwde man die 's avonds graag thuisblijft.'

Ik dacht weer aan Gina, die misschien nu lunchpauze had. Ik dacht aan alle mannen die wel met haar wilden lunchen. Haar baas, Chambers, was openlijk homo, en daardoor voelde ik me maar een klein beetje beter. Toen ik naar de videobeelden keek, verlangde ik opeens weer naar Gina en daardoor werd haar vertrek nog schrijnender. Voor het eerst sinds ze was weggegaan, achtte ik het mogelijk – al geloofde ik dat maar gedurende één angstaanjagend moment – dat ik haar nooit meer zou zien.

'Misschien kan Hollis je er in zijn rode Ferrari naartoe brengen,' zei ik.

'Robbie, ik moet bekennen dat ik de eerste honderd meter helemaal week

werd in die auto. Gelukkig herstelde ik me toen ik Dobson binnenliep.'
'Hij droeg je niet?'
Ze glimlachte. 'Ik geloof niet dat hij daar sterk genoeg voor is.'
Haar mobieltje piepte. Ze legde haar hand op mijn schouder en stond op.
McKenzie en ik praten bijna nooit over zulke persoonlijke dingen. Ik
denk dat we door die obscene beelden allebei een beetje blij waren met
elkaars on-obscene gezelschap, alsof we samen door iets moeilijks heen
waren gekomen.
Ik hoorde haar schrijven terwijl ze luisterde. Ze bedankte iemand en
maakte een eind aan het gesprek. Ik keek naar de foto van de rivier; die
was onder het raam op de muur bevestigd. Het duurde een hele tijd voordat ik die foto echt goed zag.
'Eindelijk,' zei ze. 'Dat was Verizon Security. Het ging over die 212-tele-
foontjes die in de week voor Garretts dood met zijn mobieltje waren
gevoerd. Hij belde naar Trey Vinson in New York. Nooit van gehoord.
Maar ik kan kijken of hij antecedenten heeft.'
Terwijl McKenzie belde, keek ik in de adressenlijst van Garretts e-mail en
vond Trey Vinson.
Garrett had zijn e-mailadres, twee telefoonnummers en de naam en het
adres van zijn bedrijf in New York: Jance Purdew Investment Services. Ik
kende dat bedrijf uit de tijd dat ik bij Fraude had gewerkt. Het was een
van de grote firma's in Wall Street die zich met kredietrating bezighielden,
dus onderzochten in hoeverre een bedrijf kredietwaardig was. Het was te
vergelijken met Moody's en Standard & Poor's. Jance Purdew hielp voorkomen dat beleggers werden uitgeschud door gewetenloze emittenten van
aandelen en obligaties.
Ik opende drie van Garretts grootste bestanden en zocht naar 'Trey' en
'Vinson'.
Ik vond maar één vermelding. Die zat in een document dat zijn laatste
update had gehad op zondag 6 maart, twee dagen voordat Garrett werd
vermoord.
Vinsons naam stond in een korte alinea die volgde op negentig bladzijden
met financiële rapporten van de gemeente San Diego, waarvan sommige
teruggingen tot 1995, en achttien pagina's met begrotingsoverzichten.
*De gemeente heeft geknoeid met de boekhouding. Het is nu aan Vinson. Het
is erop of eronder. Als hij standhoudt, redden we het. Als hij bezwijkt, redden
we het niet.*
McKenzie maakte haar mobieltje weer aan haar riem vast en zei dat
Vinson geen antecedenten had.

Ik vertelde haar dat Vinson voor een grote kredietratingfirma werkte en wees naar zijn naam op het scherm.

Ze las over mijn schouder. 'Als de gemeente met de boekhouding heeft geknoeid en Vinson kwam daarachter, dan zou onze kredietwaardigheid naar de maan zijn. Geen krediet, geen obligaties, geen geld. Dan zou de gemeente bankroet zijn.'

'Maar misschien zou hij standhouden,' zei ik.

'Waarom?'

'Pressie? Geld? Het geweldige weer in San Diego?'

Uit mijn korte tijd bij Fraude wist ik dat de kredietrating van een gemeente bepaalde hoeveel rente er aan beleggers moest worden betaald. Een gemeente met een hoge rating kon met succes obligaties uitgeven en daarover een relatief lage rente betalen. Maar als de rating lager was, moest de gemeente een hogere rente aanbieden om obligatiekopers aan te trekken. Voor een gemeente ter grootte van San Diego betekende het verschil tussen een A- en een B-rating dat er drie of vier miljoen dollar over een obligatie van honderd miljoen dollar moest worden betaald. Ik wist ook dat de gemeente in de afgelopen tien jaar voor tweeënhalf miljard aan obligaties had uitgegeven. Als de gemeente betrapt werd op 'knoeien met de boekhouding', konden de straffen, boetes en herfinancieringskosten ons faillissement betekenen.

Ik stond op en liet haar de programma's afsluiten. Ik keek opnieuw naar de foto van de rivier. Het was een foto op fotopapier, niet uit een tijdschrift geknipt. Het was een kleurenfoto, al was ik er vrij zeker van dat Garrett hem had gemaakt. Hij zat nu met tape vastgeplakt, maar er zaten gaatjes in alle vier de hoeken.

Eigenlijk zag je alleen maar golvend water. Geen oever of rotsen of horizon, of iets wat je een indruk van afmetingen of perspectief kon geven. Alleen maar tien bij vijftien centimeter geelgroene golven. Het had ook een close-up van iets anders kunnen zijn. Of een abstract schilderij. Maar ik wist waarom Garrett die foto had gemaakt, want ik kon nog net de vis zien die onder het glinsterende oppervlak lag. Ik moest een beetje naast het dier kijken, zoals wanneer je naar een silhouet in het donker kijkt. Alleen aan een vage verticale staartlijn kon je zien dat hij daar was, maar als je die lijn eenmaal zag, zag je de vis.

'Wat is er?' vroeg McKenzie.

'Het is een foto van een vis.'

'Ik zie geen vis.'

Ik wees ernaar en ze keek me aan.

'Misschien keek Garrett hiernaar als hij achter zijn werkbank in de garage stond,' zei ik. 'Weet je nog wel? Die punaisesporen op de muur, waar vroeger iets had gezeten?'

Ze knikte. 'Al die uren dat hij keek naar iets wat er niet eens was.'

'Het is er wel.'

'Oké, Robbie. Oké, Garrett. Oké, visdromers. Jullie zien wat jullie willen zien. Intussen probeer ik een normaal leven te leiden. Het zit me dwars dat Garretts geheime meisje zo op zijn vrouw lijkt.'

'Dat zit mij ook dwars.'

'Zullen we gaan lunchen?'

'Zou je me bij Gina's werk willen afzetten? Ze brengt me wel met haar auto naar het hoofdbureau.'

McKenzie keek me onderzoekend aan. 'Goed. Doe haar de groeten van me. Jullie twee hebben iets goeds met elkaar, Robbie. Je mag jezelf gelukkig prijzen.'

Ik liep zo nonchalant mogelijk door de deuren van Salon Sultra, maar intussen bonkte mijn hart. Ik slenterde naar de receptie en wachtte tot Tammy klaar was met telefoneren. Ik glimlachte over de travertijnvloer naar Gina, die mijn glimlach vaag beantwoordde, met haar Hikari Cosmos-schaar boven een oudere vrouw, wier haar in gedeelten werd geknipt. Gina zag er bijna onvoorstelbaar mooi uit. Een stoel naast haar keek Rachel naar me alsof ze het zat was.

Ik ging in de wachtruimte zitten wachten tot Gina klaar was. Mijn hart sloeg nog extra hard. Ik had niet verwacht dat ze meteen zou ophouden met werken om naar me toe te rennen, al zou ik dat niet erg hebben gevonden. Ik staarde niet naar haar, maar keek elke paar seconden op van mijn blad over haarstijlen, alsof ik me een bepaald kapsel bij mezelf voorstelde. Tammy vroeg of ik een afspraak had; blijkbaar was ze vergeten wie ik was.

Gina had nogal wat tijd nodig om te knippen, en daarna nogal wat tijd om het haar te drogen en te stylen, en daarna duurde het even voordat de vrouw uit de stoel kwam en in mijn richting liep. Ten slotte keek Gina me voor het eerst sinds ik was binnengekomen weer aan. Ze stak haar vinger op om me te laten weten dat ze zo bij me kwam en liep toen vlug naar de toiletten aan de achterkant.

Ik legde het blad neer en wachtte. Ik keek tussen de witte zonwering door naar de straat. De zon was doorgekomen en wierp nu een zacht, koel licht op de travertijnvloer. Ik vroeg me af wat ik tegen Gina zou zeggen. Ik vroeg me af wat ze terug zou zeggen. Ik vroeg me af wat ze toch zo lang in de toiletten deed. Ik wachtte nog een paar minuten en liep toen naar achteren om te kijken of alles wel goed was.

Er kwam een vrouw de toiletten uit en ik wachtte nog even. Toen deed ik de deur een stukje open en riep haar naam. Er kwam alleen een echo terug.

En dus probeerde ik het nog een keer.

Stilte blijft stilte, hoe lang je ook wacht.

'Geef haar wat ruimte, Robbie. Dat is het enige wat je kunt doen.'

Rachel duwde de deur helemaal open en liep de damestoiletten in. De deur ging met een soort vrouwelijk gebaar achter haar dicht.

Ik keek door de gang, zag dat de achterdeur op een kier stond en voelde me een eersteklas sukkel. Ik ging ook door de achterdeur weg.

Ik ging lopend naar het hoofdbureau terug en keek intussen uit naar Gina, maar ik wist dat ik haar niet zou zien. Ik deed er veertig minuten over en er drong niets tot me door. Ik hoorde, zag of rook niets. Het is interessant hoe snel veertig minuten voorbij kunnen gaan, hoe snel ze uit je herinnering kunnen wegvallen.

Voor ik er erg in had, doemde het politiebureau voor me op, zeven ver- diepingen van beton en blauw glas. Ik besefte dat Gina echt weg was en dat mijn werk nu zo ongeveer mijn hele wereld was.

Ik vond de hoofdinspecteur in zijn kantoor. Hij zat in zijn eentje te eten en keek uit het raam. Hij heet Jim Villas en ik heb respect voor hem. Hij heeft altijd bij de politie van San Diego gewerkt, al vanaf zijn twintigste, net als ik. Hij is nu achter in de vijftig, heeft kleinkinderen en is nog een goede handballer.

Op vrijdag heeft hoofdinspecteur Villas altijd zijn uniform aan. Hij komt uit een volksbuurt en is er trots op dat hij als straatagent is begonnen. Toen ik op de deurpost klopte, plukte hij net een kruimel van zijn mari- neblauwe broek.

'Mag ik de deur dichtdoen?'

'Natuurlijk. Kom binnen, Robbie.'

We praatten vijf minuten over het koude, mistige weer en over een hand- baltoernooi dat binnenkort gehouden werd. Toen vroeg hij wat er was.

'Hoofdinspecteur Fellowes heeft zich met prostituees geamuseerd,' zei ik. 'Een paar meisjes van Jordan Sheehan hebben hem op video vastgelegd en die beelden zijn bij Garrett Asplundh terechtgekomen.'

Villas keek me even aan. 'Dit is geen aprilgrap.'

'Nee.'

'Weet je zeker dat het Fellowes is?'

'Tenzij er met de videobeelden is geknoeid. En dat is volgens mij niet gebeurd. Het is Fellowes, grijnzend en met alleen zijn sokken aan.'

'Hoe ben je eraan gekomen?'

Ik vertelde hem over Garretts geheime appartement in National City, over April Holly, de extra kamer, de laptop. Ik vertelde hem over de andere politieman en alle anderen die ik had herkend.

'Raadslid Rood en zijn assistent?'

Ik knikte.

'Wie weten het nog meer?'

'McKenzie. Misschien de meisjes die op de video te zien zijn. Ik weet niet of ze wisten wie hun klanten waren.'

'En Fellowes was de enige die zijn plezier blijkbaar gratis kreeg?'

'De andere mannen betaalden verschillende bedragen. De hoofdinspecteur van Zeden mocht gratis.'

Villas stond op en liep naar het raam. Hij had uitzicht op het noorden, richting Balboa Park. 'Die vrouw, die Sheehan, is dat degene die ze bij Zeden de Squeaky Clean Madam noemen?'

'Ja. Zo noemen ze haar op straat ook.'

'Als er een hoofdinspecteur van Zeden bij betrokken is, zou dat verklaren waarom niemand iets tegen haar heeft ondernomen. Weet Fellowes dat hij op video staat?'

'Dat kan ik niet nagaan. Het blijkt niet uit de beelden.'

'Zijn die beelden gedateerd?'

'Ja. Zijn laatste stoeipartij was twee weken geleden.'

'Wordt Fellowes ergens in Asplundhs notities genoemd?'

'Ja. Hij zei dat de hoofdinspecteur "kwabbig, sloom en een gemakkelijk doelwit" was geworden.'

'Dat lijkt inderdaad wel op Fellowes,' mompelde hij.

Hoofdinspecteur Villas stak zijn vinger onder de boord van zijn overhemd en bewoog hem langs zijn hals, alsof het overhemd te strak zat. Hij schudde zijn hoofd en leunde achterover. Een hele tijd keek hij in de richting van Balboa Park.

'Goed,' zei hij ten slotte. 'Ik regel dit wel. Praat er voorlopig niet over. Dit zal je leven er niet gemakkelijker op maken, Robbie.'

'Met mijn leven gaat het goed.'

'Ik moet met Interne Zaken en Professionele Normen praten.'

'Dat begrijp ik. En ik moet met Fellowes praten.'

'Waarom?'

'Als hij wist dat hij op video was opgenomen, is dat een motief.'

Villas keek me strak aan. 'Wat bedoel je – Garrett gaat een eindje met hem rijden en vertelt hem wat hij weet, en Fellowes schiet hem overhoop? En hij belt Mincher of een van die andere kerels om een lift naar huis te krijgen?'

Ik haalde mijn schouders op. Het leek me nu heel goed mogelijk. Er zat het element in dat een vereiste was voor elke succesvolle moord met voorbedachten rade: lef.

'Dat is een van de lelijkste dingen die ik vandaag heb gehoord,' zei Villas.

'Asplundh is niet vermoord om wat hij had,' zei ik. 'Hij is vermoord om wat hij wist.'

'Ja. Goed. Praat maar met Fellowes.'

Toen ik weer achter mijn bureau zat, stelde ik McKenzie op de hoogte en belde naar hoofdinspecteur Fellowes. Ik kreeg zijn antwoordapparaat en liet de boodschap achter dat ik hem wilde spreken. Ik had het gevoel dat Fellowes weinig prijs stelde op contact met mij of met iemand anders die onderzoek deed naar de moord op Garrett Asplundh.

Vervolgens belde ik Sally, een vriendin die bij de gemeente op Personeelszaken werkt. Ze kent iedereen. Meestal wil ze me graag helpen, want jaren geleden had ik haar jonge zoon, toen die met marihuana was betrapt, de stuipen op het lijf gejaagd met een preek over de gevaren van drugs en had hem een rondleiding door het huis van bewaring gegeven. Blijkbaar had dat die jongen geholpen, want ze had nooit meer drugs bij hem gevonden. Hoe dan ook, ik vroeg Sally of ze discreet kon nagaan of Anthony Rood, gemeenteraadslid voor wijk Negen, op de avond van 7 of 8 maart in de openbaarheid was verschenen. Ik vroeg ook naar zijn assistent, Steven Stiles. Ik kon aan haar aarzeling horen dat ze die data meteen in verband bracht met de moord die ik onderzocht. Ik vroeg haar of ze dat voor zich wilde houden en ze zei dat ze dat zou doen.

Ik belde ook naar Abel Sarvonola's kantoor en maakte een afspraak voor een gesprek met de voorzitter van de Commissie voor Toezicht op de Begroting. Zijn secretaresse klonk heel opgewekt, maar Abel en zijn vrouw waren op vakantie in Las Vegas. De secretaresse maakte een afspraak voor me op woensdag, de eerste dag waarop Abel beschikbaar was.

Toen probeerde ik Trey Vinson van Jance Purdew Investment Services in New York. Zijn secretaresse vertelde me dat meneer Vinson op dat moment aan de westkust was en ik zei: dat is geweldig, want daar ben ik ook. Nadat ze een aantal vragen had gesteld over waarom ik met meneer

Vinson wilde praten, maakte ze met tegenzin een afspraak voor me.

Een paar minuten later belde Stella Asplundh. Haar stem was zacht, maar duidelijk. 'Ik lees in de krant dat Garrett bij de Cabrillo Bridge in zijn auto is gevonden,' zei ze.

'Even ten noorden van de brug, naast de 163.'

'Dat is veelzeggend.'

'Legt u dat eens uit.'

'Daar heeft hij me tien jaar geleden zijn aanzoek gedaan. Het was niet 's avonds en we zaten niet in een auto. Het was lente en we hadden onze schoenen uitgetrokken om in Balboa Park te wandelen. We gingen de brug over en liepen over de voetpaden. Garrett zei dat wij ook zo'n brug nodig hadden. Ik zei: "Waar heb je het over?" En hij zei: "Om jou met mij en mij met jou te verbinden, iets stevigs en moois en nuttigs. Een huwelijk bijvoorbeeld," zei hij. Hij had een ring in zijn zak. Ik gooide hem bijna ondersteboven. Sindsdien zijn we een paar keer per jaar op die plek terug geweest. Dan keken we naar de brug en dachten terug aan die dag. Soms overdag. Soms 's avonds, in onze auto.'

We waren allebei even stil.

'U zou hem in Delicias in Rancho Santa Fe ontmoeten,' zei ik.

'Om negen uur.'

'Waarom zou hij op uw bijzondere plekje bij de brug parkeren voordat hij u zou ontmoeten?'

'Ik had hem eerder die dag gesproken,' zei ze. 'Aan de telefoon, bedoel ik. Hij zei dat hij ging bidden bij de brug. Ik heb u dat niet eerder verteld, omdat ik niet wist dat jullie hem daar hadden gevonden.'

'Bidden bij de brug? Legt u dat eens uit.'

Ze zweeg even. 'We probeerden opnieuw te beginnen. Dat was belangrijk voor ons. Dat heb ik u verteld.'

'Is er iemand die hij naar uw bijzondere plekje zou meenemen?'

'Nee,' zei ze. 'Ik hoop van niet.'

'Wie wisten dat Garrett u onder die brug zijn aanzoek had gedaan?'

Opnieuw stilte. 'Mijn ouders. Ik heb het indertijd aan een paar kennissen verteld. Het was romantisch.'

'Hebt u aan iemand van hen verteld dat Garrett en u nog steeds wel eens naar die plek teruggingen?'

'Ik... Ja, vast wel.'

'En Garrett?'

'Hoe moet ik dat nou weten?'

'Ging Garrett daar ooit zonder u naartoe?'

'Hij zei dat hij er soms alleen heen ging. Vanwege de herinneringen, en om na te denken.'

Ik stelde me Garrett in zijn suv op zijn bijzondere plekje onder de Cabrillo Bridge voor. Was hij alleen? Garrett zou later naar Stella toe gaan. Hij hoopte op een verzoening met haar. Na de dood van hun dochter en de hartverscheurende breuk tussen hen, en na maanden van drinken, zat het hem eindelijk mee.

Tenminste, dat dacht hij.

10

Het eerste deel van die vrijdagmiddag zat ik achter mijn bureau en nam het rapport van de lijkschouwer over de dood van Garrett Asplundh door. McKenzie zat met haar exemplaar aan haar eigen bureau. Het was een koele, maar heldere dag, en de stad zag er mooi uit. Ik keek naar het nieuwe stadion, de flats met al hun glas, het zilvergrijze water van de baai.

De stad is in 29 jaar veel veranderd. Toen ik kind was, bestond de naam Gaslamp Quarter nog niet. Dat was toen alleen nog een louche wijk met cafés, pornowinkels, tattooshops en goedkope hotels. Je zag er passagierende zeelieden en mensen die aan lagerwal waren geraakt. Ik herinner me dat er buitensporig veel pruikenwinkels waren. De haarstukjes zagen er heel vreemd uit achter die vuile ramen, op de hoofden van gladde, gezichtsloze etalagepoppen. Ze zeiden altijd voor de grap dat je nooit door dat deel van de binnenstad wandelde: je rénde. Toen ik ouder werd, vond ik het interessant dat die buurt altijd al louche was geweest. Rond de eeuwwisseling had hij de bijnaam 'de Stingaree' en wemelde het er van de saloons, opiumkitten en gokhuizen. Wyatt Earp had daar een kroeg die de Oyster Bar heette, en daarboven zat een bordeel, de Golden Poppy. Ida Bailey was een van de plaatselijke beroemde hoerenmadammen, en Jordan Sheehan had een marktstrategie van haar overgenomen en gemoderniseerd: haar meisjes in het nieuwste transportmiddel door de stad laten paraderen. De politie ondernam weinig tegen Ida, want daar zaten sommige van haar beste klanten. Het was grappig dat de geschiedenis zich nu herhaalde. Dezelfde gebeurtenissen, andere mensen. Ze hadden een restaurant naar Ida genoemd. Er waren altijd moeilijkheden in de Stingaree, maar tot een paar jaar geelden waren er geen gaslantaarns. Die werden daar door de gemeente neergezet omdat ze zo sfeervol waren.

Er was ook geen 'East Village'. Daar waren alleen grote pakhuizen en pensions en ongeregelde bedrijven die op sterven na dood of al dood waren. De zeewind joeg het afval door de straten. Er waren veel daklozen en instellingen om hen weer op het rechte pad te brengen, of in elk geval op een pad waar ze anderen niet voor de voeten liepen. Ons hoofdbureau van politie stond midden in die wijk, als een kerk midden in een heidens dorp. Nu we het nieuwe stadion hebben en er miljoenen dollars beschikbaar zijn voor herontwikkeling, zeggen ze in San Diego dat East Village op een dag het kroonjuweel van de binnenstad zal zijn.

Toen ik naar de stad keek, besefte ik dat een groot deel van de Gaslamp Quarter en East Village was opgebouwd met gemeenteobligaties die aan de man gebracht waren met behulp van de hoge kredietrating die de gemeente San Diego van Jance Purdew Investment Services had gekregen. Garrett Asplundh had naar de waarheid achter die ratings gezocht. Garrett Asplundh had een callgirl geholpen iets te ondernemen tegen een politiek assistent die haar had mishandeld. Garrett Asplundh had een meisje geholpen op het rechte pad te komen zonder dat ze op haar rug hoefde te gaan om de kost te verdienen.

En iemand had hem vermoord. Het was nu officieel.

De doodsoorzaak: 'Schot in het hoofd. Hartstilstand ten gevolge van ernstig hersentrauma.'

Het moordwapen was waarschijnlijk de 9mm Smith & Wesson die we op de vloer van de Explorer hadden gevonden. Maar omdat de fatale kogel door Garretts hoofd en het raam aan de bestuurderskant was gegaan, en op een onbekende plaats was neergekomen of blijven steken, kon niet met zekerheid worden nagegaan of hij met de Smith & Wesson was afgevuurd.

Ik wist dat we erg weinig kans maakten die kogel te vinden.

Het tijdstip van overlijden lag tussen acht uur dinsdagavond, 8 maart, en twee uur woensdagmorgen, 9 maart.

Uit foto's van de bloedspatten en de histaminespiegel in Asplundhs bloed bleek dat hij na het schot nog bijna tien seconden had geleefd.

En in die korte tijd had zich een worsteling voorgedaan.

Er was in elk geval fysiek contact geweest. Garrett had met zijn rechterhand uitgehaald en drie bruine wollen vezels van een jasje of trui te pakken gekregen. Een van die vezels was aan zijn handpalm blijven plakken, en twee zaten onder een nagel waarmee hij hard genoeg had gegraaid om hem te breken, zodat de vezels erachter waren blijven haken. Ik keek naar de close-upfoto van de vinger en de gebroken nagel, en naar de vezels die in de breuklijn waren blijven steken.

Ik keek even naar een van de foto's van Asplundh, voorovergezakt in zijn eigen bloed. En ik dacht aan onze menselijke instincten om aan het leven vast te houden. Het waren dezelfde instincten die mij ertoe hadden gebracht om door de lucht te graaien toen ik viel. Het is een zuiver biologische impuls en heeft niets met overlevingskansen te maken.

'Tien seconden,' zei McKenzie. 'Dat vroeg ik me af, met al dat bloed.'

'Zou het niet geweldig zijn om die vezels met iemand in verband te brengen?'

'Waarschijnlijk komen we er niet verder mee. Er zijn zoveel bruine truien en jasjes op de wereld,' zei ze.

Ik had een idee. 'Maar zou het niet geweldig zijn als er een stukje van die nagel in het kledingstuk was achtergebleven? Kijk eens hoe onregelmatig die breuk is. Misschien heeft Garrett iets van hemzelf achtergelaten. Dat zou in het textiel zijn blijven steken en je zou het niet zien.'

McKenzie keek me verdraagzaam aan. 'Misschien.'

Ik zag dat Garrett geen alcohol in zijn bloed had gehad. Daar was Stella Asplundh bang voor geweest.

Zijn bloedgroep was B-positief.

Zijn hart leek normaal voor een man van 39. Zijn aders en slagaders waren niet verstopt. Zijn nieren en alvleesklier waren normaal. Zijn lever was een beetje vergroot, waarschijnlijk als gevolg van langdurig zwaar alcoholgebruik.

In het sectierapport werd melding gemaakt van de herniaoperatie die ook uit het rapport dat we van Hollis Harris hadden gekregen, naar voren was gekomen.

'Gek dat hij die avond niet dronk,' zei ik.

'Waarom?'

'Hier staat dat zijn lever was beschadigd door veelvuldig alcoholgebruik. Iedere drinker die ik ooit heb gekend, drinkt elke dag. Als ze ziek zijn, drinken ze. Als ze in het ziekenhuis liggen, zeuren ze net zolang tot je een fles voor ze meesmokkelt. Ze drinken als ze nerveus zijn, of blij of neerslachtig, of als ze iets te vieren hebben, of als ze nadenken of hun verdriet wegspoelen, of als ze alleen maar de auto wassen. Weet je, drinkers drínken. Maar die avond dronk hij niet.'

'Stella zei dat hij was gestopt,' zei McKenzie. 'Misschien was dat echt zo.'

'Op de laatste avond van zijn leven had hij niet gedronken.'

'Wat weten we verder nog over die avond van hem?' vroeg McKenzie. 'We weten dat hij Harris om vijf uur heeft ontmoet. Daarna Carrie Martier om halfzeven, en van haar kreeg hij die lelijke dvd. Om halfacht April Holly. Om negen uur zou hij zijn ex ontmoeten, maar hij kwam niet opdagen. Toen hij bij April kwam, droeg hij een goudkleurige das, en toen hij werd doodgeschoten, had hij een blauwe om.'

Ik dacht even na. 'Volgens Harris was hij er met zijn aandacht niet helemaal bij.'

McKenzie dacht na. 'En later zei April dat Garrett zich op iets of iemand verheugde. We zitten met een lang tijdsinterval. Volgens het sectierapport is hij die avond tussen acht en twee uur overleden. Dat is veel tijd om veel dingen te doen. Om meer te doen dan alleen een andere stropdas te pakken.'

'Waarom deed hij een andere das om?'

'Voor Stella, denk ik,' zei McKenzie. 'Als je achtduizend kunstzinnige foto's van je liefje maakt en je hangt ze aan je muur, zorg je ook dat je er goed uitziet als je met haar hebt afgesproken. Als je wilt dat het tot een verzoening komt, wil je er op je best uitzien.'

Voor Stella, dacht ik. Voor je ex. De vrouw die je dochter heeft gebaard en zich later bijna van je liet scheiden. De vrouw die het voorwerp van je verlangen was, het voorwerp van je kunstzinnige neigingen, het voorwerp van je obsessie.

Nog steeds je liefje. Een verzoening.

'Stella zei dat hij naar de brug was gegaan om te bidden,' zei ik.

'Hoezo bidden?'

'Voor wat er later die avond tussen hen zou gebeuren.'

'Je zou denken dat hij alleen ging,' zei McKenzie.

'Ja, alleen.'

'Oké, Robbie, maar Garrett was een ex-politieman. Hij was een goede opsporingsambtenaar. Hij was intelligent en alert en argwanend en op zijn hoede. En nuchter. Maar hij zat daar achter het stuur en er kwam iemand naar hem toe rijden en maakte dat extra bandenspoor. En Garrett liet zich van dichtbij overhoopschieten.'

'Hij werd misleid.'

'Nou en of. Hij vertrouwde de dader.'

In het sectierapport stond dat Garretts linkerarm net boven de pols gebroken was, iets wat niet in de bliksemsnelle analyse van Hollis Harris was meegenomen.

Bij zijn dood woog hij 93 kilo, inclusief de naar schatting vijfenhalve liter bloed die hij had verloren.

McKenzie en ik zaten ieder aan ons bureau, verdiept in verschillende hoofdstukken van Garretts moordboek. Ze wachtte tot de andere rechercheurs weg waren en hoofdinspecteur Villas' deur dicht was, en kwam toen naar me toe. Ze boog zich naar me voorover.

'Villas zal de korpscommandant over Fellowes moeten vertellen. De korpscommandant moet het aan Professionele Normen vertellen. Ze moeten ons ondervragen. Dan willen ze de schijfjes en moeten we allebei hetzelfde vertellen: of we kopieën hebben gemaakt of niet.'

'Ik brand ze.'

'Alleen voor ons?'

'Alleen voor ons, McKenzie.'

'Akkoord.'

Even later belde Sally van Personeelszaken op het gemeentehuis. Ze vertelde me dat raadslid Anthony Rood en zijn assistent, Steven Stiles, op de avond dat Garrett werd vermoord een 'geldinzamelingsdiner' hadden gegeven aan boord van het vliegdekschip *Midway*. Volgens haar bronnen waren beide mannen om ongeveer zes uur aan boord gekomen en hadden ze het schip om een uur of twaalf verlaten. Rood had toezeggingen voor elfduizend dollar losgekregen en 'aanzienlijke steun' verworven voor een poging om in de wetgevende vergadering van Californië gekozen te worden.

Een paar minuten daarna belde Erik Kaves, de directeur van de dienst Ethiek van de gemeente San Diego. Zijn stem klonk zoals zijn gezicht eruitzag: ruig, doorgroefd en achterdochtig. Ik stelde me zijn Wyatt Earp-snor en zijn heldere, argwanende blik voor. Ik herinnerde me dat hij die twee bankrovers met in totaal twee kogels had gedood.

Hij wilde weten hoe het met het onderzoek stond, en ik zei dat het goed ging.

'Krijgt u alle medewerking van Van Flyke?' vroeg hij.

'Ja. Hij is behulpzaam geweest.'

'Garrett was intelligent. Intelligenter dan zijn baas. Maar Garrett had een achilleshiel waar hij als onderzoeker soms last van had.'

'Wat dan?'

'Hij had een hogere dunk van de menselijke aard dan realistisch was.'

'Ik begrijp dat zoiets hem in de weg zat.'

'Dat hoop ik.'

Kaven hing op.

Later die dag spraken we in de politiegarage met Glenn Wasserman, die ons liet zien wat hij in de Explorer had gevonden. De auto stond in een aparte ruimte onder felle lampen. Het bloed op het raam was zwart en dik genoeg om schaduwen op het dashboard te werpen. Industriële airconditioners zoemden dat het een aard had en de lucht voelde koud en schoon aan. De mensen die hier werkten, hadden altijd minstens een sweatshirt onder hun witte jas.

Glenn was een vriendelijke jongen van 25, met al twee zoons en een meisjestweeling op komst. Net als ik was hij opgegroeid in Normal Heights, al kenden we elkaar niet goed omdat ik vier jaar ouder was dan hij. Zijn handdruk was krachtig en koel.

'Toen er geen kruitsporen waren aangetroffen en het dus moord was, werkte ik met twee scenario's,' zei Glenn. 'In het eerste geval was de moordenaar onbekend. In het tweede geval was hij bekend. Ik voel het meest voor nummer twee. En wel om de volgende redenen.'

Hij ging met ons naar de passagierskant. Ik zag het zilverige vingerafdrukkenpoeder op en bij de portiergreep.

'Jullie weten al van het pistool dat in de auto is gevonden,' zei hij. 'Schoongeveegd. Nog geen ribbeltje.'

'Dat is niet zo vreemd,' zei McKenzie. 'Die kerel is cool.'

'En de patronen in het magazijn?'

'Geen afdrukken.'

'De gebruikte patroonhuls?'

'Ook niets. Als je een Tri-Flow-doekje meeneemt om je afdrukken weg te vegen, denk je bij het laden ook aan de patronen.'

Glenn knikte naar de Explorer. 'Toen ik aan die auto werkte, besefte ik dat hij automatische portiersloten heeft. Als er contact is en de wagen in de versnelling wordt gezet, gaan alle vijf portieren op slot. Dus toen Asplundh de helling af kwam en bij de brug parkeerde, en daarna zijn motor afzette om te wachten, bleven alle vier portieren en de achterklep op slot zitten. Kan hij ze hebben opengemaakt terwijl hij wachtte? Ja – voor iemand die hij kende. Kan hij zo iemand goed door het raam aan de passagierskant hebben gezien? Misschien wel, als hij de motor aan had en de verwarming en ontdooier het deden.'

'Toen de politie daar aankwam, was de motor uit,' zei ik. 'Alles was uit.'

'Precies,' zei Glenn.

Ik stelde me Garrett alleen in een afgesloten, afkoelende auto voor. Ik dacht aan het tweede stel bandensporen dat de helling af kwam.

'Misschien zat Garretts moordenaar al bij hem in de auto,' zei ik.

'En was dat tweede stel sporen van de auto die hem ophaalde,' zei McKenzie.

'Dat sluit aan bij een paar andere dingen die we hebben gevonden,' zei Glenn. 'Kijk, de portiergreep van deze auto is zwart gelakt. En de lak gaat door aan de achterkant, dus waar je je vingers tegenaan houdt om hem open te trekken. Zo'n greep is altijd een goede vindplaats van vingerafdrukken. Maar weet je wat? Ook daar zitten geen afdrukken. Zelfs geen gedeeltelijke. Ik denk dat de dader de hele greep heeft schoongeveegd toen hij of zij wegging.'

Glenn gebruikte een zakdoekje om de greep vast te pakken en het autoportier open te trekken. Hij wees naar de genummerde roze briefjes die op de radio, de asbak, het spiegeltje in de zonneklep, het bedieningspaneel, de gordelgespen, de knoppen van het portier en het raam waren geplakt, zelfs op de knop in de kofferbak waarmee je de achterklep op slot kon doen.

'We hebben overal in de auto gedeeltelijke afdrukken gevonden,' zei hij. 'De meeste zijn van Garrett, maar sommige niet. Ze waren niet groot genoeg om ze door de registers te halen. We vonden een redelijke duimafdruk op de knop van de radio, niet van Garrett. We vonden twee gedeeltelijke afdrukken op de rand van het spiegeltje in de zonneklep aan de passagierskant, niet van Garrett. Waarschijnlijk ook niet van de dader, als hij of zij zo voorzichtig was om de binnenkant van de portiergreep af te vegen. Afdrukken kunnen lang blijven bestaan, vooral bij koel en vochtig weer, dus deze kunnen wel weken oud zijn.'

Glenn vouwde zijn zakdoek op en stak hem weer in een zak van zijn witte jas.

'Haren en vezels,' zei hij. 'We mogen blij zijn dat de bekleding van textiel is en niet van leer of vinyl. Textiel is niet goed schoon te krijgen en houdt eerder iets vast dan leer. Het is een verzamelplaats van haren en vezels, en daar hebben we dan ook veel van gevonden. Ook op de vloermatten.'

Op de passagiersstoel waren genummerde gele briefjes met spelden vastgeprikt. Acht in totaal: drie op de rugleuning en vijf op de zitting. Ik zag ook gele briefjes op de vloermatten.

'De briefjes twee, drie en zes geven de locatie van kennelijke vrouwenharen aan,' zei Glenn. 'Van nature blond, zeven, twintig en vijfentwintig centimeter lang. Sluik.'

Hij wees naar een briefje op de achterbank. Eén op de vloermat. En ook een bij de versnellingspook.

'Nogal verspreid,' zei McKenzie.

'We weten dat Asplundh zijn moordenaar te pakken heeft gekregen,' zei Glenn. 'Hij greep de dader hard genoeg vast om een nagel te breken, zodat er wat vezels aan bleven hangen. Misschien sloeg hij hem eerst op zijn hoofd of probeerde hij dat vast te grijpen. Als hij de jas of trui waar die vezels vandaan kwamen heeft vastgegrepen, werd de dader misschien heen en weer geschud. In beide gevallen zou zijn verklaard waarom de haren verspreid zijn, als de dader een vrouw was.'

'Of misschien waren die haren er al sinds Garrett voor het laatst een avondje uit was geweest met een vrouw die sluik blond haar had,' zei McKenzie.

102

'Ja,' zei Glenn. 'Het lijkt erop dat de haren hier al langer waren. Twee of drie waren verstrengeld met erg kleine materie: vezels, stof en huidschilfers. Het soort materie dat zich opbouwt in vloerbedekking of vloermatten.'

Hij wees naar de twee andere papiertjes op de achterbank. 'Hier en hier – nog meer bruine wollen vezels. Die lijken sterk op de vezels die we op Garretts nagel hebben aangetroffen. Op die autobekleding blijft van alles zitten.'

'Er zijn niet van die vezels aan de bestuurderskant gevonden,' zei ik.

'Nee, dus kijk maar in Garretts kleerkast,' zei Glenn. 'Ik wed dat hij geen zuiver wollen trui of jasje had. Tenminste niets wat hij vaak droeg. Toen hij stierf, had hij een net pak aan. Kamgaren en dat soort combinaties zijn zo strak geweven dat er geen vezels losraken. Krab maar eens met een duimnagel over je colbertjes en kijk wat er loskomt.'

Glenn gebruikte zijn zakdoek om het portier dicht te doen. 'Kom eens hier. Dit vinden jullie vast interessant.'

We volgden hem naar de werkbank. Glenn knielde neer en maakte een stalen archiefkast open, waarna hij een stap achteruit deed met een papieren zak in zijn hand. Op die zak zat een etiket met de datum en het zaaknummer. Hij haalde er een kleine, witte envelop uit, trok een papieren tissue van een rol op de werkbank, spreidde hem uit, maakte de envelop open en tikte hem leeg op het papier. Hij keek ernaar.

'Jullie kunnen hiervan denken wat jullie willen,' zei hij. 'We hebben dit voorin gevonden, tussen de bestuurdersstoel en de versnellingspook.'

Het was een gouden oorbel in de vorm van een halvemaan. In de kromming van de halvemaan zat een blauwe saffier. Er zat een droge, zwarte veeg op de maan.

Naast de oorbel lag het klemmetje om hem vast te drukken, dat waarschijnlijk rond was geweest, maar nu was verbogen.

McKenzie en ik keken elkaar aan.

'We vonden het klemmetje in de achterkant van de Explorer, bij het zijvak,' zei Glenn. 'Het is nogal een eind door de lucht gevlogen. Misschien is het daardoor verbogen.'

'Vonden jullie de oorbel zelf aan de bestuurderskant, niet aan de passagierskant?' vroeg McKenzie.

'Ja,' zei Glenn. 'Dat zou door een worsteling kunnen komen.'

Hij pakte de oorbel en het drukkertje weer in, deed de envelop in de zak en legde die in de archiefkast terug.

'Een moordenares die een gouden oorbel met een saffier droeg?' vroeg McKenzie.

Glenn haalde zijn schouders op. 'Vrouwen zijn dodelijk.'

'Niet op deze manier. We hebben normen. We hebben stijl en raffinement.'

Hij glimlachte.

Ik dacht aan Jordan Sheehans sluike blonde haar en haar oorbel in de vorm van een halvemaan. Ik vroeg me af of zij iemand was die een kogel door het hoofd kon schieten van een man die naast haar in een auto zat. Een man met wie ze had gepraat, tegen wie ze had geglimlacht, met wie ze grappen had gemaakt.

'Kom eens mee naar het lab,' zei Glenn. 'Dan zetten we de microscopen aan en kijken eens goed naar die haren en vezels.'

'Dat laat ik aan jullie over,' zei McKenzie. 'Ik heb vanavond een afspraakje.'

'Altijd taxigeld meenemen en voor twaalf uur terug zijn,' zei Glenn.

Ze keek hem ijzig aan, draaide zich met een knipoog naar mij om en liep weg.

Ik keek een uur in het forensisch lab door Glenn Wassermans elektronenmicroscoop naar de haren en vezels, tot het me wazig voor de ogen werd.

Tot mijn genoegen zag ik op de erg scherpe sectiefoto's dat een groot stuk van de nagel van Garrett Asplundhs rechterwijsvinger was afgescheurd en misschien nog aan een kledingstuk van zijn moordenaar vastzat.

Toen ik weer achter mijn bureau zat, duurde het vijf minuten voordat ik de Squeaky Clean-video uit Garretts laptop op mijn scherm had. Ik zag dat Jordans halvemaanvormige oorbel sterk op het sieraard leek dat in Garretts Explorer was gevonden.

Ik belde Glenn om hem te vragen de latente vingerafdrukken uit de Explorer te vergelijken met Jordan Sheehans afdrukken in het politiearchief.

'Is ze niet te *squeaky clean* om afdrukken te maken?' vroeg hij.

'Ik zou het niet weten, Glenn.'

Op weg naar huis ging ik onaangekondigd naar de dienst Ethiek van John Van Flyke, wat me een messcherpe blik van Arliss Buntz opleverde. Ze gaf toe dat meneer Van Flyke boven in zijn kantoor was, maar hij was niet beschikbaar. Ik vroeg haar hem te laten weten dat ik er was, maar dat deed ze niet. Ik ging aan het gammele tafeltje zitten en pakte een erg oud zeilblad op.

Ik hoorde haar hard een la open- en dichtdoen. Ik hoorde het ritselen van papieren op haar bureau. Ik draaide me om en keek haar aan.

'U dacht dat Garrett moeilijkheden kon verwachten,' zei ik.

'Dat zag ik zodra hij door die deur naar binnen kwam.'

'Hoezo? Wat zag u?'

Ze keek me met haar oude, grijze ogen aan. 'Dat hij normen had.'

Ik dacht daarover na. Hij had een hogere dunk van de menselijke aard dan realistisch was. Van Flyke verscheen boven aan de trap en maakte een gebaar dat ik boven kon komen. Ik ging de trap op en luisterde daarbij naar mijn voetstappen op het hout en naar Arliss Buntz' telefoon, die plotseling hard overging. Ik merkte weer hoe ver geluiden droegen in het tochtige gebouw van honderd jaar oud. Ik vroeg me af of de Italiaanse bakker en zijn vrouw ooit veel privacy hadden gehad. Ik vroeg me af waarom de Mooiste Stad van Amerika zich geen beter kantoor voor zijn eigen dienst Ethiek kon veroorloven.

Van Flyke trok de deur van zijn kantoor dicht.

'We hebben Garretts laptop gevonden,' zei ik. Ik vertelde hem wat we erop hadden aangetroffen.

'Dat is niet best,' zei Van Flyke.

'U wist het?'

'Ik was zijn baas.'

'Wat was u ermee van plan?'

'We wilden dat de Squeaky Cleans van Garrett zo veel mogelijk bewijsmateriaal verzamelden. Dan zouden we zien wat we ermee konden doen. Het was een delicate zaak. Als je zoiets ook maar een beetje verkeerd aanpakt, komen de grote jongens met de schrik vrij. Als je het maar een beetje verkeerd doet, bemoeit de FBI of een dienst van de staat zich ermee en dan wordt alles je uit handen genomen. Garrett, directeur Kaven en iemand van de procureur-generaal zouden aanstaande woensdag bij elkaar komen om na te gaan waar het met bepaalde onderzoeken naartoe moest. Bepaalde situaties. Die bijeenkomst is verzet.'

'Weet Kaven wat Garrett op de schijf had?'

'Nog niet.'

'Gaat u met het bewijsmateriaal naar de rechtbank?'

'Kaven zal daarop staan, en ik zal hem steunen. Zo houden we de zaak uit handen van de staat Californië.'

'Wist een van de klanten welk materiaal Garrett over hen had?'

Van Flyke schudde zijn hoofd. 'Niet dat ik weet. We wachtten af. De dienst Ethiek doet zijn beste werk als mensen net genoeg touw hebben om zichzelf te verhangen.'

'Wist u van Garretts geheime adres?'

'Nee.'

Ik kon aan zijn gezicht zien dat hij het echt niet wist. En aan het feit dat er geen rode vierkantjes uit zijn mond buitelden. Ik vertelde hem over het appartement, maar gaf hem niet het adres. En ik zei niets over April Holly. Hij keek me vanonder zijn borstelige wenkbrauwen aan. 'Ik zou graag kopieën willen hebben van alles wat er op die schijf staat. Zodra het je uitkomt.'

'Dat zal wel wat tijd kosten, meneer Van Flyke.'

'Neem zoveel tijd als je nodig hebt, Brownlaw.'

Ik keek naar de lege muren van John Van Flykes kantoor. Geen platen. Geen schilderijen. Alleen een psychologiediploma van de Ohio State University en een drie jaar oude onderscheiding van de DEA, waar hij toen werkte. Ze hingen naast elkaar op een muur die kortgeleden geverfd was, niet ver van een raam waardoor een stukje van de blauwe zee te zien was.

'Garrett heeft begin vorig jaar in Florida bij u gesolliciteerd,' zei ik.

Van Flyke keek me aan met zijn diepliggende ogen.

'Ja. We hadden elkaar twee jaar geleden op een FBI-congres over digitaal bewijsmateriaal in Quantico ontmoet. Hij nam later contact met me op, zei dat hij zijn dochter ergens anders wilde grootbrengen dan in Zuid-Californië. Ik liet hem komen voor een sollicitatiegesprek en bood hem uiteindelijk de baan aan – een kleine salarisverhoging, maar hij zou daar bij de DEA met een goed stel mensen samenwerken. Hij bracht Samantha en Stella mee. Blijkbaar stond Miami ze wel aan. Hij vroeg om een week bedenktijd en belde toen op en weigerde de baan.'

'Waarom?'

'Stella wilde toch liever in San Diego blijven. Garrett had de theorie dat Zuid-Californië niet de beste plaats was om zijn dochter groot te brengen, al zei ik tegen hem dat Miami ook zijn problemen had. Nou en of. Hoe dan ook, Garrett gaf zijn vrouw blijkbaar altijd haar zin.'

'Ze maakt een... verdoofde indruk.'

'Ze is nog kapot van haar dochter,' zei Van Flyke. 'En nu dit.'

'Als ze naar Florida waren verhuisd...'

'Dat is vast wel al tig keer door Stella Asplundhs hoofd gegaan,' zei Van Flyke.

Ik vroeg me af hoe het was om met zo'n duister feit door het leven te moeten gaan, iets wat zich aan je opdrong als je het niet verwachtte.

'Wat voerde u naar San Diego?' vroeg ik.

Van Flyke knikte. 'Garrett beval me aan bij Kaven en die wilde me wel hebben.'

'Dus Garrett beantwoordde de dienst die u hem probeerde te bewijzen.'

Van Flyke haalde zijn schouders op en tikte met zijn vingers op het bureaublad. 'Iemands leven kan van het ene op het andere moment veranderen, nietwaar?'

'Ja,' zei ik.

'Iets vormt een scheiding tussen wat eraan voorafging en wat erop volgde.'

Ik had het vreemde gevoel dat Van Flyke net zo goed tegen zichzelf sprak als tegen mij.

'Dat zou jij moeten begrijpen, Brownlaw. Toen ik vorig jaar voor het eerst naar San Diego kwam, wist ik na ongeveer een uur al dat ik hier wilde wonen. Er is nergens anders zo'n stad. Dit is de beste grote stad van het land. Ik heb ze allemaal gezien. Ik begrijp nog steeds niet dat Garrett hier weg wilde.'

Ik begreep dat ook niet, maar ik heb dan ook altijd van mijn stad gehouden, ondanks al zijn tekortkomingen.

'Nog iets,' zei ik. 'Ik heb bericht gekregen van Garretts broer Samuel. Die is gisteren uit Los Angeles overgekomen. Hij is bij de FBI en hij is ook het meest naaste familielid. Een interessante combinatie.'

'Dat weet ik, en ik vind dat ook. Sam en ik hebben contact met elkaar gehad,' zei Van Flyke. 'Hoe lang duurt het voor je me die bestanden kunt geven?'

'Morgenmiddag,' zei ik.

'Ik ga om één uur met Sam Asplundh bij Panchito lunchen. Wil je me de bestanden daar brengen?'

11

Toen ik die vrijdagavond thuis was, logde ik in op de Drug Fire-site van de FBI en voerde het serienummer in van het pistool dat was gebruikt om Garrett Asplundh te vermoorden.

Het pistool was oorspronkelijk in 1985 door de winkel Oceanside Gun Rack verkocht aan ene Carl Herbert, 65 jaar, ook uit Oceanside. Oceanside ligt hier maar een paar kilometer vandaan. Het pistool was een Smith & Wesson Model 39, geschikt voor de 9mm Parabellumpatroon. Het is een zelfladend *double action*-pistool met een loop van tien centimeter, een behuizing van een aluminiumlegering en een magazijn voor acht patronen. Het weegt 750 gram en als de kamer geladen is, zitten er negen patronen in.

Ik heb wel met zulke pistolen geschoten en vond het goede, betrouwbare vuurwapens, al geloof ik dat de 9mm voor moderne politiedoeleinden onvoldoende stopkracht heeft. Ik gebruik dezelfde 11mm Colt die mijn overgrootvader gebruikte toen hij in de Tweede Wereldoorlog diende in de Stille Oceaan. Die heeft meer dan genoeg stopkracht. Ik heb hem meer dan eens getrokken.

Toen ik die avond thuiskwam, was ik erg teleurgesteld dat Gina niet had gebeld. Na haar ontsnapping door de achterdeur van de kapsalon had ik gehoopt dat ze zou willen praten. Soms reageert Gina als een deeltje met dezelfde polariteit als ik: ik ga naar haar toe en zij gaat even hard van me weg. Vroeger dacht ik dat het misschien betekende dat we te veel op elkaar leken, maar ik zie niet veel overeenkomsten meer tussen ons, en volgens mij is dat een van de vele redenen waarom ik van haar hou en zo blij met haar ben.

Ik kreeg een brok in mijn keel toen ik langzaam haar kant van de kast opentrok en al die lege ruimte zag.

Ik miste vooral haar schoenen, want die waren zo sierlijk en vrolijk en kleurrijk als wilde bloemen, en sommige waren eerlijk gezegd nogal uitdagend. Ik stond daar en wenste dat ik wist wat er in haar omging.

Ik maakte de vloersafe open, die zich aan mijn kant van de kast bevindt, en zag dat al haar sieraden weg waren. Ik had nooit veel sieraden voor haar kunnen kopen, maar de weinige stukken die ik haar had gegeven, waren van goede kwaliteit en erg mooi. Ik maakte de safe dicht en liet de combinatieschijf ronddraaien. Ik voelde me des te ongeruster nu ik wist dat ze haar sieraden had meegenomen.

Ik had naar haar mobieltje gebeld en een korte boodschap ingesproken. Het is moeilijk om nonchalant te praten als je hart bonkt. Ik belde naar Salon Sultra, maar Tammy zei dat ze voor de rest van de dag naar huis was en bood niet aan een boodschap door te geven.

En dus zat ik bezorgd achter de computer. De Drug Fire-voorgeschiedenis van de Smith & Wesson Model 39 vormde een welkome afleiding.

Volgens de FBI was Carl Herbert een gepensioneerde luitenant-ter-zee. Hij had het pistool in mei 1985 gekocht en gebruikte het in augustus van dat jaar voor wat hij zelfverdediging noemde. Hij had geschoten op een 'vermoedelijke bendeauto' die op een ochtend in alle vroegte door zijn straat reed. Hij miste. De auto was hard weggereden, maar de bestuurder – een jongeman die kranten rondbracht – belde een paar minuten later de politie. Blijkbaar had Herbert het pistool gekocht omdat er bendeactiviteit in zijn straat was geweest en hij daar genoeg van had. Hij werd gearresteerd en in staat van beschuldiging gesteld. In ruil voor de bekentenis dat hij binnen de bebouwde kom met een vuurwapen had geschoten, kreeg hij strafvermindering. Maar de 9mm patroonhuls werd door de politie van Oceanside gevonden en in het regionale Drug Fire-register ingevoerd. Drug Fire is een FBI-database met een gecomputeriseerde lijst van patroonhulzen die voor misdrijven zijn gebruikt. Er was daarbij gedacht aan schietpartijen tussen bendes en vanuit rijdende auto's, wanneer de uitgeworpen patroonhulzen vaak het enige bewijsmateriaal zijn. Zo'n huls is net zo uniek als een vingerafdruk, want hij vertoont de unieke sporen van het pistool waarmee hij is afgeschoten. Een overeenkomst is een overeenkomst, een van de krachtigste bewijzen die in een rechtszaal gepresenteerd kunnen worden.

Over Carl Herberts Model 39 Smith was niets te melden tot aan februari van het jaar daarop, toen er in zijn Cadillac werd ingebroken en het wapen werd gestolen. Herbert deed aangifte van de diefstal bij de politie van Oceanside.

Ongeveer een jaar later werd het Model 39 een gezocht wapen.

In april 1987 werd het gebruikt in een schietpartij tussen bendes in San Diego. Dat bleek uit de vier lege hulzen die achterbleven. Er raakten twee jonge mannen gewond in de wijk Barrio Logan, maar er vielen geen doden. Er werden geen arrestaties verricht.

Een maand daarna werd het gebruikt voor een overval op een winkel in National City. Twee keer geschoten, geen gewonden, geen arrestaties.

In juli was het Model 39 weer op eigen terrein en werd het gebruikt voor een schietpartij vanuit een auto in Oceanside. Eén dode. Geen arrestaties.

Toen was er bijna twee jaar niets over het wapen te melden, alsof het vakantie van de misdaad had genomen of een gevangenisstraf had uitgezeten.

Maar in juni 1989 werd het gebruikt om een drugsdealer in Fresno, Californië, dood te schieten. Geen arrestaties.

In december 1994 liet het wapen zes hulzen achter in Oakland, Californië. Het ging om een schietpartij waarbij twee leden van de Mexicaanse maffia om het leven kwamen. Er werden vier arrestaties verricht, maar het wapen werd niet gevonden.

In september 1999 werd het gebruikt voor een roofoverval in Houston waarbij vijf schoten werden gelost maar niemand werd geraakt. Er werden twee personen gearresteerd, maar die hadden het Model 39 niet in bezit.

In januari 2001 werd het gebruikt om een vermoedelijke gangster van een drugskartel in New Orleans te doden. Een cocaïnesmokkelaar van middelmatig niveau, Arthur Leder, werd gearresteerd en voor de moord veroordeeld. Het Model 39 van Carl Herbert was een belangrijke getuige. Na het proces werd het wapen in beslag genomen en als bewijsmateriaal in een moordzaak opgeslagen door de politie van New Orleans, en iedereen dacht dat het daar nog was, totdat ons forensisch lab de huls uit Garrett Asplundhs Explorer door Drug Fire haalde.

Wat een bloederige geschiedenis voor een stuk metaal van 750 gram! Ik vroeg me af of er ook nog een geheime geschiedenis was met nog meer moord en ellende, een geschiedenis die ongeschreven was gebleven omdat de lege hulzen waren opgeraapt door de schutters of door rechercheurs over het hoofd waren gezien, of wel waren gevonden maar niet in de Drug Fire-database waren ingevoerd. Ik vroeg me af of Herberts Model 39 ooit was gebruikt om iemand aan te porren, bewusteloos te slaan of te intimideren. En natuurlijk vroeg ik me af hoe het uit het magazijn van de politie van New Orleans was gekomen en over een afstand van drieduizend kilometer naar zijn oorspronkelijke stad was teruggereisd om Garrett Asplundh te doden.

Ik zocht op het web naar de politie van New Orleans en vond de site. Hun pagina met 'Alleen voor politiediensten' bevatte een telefoonnummer en e-mailadres voor andere diensten, en ik liet een korte boodschap achter. Zoals ik had verwacht, stond er op de site niets over het magazijn voor objecten die bewijsmateriaal waren geweest, en dus probeerde ik op het web te zoeken met combinaties van 'New Orleans', 'politie' en 'objecten' en vond tientallen aanbiedingen van huizen. Sommige waren redelijk geprijsd voor een politieman. Ik probeerde de webversie van de *Picayune* en vond wat ik zocht. Het was een artikel uit 30 oktober 2001:

DRUGS, WAPENS, GELD BUITGEMAAKT BIJ INBRAAK OP POLITIEBUREAU

De politie van New Orleans heeft gisteren bevestigd dat er dit weekend is ingebroken in een pakhuis dat voor de opslag van bewijsmateriaal werd gebruikt, iets wat een politiekorps niet vaak zal overkomen. De buit bestond uit drugs, geld en vuurwapens.
De inbraak vond op zaterdag- of zondagnacht plaats in het magazijn van de politie aan West 8th Street. Personeelsleden die maandagochtend op hun werk kwamen, merkten dat er was ingebroken toen een achterdeur op een kier bleek te staan. Er was geen alarm afgegaan, aldus de politie.
Aangenomen wordt dat er voor meer dan twaalfduizend dollar aan Amerikaans geld is buitgemaakt. Ook wordt aangenomen dat er een onbepaalde hoeveelheid heroïne wordt vermist, evenals een onbekend aantal vuurwapens, voornamelijk handvuurwapens die in beslag zijn genomen en als bewijsmateriaal in strafzaken zijn gepresenteerd.
'We staan voor schut,' zegt brigadier Gordon Mauer van de politie van New Orleans. 'Dit was slordig haastwerk. Maar hieruit blijkt ook hoe vastbesloten sommige criminelen zijn.' Er zijn in verband met de inbraak van dit weekend geen arrestaties verricht.

En drie dagen later:

TWEETAL GEARRESTEERD VOOR INBRAAK BIJ POLITIE
DRUGS, WAPENS EN GELD TERUGGEVONDEN

Gisteren zijn twee mannen gearresteerd op verdenking van de inbraak in het politiemagazijn van afgelopen weekend.
Gearresteerd zijn Manuel Cisnos (25) en Ed Placer (34) beiden uit New Orleans.
Volgens de politie zijn anderhalve kilo heroïne, elf vuurwapens en voor 14.000 dollar aan geld teruggevonden in het appartement van een van de verdachten. De verdachten gaven zich over zonder verzet te bieden. De politie hoopt dat de meeste, zo niet alle gestolen eigendommen uit het magazijn zijn teruggevonden.

111

'We hopen dat we ze te pakken hebben gekregen voordat ze de tijd hadden om het gestolen bewijsmateriaal te verkopen,' zegt brigadier Gordon Mauer van de politie van New Orleans. 'We hebben nog geen tijd gehad om de dingen die we hebben gevonden te vergelijken met onze lijst van wat vermist werd.'

Twee dagen later:

POLITIE: BIJNA AL HET BEWIJSMATERIAAL TERUGGEVONDEN NA ARRESTATIE VAN TWEE MANNEN

De politie van New Orleans gelooft dat bijna al het bewijsmateriaal dat onlangs uit een politiemagazijn in de binnenstad werd gestolen, is teruggevonden.
'We missen alleen twee handvuurwapens en vijftien gram heroïne,' zei inspecteur Mike Hines. 'En dat is indrukwekkend, als je bedenkt wat er allemaal gestolen was.'
Op verdenking van de inbraak van het weekend zijn...

Ik zocht naar verdere artikelen over de vermiste wapens, maar vond ze niet. Inmiddels was het verhaal geen nieuws meer. Ik logde weer in op de pagina van de politie van New Orleans die alleen voor politiediensten bestemd was en vroeg naar de twee vermiste handvuurwapens.
Daarna ging ik naar de VICAP-site van de FBI voor meer informatie over Manuel Cisnos en Ed Placer.
Cisnos was tot aan de inbraak een junkie en kleine inbreker geweest. Een keer veroordeeld voor bezit van heroïne, een keer voor inbraak, een keer voor bezit van gestolen goed, een keer voor mishandeling. Hij was een kleine, lichte man met een scherp gezicht en dicht, zwart haar. Van zijn zeven volwassen jaren had hij er drie achter de tralies doorgebracht. En verder had hij twee jaar in jeugdgevangenissen gezeten voor drugsdelicten. Hij was voor de inbraak in het politiemagazijn tot acht jaar gevangenisstraf veroordeeld. Als hij zich goed gedroeg, zou hij binnenkort vrijkomen. Zijn volgende hoorzitting over voorwaardelijke vrijlating zou in mei van dit jaar worden gehouden.
Placer was een kruimeldief en 'handelaar in zeldzame reptielen' die in de gevangenis had gezeten wegens mishandeling van een boswachter, onwettig bezit van een beschermde diersoort, Californische bergkoningsslangen, en rijden onder invloed. Hij was getuige à charge geweest

tegen Cisnos en had de jongere man ervan beschuldigd dat die de inbraak had beraamd en Placer had overgehaald hem te helpen. Placer was een meter negentig, 120 kilo, en had lang, bruin haar toen hij voor de inbraak werd gearresteerd. Op zijn arrestantenfoto keek hij nors en intelligent – niet iemand die zich zomaar liet overhalen om een inbraak in een politiepand te plegen. Ik nam aan dat hij een waar verhaal had verteld, maar de rollen van Cisnos en hemzelf had omgedraaid. Hij had negen maanden in een werkkamp in New Orleans gezeten en was eind 2002 vrijgelaten.

Zijn laatst bekende adres was dat van zijn moeder in San Diego.

Eindelijk. Een kleine vondst.

Misschien was het Model 39 een van de twee vuurwapens die niet waren teruggevonden. Misschien had Ed Placer het verborgen en opgehaald toen hij uit de gevangenis kwam en was hij daarna naar Californië gegaan om zijn moeder en Garrett Asplundh op te zoeken.

Ik vroeg bij de FBI zijn vingerafdrukken op om ze te laten vergelijken met de gedeeltelijke afdrukken die in de Explorer waren gevonden.

Toen belde ik naar het hoofdbureau om Placers gegevens op te vragen, en ik kreeg min of meer dezelfde informatie als mijn Drug Fire-zoekactie al had opgeleverd. Placer was sinds zijn vrijlating niet meer gearresteerd. Ze hadden hetzelfde adres van hem als de FBI.

Op de website van de reclassering van de staat Louisiana stond vermeld dat Placer toestemming had gekregen om naar een andere staat te gaan terwijl zijn proeftijd nog liep, hetgeen nogal ongewoon was. Placers moeder in San Diego, zijn enige familielid dat nog in leven was, was een van de redenen, en daarnaast was er ten tijde van Cisnos' vervolging een bijzondere regeling getroffen met het Openbaar Ministerie in New Orleans. Placer was ongeveer een jaar geleden in Californië aangekomen en had zich daar bij de reclassering gemeld, zoals zijn plicht was.

Ik nam aan dat het te laat was om nog iemand in New Orleans te pakken te krijgen die toegang had tot de gegevens van het politiemagazijn, maar ik liet boodschappen achter voor Gordon Mauer, Mike Hines en commissaris Dale Payne.

Ik hing op, belde weer naar Gina's mobiele telefoon en kreeg te horen dat het nummer van de abonnee niet meer in gebruik was. Ik probeerde de kapsalon nog eens, maar daar werd niet opgenomen. Ik belde naar Rachel, kreeg haar voicemail en hing op.

Verdomme.

McGinty's Pub aan India Street in de binnenstad is het favoriete Ierse café van Gina en mij in San Diego. Het is niet het oudste, grootste of populairste café, maar we hebben daar menige vrijdagavond gedronken en soms ook gegeten voordat we met onze vrienden uitgingen. Voor een Ierse pub is McGinty's nogal een rariteit, want hij bevond zich midden in Little Italy. Gina's meisjesnaam was Brancini, maar de meisjesnaam van haar moeder was O'Hara, en dus was een Ierse pub midden in Little Italy net iets voor ons. Ik ben zelf Duits-Engels en voor een achtste Iers van moederskant. McGinty's is een vriendelijk café, een paar straten van het gebouw van de dienst Ethiek, waar Garrett Asplundh werkte.

Ik ging naar binnen en moest door de linten heen lopen die aan feestelijke groene en zilverkleurige ballonnen hingen die tegen het plafond stuiterden. En ook door de serpentines van groen crêpepapier die naar beneden golfden. Volgende week was het St. Patrick's Day, en McGinty's had alle gebruikelijke versieringen en ook aanplakbiljetten voor een speciale aanbieding: een pint Iers bier en fish & chips voor 9,99 dollar.

Ik perste me op de laatste vrije kruk aan de tap en kwam tegenover een reusachtig cognacglas halfvol kleine, groene knikkers te zitten. Het waren mini's, zoals ik ze als jongen verzamelde. Kleiner dan de gemiddelde knikkers en veel kleiner dan stuiters.

Mike de barkeeper kwam naar me toe, en ik vroeg hem om een biertje en de fish & chips.

'Komt Gina ook?'

'Vanavond niet. Ze is met vrienden uit.'

Ik keek naar die knikkers.

'Al een tijdje geleden dat ik jullie samen heb gezien,' zei Mike.

'We hebben het druk gehad.'

'Werk je aan de zaak-Garrett Asplundh?'

Ik knikte.

Mike schudde zijn hoofd terwijl hij het bierglas afdroogde. 'Koelbloedig werk, Robbie.'

'Ja, dat was het.'

In de glinsterende groene knikkers zag ik het verbrijzelde glas uit het raampje van de Explorer. En Garrett Asplundh die voorovergezakt was in de ruimte tussen de zitting en het portier, als iets wat gelekt was.

'Neem maar wat knikkers, als je wilt, Robbie. Het is reclamemateriaal. Er zitten klavertjes en Ierse meisjes in. Zie je wel?'

Hij gaf me er een paar. Inderdaad zaten er donkergroene klavertjes in sommige, en kleine meisjes met krullend oranjerood haar in andere. Ze hingen midden in het glas, als een kattenoog. Het meisje leek op Gina. Ik wendde mijn blik even van de knikkers af. 'Zeg, Mike, zet maar een Johnnie Walker naast dat bier. Dat was Garretts drankje, geloof ik. Ter ere van hem.'

'Dat was het zeker. Johnnie Walker Black met ijs. Dubbele. Ik neem er eentje op Garrett, als je me vraagt met je mee te drinken.'

'Ik trakteer, Mike.'

'Niet in mijn eigen kroeg. Van het huis.'

De dubbele whisky kwam hard bij me aan, want mijn maag was leeg en ik ben geen drinker. Ik voelde me op een onschuldige manier uit mijn evenwicht gebracht. Plotseling was ik licht in mijn hoofd en voelde ik me prettig, ondanks alles wat ik met mijn vrouw meemaakte. Het verbaasde me altijd dat Gina met haar vijftig kilo zoveel kon drinken zonder dat je het aan haar merkte. Ik was bijna veertig kilo zwaarder dan zij, maar als ik op een vrijdagavond precies zoveel dronk als zij, werd ik de volgende morgen wakker met schuurpapier om mijn hersenen, terwijl zij dan rustig naar de sportschool ging om te trainen. Ik mocht blij zijn als ik me tegen de middag uit bed kon hijsen.

Ik at de fish & chips en nam ook nog wat gehakt met aardappelpuree. Ik ben zo'n lange, pezige kerel die onnoemelijk veel kan eten eten zonder er dik van te worden. Alcohol maakt mijn honger nog groter. Omdat de pint bier extra snel verdween, vroeg ik om nog een.

'Zeg Mike, waar heb je die reclameknikkers vandaan?'

'Uit Mexico. We hebben ze al voor het vierde jaar. Mensen stoppen hun zakken ermee vol. Dinsdag heb ik een nieuwe lading gekregen, geloof ik. Hoezo?'

'Ik vind ze mooi.'

'Je bent niet de enige,' zei Mike. 'Maar we hebben de helft van onze nieuwe zending al verloren voordat ze er waren. De vrachtwagen kantelde en er vielen zo'n vijftig dozen met die knikkers uit. Vijfduizend stuks, heb ik gehoord.'

'Interessant.'

'Nou, het is wel bijzonder. Ik stel me steeds voor dat mensen erover uitglijden. Je weet wel, als in een slapstick.'

'Ik stel me voor dat er auto's overheen rijden en dat ze in de groeven van hun banden blijven zitten.'

'Dat kan ook,' zei Mike.

'Wanneer is het gebeurd?'

'Dinsdag.'

Garretts laatste avond, dacht ik.

'En waar precies, Mike?'

'Hier om de hoek. Kettner en Hawthorn.'

Ongeveer halverwege tussen hier en het gebouw van de dienst Ethiek, dacht ik.

'Hoe laat is het gebeurd?' vroeg ik.

'Eens kijken. Ik was hier al drie uur toen Donovan binnenkwam en me erover vertelde. Het moet dus om een uur of zeven zijn geweest.'

Ik zette dat in Garretts tijdlijn voor de avond van zijn dood. Het was een hele tijd nadat hij van Hollis Harris bij HTA vandaan was gegaan, 'met zijn aandacht heel ergens anders'. Het was anderhalf uur nadat hij Carrie Ann Martier op de Imperial Beach Pier had ontmoet en weer een seksvideo van haar had gekregen. Het was een uur voordat hij zijn enigszins geheime appartement in National City had verlaten met de blauwe das die hij inmiddels had omgedaan. En twee uur voordat hij Stella zou ontmoeten in Rancho Santa Fe, een afspraak die misschien een nieuw begin voor hem zou zijn.

Ik nam me voor om onze verkeersafdeling te bellen en naar het exacte tijdstip van het ongeluk te vragen. Omdat het in de binnenstad was gebeurd, zou het knikkerongeluk vast wel aan ons gemeld zijn.

Het leek erop dat Garretts auto na zeven uur die avond op een halve straat afstand van de dienst Ethiek een weggerolde knikker had opgepikt.

En kort daarna hadden Garrett Asplundhs plannen voor die avond een dramatische wending genomen, zodat hij een afspraak was misgelopen met de ex-vrouw van wie hij nog steeds hield en met wie hij zich probeerde te verzoenen.

'Heb je Garrett die avond gezien?' vroeg ik.

'Nee. Garrett die avond niet. De week daarvoor.'

Dat kwam overeen met het feit dat hij geen alcohol in zijn bloed had gehad.

Ik at het gehakt op, bestelde nog een biertje en ging daarmee naar het dartbord. Ik speelde een hele tijd, al weet ik niet meer wie mijn tegenstanders waren en hoeveel punten ik heb gegooid.

Later zat ik weer aan de tap en dacht aan de groene knikkers. Ik nam er een handvol van en deed ze in mijn jaszak. Een handvol Gina's en geluksklavertjes. Ik nam nog een van Garrett Asplundhs dubbele whisky's en dronk hem vlug op. Plotseling voelde ik me beroerd, alsof ik een breedbeeldtelevisie was waarvan het beeld op de loop ging. Mike liet me door een van de hulpkelners naar huis brengen en ik viel een tijdje na middernacht neer op

116

mijn bed, nadat ik eerst had gekeken of er iets op mijn antwoordapparaat was ingesproken, maar dat bleek niet het geval te zijn.

Een uur later ging opeens het licht aan en stond Gina in de deuropening van de slaapkamer. Ze droeg haar jasje van imitatievossenbont en liet haar tasje aan haar beide handen bungelen, alsof ze zich afvroeg of ze zou blijven of weggaan.
'Ik heb je gemist,' zei ik. 'Hoe gaat het?'
Haar gezicht betrok en er vielen tranen als diamanten uit haar mooie, groene ogen. 'Ik heb je ontzettend gemist, Robbie. Het spijt me zo dat ik je verdriet heb gedaan.'
'Hier.'
Ik sloeg het dekbed open, liep wankelend naar haar toe en nam haar in mijn armen. Mijn wereld draaide nog rond, maar op de een of andere manier was het ook goed gekomen met mijn wereld.
Nog nooit hadden we zo vurig de liefde bedreven.

Ik werd vroeg wakker, maar Gina was al op. Ik luisterde of ik haar koffie hoorde zetten, of misschien kon ik de ochtendtelevisie horen, want daar keek ze soms naar. Gina is niet erg stil als ze in de keuken is, en de stilte lokte me van het bed naar de huiskamer en toen naar de keuken. Ze had een briefje op onze eettafel achtergelaten:

> *Lieve Robbie,*
> *Ik wil dat je je mij herinnert zoals ik vannacht was.*
> *Het ga je goed.*
> *Gina*

Ze had dat geschreven op een kaartje met een afbeelding van een vis. Omdat we zulke kaartjes niet in huis hadden, wist ik dat ze het had gekocht en misschien zelfs beschreven voordat ze naar me toe was gekomen.
Eén afscheid kon ik voor mezelf ontkennen, maar tegen twee viel niet op te redeneren.
Ze was echt weg. Ik voelde dat mijn gezicht warm werd, en ik voelde ook even een steek van venijn in mijn hart. Ik was blij dat er niemand anders in huis was, niemand die mijn woede en verwarring kon zien.
Ik had die dag niet de moed om veel meer te doen dan de *Union-Tribune* lezen. Mijn kater was ontzaglijk. Ik deed een uur over de voorpagina, een uur over de sport, een uur over het zakenkatern.

Op de voorpagina van het zakenkatern stond een portret van Trey Vinson, ratinganalist bij Jance Purdew Investment Services. Ik herinnerde me zijn naam uit Garrett Asplundhs aantekeningen. Garrett had iets geschreven over de gemeente die met de boekhouding knoeide, en dat het nu in Vinsons handen lag. Vinson was gefotografeerd op de dag voordat hij vragen aan de begrotingscommissie stelde. Hij was jong en had een scherp, indringend gezicht. Hij leek bijna kwaad.

Het bijschrift luidde: *Trey Vinson van Jance Purdew Investment Services heeft gisteren in het stadhuis de Commissie voor Toezicht op de Begroting ondervraagd over de financiële verslagen van de gemeente San Diego. Wanneer Jance Purdew de gemeente een lagere rating toekent, kan dat San Diego miljoenen dollars kosten.*

Ik herinnerde me Vinsons naam niet alleen uit Garretts notities. Ik herkende zijn gezicht ook van Garretts videobeelden. Hij was het donkerharige, gespannen kleine mannetje met de glanzende trouwring die zijn ketting voor Carrie Ann Martiers gezicht liet bungelen.

12

Ed Placer woonde bij zijn moeder in Logan Heights, ten zuiden van de binnenstad. Het was een nette buurt. Het huis kwam nogal agressief over in vergelijking met de andere huizen: smeedijzer voor de ramen en een bordje van een particuliere bewakingsfirma op een gazon van geelbruin gras.

'Gezellig,' zei McKenzie toen ik stopte.

Ed Placer deed open en zag meteen wie we waren. Ik liet hem mijn insigne zien, zei dat we voor Inbraak werkten en keek naar zijn handen. Toen McKenzie zich voorstelde, tastten zijn donkere ogen haar af, maar toen keek hij mij weer strak aan. Hij was verrassend lang. Spijkerbroek, cowboylaarzen en een verbleekt overhemd met korte mouwen dat hij over zijn broek had hangen, iets wat me altijd een onbehaaglijk gevoel geeft. Zijn haar was nu kort, en hij had een snor en een grijns.

'We hebben wat vragen over de buit uit het politiemagazijn,' zei ik.

'Ik heb alles al bij de rechtbank verteld.'

'We kunnen dit kort en aangenaam houden,' zei ik.

'Ja, graag kort.'

'Doe dan alsof je een heer bent en laat ons binnen,' zei McKenzie.

We hadden onderweg besloten dat we weliswaar alleen maar een praatje gingen maken, maar dat we dat binnenshuis zouden doen. Omdat Ed geweld had gepleegd tegen politiefunctionarissen. Omdat hij fors was. Omdat hij misschien Carl Herberts gestolen pistool had gebruikt om Garrett Asplundh te vermoorden en misschien ook iets dergelijks tegen ons zou proberen. En ook omdat we die zeldzame reptielen wilden zien.

'Jou binnenlaten?' Hij liet zijn blik weer over McKenzie gaan. 'Mij best. Maar misschien kan het jochie buiten blijven. Hij kan op straat spelen of zo.'

Wanneer ik word geprovoceerd zoals nu door Ed Placer, gaat er een schok van woede door mijn hele lichaam. Het is net de bliksem. Als ik een seconde of twee wacht, gaat het bijna altijd weg.

Dus ik haalde diep adem en keek hem aan.

'Doe je handen omhoog, Ed,' zei ik. 'Ik ga je fouilleren, kijken of je wapens hebt.'

'Ach, kom nou maar binnen.'

'Brave jongen,' zei McKenzie, en we waren binnen.

Ik klopte op zijn zijden en de voorkant van zijn broekband, draaide hem om en controleerde zijn rug. Ik deed hem handboeien om en draaide hem toen weer met zijn gezicht naar me toe.

'Dat is waarschijnlijk een goed idee,' zei hij. 'Ik kreeg erg veel zin om je in elkaar te meppen.'

'Dat gaat dan mooi niet door,' zei ik. Die woede kwam weer in me op, maar dat was een van de redenen waarom je dat soort griezels in de boeien slaat.

'Mijn collega lijkt alleen maar zo aardig,' zei McKenzie. 'Meer zal ik er niet over zeggen. Waar zijn die zeldzame hagedissen eigenlijk?'

'Ik heb allerlei soorten. Wil je ze zien?'

'Ja.'

'Waar is je moeder?' vroeg ik.

Hij glimlachte. 'Die slaapt. Wil je haar ook zien?'

'Eerst de beestjes,' zei ik.

'Ooit een cobra in je blote handen gehad?' vroeg McKenzie.

Ed glimlachte. 'Je krijgt er een kick van. Ik heb een min of meer tamme, als je het wilt proberen.'

'Misschien,' zei ze met een vreemde blik in mijn richting.

We waren in de huiskamer. Die was donker en benauwd, met doorbuigende boekenplanken, aftands meubilair, vergeelde gordijnen en stofvlokken op de dof geworden hardhouten vloer. Op een televisie was een soap te zien in kleuren die in werkelijkheid niet voorkomen.

'Wat is dat voor een lucht?' vroeg ik.

'Muizenpis,' zei Ed. 'Ik moet mijn eigen muizen kweken. Ze stinken. Slangen stinken bijna helemaal niet.'

'Ooit een ratelslang in je handen gehad?' vroeg McKenzie.

'Niks bijzonders. Je moet ze achter hun kop vasthouden, anders bijten ze. Kom maar mee, dan laat ik het jullie zien.'

Het was een vrij grote kamer. Alle vier de wanden waren bedekt met planken, zes boven elkaar, van vloer tot plafond. Boven elke plank zat een rij lampen. Die lampen schenen op glazen terraria waarin kleine, felgekleurde slangen kronkelden en glibberden en in hypnotische verstrengelingen lagen.

In sommige bakken zaten bergjes hagedissen in de hoeken. Ze sprongen en klauterden over elkaar heen, hun klauwtjes nog net hoorbaar tegen het glas.

In andere kooien zaten honderden en honderden wriemelende witte muizen. Nu en dan sprong er eentje als een stukje popcorn omhoog.

Ed ging tussen McKenzie en mij in staan.

'Dit zijn vooral jonkies. Die blijven actief in deze tijd van het jaar,' zei hij. 'De broedende paren zijn in de garage, waar ik de temperatuur laag kan houden. Als de volwassenen niet goed overwinteren, planten ze zich niet voort. Dat is een kwestie van hormonen.'

'Welke pistolen heb je in New Orleans verkocht?' vroeg ik. 'Van de elf die Cisnos en jij hadden gestolen.'

Hij wendde zich van McKenzie af om mij aan te kijken. 'Een 9mm Sig en een 5mm Ruger.'

'Weet je dat zeker?'

'Klink ik niet zeker?'

'Ja,' zei ik. 'Dat wel.'

'Ik heb een goed geheugen voor slangen, hagedissen en pistolen. Jammer genoeg is dat het wel zo'n beetje.'

Ik dacht daarover na. 'Ik ben geïnteresseerd in een Smith Model 39.'

'De 9mm zelflader,' zei Ed. 'Daar haalden we er twee van uit dat magazijn. Hartstikke goeie pistolen. Ik had maar één telefoontje hoeven te plegen om ze binnen een uur te verkopen, maar ik werd afgeleid.'

'Door de dope.'

'Ja.'

Hij keerde mij zijn rug toe om met McKenzie te praten. 'Hé, Cortez, wil je een cobra vasthouden?'

'Liever niet.'

'Bang?'

'Ja.'

'Ik heb er ook geen een. Ze zijn illegaal in deze staat. Maar een babykoningsslang? Die zijn niet eens giftig.'

'Ik voel me nooit op mijn gemak bij baby's.'

Hij keek mij weer even aan en haalde zijn schouders op.

'Dus je hebt die Smith nooit meer gezien?'

'Niet nadat ze me uit dat appartement hadden gesleurd. We hadden de wapens naast elkaar op de bank liggen. Pistolen zijn leuk om naar te kijken. Manny had de Sig en de Ruger voor wat speed geruild om de heroïne te versnijden. Anders zouden we gewoon de hele tijd geslapen hebben.'

McKenzie was dichter naar de slangen toe gegaan.

'Wil je er een, Cortez? Je kunt er goedkoop eentje van me krijgen. Ze zijn gemakkelijk te verzorgen.'

'Hoeveel?'

'Ik heb wat mooie Arizonabergkoningsslangen. Zes weken oud en ze eten heel goed. Mooie tekening, echt rood. Ik kan tot honderd voor een mannetje gaan. Wijfjes zijn duurder. Je krijgt er certificaten bij waaruit blijkt dat ze in gevangenschap zijn gekweekt, dan krijg je geen last met Natuurbeheer. Koop er twee, laat ze paren en verdien wat geld. Mijn vaste prijzen liggen drie keer zo hoog.'

'Waarom krijg ik korting?'

'Omdat je zo sexy bent.'

'Ja, dat ben ik, hè?'

'We zouden eens uit moeten gaan.'

McKenzie had ogen die bijna zwart waren. Als haar walging en haar acne samengaan, lijkt ze explosief.

'Laat maar,' zei Ed Placer.

'Nou, Ed,' zei ik, 'wat doe je hier 's avonds en 's nachts?'

'Slapen, zoals de meeste mensen.'

'Ik denk aan afgelopen dinsdag.'

Hij draaide zich om. 'Jij bent niet van Inbraak. Jij bent van Moordzaken.'

'Ik beken.'

Hij keek me zonder enige emotie aan. 'Die kerel van Ethiek, is die gemold met een Smith 39?'

'Daar lijkt het op.'

'Dat zag er vast niet mooi uit. Volgens de krant is hij in zijn hoofd geschoten.'

Ik keek hem aan. Sommige mensen kunnen een politieman recht in de ogen kijken als ze iemand hebben vermoord en dan nog geloofwaardig overkomen ook. Het zijn er niet veel, maar sommigen kunnen dat. Ed Placer keek terug en wendde toen rustig zijn ogen af.

'Ik was thuis.'

'Bij je moeder.'

'Ja.'

'Ben je uit eten geweest?'

'Ik heb een diepvriespizza in de oven gedaan. Ik kook elke avond. Ma doet de afwas. Ze is schizofreen, zwaar aan de medicijnen, maar ze kan heel goed afwassen.'

'Ben je na het eten weg geweest?'

'Ik ben naar de winkel gereden voor anderhalve liter wodka en wat sinas. Dat drinken we hier. Mijn moeder en ik.'

'Welke winkel en hoe laat?'

'Right Spot Liquor. Uur of acht. Laat de verkoper maar een foto van me zien. Ik kom daar vaak.'

'En daarna?'

'Weer naar huis. Televisie gekeken. Om twaalf uur het licht uit.'

Ik wachtte nog steeds op gekleurde vormen, want er zijn niet veel criminelen die zo lang kunnen praten zonder te liegen. Ed leek me manipulatief, ontwijkend en gevaarlijk, maar ik zag geen tekenen dat hij loog.

'Heb je een vriendin, Ed?' vroeg ik.

'Vroeger wel. Ze werd te serieus.'

Achter Ed Placer schudde McKenzie met haar hoofd.

'Ik snap wel waarom,' zei McKenzie. 'Ze zag al je slangen en hagedissen en stuiterende muizen, en wilde jou voor de rest van haar leven.'

'Nou, ze vond ze wel leuk,' zei Ed. 'Ik gaf haar een paar Chiricahuahagedissen en een baardagaam om haar te laten zien dat ik haar niks kwalijk nam.'

'Dat was aardig van je.'

'Kende je Garrett Asplundh?' vroeg ik.

Hij keek me nors aan. 'Nee. De dienst Ethiek. Waar is dat nou goed voor? In een stad die helemaal geen ethiek heeft?'

'Ze behoeden de gemeente voor corruptie,' zei ik.

'Als ik dat nog eens mag beleven,' zei Ed. 'Mijn buurman schoot de hond van zijn buurman dood omdat die had geprobeerd zijn kat dood te maken. De kerel die schoot, was een politieman uit San Diego. Niet vervolgd. Zelfs niet voor het afschieten van een pistool binnen de bebouwde kom. Misschien moet de dienst Ethiek daar eens naar kijken.'

'Goed idee, Ed,' zei ik. 'Laten we nu naar je moeder gaan.'

'Ze slaapt tot de middag.'

'Het duurt niet lang.'

'Doe die handboeien af.'

'Ga je moeder halen,' zei ik.

McKenzie en ik wachtten in de stoffige, donkere huiskamer. Ed ging een van de slaapkamers in en deed de deur dicht. Ik hoorde zijn stem. Ik kon niet verstaan wat hij zei, maar het klonk diep en geruststellend. Ik maakte het riempje van mijn holster open, zwaaide mijn colbertje erachter en liet mijn hand op de Glock rusten. McKenzie ging naar de andere kant van de kamer en deed hetzelfde.

'Deprimerend,' zei ze met een blik om zich heen.

'Ik had een schizofrene tante,' zei ik. 'Bij haar thuis was het ook een bende.'

'Als je stemmen in je hoofd hebt, doet het stof er misschien niet meer toe.'
'Ze is jong gestorven.'
'Je wordt gewoon meegevoerd door je waanideeën,' zei McKenzie.
'Oom Jerry was goed voor haar.'
Dat onsamenhangende gepraat was een zenuwtrek van politiemensen met hun hand op hun wapen.
Eds moeder kwam de gang door. Ze was klein en grijs en droeg een blauwe ochtendjas. Ze werd gevolgd door Ed, die zijn handen op zijn rug had en gegeneerd keek.
'Hé, hallo. Ik ben Virginia Placer. Hoe maakt u het?'
Ik glimlachte en stelde mezelf en McKenzie voor. Virginia deed me aan mijn tante denken. Erg aardig en op het eerste gezicht alert, maar er toch niet helemaal bij. Geen duizend kilometer ver weg, maar een beetje weg, levend in een wereld die op de onze leek maar niet hetzelfde was.
'Wat voert u vandaag naar San Diego?' vroeg ze.
Ik legde uit dat we alleen maar wat sporen volgden in een zaak waaraan we werkten. We wilden met haar zoon praten in verband met de moeilijkheden die hij in Louisiana had gehad. En we wilden ook met haar praten om na te gaan of Ed en zij de afgelopen dinsdagavond thuis waren geweest.
'Goh,' zei ze. 'Dat kan ik niet goed zeggen, vrees ik. Ik denk dat we thuis waren, want dat zijn we meestal. Maar ik kan me die avond niet precies herinneren.'
'Ma? Hawaïaanse pizza met ananas en ham? En later ben ik naar de Spot geweest voor drank en sinas? Weet je nog wel, die grote sinasfles – ik liet hem vallen en we vonden het gek dat hij niet brak?'
Ze keek hem aan met een openheid en onschuld die me droevig stemde. Je kon bijna zien hoe de vingers van haar geheugen in de tijd terug tastten, op zoek naar iets waaraan ze zich kon vastgrijpen. Ik weet dat je door medicijnen je geheugen kunt kwijtraken. Na mijn val had ik zo'n hoofdpijn dat ze me pijnstillers gaven, waardoor ik suf werd en dingen vergat. Die sufheid was nog erger dan de pijn.
'Ja. Ik kan me die dingen nu heel precies herinneren. Ja, ja. Ed heeft gelijk. We stonden er versteld van dat de fles niet brak, want het plastic van sinasflessen is erg, erg dun.'
Haar woorden waren volkomen overtuigend. En de rode vierkantjes van de leugen tuimelden niet uit haar mond. Toch vroeg ik me af of mensen die aan wanen leden me konden misleiden zolang ze zichzelf misleidden. Toen vroeg ik me af of mijn primitieve leugendetector wel zo goed was als

ik dacht. Ik kon bijna niet geloven dat Ed Placer en zijn schizofrene moeder nu al een halfuur vragen beantwoordden zonder te proberen ons iets voor te liegen.

'Ed hééft gelijk,' zei Ed. 'Misschien kunnen jullie nu beter weggaan. Ma, je kunt weer naar bed gaan als je dat wilt.'

'Tot kijk,' zei ze. 'Leuk u gezien te hebben.'

McKenzie en ik zeiden dat het wederzijds was, en Ed kwam naar me toe en draaide zich om. Ik maakte de boeien los, ging een stap terug en liet ze in de houder aan mijn riem glijden. Ik borg de boeien op zonder mijn blik van Ed weg te nemen. Als je met iemand als hij te maken hebt, moet je het oogcontact niet verliezen.

'Nou, Brownlaw, hoe denk je dat zo'n Model 39 van New Orleans in San Diego is gekomen?' vroeg Ed. Hij keek me met een glimlach vol walging aan.

'Ik geef het op.'

'Het ligt voor de hand,' zei hij. 'De smerissen in New Orleans hebben zelf een paar goeie wapens ingepikt. Misschien om iemand erin te luizen. Misschien om ze op hun nachtkastje te leggen. Misschien om ze cadeau te geven aan een vriend of om wat geld te verdienen. Nieuw zijn die dingen hoeveel waard? Zeven-, achthonderd? Maar het ding kwam bij een schurk terecht. Misschien heeft die het gestolen.'

Hij stond over zijn polsen te wrijven. 'Of – en nu wordt het leuk – misschien is jullie moordenaar een smeris. Zou dat geen goeie zijn?'

'Ja, dat zou het zeker.'

Hij hield de deur open. 'Rechercheur Cortez, bel me als u ooit mijn cobra in handen wilt nemen.'

'En blijf jij bij die telefoon,' zei McKenzie.

13

Toen we van Logan Heights naar de binnenstad terugreden, werd ik opgeroepen door Professionele Normen.

'Ik krijg de kriebels van die kerels,' zei McKenzie. 'Ze zijn een beetje als
Ed.'

'Dat zal ik tegen hen zeggen.'

'Hou het maar onder ons,' zei ze. 'Net als die smerige dvd die je hebt
gebrand. Fellowes met alleen zijn sokken aan. Jezus.'

'Jij komt ook nog wel aan de beurt bij Professionele Normen,' zei ik.

'Ja. Ze scheiden ons als criminelen, dan kunnen we onze verhalen niet op
elkaar afstemmen. Ik heb er de pest aan om op die manier te worden
behandeld door de mensen met wie ik samenwerk.'

De eenheid Professionele Normen maakt deel uit van de divisie Interne
Zaken. Dat zijn Garretts mensen, degenen die betaald worden om op de
oppassers te passen. Veel mensen van Professionele Normen werken niet
vanuit het hoofdbureau, zodat wij alledaagse dienders niet eens weten hoe
ze eruitzien. Een van hun hoofdinspecteurs is Roger Sutherland, die je
bijna nooit op het hoofdbureau ziet, maar die nu aan een tafel in een vergaderkamer zat, samen met mijn baas, hoofdinspecteur Villas, en commissaris Bryan Bogle.

Bogle deed de deur achter me dicht toen we gingen zitten. De tafel was
rechthoekig en niet groot. Ik zat aan de ene kant. Sutherland zat recht
tegenover me, Bogle links van me, Villas rechts. Voor Sutherland stonden
twee kleine bandrecorders.

'Bedankt voor uw komst,' zei Sutherland. Dat was nogal komisch, want een
lid van het politiekorps van San Diego dat weigert vragen van Professionele
Normen te beantwoorden, kan worden ontslagen. Je kunt geen beroep
doen op een zwijgrecht. Een veroordeelde misdadiger heeft meer rechten
dan een politieman die voor Professionele Normen moet verschijnen. Het
is in het korps algemeen bekend dat Sutherland 's avonds rechten heeft
gestudeerd maar niet door het advocatuurexamen van de staat Californië is
gekomen. Misschien wil hij dat compenseren door angstvallig vast te houden aan de letter van de wet. Hij zette beide recorders aan.

Ik knikte en wachtte.

'Wilt u ons over het Asplundh-onderzoek vertellen?' vroeg hij.

Ik deed het. Sutherland klapte een schrijfblok open en haalde een pen uit de zak van zijn jasje. Hij is een grote man, en die pen leek klein in zijn hand. Ik wilde dat Villas me voor deze ondervraging had gewaarschuwd, maar het was blijkbaar niet de bedoeling dat ik werd gewaarschuwd. Commissaris Bryan Bogle leunde achterover met zijn handen achter zijn hoofd en keek langs me heen door het raam.

Er was veel te vertellen. McKenzie en ik hadden honderden bladzijden informatie gevonden die door het slachtoffer waren verzameld, plus zes uur belastende videobeelden en een interessante, zij het onvolledige tijdlijn van Garrett Asplundhs laatste uren. Hij had vijanden te over. De technische recherche en het forensisch lab hadden hun gebruikelijke wonderen verricht. We hadden goede latente vingerafdrukken, de oorbel van een vrouw, een halve knikker en een pistool dat misschien door iemand van de politie was gestolen en helemaal van New Orleans hierheen was gebracht om Garrett Asplundh te vermoorden. Verder hadden we een genie uit Spook Valley, een slimme hoerenmadam, Chupacabra junior en een beleggingsanalist uit Wall Street.

Ik zei dat we die oorbel van Squeaky Clean erg mooi vonden. En dat de latente afdrukken uit de Explorer niet met de politieafdrukken van Jordan Sheehan overeen bleken te komen, maar dat ze er daarom nog wel geweest kon zijn. Of ze nu de trekker had overgehaald of niet, wat deed haar sieraad in Garretts auto?

We zouden later die dag met haar gaan praten.

'Rechercheur Brownlaw,' zei Sutherland. 'Ik hoorde dat u een aantal mannen op de seksvideo van meneer Asplundh hebt herkend.'

Ik keek hen beurtelings aan. 'Ja. Een van de klanten was hoofdinspecteur Fellowes. En verder was er een verkeersagent, Mincher. En ook raadslid Rood en zijn assistent, Stiles. Ik herkende een brandweerman, maar ik weet zijn naam niet. En twee aannemers uit de wegenbouw die veel opdrachten van de gemeente krijgen. Ik herkende ze van een fraudezaak waaraan ik jaren geleden heb gewerkt.'

Sutherland sloeg zijn ogen neer en schudde zijn hoofd.

Bogle keek nog steeds uit het raam.

Villas blies hoorbaar zijn adem uit.

'Rechercheur Brownlaw,' vroeg Sutherland, 'wie kennen de inhoud van die seksvideo's, behalve u en McKenzie Cortez en hoofdinspecteur Villas?'

'John Van Flyke, Garretts baas bij de dienst Ethiek. En Carrie Ann

Martier, de vrouw die de beelden heeft verzameld. En twee van haar collega's. Misschien heeft Stiles er iets van gezien of heeft hij er van Garrett iets over gehoord. Niet lang nadat Martier tegen Garrett had gezegd dat ze door Stiles was geslagen, kreeg ze een verontschuldiging en wat geld. Ik denk dat Garrett daarachter zat. Hij moet iets... overtuigends hebben gebruikt.'

'Hebt u of uw collega met Stiles gesproken?'

'Nog niet.'

'Met iemand anders die op de beelden te zien is?'

'Alleen met Carrie.'

Sutherland en Bogle keken elkaar even aan. Ik keek uit het raam en dacht weer aan mijn vrouw.

'Zeg niets over die video's,' zei Sutherland.

'Nee, hoofdinspecteur.'

'Geen woord.'

'Dat zou niet goed zijn.'

'Niet goed? Het zou niet fair zijn voor dit korps en verschrikkelijk voor deze stad,' zei Bogle. 'We moeten interne oplossingen vinden.'

'Dat weet ik.'

Ik wist het, maar toch zei het me niet veel. Eigenlijk heb ik me nooit voor de politieke kant van het politiewerk geïnteresseerd, en ook niet voor de ambities van anderen of voor paleisintriges. Zeker niet sinds mijn val uit het Las Palmas. Sinds ik zes jaar oud ben, wil ik alleen maar politieman zijn. Op die leeftijd werd ik door een politieman gevonden nadat ik op weg van de eerste klas naar huis door een hond was achtervolgd en gebeten en verdwaald was in een onbekende buurt van Normal Heights. Ik had me verstopt in een doornige heg, waar ik dacht dat de hond niet bij me kon komen. Ik was bang en ik huilde en bloedde, en de hond gromde naar me, maar de politieman joeg hem weg, hielp me uit die heg en gaf me een lift naar huis. Hij belde vanuit zijn patrouillewagen naar het asiel, en ze vingen de hond, testten hem op hondsdolheid en bespaarden me daarmee een serie pijnlijke injecties in mijn buik. Misschien is het een sentimenteel verhaal, maar het is waar. Later, toen ik dertien was, las ik *The New Centurions* van Joe Wambaugh, en dat maakte mijn wens om politieman te worden alleen maar groter. Toen Roy Fehler voor de tweede keer in zijn buik werd geschoten, huilde ik omdat hij zo'n pech had. Ik kwam Wambaugh een keer op een feest tegen en hij is een beste kerel. Ik ben maar een politieman en dat is alles wat ik ooit zal zijn, want het is alles wat ik wíl zijn.

Ik kon merken dat deze mannen iets anders voor ogen hadden dan ik. Ze dachten vooruit, dachten om de dingen heen, dachten in het groot, dachten aan zichzelf. Proactieve maatregelen. Schadebeheersing. Aanvaardbare verliezen. Bureaucratische manoeuvres.

'Ik probeer alleen maar een moordenaar te vinden,' zei ik.

'Vertel niemand over die video's,' zei Sutherland. 'We moeten nog uitdenken hoe we dit het best kunnen aanpakken.'

'Ja. Ik hoop alleen dat we die hoererende politiemannen niet lang meer de hand boven het hoofd hoeven te houden. Fellowes heeft geen recht op die meisjes omdat hij de andere kant op kijkt als hij klaar is.'

'Dat is waar,' zei Villas.

Er volgde een nadrukkelijke stilte, waarin eerst Sutherland en toen Bogle strak naar Villas keek.

'Laat me je wat vragen, Brownlaw,' zei Sutherland. 'Je hebt je nu een kleine week in het leven van Garrett Asplundh verdiept. Je hebt zijn ex en zijn baas gesproken en mensen met wie hij samenwerkte. Ben je blij met de dingen die je over hem hebt gehoord?'

'Blijkbaar was hij integer,' zei ik.

'Dat was hij zeker. Hij was een van ons. En dan bedoel ik óns, Professionele Normen. Geloof me, hij wist wat de normen waren. Hij kende ze uit zijn hoofd. Uiteindelijk kon hij niet bij ons blijven, vanwege andere dingen die in zijn leven gebeurden. Maar Garrett wist dingen. Hij begreep dingen. Hij wist hoe de stad werkt en hoe het korps werkt en hoe mensen zich gedragen. Hij wist alles van iedereen. En Garrett hield alles wat hij ontdekte binnen deze muren. Hij kwam altijd hier terug. Interne oplossingen voor interne problemen. Van Flyke begrijpt dat. En directeur Kaven ook.'

Drie blikken in mijn richting. Hoge pieten zijn allergisch voor het idee van een schandaal. Als de hoge piet een mannetje met zitvlees is – dat is iemand die hogerop is gekomen door achter een bureau te zitten in plaats van op straat te werken – wordt hij al hysterisch bij het idee dat er misschien een schandaal komt. Sutherland was precies zo'n man.

Een ogenblik probeerde ik mezelf af te leiden, en dat was niet moeilijk. Voor de miljoenste keer sinds zaterdagmorgen besefte ik weer dat Gina me had verlaten, waarschijnlijk voorgoed, en ik probeerde het mezelf kwalijk te nemen dat ik in mijn dronkenschap zo diep had geslapen dat ik niet wakker was geworden en haar niet had tegengehouden. Maar ja, ik betwijfel of het zou hebben uitgemaakt. En ik was nog even woedend op haar en op mezelf als die ochtend. Ik vroeg me af of ze die dag naar haar werk ging. Ik vroeg me af wat ze zou doen als ik weer naar Salon Sultra ging. Ik moet mezelf vrij goed hebben afgeleid, want het gesprek nam plotseling een andere wending.

'Hoe voelt u zich tegenwoordig, rechercheur?' vroeg Bogle.

'O, goed. Dank u.'

'Geen problemen met uw evenwicht?'

'Helemaal niet.'

'En uw zicht en gehoor?'

'Allemaal in orde. Ik heb me in januari helemaal medisch laten controleren. Ik ben gezond.'

'Dat is mooi,' zei Bogle. 'Ik ben blij dat te horen.'

'Vertel ons eens over het boek,' zei Sutherland. '*Val naar je leven!*'

Dat was een verrassing. Ik legde uit dat Malic het had geschreven om uit te leggen wat hij had gedaan en anderen te helpen beseffen dat ze problemen kunnen overwinnen en aan een nieuw leven kunnen beginnen.

'En die man op het omslag bent u?' vroeg Sutherland.

'Ik krijg 25 procent. Dat is 2,50 per boek.'

Sutherland keek weer in zijn aantekeningen. 'Weet u, rechercheur, toen u hier kwam werken, hebt u een geheimhoudingsverklaring getekend. U mag geen informatie over de politie van San Diego naar buiten brengen, tenzij die informatie eerst aan ons is voorgelegd.'

'Ik heb niets geschreven.'

'Maar u hebt meneer Malic een interview gegeven, nietwaar?'

'Niet officieel. We leerden elkaar kennen tijdens het proces. Ik vertelde hem wat persoonlijke dingen. Eigenlijk niet veel bijzonders. En niets over het korps, behalve dat iedereen na de val voor me heeft geduimd.'

'Maar interviews vallen heel duidelijk onder de verklaring die u hebt getekend,' zei Sutherland.

'Kom op, Roger,' zei Villas. 'Het is een dom boek, maar het laat zien dat Robbie een goede politieman is, en dat komt ons allemaal ten goede. Wie kan het nou wat schelen of hij er een paar zakcenten aan verdient?'

Sutherland keek Villas verveeld aan.

'De belastingdienst bijvoorbeeld,' zei Bogle.

'Nou, laat Robbie zich dan maar zorgen maken over de belastingdienst. Hij is een grote jongen. Robbie, vergeet niet in april je miljoenen aan royalty's op je aangiftebiljet te zetten,' zei Villas.

'Wat is de bedoeling hiervan?' vroeg ik.

'Robbie, deze heren maakten zich alleen een beetje zorgen,' zei Villas. 'Vanwege het boek. Ze dachten dat je misschien in de verleiding zou komen om op de een of andere manier een slaatje te slaan uit wat Garrett had ontdekt. Ik heb tegen ze gezegd dat jij de dingen die je bij de politie aan de weet was gekomen nooit zou gebruiken om er persoonlijk beter van te worden. Maar ze kennen jou niet zo goed als ik. Ze wilden het alleen van jou zelf horen.'

'Ik zou de dingen die ik hier te weten kom nooit gebruiken om er zelf beter van te worden,' zei ik. 'Zo zit ik niet in elkaar.'

Sutherland en Bogle knikten zonder enthousiasme.

'Als Fellowes wist dat Garrett hem op video had,' zei ik, 'zou dat een motief kunnen zijn.'

'Fellowes heeft Asplundh niet doodgeschoten,' zei Sutherland. 'Dat is absurd.'

'Ik moet met hem praten,' zei ik. 'En ik kan niet doen alsof Garrett hem niet met die meisjes op video had. U hoeft niet bang te zijn dat Chet Fellowes onze interne problemen in de openbaarheid brengt. Hij ís ons interne probleem. Of tenminste een van de problemen.'

Sutherland keek me met vijandige kalmte aan.

'Misschien willen jullie Robbies handen niet op die manier binden,' zei Villas. 'Als hij tegen Fellowes zegt dat Garrett seksvideo's had, is dat misschien genoeg. Wat geeft het of Fellowes in de rats zit omdat hij niet weet of hij betrapt is of niet?'

Sutherland keek eerst Villas en toen mij weer aan. 'Praat maar met Fellowes. Erken het bestaan van die schijfjes, maar vertel niet wíe erop staan.'

Ik knikte en stond op.

'Ik wil die schijven en alle kopieën daarvan over tien minuten op mijn bureau hebben,' zei Sutherland. 'Vergeet dat u ze ooit hebt gezien. Het is nu twintig voor twaalf, en u kunt gaan.'

Commissaris Dale Payne uit New Orleans beantwoordde mijn telefoontje kort na de lunch. Ik zat aan mijn bureau en dacht aan de dingen die Sutherland en Bogle hadden gezegd. Ik vroeg me af waarom angst de grootste motivator in onze bureaucratie was.

Payne sprak met de kalmte en wrange humor van veel zuiderlingen. In mijn ingesproken boodschap had ik hem in het kort over de moord op Garrett Asplundh verteld. Ik had ook gezegd dat ik wilde weten wat zijn korps had gedaan met de vuurwapens die na de inbraak in het politiemagazijn in 2001 waren teruggevonden.

'Sommige hebben we in het magazijn teruggelegd,' zei hij. 'Ik bedoel, we hebben eerst wat dingen in het magazijn veranderd. Een erg goed alarm-systeem geïnstalleerd. Ik weet niet waarom het oude niet goed werkte. En we hebben nieuwe sloten op de deuren en ramen laten zetten. We hebben nu 24 uur per dag, zeven dagen per week, een agent achter het bureau zit-ten. Ik denk niet dat daar nog een keer wordt ingebroken, rechercheur Brownlaw, maar ik laat me steeds weer verrassen. Maar sommige diensten wilden hun bewijsmateriaal terug. Ze hadden er toch al genoeg van dat ze hun spullen moesten afgeven, denk ik.'

Ik gaf hem het serienummer van Carl Herberts Model 39 en vroeg hem waar dat wapen geacht werd te zijn.

'Laat me eens kijken wat ik hier heb,' zei hij.

Ik hoorde hem iets intikken, langzaam 'nee' zeggen, en toen opnieuw tik-ken.

'Nou, hier heb ik het,' zei hij. 'Dat pistool is nog hier. Het ligt veilig en wel in ons streng bewaakte magazijn.'

'Nee, het is hier in San Diego. Het is gebruikt om iemand mee te ver-moorden.'

'Volgens mijn computer hebben we het nog.'

'U hebt het niet meer.'

'Laat me dat dan eerst even nagaan. Ik bel u zo terug.'

Ik leunde achterover en keek uit het raam. In zekere zin was ik nog in Sutherlands vergaderkamer, en tegelijk was ik in New Orleans, waar Dale Payne op zoek was naar een wapen dat hij niet zou vinden.

Vijf minuten later belde hij terug.

'Nou, ik weet niet waarom we niet kunnen bijhouden waar dat pistool is,' zei hij. 'Maar blijkbaar kunnen we dat niet, want u hebt gelijk: het is hier niet. Ik heb de ontvangstformulieren hier voor me liggen, de formulieren die we hebben ingevuld toen de wapens teruggevonden waren en het proces voorbij was. En daarin staat dat we dat pistool hier hebben. Maar het is hier niet. Of het moet zichzelf al in een ander soort wapen hebben veranderd.'

Ik vroeg me af of we er één nummer of letter van het Smith & Wesson-serienummer naast konden zitten.

'Hebt u andere Model 39's?' vroeg ik.

'Ja, maar die nummers komen niet eens in de buurt.'

Ik dacht even na. 'De diensten die na de inbraak hun wapens terug wil-den hebben – hebt u bijgehouden wie welke wapens wilde?'

'Eh... ja, dat zijn de afgifteformulieren. Eens kijken. Ja, een van onze districtskorpsen dacht dat ze hun eigen bewijsmateriaal beter konden bewaren dan wij. Niet dat ze dat met zoveel woorden hebben gezegd. En

de DEA en ATF wilden hun wapens ook terug. We hebben vier wapens uit-
geschreven.'
'Maar de Smith die terugkwam, hebt u gehouden?'
'Dit is volstrekt onaanvaardbaar, rechercheur Brownlaw. Ik ga dit uitzoe-
ken. Daar kunt u op rekenen.'
'Kunt u me kopieën van de ontvangst- en afgifteformulieren sturen?'
'Ik zal ze meteen faxen. Veel succes met uw zaak, rechercheur. Het spijt
me dat ik u niet de hulp kan geven die u nodig hebt.'
'Misschien hebt u me meer geholpen dan u denkt.'
Toen de faxen een paar minuten later binnenkwamen, vroeg ik me af wat
ik had gedacht te ontdekken. Ik weet niet wat ik had verwacht. Er was een
ontvangstformulier voor elk wapen dat na het proces naar het magazijn
terugging – in totaal elf formulieren.
De districtspolitie van New Orleans had een Taurus .38 teruggenomen. Het
afgifteformulier was ondertekend door een zekere brigadier Willis Simms.
Bob Cramer van de DEA had een Colt Python opgehaald. Barbara Keene
van de ATF had een M16 en een Remington 1100 met afgezaagde loop
teruggenomen en de afgifteformulieren ondertekend.
Alle drie afgifteformulieren waren ook ondertekend door inspecteur
Darron Wright van het politiekorps van New Orleans.
Het was duidelijk dat het korps van New Orleans het wapen had verloren, of erger nog: dat iemand die in het magazijn werkte het had gestolen
om het te gebruiken of te verkopen.
Ik zat een tijdje na te denken, en toen kwam er iets in de enorme berg
gegevens in mijn hoofd in beroering. New Orleans. New Orleans. Ik had
daar eens een korte vakantie met Gina doorgebracht. Het was een leuke
vakantie met mooi weer en ik was aangekomen door het heerlijke eten. Ik
wilde erg graag een tocht door het moeras maken en we zagen alligators,
watermocassinslangen, bijtschildpadden en beverratten, al had Gina met
haar lichte huid veel last van de warmte.
Ik ging naar mijn kopie van de harde schijf van Garretts laptop en riep
een van zijn uitgebreide bestanden over de klanten van Carrie Ann
Martier en haar vriendinnen op. Ik zocht in die bestanden naar 'New
Orleans'.
Niets in het eerste en tweede bestand. Niets in het derde.
Maar in het vierde bestand vond ik wat ik me vaag had herinnerd. Er werd
daarin iets over New Orleans gezegd.
Agent Ron Mincher had daar gewerkt voordat hij bij de politie van San
Diego kwam werken.

Ik belde een van mijn vriendinnen bij Personeelszaken en liet haar in Minchers dossier nagaan wanneer hij in San Diego was komen werken en hoe lang hij in New Orleans had gewerkt. Het is prettig wanneer mensen van de administratie je nu en dan een dienst willen bewijzen. Ik had een exemplaar van *Val naar je leven!* gesigneerd voor haar zoon.

Mincher was in december 2002 bij de politie van San Diego gekomen. Hij was een agent met een goede staat van dienst bij de politie van New Orleans geweest en was in november 2002 uit de staat Louisiana vertrokken en naar Californië gegaan. Daar werd hij meteen aangenomen.

Ik belde hoofdinspecteur Villas en vroeg hem of hij kon nagaan of Ron Mincher op de avond van dinsdag 8 maart had gewerkt. Als Villas daarnaar vroeg, zou dat verzoek veel gezag hebben en weinig argwaan wekken. Als ik ernaar vroeg, had zo'n verzoek weinig gezag maar wekte het enorm veel argwaan.

Even later belde hij me. Hij zei dat Mincher na vijf uur die middag vrij was geweest.

Ik belde weer naar Dale Payne in New Orleans en vroeg hem of inspecteur Wight nog steeds een goede reputatie genoot bij de politie van New Orleans.

'Jazeker,' zei hij. 'Darren is bevorderd tot hoofdinspecteur.'

'Had hij hulp bij de afgiftetransacties?' vroeg ik.

'Wat voor hulp, rechercheur Brownlaw?'

'Nou, handelde Darron Wight die wapenafgiften in zijn eentje af? Zal een inspecteur geen hulp hebben gehad?'

'Ik begrijp wat u bedoelt. Ja, hij zal hulp hebben gehad.'

'Was het Ron Mincher?'

'Ik herinner me Ron nog wel. Hij werkt nu bij u – o, verrek, ik snap waar u heen wilt.'

Een korte stilte, waarin Dale Payne die mogelijkheid tot zich door liet dringen. 'Ik zal het nagaan,' zei hij.

Ik probeerde me de afgiftetransacties voor te stellen. Ik vroeg Payne of het magazijn druk of stil was, groot of klein, of het ramen had of niet.

'Het magazijn is ongeveer zesduizend vierkante meter groot,' zei Payne. 'En de kamer waar de ontvangst en afgifte plaatsvinden, is groot. Kleine spleten bij wijze van ramen, verticale spleten. Altijd schemerig. Er is een balie en daar zitten kluisjes achter. Er is daar een kopieerapparaat omdat de formulieren gekopieerd moeten worden. Er zijn stoelen waarop je kunt gaan zitten wachten als het moet, en er is een waterkan met een stapel kartonnen bekertjes.'

'En de politiefunctionarissen die hun wapens kwamen ophalen?' vroeg ik. 'Brachten ze collega's mee?'

'Dat zou ik niet kunnen zeggen.'

'Maar u zou de namen hebben van eventuele collega's die waren meegekomen, nietwaar? Als Cramer bijvoorbeeld een collega had meegebracht, zouden ze toch allebei hebben getekend?'

'Ja, dat klopt.'

'Kunt u me het volledige register van die afgifteprocedures geven? De politie van New Orleans en van de districten, de federale diensten – iedereen die heeft getekend. Ik weet dat het veel gevraagd is, maar iemand heeft daar in New Orleans die Smith ingepikt en daarmee is uiteindelijk hier in San Diego een ex-politieman vermoord.'

Een korte stilte. 'Rechercheur, dat is nogal wat. We hebben dat register niet in de computer zitten. Het is een schrijfblok op een klembord, weet u, want dan hebben we een echte handtekening, als we die nodig hebben. De professionele bezoekers tekenen, en aan het eind van de dag trekken we het vel papier weg, dan kunnen we de volgende dag met een leeg vel beginnen.'

'Maar wat doet u met dat vel papier?'

'Dat bewaren we... ik weet niet hoe lang. Ik zal nagaan of we het nog hebben. Dat zal even duren.'

Ik reed over Broadway, langs Petco Park, en vond een parkeerplekje op 4th Avenue in de Gaslamp Quarter. Het was warm en sommige restaurants deden goede zaken. Terwijl ik naar het noorden liep, voelde ik me verraden door Sutherland en Bogle. Verraden omdat ze zich drukker maakten om het imago van het korps dan om de moord op iemand die blijkbaar een goed mens was geweest.

John Van Flyke en een man die sterk op Garrett Asplundh leek, zaten in de aangename maartse zon op het terras van Panchito. Van Flyke stelde me voor aan Samuel Asplundh, die opstond en me een hand gaf. Samuel leek ook wel wat op Samantha, zijn nichtje en naamgenote. Hij had een scherpe, ongelukkige blik in zijn ogen en hij had een half glas bier voor zich staan. Hij droeg een spijkerbroek en een wit overhemd, een ruimzittend corduroy colbertje en cowboylaarzen. Hij zei dat hij zo veel mogelijk bij het onderzoek wilde helpen. Ik zei dat ik graag zou worden uitgenodigd op een eventuele herdenkingsdienst of begrafenis, en dat ik een jonge vrouw kende die me had gevraagd of ze ook uitgenodigd kon worden. Hij gaf me meteen de details en zei dat mijn collega en ik, en ook de jonge vrouw, welkom waren.

135

Stella Asplundh kwam het restaurant uit. Ze zag er hetzelfde uit als de eerste keer dat ik haar had ontmoet: buitengewoon mooi en bijna volkomen uitgeput. Ze had iets wat me aan mijn val deed denken. Zij was ook gevallen, en ik vroeg me af of een belangrijk element van haar de val niet had overleefd. Ze begroette me met een vaag hoofdknikje.

Van Flyke stond op en trok een stoel voor haar bij. Het viel me op dat hij dat erg attent deed. Toen ging hij zitten en keek door zijn zonnebril naar me, zijn rode haar weggestreken van zijn grote gezicht, zijn armen over elkaar. Hij maakte een geërgerde indruk.

Ik gaf hem de kopieën die McKenzie van Garretts harde schijf had gemaakt.

'Goed werk, Brownlaw. Misschien breng ik je op een dag nog eens in de verleiding met een baan bij de dienst Ethiek.'

'Dat betwijfel ik. Maar zoals u zei: alles in iemands leven kan van het ene op het andere moment veranderen.'

'Heb ik dat gezegd?'

Sam nam een slokje van zijn bier.

'Waarom houdt u ons niet gezelschap?' vroeg Stella.

Van Flyke keek door zijn zonnebril de straat op.

'Nee, dank u,' zei ik. 'Ik ga lunchen met mijn vrouw.'

Ik liep door de avenue in de richting van Salon Sutra.

Ik wachtte bij de receptie tot Tammy klaar was met telefoneren. Gina was er niet en haar stoel was leeg. Ik had een vreemd gevoel in mijn maag. Rachel, die aan het knippen was, zag me, excuseerde zich bij haar klant en gaf me een teken dat ze buiten met me wilde praten.

'Waar is ze?' vroeg ik.

'Ze is de stad uit, Robbie. Ze is weg.'

Het kostte me meer dan een seconde om dat te geloven. Maar in mijn hart wist ik dat het waar was. De woede bouwde zich in me op. Het verbaasde me hoe snel die woede opkwam.

'Ze zei dat ze niet gelukkig was,' zei Rachel. 'Ze denkt dat er meer is.'

'Meer van wát?'

'Ik vertel je alleen maar wat ze heeft gezegd.'

'Dek je haar? Is er een man?'

'Er is geen andere man. Dat moest ik van haar tegen je zeggen.'

Ik zag geen spoor van leugenachtigheid in haar woorden.

'En wat moest je nog meer van mijn vrouw tegen me zeggen?'

'Je moet niet kwaad op mij worden, Robbie.'

'Wat nog meer?'

'Nou, dat was alles.'

Ik bleef daar even staan en keek naar de auto's die in de zon voorbijreden. Een warme wind had de mist weggeblazen en in een plantenbak langs het trottoir hadden zich papavers geopend. Maar mijn hart was hard van woede en mijn handen voelden zwaar en dik aan.

'Ik wil haar spreken.'

'Ik ook. Ik denk dat ze een vreselijke fout maakt.'

'Waar is ze heen, Rachel? Ga me niet vertellen dat je het niet weet. Als ze het iemand zou vertellen, ben jij het.'

'Dat dacht ik ook. Ik voel me bedrogen. Ik vind het echt heel jammer. Maar Robbie? Het komt wel goed met je.'

De oranje driehoekjes van het medelijden stuiterden voor haar door de lucht. Ze drukte haar gezicht erdoorheen en kuste me op de wang. Ze keek in mijn ogen, kuste me op de andere wang, draaide zich toen om en ging door de salondeur van spiegelglas naar binnen.

14

Jordan Sheehan was een lange, stevig gebouwde en erg aantrekkelijke vrouw. Ze zag eruit alsof ze reclame kon maken voor een schoonmaakmiddel of iets wat je tanden witter maakte.

Ze deed die middag de voordeur van haar huis in La Jolla voor ons open, gaf ons een hand en liet ons binnenkomen. Ze droeg een mouwloze jurk, rood met witte stippen, en een glanzende, rode ceintuur. Ze was op blote voeten en haar teennagels hadden dezelfde glanzende, rode kleur.

Haar huis stond op een heuvel met uitzicht op de Stille Oceaan. Het was niet indrukwekkend groot. Het was min of meer in Castiliaanse stijl opgetrokken, een hoge rechthoek met houten luiken en bloembakken voor de ramen waaruit paarse bougainville over de witte muren hing. De zee achter het huis was blauw en onopvallend uitgestrekt. De garage was tot gastenverblijf verbouwd. Het was een miniatuurversie van het huis, bijna opgaand in een jungle van trompetbloemen, die een heerlijke geur verspreidden. Op het pad stond een lichtblauwe Porsche.

Binnen was het huis zonnig en eenvoudig. Er lagen plavuizen en er stond honingkleurig essenhouten meubilair, en er hingen grote, levendige olieverfschilderijen aan de muren.

'Mijn werkkamer leidt me te veel af – allemaal telefoons en dossiers. Laten we in de huiskamer gaan zitten,' zei ze. 'Wilt u iets drinken?'

We weigerden allebei. Ik ging op een zachte, witte bank zitten en zette mijn diplomatenkoffertje op de vloer.

De Squeaky Clean Madam liep op blote voeten naar haar keuken en kwam even later met een dienblad en drie hoge glazen terug.

'Houdt u van Arnold Palmers?' vroeg ze met een glimlach. Ze legde de onderzetters op het lage tafeltje tussen ons in en zette daar de glazen op. 'Het is zonnethee, met sap van citroenen uit mijn eigen tuin. Nou, wat kan ik voor u doen?'

'Wanneer hebt u Garrett Asplundh voor het laatst gezien?' vroeg ik.

'Ik zag hem een week voordat hij stierf. Dat was op de San Diego Yacht Club. Het was een geldinzamelingsdiner voor de Cancer Society.'

'Hebt u hem gesproken?' vroeg McKenzie.

'Even. Ik kende hem al jaren.'

'Vertelt u ons daar eens wat over,' zei ik.

'Hij hield me vijftien jaar geleden aan voor rijden onder invloed. Ik zat net midden in een faillissement en had ontdekt dat de helft van mijn werknemers tegen me had gelogen of valse papieren had gebruikt om hun baan te krijgen. De belastingdienst zat me op de huid. Mijn vriendje was ervandoor gegaan met veel geld en met mijn beste vriendin. Ik was 25. En dus ging ik naar het Hyatt, zocht een plaatsje in de hoogste bar van de stad en goot meer alcohol naar binnen dan een meisje ooit zou moeten drinken. Op weg naar huis hield Garrett Asplundh me aan. Ik vertelde hem alles wat me overkwam en hij luisterde ook nog. Hij zag er heel leuk uit in dat uniform en hij was serieus met me begaan. Ik vroeg hem of hij met me wilde trouwen en ik meende dat echt, maar hij zei dat ik te laat kwam en arresteerde me. Dat was goed. Ik was die nacht een rijdende ramp.'

'Hij was toen nog gewoon agent,' zei ik.

'En wat was u toen, rechercheur Brownlaw? Zat u in de eerste klas van de middelbare school?'

'Ja.'

Ze nam een slokje uit haar glas. 'Hoe dan ook, zoals u en alle anderen in deze stad vast wel weten, heb ik een nacht in de arrestantencel gezeten en daarna een jaar in een federale gevangenis wegens belastingontduiking. Het was daar niet fijn. Het was smerig en wreed. Maar ik studeerde beleggingsstrategie en trainde veel. Garrett zocht me in die tijd twee keer op. Korte bezoeken. Hij hield een oogje op me. Hij mocht me graag en ik mocht hem graag. Toen ik vrijkwam, ging ik een tijdje naar mijn familie in Iowa. Ik voelde me honderd, al was ik nog maar 27. Ik studeerde daar bedrijfskunde. Trouwde en scheidde. Verdiende wat geld met investeringen in de IT. Nou ja, veel geld, en dat was niet moeilijk, want de markt ging met twintig of dertig procent per jaar omhoog. Toch was het niet alleen een kwestie van geluk. Ik wist dat ik mensen kon helpen om ook geld te verdienen. Ik kwam hier in 2000 terug en hing mijn bordje naast de deur. Daarop stond: JORDAN SHEEHAN & CO., BELEGGINGEN. Omdat ik een strafblad had, kon ik geen registratie als financieel adviseur krijgen, maar ik verdiende veel geld voor mijn mensen, en nog erg snel ook. Wanneer iemand geld kan verdienen voor anderen, verspreidt dat nieuws zich snel. Ik had nog steeds contact met Garrett Asplundh. San Diego is een klein dorp voor zo'n grote stad. En we dronken om de paar maanden koffie met elkaar. Gewoon om contact te houden, weet u wel? Toen ik het nieuws zag, dacht ik aan hem en moest ik huilen.'

139

Ze keek naar me.

'We hebben de videobeelden van die keer dat u zijn verborgen camera ontdekte,' zei ik.

Een klein glimlachje. 'O, dat. Garrett probeerde me bij een of andere prostitutiezaak te betrekken. Ik vond het een truc beneden zijn niveau. Dat was de nieuwe Garrett.'

'De nieuwe?' vroeg ik.

'Toen Samantha was gestorven, veranderde hij. Dat doet de dood met je, hè? De dood verandert de mensen die achterblijven. Na haar dood werd Garrett... Hoe zeg je dat? Hij werd gedreven. Geobsedeerd. Hij stortte zich helemaal op zijn werk. Die ongedwongen, leuk uitziende jongeman was weg. Hij lachte bijna nooit meer. Hij keek je aan alsof hij je in staat van beschuldiging stelde. Als je hem had gevraagd waarom, had hij waarschijnlijk gezegd dat hij op die manier iets voor zijn dochter deed. En misschien gedroeg hij zich ook zo omdat hij zich schuldig voelde aan wat er gebeurd was. Hoe dan ook, ik weet niet wat hij met die verborgen camera wilde vastleggen, maar ik kon het niet laten om Garrett op zijn slechte manieren te wijzen.'

'Hij heeft video's van uw meisjes met allerlei klanten.'

Ze keek me met lichte ergernis aan. 'Dat zijn niet mijn meisjes. Waarom denkt u dat het mijn meisjes zijn?'

Er gleden drie rode vierkantjes uit Jordan Sheehans mond. Ze verrieden dat ze loog.

'Ik ken er een paar,' zei ik. 'Ze praten.'

'Ik heb dat van andere mensen gehoord, weet u. Iedereen kent wel een van mijn meisjes. En toch heeft niet één van hen me openlijk beschuldigd. Of aangifte gedaan. Of een getuigenverklaring tegen me afgelegd. Waarom laat u ze niet gewoon een klacht indienen, of hoe u dat ook noemt? Dan bent u van me af.'

'Omdat ze weten dat ze zelf ook de wet overtreden,' zei ik.

'Omdat Chupa junior er is,' zei McKenzie.

'Omdat u over goede advocaten beschikt,' zei ik.

'Omdat ze bang zijn,' zei McKenzie. 'En ze willen de hand niet bijten die hen voedt.'

Jordan knikte telkens. 'Nou, dat zijn goede redenen. Maar als ik zo goed voor mijn zogenaamde werkneemsters zorg, waarom valt u me dan nog lastig? Misschien kunt u beter iets aan de toenemende criminaliteit in deze stad doen. Daar stond gisteren nog een groot artikel over in de *Union-Tribune*. Het aantal geweldsmisdrijven is met drie procent toegenomen.'

'Chupa junior zorgt niet goed voor mensen,' zei McKenzie.

'Ik ben voor dertig procent eigenares van het Indigo, een nachtclub in San Diego,' zei Sheehan. 'Peter Avalos, zoals zijn echte naam luidt, doet wel eens beveiligingswerk voor me. Hij is geen *chupacabra*. Hij is geen geitenzuiger. Hij is eerlijk en houdt zich aan zijn eigen gedragscode. Hij is uitsmijter. En tussen haakjes: we werkten in het Indigo op de avond dat Garrett werd vermoord, dus u kunt ons allebei van uw lijst schrappen.'

Geen rode vierkantjes.

'Een mooie gedragscode die autodiefstal en hanengevechten toelaat,' zei McKenzie. 'Hebt u ooit gezien wat die vogels elkaar aandoen?'

Jordan keek me aan. 'We hebben allemaal wel dingen gedaan waar we spijt van hebben. Vic Malic heeft er bijvoorbeeld spijt van dat hij u uit het Las Palmas heeft gegooid. Dat heeft hij gedaan. Dat is een feit. Nu heeft hij er een boek over geschreven om anderen...'

'Alstublieft, mevrouw Sheehan,' zei ik. 'Bespaart u ons die neerbuigende onzin. We weten dat u vijftig of zestig meisjes in hun leuke cabrioletjes en in hun mooie kleren door de stad laat rijden. We weten dat u een fikse provisie in rekening brengt en dat u een stel bellers in dienst hebt om de afspraken te maken. Garrett had videodisks van mannen die betaalde seks bedreven met die jonge vrouwen. Daar zitten mannen bij met een machtige positie. Een van hen is een hoofdinspecteur van Zeden. Die komt gratis aan zijn gerief, en dat is misschien ook de reden waarom Zeden uw onderneming nog niet heeft opgerold. Maar dat is voorlopig iets tussen u en Zeden. Wij doen onderzoek naar een moord. We moeten weten of een van die mannen op Garretts videobeelden wist wat er gebeurde. Of ze er ooit iets van hebben gezegd dat ze op video werden opgenomen of werden gechanteerd of lastiggevallen. We willen weten wie het op Garrett had voorzien, en we denken dat u misschien iets weet.'

Sheehan zette haar glas op de tafel. 'Ik heb niets van dien aard gehoord. Ik heb er geen idee van wat voor viezigheid Garrett in zijn bezit had. En hoe hij daaraan gekomen is. Waarom zou ik? Ik ben belegger en beleggingsadviseur.'

Er gleden weer een paar rode vierkantjes tussen haar lippen door.

McKenzie schudde haar hoofd en keek in de lichte, gezellige kamer om zich heen. 'Bent u op deze manier aan dit alles gekomen? Een belastingontduikster die beleggingsadviezen geeft?'

'Mensen veranderen. Of bent u door uw werk zo afgestompt dat u dat niet meer begrijpt? Ik heb een vergunning om mijn werk te doen, en ik

141

heb een kleine clientèle die welvarend is en tevreden over mijn dienstverlening. Ik ben eerlijk en ik werk hard. Ik verdien goed. Ik word er niet
schatrijk van, maar ik kan er goed van leven en ik ben eigen baas. Ik huur
dit huis, want iemand die voor belastingontduiking is veroordeeld, krijgt
geen hypotheek. Ik rij in een betrekkelijk nieuwe Porsche, maar ik heb
hoge lasten. Ik kan me goed redden. Ik ben bevriend geraakt met de
hoofdcommissaris en een aantal hoge functionarissen van de politie,
directeur Kaven van de dienst Ethiek, de meeste gemeenteraadsleden en
tientallen ondernemers hier in de stad, onder wie Abel Sarvonola.
Prostitutie? Ik heb geen tijd om een prostitutiebende te leiden, want ik
heb het te druk met werken. En ik kan u verzekeren dat ik in mijn hele
leven nóóit meer naar de gevangenis ga.'
Er zweefden plotseling een heleboel rode vierkantjes door de lucht. Ze
verdrongen zich, tikten met hun hoeken tegen elkaar en vormden interessante geometrische patronen tegen de achtergrond van de witte stippen
op haar rode jurk.
Ik maakte het diplomatenkoffertje open en legde mijn laptop op de tafel.
Ik startte hem en riep het acht seconden durende videobestand van Jordan
en Garrett op. Toen hield ik Jordan het scherm voor en drukte op PLAY.

> 'O, Garrett, wat is dit?
> Mijn venster naar de wereld.
> Je zult wel denken dat ik stapelgek ben.'

Jordan keek grijnzend naar de clip. Ik speelde hem nog eens af en zette
hem stop toen ze op het scherm haar haar naar achteren had gestreken en
de oorbel liet zien. Ze hield haar glas ijsthee dicht bij haar lippen, maar
dronk niet. Na haar laatste tekst keek ze glimlachend naar me op.
'Ik had bij de film moeten gaan,' zei ze.
'U komt nog vaak genoeg op de televisie als Zeden klaar met u is,' zei
McKenzie.
'Mag ik u dan de rol van mooie rechercheur geven?' vroeg Jordan. 'En jou,
Robbie, die van een intelligente, eerzame man die ontdekt dat de Squeaky
Clean Madam helemaal geen madam is?'
'Ik zal er met mijn agent over praten,' zei ik. Toen haalde ik een foto van
de binnenkant van Garretts auto tevoorschijn en legde hem naast de lap-
top op het tafeltje, naar Jordan toe gekeerd.
Ze boog zich naar voren en streek haar haar achter haar oor, zoals ze ook
op Garretts videobeelden deed. Ze keek me aan alsof ze wilde zien of ik

dat had opgemerkt en glimlachte toen ze dat zag. Haar glimlach was innemend en speels.

'Dit is de binnenkant van Garretts Explorer, vier tot zeven uur nadat hij was doodgeschoten,' zei ik. 'De donkere vloeistof die u overal ziet, is zijn bloed. De roze en gele briefjes zijn aangebracht door de technisch rechercheurs om aan te geven waar bepaalde sporen te vinden waren.'

Jordan zette haar glas neer, leunde achterover en keek me erg kalm aan. 'Moet dit?'

'Ja,' zei ik. 'Ziet u dat pijltje daar? Het is niet goed te zien, maar het wijst naar de ruimte tussen de bestuurdersstoel en de versnellingspook. Nou, het gele briefje is niet te zien, maar het zit op de plaats waar ze dit hebben gevonden.'

Naast de foto van de Explorer legde ik een digitale foto van de halvemaanvormige oorbel met de saffier in de kromming en het verbogen drukkertje.

Ik keek aandachtig naar haar. Ze keek van de foto naar het scherm van de laptop en toen weer naar de foto.

'Dat is grappig,' zei ze.

'De grap was mij ontgaan,' zei ik.

'Nee, nee,' zei ze zachtjes. 'Alle respect voor Garrett. Ik bedoelde dat ik die oorbel, of eentje die er precies op leek, in januari ben kwijtgeraakt op een feestje in San Diego. Ik merkte het pas toen ik die avond thuiskwam.'

'Dat komt dan mooi uit,' zei McKenzie.

'Je kunt ze bij Macy's kopen voor 199 dollar per paar. Dat heb ik gedaan. Op het doosje stond MADE IN CHINA. Die van mij waren vast niet de enige die in Zuid-Californië zijn verkocht.'

'Hoe was dat feestje?' vroeg ik.

'Erg leuk,' zei Jordan. 'Een plaatselijk tijdschrift riep me uit tot een van de Vijftig San Diegans om te Volgen. Omdat ik jaren geleden door mijn vriendje en beste vriendin was bedrogen, en daarna in de gevangenis was gegooid, en daarna een succesvolle onderneming had opgebouwd, ben ik interessant voor de media. Mensen zijn altijd onder de indruk van succes. Ik wil eigenlijk niet dat iedereen me volgt, maar we vierden het in het Hotel del Coronado. Wisten jullie dat *De tovenaar van Oz* daar is geschreven?'

'Dat weet iedereen in San Diego,' zei McKenzie. 'Bent u ooit in Garretts Explorer geweest?'

'Ja. Eind februari gaf hij me een lift naar huis vanaf het feest van de Cancer Society.'

'Waarom?'

'Hij wilde praten. Onze afspraak van twee keer per jaar, zoals ik al zei.'

'Waar hadden jullie het over?' vroeg McKenzie.

'Garrett zei dat hij tevreden was over zijn werk bij de dienst Ethiek. Hij zei dat hij minder onder druk stond dan toen hij bij de politie was. Blijkbaar had hij een jonge vrouw geholpen buiten de prostitutie te blijven, en daar was hij blij om.'

'Ze heeft ons verteld dat u haar naar een klant stuurde,' zei ik.

'Nee, Robbie. Dat heb ik niet gedaan. Dat heb ik ook tegen Garrett gezegd.'

'Dan stuurde een van uw bellers haar,' zei McKenzie.

Ze zuchtte en keek naar de lome grijze oceaan. 'Jullie zijn heel aardige mensen, maar ik krijg nu echt genoeg van jullie. Misschien heb ik jullie genoeg geholpen? Nou, dat is dan geweldig.'

Ze stond op en keek weer naar de foto's. 'Wacht even. Ik heb iets waar jullie misschien iets aan hebben.'

Ze ging de kamer uit, een werveling van rood met witte stippen. Haar blote hielen maakten een hard geluid op de plavuizen. Even later kwam ze met een geelbruin sieradendoosje terug. Ze gaf het aan mij en ik maakte het open. Ik keek naar de kleine halvemaan en de saffier in de kromming. Hij was kleiner en mooier dan hij er in het forensisch lab en op Garretts videobeelden had uitgezien.

'Het drukkertje is anders dan wat jullie hebben gevonden,' zei ze. 'Kijk maar.'

Ik haalde het kleine sieraad uit het doosje en keerde het om. En ja, het drukkertje van Jordans oorbel was een sierlijke achthoek met afgeronde randen. En dat op de foto was een cirkel.

'Dum da dum-dum,' zong ze. 'Tot ziens, mensen. En bedankt voor alles. Ik hoop dat jullie degene die Garrett dat heeft aangedaan, te pakken krijgen. Ik hoop dat hij een jaar in een federale gevangenis moet zitten. En dan hoop ik dat jullie hem een spuitje geven, zoals je bij een oude poedel doet, en dat jullie er grijnzend bij staan te kijken terwijl voor hem voorgoed het licht uitgaat.'

Anthony Rood, gemeenteraadslid voor wijk Negen, ontving ons in zijn kantoor in het gemeentehuis. Hij was een parmantige jonge man in een duur en goed gesneden marineblauw pak. Zijn schoenen en riem waren zwart en glimmend gepoetst. Toen we hem een hand gaven, gebruikte hij zijn beide handen.

144

'Ik ben blij dat jullie er zijn, rechercheurs,' zei hij. 'Ik heb Garrett Asplundh nauwelijks gekend, maar ik zal u vertellen wat ik weet.'
Hij stond glimlachend achter zijn bureau. Aan de muur achter hem hingen plaquettes, onderscheidingen en foto's van kinderen.
'Misschien kunt u die deur dichtdoen,' zei McKenzie.
'O? Ja.'
Rood kwam terug en ging zitten. 'Wat kan ik voor u doen?'
'U kunt ons vertellen wat u van de Squeaky Cleans weet,' zei ik.
'De Squeaky Cleans?' vroeg hij. 'Ik weet niet wat u bedoelt.'
De rode vierkantjes van de leugen tuimelden uit zijn mond. Soms gaan die vierkantjes in de lucht op en neer, als ballonnen. Soms gaan ze op een rij staan als dozen op een plank en bewegen ze alleen als ik ze aanraak. Die van Rood stonden in de houding.
'Natuurlijk weet u dat wel,' zei McKenzie. 'De meisjes van Jordan Sheehan.'
Roods gezicht werd rood. Niet zo rood als de vierkantjes voor hem, maar toch echt rood.
'Meneer Rood,' zei McKenzie. 'Ik heb nooit een man zo zien blozen. Dat staat u echt goed. Maar vertelt u me niet dat u nooit bij meisjes van de Squeaky Clean Madam bent geweest, want we hebben videobeelden waarop u in actie bent. Ja, dat klopt. Het ziet er niet fraai uit.'
We lieten dat op hem inwerken. Zijn gezichtsuitdrukking veranderde van schaamte in achtereenvolgens angst, ergernis en standvastigheid. De rode vierkantjes werden kleiner en verdwenen.
'Ik geloof u niet,' zei hij.
'Verkeerde woorden,' zei McKenzie.
Ik haalde een opgevouwen stuk papier uit mijn zak en gaf het aan Rood. Hij vouwde het open en werd meteen weer rood. Hij vouwde de foto weer op en wierp hem naar me terug.
'We willen dus graag wat antwoorden,' zei ik.
Rood knikte, plantte zijn ellebogen op het bureau en ging rechtop in zijn stoel zitten. 'Ik... Ik ken een paar van de jonge vrouwen die Squeaky Clean-meisjes worden genoemd. Ik heb Jordan Sheehan zo nu en dan ontmoet en ik weet niet van een connectie tussen haar en de meisjes. De vrouwen hebben me nooit iets over een connectie tussen hen en Jordan verteld. Het lijkt erop dat die benaming "Squeaky Clean Madam" door de politie is bedacht. In elk geval heb ik nooit, nóóit voor seks betaald, niet aan zogeheten Squeaky Clean-meisjes en ook aan niemand anders.'
'Op een video die ik heb gezien, gaf u Carrie Ann Martier een fooi van

tweehonderd dollar,' zei ik. 'Geeft u wel vaker een fooi aan uw minnaressen? Biedt u ze appartementen aan in ruil voor seks?'

Rood had nu een kop als een biet. 'Als ze een prostituee was, heb ik me laten beetnemen. Dan ben ik belogen en bedrogen. Niet alleen door haar, maar...' Hij haalde diep adem en liet de lucht langzaam ontsnappen.

'Hoe hebt u Carrie Ann Martier leren kennen?' vroeg ik.

Hij keek naar het plafond. Hij keek naar zijn handen. Hij keek in de ruimte tussen McKenzie en mij, maar hij keek ons niet aan.

'Jordan Sheehan vroeg me of ik een vriendin zou willen ontmoeten die blijk had gegeven van belangstelling voor mij. Die avond hadden Carrie en ik na werktijd afgesproken in een bar in Del Mar. Ze zei niet dat het prostitutie was, liet niets doorschemeren, vroeg geen geld. Carrie is een vrolijk meisje, geen hoer.'

'Wat maakt dat uit voor uw vrouw?' vroeg ik.

'Erg weinig.'

'Voor ons maakt het veel verschil,' zei McKenzie.

'Wat wilt u van me? Ik heb Garrett Asplundh maar één keer ontmoet. Hij leek me erg toegewijd en professioneel. Ik weet niets van zijn leven of zijn dood, behalve wat ik in de kranten heb gelezen. Zijn dochter, het zwembad – alles.'

Ik wachtte tot er weer een stroom rode vierkantjes kwam, maar die kwam niet.

Rood keek mij, McKenzie en toen mij weer aan. Hij haalde nog eens diep adem en liet de lucht langzaam ontsnappen. Hij boog zijn hoofd. 'Ik wist niet dat Carrie een prostituee was. Ik vind dit verschrikkelijk.'

En daar kwamen de symbolen van zijn oneerlijkheid weer: rode vierkantjes die in het gelid door de lucht naar me toe marcheerden.

'Ik zweer op de graven van mijn kinderen dat ik het niet wist.'

Het rode bataljon kwam op me af. Als de vierkantjes substantie en gewicht hadden gehad, zou ik van mijn stoel zijn gegooid.

'Wist u dat Garrett u op video had?' vroeg ik.

'Allemachtig, natuurlijk niet.'

'Wist u dat Stiles betrapt was?'

'Steve? Nee, daar had ik geen idee van.'

De rode vierkantjes bleven komen. Roods paniekerige blik ging weer heen en weer tussen McKenzie en mij.

'Wat wilt u van me? Ik ben nooit eerder gechanteerd. Ik weet niet hoe dat gaat.'

McKenzie glimlachte en schudde haar hoofd. 'U bent grappig, meneer het raadslid.' Ze haalde haar schrijfblok tevoorschijn, klapte het open en klikte drie keer met haar pen. 'Laten we beginnen met de avond van dinsdag 8 maart.'

'Ik was op een geldinzamelingsdiner aan boord van de *Midway*. Ik wil me kandidaat stellen voor een zetel in de wetgevende vergadering van Californië.'

'Ik hoop dat u wint en naar Sacramento verhuist,' zei McKenzie. 'Misschien kan de Gubernator u uit de problemen houden.'

'Wat wilde Jordan daarvoor terug?' vroeg ik. 'Ze bracht u in contact met een geweldige vrouw die erg in u geïnteresseerd was, al was u getrouwd. U hoefde haar alleen maar na afloop een fooi te geven. Wat wilde Jordan van u?'

'Wat bedoelt u?'

'Hij bedoelt dat ze u een dienst bewees,' zei McKenzie.

'Nee,' zei Rood. 'Ik heb geen idee wat u bedoelt.'

Daar kwamen de rode vierkantjes weer aanzetten.

'Denkt u eens goed na,' zei ik. 'Jordan had iets nodig. Ze was ergens in geïnteresseerd. Iets wat u voor haar kon regelen. U komt er nog wel op.'

Ik zat hem aan te kijken. McKenzie keek van haar schrijfblok op en wachtte af. 'Robbie, laten we gewoon naar het hoofdbureau gaan, dan kan hij zijn advocaat bellen en doen we dit op de ouderwetse manier. Dit kost te veel tijd.'

'Shit, nee,' zei Rood.

'Wat wilde ze, Anthony?'

Hij staarde weer voor zich uit. 'Ik... Echt waar...'

'Er zit niets anders voor u op dan tegen ons te praten,' zei McKenzie. 'Dat doet u nu, of u doet het op het hoofdbureau, met felle lampen op u gericht en met buiten een stel journalisten die graag willen weten wat er aan de hand is.'

'O, shit, nee.'

'Ze heeft gelijk,' zei ik.

'Jordan zei tegen me dat ze erg graag... eh, nou, dat ze erg graag de stad wilde helpen waar ze van houdt.'

Het duurde even voordat ik het begreep. 'Ze wilde een benoeming.'

'Blijkbaar.'

'Wat voor benoeming?'

'In de Commissie voor Toezicht op de Begroting.'

'De financiële waakhonden van Abel Sarvonola,' zei ik.

Rood knikte. 'Het zit met die commissie zo in elkaar dat de burgemeester twee leden mag kiezen en ieder raadslid één. Als ik in de wetgevende vergadering kom en Steven neemt mijn plaats in wijk Negen in... Nou, Jordan hoopte dat ik een goed woordje voor haar zou doen bij Steven.'

McKenzie lachte. 'Dat is een goeie: een veroordeelde belastingontduikster en hoerenmadam in de begrotingscommissie. Om ervoor te zorgen dat de gemeentebegroting eerlijk en redelijk is.'

Rood sloeg zijn ogen neer. 'Ik heb nooit gezien wat Jordan Sheehan zelf zou kunnen inbrengen.'

'Je wist precies wat ze kan inbrengen,' zei ik.

'Met Carrie ging ik... ging ik mijn problemen uit de weg. Dat geef ik toe. Mijn huwelijk was al lang voordat ik Jordan Sheehan ontmoette een ravage, als u zich daar beter door voelt.'

'Wat zei Stiles over de moord op Garrett?' vroeg ik.

Rood keek naar me op. 'Steve was die avond ook bij me op de *Midway*, dus jullie hoeven hem niet lastig te vallen. Maar wat hij zei? Nou, dat Garrett slecht voor de zaken was en dat hij zijn verdiende loon had gekregen.'

15

Ik stond in het appartement van Garrett Asplundh in North Park en keek naar de honderden gezichten van Stella en Samantha. Het was vreemd om Stella in haar gelukkige tijden te zien en haar dan te vergelijken met de vrouw die ik een paar uur eerder op het terras van dat restaurant had gezien. Het verschil in leeftijd kon niet meer dan tien jaar zijn geweest. Op sommige foto's nog geen twee jaar. Maar wat een drastische achteruitgang. Samantha scheen het grootste deel van haar drie korte jaren op aarde te hebben geglimlacht.

Ik liep langzaam door de kamer, keek naar de zwart-witfoto's en ontweek de trainingstoestellen die zoveel ruimte in beslag namen. Ik hoorde McKenzie in de kamer daarnaast. Ze opende en sloot kasten en laden, en praatte in haar mobiele telefoon.

Ik ging achter Garretts computer bij het raam zitten en stopte *Leven en dood van Samantha Asplundh* in de dvd-speler van die computer. Ik keek naar de prachtig bewerkte leren hoes en zette hem tegen de computertoren.

Toen leunde ik in de stoel achterover, sloeg mijn armen over elkaar en keek toe.

De video begon met een zwangere Stella. Garrett kwam naast haar op de bank zitten. Het was een zonnige huiskamer. Aan de andere kant van de ramen lagen groene heuvels met hier en daar een huis. Hij kuste haar en legde zijn hand op haar buik.

'Nou, daar zijn we dan,' zei hij. 'Met z'n tweeën en straks met z'n drieën. Nog drie maanden, en kijk hier eens! Hoe voel je je, Stell?'

Ze glimlachte. 'Geweldig, maar ik zal blij zijn als kleine Sam eruit is. Ik voel me nog steeds een beetje raar voor die camera, Garrett.'

'Dan zet ik hem uit.'

Enzovoort. Daarna zag je Stella dichter bij de bevalling. Toen nog dichterbij. Toen werden de dagen afgeteld. Er zat een prettig ritme in de beelden. Ik kon merken dat Garrett net zo'n feeling voor video had als voor fotografie. Stella werd mooier en Garrett leek steeds uitbundiger en energieker. Ten slotte de bevalling, waarbij Garrett een erg kleine Samantha gepresenteerd kreeg, terwijl een erg bleke Stella glimlachte van uitputting en voldoening.

'O, goh,' zei Garrett terwijl hij naar zijn pasgeboren dochtertje lachte. Toen keek hij op naar de camera en schoten zijn ogen vol met tranen. 'Kijk nou!'

McKenzie stond naast me en klapte haar mobieltje dicht.

'Moeilijk om naar te kijken,' zei ze. 'Als je weet wat er gaat gebeuren.'

Ik knikte.

'Ik heb net Wasserman gesproken,' zei ze. 'De latente afdrukken in de Explorer zijn geen van alle van Ed Placer.'

'Dat had ik ook niet verwacht.'

'Nee,' zei McKenzie. 'Grote Ed zat bij zijn moeder thuis en dronk sinas met wodka omdat zijn vriendin te serieus werd.'

'Heb je nog bruine, wollen kledingstukken in die kast daar achter gevonden?'

'Niet één, Robbie. Ik denk dat die bruine vezels in de Explorer uit de kleerkast van iemand anders kwamen.'

Op het scherm werd de pasgeboren Samantha in dekens gehuld. Ze lag te slapen en had een roze mutsje op haar hoofd.

'Mag ik ook kijken?' vroeg McKenzie.

'Pak maar een stoel.'

Bijna alle videobeelden uit Samantha's leven waren gemaakt door haar vader. Garrett beschreef met heldere stem de plaatsen en gebeurtenissen, maar je kreeg hem niet veel te zien. Stella was vaak met haar dochter in beeld. Zo te zien groeide Samantha heel normaal op. Ze was een donkerharig meisje met een fijn gezichtje, een gelijkmatige fysieke mix van haar moeder en vader. Zoals veel kinderen bezat ze niet alleen eigenschappen van haar ouders, maar had ze ook eigen, onafhankelijke trekken. Er waren beelden van haar in de wieg. In nieuwe pakjes. Kruipend. Met speelgoed. Haar eerste stapjes. Een peuter met steeds meer zelfvertrouwen. Lopen, rennen, lachen, gezichten trekken. Verjaardagen, kerstdagen, paasdagen. Dan het feest op 4 juli, de nationale feestdag, toen ze was verdronken. Garrett en Stella gaven dat feest; dat herinnerde ik me uit de kranten. De feestvideo begon met Stella en Samantha die servetjes met het Vrijheidsbeeld op een lange picknicktafel legden. Garrett noemde de datum en de gebeurtenis: het Grote Zwembad-, Barbecue- en Vuurwerkfeest van de Asplundhs op 4 juli 2004.

Toen beelden van het zwembad – er waren nog geen gasten – met het nog heldere water en de rode, witte en blauwe linten die aan de bomen en struiken langs de kant waren gebonden. Het zwembad zag er onheilspellend uit, omdat ik wist wat er zou gebeuren. Samantha rende opeens het beeld binnen, achter haar vader met de camera vandaan, en haar vader riep 'Voorzichtig, schatje!' toen het meisje te dicht bij het water kwam.

Er volgden korte scènes van mensen die aankwamen, elkaar omhelsden, drankjes inschonken. Ik zag een vrouw die Stella Asplundhs moeder moest zijn, en een oude inspecteur van Professionele Normen die later die zomer met pensioen was gegaan, en John Van Flyke, die er zo feestelijk uitzag als ik hem nooit had meegemaakt, in een hawaïshirt met daarop afbeeldingen van een ouderwetse stationcar en surfplanken.

Toen een shot van rechts naar links: volwassenen die aan de picknicktafel zaten te eten en te drinken. Garrett en Stella zaten naast elkaar in het midden van de tafel. Garretts broer Sam zat aan het ene eind met een vrouw die zo te zien zijn echtgenote was. Degene die de videocamera had opgepakt, zei: 'Geweldig feest. Geweldige mensen. Geweldig land.'

De volgende scène was later opgenomen; dat kon ik zien aan de schaduwen. Je zag een glinsterend zwembad vol kinderen en tieners. Ze gilden en schreeuwden zoals kinderen in zwembaden doen. Een jongen maakte een bommetje en de waterdruppels spatten tegen de lens van de camera. Toen was het donker en siste en plofte het vuurwerk op enige afstand. Degene die de videobeelden maakte, was in het huis en richtte de camera naar buiten. Een jongetje rende met een sterretje voorbij. En toen, met de plotselinge snelheid van een ongehoorde kogel, zag je een kleine kist in een kerk, waar een somber licht naar binnen viel door een gebrandschilderd raam waarop een duif met een olijftak te zien was. Ik had bijna nog nooit zo'n schokkende serie beelden gezien.

'Jezus,' zei McKenzie.

'Ja. Dat valt niet mee.'

'Hoe kon ze verdrinken met al die mensen erbij? Dat heb ik nooit begrepen. Het gebeurt elke zomer. Steeds weer. Ik begrijp nooit hoe het kan. Van een zwembadfeest tot een begrafenis. Boem.'

Ik speelde de beelden nog eens af. En nog eens.

'Wat doe je, Robbie?'

'Er is iets met dat eerste deel, als de volwassenen zitten te eten. Er is me iets opgevallen.'

'Speel het nog eens af.'

Ik deed het. De beelden van de maaltijd waren een lange panoramaopname van acht of tien seconden. Het was een tafel met volwassenen en ik moest aan het Laatste Avondmaal denken, met al die activiteit, al die din-

151

gen die gebeurden, mensen die zich naar links en naar rechts bogen. Het leek wel of er tien verschillende gesprekken tegelijk aan de gang waren. Roger Sutherland was er – indertijd Garretts baas. Hij was gekomen met een welgevormde brunette in een gele zomerjurk. De inspecteur van Professionele Normen die later met pensioen ging, zat tegenover Sutherland. Garretts toekomstige baas was er ook. Die stond achter de tafel toe te kijken, Erik Kaven, zomers gebruind en zoals altijd met een woest kapsel.

De verteller zei: 'Geweldig feest. Geweldige mensen. Geweldig land.' Toen zag je het zwembad, met al die spelende, duikende schreeuwende kinderen.

'Wat is het?' vroeg ik. Ik speelde het nog eens af.

'Geweldig feest.'

'Daar heb je Garretts broer Sam, aan het linkereind van de tafel,' zei ik.

De camera ging weer naar rechts en je zag Garrett en Stella en de anderen.

'Geweldige mensen.'

De camera liet het rechtereind van de tafel zien. En op het moment dat de verteller 'geweldig land' zei, meende ik de man te herkennen die naast de tafel stond. Hij droeg een strohoed en stond met zijn rug naar de camera. Hij ging bijna verloren in het overhangende gebladerte van een mooie boom met gele bloesems. Maar toen hij zich naar de camera omdraaide, vlak voordat de scène ophield, kon ik nog net zijn gezicht zien.

'Kijk,' zei ik.

Altijd vreemd dat je soms na een tijdje bepaalde dingen ziet.

'Fellowes,' zei ik. 'Die hoed zette me op het verkeerde been. En je ziet zijn gezicht pas als hij zich omdraait.'

'Hé,' zei McKenzie. 'Onze hoererende hoofdinspecteur van Zeden. Je hebt gelijk. Is dat zijn vrouw daar naast hem?'

'Ja. Op het feest bij de Asplundhs, op de dag dat hun dochter verdronk.'

De laatste twintig minuten van de schijf waren moeilijker om aan te zien dan de eerste twintig. Een deel van Samantha's herdenkingsdienst was opgenomen, een deel van de grafrede. Je zag een deel van de begrafenis. Er volgde een korte rondgang door haar kamer, wat close-ups van haar verzameling pluchen beesten en de kleren in haar kast. Er waren kranten waarin de Asplundh-tragedie in steeds kleinere artikelen werd beschreven. Garrett zei helemaal niets. Stilte. Maar de emotie drong door de stilte heen: verslagenheid, verdriet, verdoving.

In de laatste vijf minuten zag je een familieportret dat door Garrett was gemaakt. Samantha moest toen bijna drie jaar oud zijn geweest. Het was een van Garretts gebruikelijke zwart-witfoto's. Zijn gebruikelijke evenwichtige compositie en subtiele emoties. De camera bleef erop gericht terwijl hij buiten beeld iets zei. Zijn stem was helder en zacht, en klonk alsof hij tegen iemand sprak die zich recht voor hem bevond.

'Sam, schatje, ik weet niet waar je nu bent, en of je ergens bent, maar ik wilde afscheid van je nemen. Al die tijd heb ik nooit echt afscheid van je genomen. Ik was bang dat ik, als ik tegen je zou praten, het laatste kleine beetje van je zou verliezen, maar nu weet ik dat zoiets niet kan gebeuren. Ik hou elke dag meer van je. Ik weet dat het vreemd moet klinken, maar het is waar. Ik durf nu dan ook afscheid van je te nemen. Je weet dat ik er alles voor zou geven om je levend bij me te hebben. Ik zou graag met je van plaats ruilen. Als ik 's morgens de zon zie, geeft die me geen licht, en als ik in deze warme septembermaand buiten loop, voel ik geen warmte. Ik heb geleerd dat je in duisternis geen horizon kunt zien. Ik voel nog steeds je lichaam op mijn schoot, zoals we 's avonds zaten te lezen in de schommelstoel. Ik voel nog steeds je gewicht en warmte, als je in bed kroop tussen je moeder en mij. O, lieve Samantha, ik weet nog hoe je hoofd rook en hoe helder je ogen waren en hoe je blije ziel daardoorheen schitterde. In mij zul je nooit sterven. In mij zul je leven, volmaakt en drie jaar en twee maanden en elf dagen oud. Voortaan zal ik een manier vinden om je te beschermen en ik zal je nooit meer teleurstellen. Dat beloof ik. Ik zal je trots maken. En als ik op een dag naar mijn graf ga, zullen we eindelijk bij elkaar zijn. Als je je handen naar me uitsteekt, zal ik er zijn. Je handen zullen geen water voelen, maar mij. Ik kijk uit naar die dag. Vaarwel, dochter en volmaakt meisje. Tot ziens, Sam.'

De beelden eindigden met een close-up van Samantha, met niets dan stilte. Ik dacht aan Garrett die bij de Cabrillo Bridge in de regen in zijn zwarte Explorer had gezeten.
We zaten daar in de kamer, die langzaam donker werd. Een ogenblik probeerde ik me voor te stellen wat Stella Asplundh moest doormaken, nadat ze in negen maanden tijd haar dochter en haar man had verloren. Negen maanden, dacht ik: de tijd die ze nodig had gehad om Samantha op deze wereld te brengen. Het enige wat ik me kon voorstellen, was een duister-

nis die niet wilde wijken, een duisternis die al het licht in je hart doofde.
'Soms voel ik me tegelijkertijd uitgeput en blij,' zei McKenzie.
'Ik ken dat gevoel.'
'En soms... voel ik me gewoon helemaal leeg en opgedroogd. Weet je waar
ik blij om ben? Ik ben blij dat Hollis Harris me vanavond meeneemt in
zijn rode racewagen van tien miljard pk en dat ik al deze dingen dan een
paar uur kan vergeten.'
'Jullie kunnen het blijkbaar goed met elkaar vinden.'
Ze keek me aan en wendde toen haar ogen af. 'Hij is een hyperactief man-
netje, maar ik mag hem graag. Hé, weet je: hij wil dat ik hem leer schie-
ten.'
'Hij mag zich gelukkig prijzen. En ik ben blij voor je, McKenzie.'
Ik haalde de dvd uit de speler en stopte hem weer in zijn speciale leren
hoes.
'Over een week of twee heeft hij genoeg van me, maar intussen verbrui-
ken we wat fossiele brandstof,' zei McKenzie. 'En we gaan ook wat kogels
afschieten, denk ik.'
'Je weet maar nooit.'
'Dat is zo. Misschien krijg ik eerder genoeg van hem.'
'Waarom zou je niet optimistisch zijn?'
Ik stopte de dvd in mijn koffertje. Terwijl ik de deur van het appartement
op slot deed, stond McKenzie op de veranda over de stad uit te kijken.
'Ga je daar thuis weer naar kijken?' vroeg ze.
'Het zal me helpen Garrett te begrijpen.'
'Het is moeilijk om ernaar te kijken.'
We liepen naar de auto.
'Robbie, krijg je er nooit genoeg van om een aardige jongen te zijn?'
Ik dacht daar even over na. 'Ik doe er nooit veel moeite voor.'
'Ben je van nature een aardige jongen?'
'Misschien. Misschien ben ik na mijn val een beetje aardiger geworden,
weet je. Ik heb wat meer consideratie met anderen.'
We stapten in de auto en draaiden de raampjes open voor de frisse lucht.
'Je zegt altijd "val", en niet dat je werd gegooid. Alsof het een ongeluk
was.'
'Nee, het was geen ongeluk. Ik was daar omdat ik daar wilde zijn. Ik lette
alleen even niet op.'
'Zo bedoelde ik het niet,' zei McKenzie. 'In beide gevallen ben je een
aardige jongen, Robbie.'
'Nou, dank je.'

Op dat moment kwam er grommend een nieuw model Corvette tot stilstand op de hoek bij Garretts appartementengebouw. De wagen ging vlug achteruit om precies tussen twee andere te parkeren.

Sam Asplundh kwam achter het stuur vandaan, duwde het portier met zijn voet dicht en kwam over het trottoir naar ons toe. Hij droeg dezelfde kleding als een paar uur eerder, toen ik hem bij Stella Asplundh en John Van Flyke had gezien. Toen het pand van zijn jas naar achteren zwaaide, was zijn FBI-pistool duidelijk in de holster op zijn rechterheup te zien.

'Brownlaw,' zei hij. 'Ik ga even in Garretts flat kijken, als je het niet erg vindt. Stella en ik moeten beslissen wat we met alles doen.'

Hij kwam met een huissleutel in zijn hand de trap op. 'Ik zal braaf zijn en geen bewijsmateriaal verstoren.'

Ik stelde hem aan McKenzie voor. Hij keek haar aan met een sluw glimlachje en een snelle taxerende blik.

'Wat denk je van de moord?' vroeg hij haar.

'Vijanden,' zei McKenzie.

'Die krijg je na drie jaar bij Professionele Normen en drie maanden bij Ethiek,' zei Sam.

'Hoe gaat het met Stella?' vroeg ik.

Hij keek me aan en schudde zijn hoofd. 'Het is moeilijk. Haar ouders komen later vandaag; misschien helpt dat. Ze is een goed mens, weet je, niet alleen een mooie vrouw.'

Ik vond het vreemd dat Sam iets over Stella Asplundhs uiterlijk zei.

'Misschien kunnen jij en ik eens over je broer en Stella praten,' zei ik.

'Het zal mijn hart breken, maar ik wil dat wel,' zei Sam. Hij haalde een kaartje tevoorschijn en schreef zijn mobiele nummer op de achterkant. 'Wanneer je maar wilt.'

In de vallende winterschemering reed ik naar het hoofdbureau terug. Over een paar dagen zou het voorjaar beginnen. Er ging een herinnering aan Gina door mijn hoofd, en mijn hart voelde meteen aan alsof het elk moment door de vloer van de Chevrolet heen kon vallen, dwars door de grond, om er rokend aan de andere kant van de aardbol weer uit te komen.

'Ik vind het verschrikkelijk wat er met dat kleine meisje is gebeurd,' zei McKenzie. 'Ik probeer me voor te stellen hoe Garrett zich voelde, maar dat kan ik niet. De videobeelden geven ons een idee, maar het is natuurlijk iets heel anders als je zelf degene bent die het moet doormaken. En dan zet zijn vrouw, van wie hij zielsveel houdt, hem ook nog min of meer aan de kant.'

'Ik kan me dat ook niet voorstellen.'

Ik was net het parkeerterrein van het hoofdbureau aan Broadway op gereden toen mijn telefoon ging. Het was hoofdinspecteur Chester Fellowes, die het duidelijk niet prettig vond dat hij mij had bereikt. Hij zei dat hij mijn boodschap had gekregen.

Hij had niet op een beter moment kunnen bellen. Ik had al met hem willen praten sinds ik hem met zijn sokken aan op Garretts video had gezien, maar ik wilde nog liever met hem praten sinds ik had gezien dat hij bij Garrett thuis was geweest op de dag dat diens dochter was gestorven.

'Gaat het over Garrett?'

'Ja.'

'Waarom denk je dat ik kan helpen?'

'U was met hem bevriend.'

'Niet echt.'

'Ik wil u gewoon een paar vragen over hem stellen.'

Hij zweeg even.

'Zit je ergens in je auto?'

'Ja.'

'We moeten het later doen. Ik ben hier nog maar twee minuten.'

'Goed,' zei ik. 'We zijn er over één minuut.'

Ik bedankte hem en verbrak de verbinding.

16

Chet Fellowes was een grote man die in een slechte conditie verkeerde en een intelligente, maar zelfzuchtige indruk maakte. Hij had afhangende schouders, lange armen en snelle, beweeglijke ogen. Hij zat in het politie-golfteam van Bogle en ik had gehoord dat hij er niets van bakte en vaak vals speelde.

Ik was nooit in zijn kantoor geweest. Hij zat achter zijn bureau en keek naar McKenzie, die de familiefoto's van Fellowes bij het raam bestudeerde. Achter hem hingen schooldiploma's en onderscheidingen. Fellowes zat onderuitgezakt met zijn handen over zijn royale buik.

'Het is erg,' zei hij. 'Garrett Asplundh was – hoe oud, 39?'

'Ja,' zei ik.

'En hij was niet beroofd?'

'Nee. Hij is doodgeschoten op ongeveer vijf centimeter afstand. Ze hebben niets meegenomen. Niet zijn geld, zijn creditcards, zijn auto – noem maar op.'

'Vingerafdrukken op het pistool?'

'Schoongeveegd met Tri-Flow.'

'Als je je eigen Tri-Flow meeneemt om het wapen schoon te vegen, is het een executie.'

'Dat denken wij ook,' zei ik. 'Heeft Garrett hier vijanden gemaakt?'

Fellowes keek me recht aan. 'Reken maar. Hier bij Professionele Normen, met een houding als de zijne? Veel mensen hadden de pest aan hem en ik kan het ze niet kwalijk nemen. Hij was net een... Hoe zal ik het zeggen? Garrett was net een havik die je overal volgde. Iedereen was opgelucht toen hij naar Ethiek vertrok.'

'Wie was er vooral opgelucht?' vroeg ik.

Hij schudde zijn hoofd. 'Jullie zitten er ver naast als jullie hier op deze afdeling naar een verdachte zoeken. Kom nou.'

'Hoofdinspecteur Fellowes, vijanden zijn vijanden,' zei ik. 'Als onderzoeker bij de dienst Ethiek had hij videodisks in handen gekregen waarop te zien was dat mannen prostituees voor seks betaalden. Daar zijn mannen bij die machtige posities bekleden in deze stad. Sommigen zijn van de politie.'

Fellowes' mond hing een beetje open. Zo te zien moest hij de bewegingen van zijn gezicht onderdrukken om zijn gedachten af te maken.

Ik sloeg hem nauwlettend gade.

'Wie?' vroeg hij.

'Daar mag ik niets over zeggen,' zei ik. 'De hoofdinspecteurs Villas en Sutherland zijn volledig op de hoogte gesteld.'

Hij keek van mij naar McKenzie en weer naar mij. Woede maakt een kleine kamer kleiner. Ik voelde hoe de woede van de hoofdinspecteur piekte en toen weer afnam tot een beheersbaar niveau.

'Ik dacht dat u er waarschijnlijk alles al van wist,' zei ik. 'Omdat u hoofdinspecteur bij Zeden bent.'

'Natuurlijk wist ik ervan.'

De rode vierkantjes van de leugen tuimelden uit zijn mond en bleven boven zijn bureau zweven. Zijn gezicht was bijna grijs. 'Als er problemen binnen Zeden zijn, regel ik dat. Hier bij Zeden regelen we onze eigen zaken zelf.'

'En wij zullen erachter komen wie Garrett Asplundh heeft vermoord,' zei ik.

Mijn woorden bleven in Chet Fellowes' kantoor in de lucht hangen. Hij verschoof zijn grote lichaam in de stoel. Het verbaasde me dat er zoveel dreiging kon uitgaan van een man die zo'n zwakke, ongecoördineerde indruk maakte. Maar terwijl Fellowes naar me keek, kon hij blijkbaar een innerlijke kracht oproepen, en ik zag in zijn ogen dat hij, als hij de kans kreeg, meedogenloos kon zijn.

'We wilden ook met u praten omdat u op het feest van 4 juli bij de Asplundhs was,' zei McKenzie.

Fellowes keek haar strak aan, zijn ogen half dichtgeknepen. 'Dat is geschiedenis. Zulke dingen kunnen jullie beter uit je hoofd zetten.'

'Vertelt u ons er eens over,' zei ik.

'Waarom? Het heeft er niets mee te maken.'

'Weet u dat zeker?' vroeg ik.

Opnieuw vertelde Fellowes' blik me dat hij me dit op een dag betaald zou zetten.

'Dat was een slechte dag,' zei hij. 'Ik bedoel... drie jaar oud. Ontzettend. We konden niets doen. Tien volwassenen die om dat bleke kleine ding heen stonden dat Garrett uit het zwembad had gevist.'

'Hoe is het gebeurd?' vroeg McKenzie.

'Tegen zonsondergang ging iedereen bij het zwembad weg om vuurwerk af te steken op straat. Ik weet nog dat Garrett bij het hek van het zwembad stond. Hij wachtte tot we daar allemaal een voor heen doorheen waren gegaan, en ik was de laatste die wegging, samen met Phyllis, mijn ex-vrouw. En ik weet nog goed dat Garrett het slot aanbracht, de cilinder ronddraaide en er een of twee keer aan trok. Toen gingen we naar het vuurwerk.'

'Dat was op het garagepad, nietwaar?'

'Ja. Er waren daar meer dan twintig mensen, de kinderen meegerekend. Stella had Samantha op de arm. Ik weet dat nog omdat ik mijn eigen dochter, die ongeveer even oud was, op de arm had. Samantha was een levendig ding, dat weet ik ook nog. Ze rende overal heen, lachend en spelend, een blij kind. Het was een mooie avond. Erg warm en een beetje vochtig, en overal in de straat hoorde je het vuurwerk afgaan. Kleine dingen, je weet wel: Smokey Joe's en Piccolo Pete's en sterretjes voor de kinderen. Het rook naar zwavel. Er gingen twintig minuten voorbij, een half-uur. En ik zag Stella het huis binnengaan. Ze had Samantha niet meer op de arm. Even later kwam ze weer naar buiten. Ze liep vlug, haar hoofd omhoog, en maakte zich duidelijk zorgen om iets. Garrett kwam achter haar aan en riep Samantha's naam. Sommige volwassenen gingen met hen mee naar de garage en naar de achterkant van het huis, op zoek naar haar. Phyllis en ik bleven waar we waren, maar ik keek steeds weer naar het huis, en toen schreeuwde iemand Stella's naam. Ik bedoel, het was echt hard schreeuwen. Je wist meteen dat er iets was gebeurd. Toen hoorde ik Stella schreeuwen in de achtertuin. En een kort... tumult van stemmen, allemaal mensen die tegelijk iets riepen. De enige woorden die ik me duidelijk kan herinneren, zijn "ademen" en "alarmnummer". Phyllis verzwikte haar enkel toen ze naar de achtertuin rende, en daar werd het ook niet beter van. Toen ik daar aankwam, was Samantha door Garrett en Van Flyke op een ligstoel bij het zwembad gelegd. Garrett was al met mond-op-mondbeademing begonnen. Stella had het hek nog maar net van het slot gehaald, zodat bijna iedereen nog aan de andere kant was. Garrett was eroverheen gesprongen om bij zijn dochter te komen. Misschien waren sommige andere mannen er ook overheen gesprongen. Om te helpen, je weet wel. Sam, Garretts broer, had haar eruit gehaald.'

Fellowes haalde zijn handen van elkaar vandaan en boog zich naar voren op zijn stoel. Hij wreef over zijn harige onderarm en zuchtte. 'Maar wat heeft dit alles met Garrett te maken?'

'Dat weet ik nog niet,' zei ik. 'Hoe was Samantha bij het zwembad terug-gekomen zonder dat iemand het had gemerkt?'

'Garrett wist later hoe het gegaan moest zijn,' zei Fellowes. 'Hij zei dat toen het vuurwerk begon, Samantha niet van het lawaai hield. Ze had haar moeder gevraagd haar neer te zetten, dan kon ze papa halen. Garrett was in het huis. Hij spoelde wat borden af, maakte door het raam videobeelden van het vuurwerk, dronk een biertje. Hij zag niet dat Samantha werd neergezet en naar hem op zoek ging – ze ging schuil tussen de volwassenen. En ze zocht ook niet in het huis naar hem. In plaats daarvan rende ze naar het zijhek, trok aan het koordje en ging de achtertuin in. Garrett zei dat het zijhek meestal ook op slot zat, maar ze hadden het slot eraf gehaald, dan konden de gasten overal rondlopen. Hoe dan ook, Samantha klom over het zwembadhek. Dat was anderhalve meter hoog en het was van geplastificeerd draadgaas. Voor een vastbesloten kind van drie moet het niet moeilijk zijn geweest om daaroverheen te komen. Later zagen we haar pop drijven. De zwembadveger was naar de bodem gezakt – je weet wel: zo'n ding met een lange steel dat je gebruikt om bladeren en zo van het water te halen. Blijkbaar had ze de pop er eerder in laten vallen, had ze zich dat herinnerd en had ze geprobeerd hem er met de veger uit te vissen voordat ze naar haar vader ging. Als er niet zoveel lawaai van het vuurwerk was geweest, had iemand misschien iets gehoord. Stella dacht dat Samantha bij haar vader was. Garrett dacht dat ze bij haar moeder was. Een dapper kind van drie klimt over een hek, probeert haar pop uit het zwembad te halen, en het is afgelopen.'

Ik stelde het me voor zoals Fellowes het had beschreven. Honderd ingrediënten, honderd dingen die precies verkeerd waren gegaan, zodat het had kunnen gebeuren. Ik probeerde me voor te stellen hoe Stella zich voelde, want die had het laatst op haar dochter gepast. En hoe Garrett zich moest hebben gevoeld, die net niet had gezien dat ze voor het vuurwerk was weggevlucht. Dat was niet een kwestie van meters en minuten geweest, maar van centimeters en seconden.

'Het veranderde alles,' zei Fellowes. 'Garrett en Stella raakten van elkaar verwijderd. Garrett werd erg gespannen en humorloos. Het werd een obsessie voor hem om boeven te vangen. Hij gaf zichzelf de schuld van alles. Ik kon hem dat niet kwalijk nemen. Ik neem hem niets kwalijk van wat er toen of daarna is gebeurd. Maar ik wilde zo min mogelijk met hem te maken hebben. Het einde van onze vriendschap zal niet Garretts grootste probleem zijn geweest. Stella zie ik nog wel eens. Ze glimlacht altijd, houdt zich goed. Maar als je het mij vraagt, ziet ze er dof en leeg uit.'

'Hoe heeft het uzelf getroffen, hoofdinspecteur?' vroeg McKenzie.

Hij leunde achterover en keek McKenzie en mij met zijn beweeglijke, kleine oogjes aan. 'Je leert het uit te schakelen, zoals zoveel dingen in dit

160

vak. Dat hoef ik jullie twee niet uit te leggen. Phyllis en ik zijn een week later uit elkaar gegaan.'

McKenzie en ik gingen met de lift naar beneden. We waren alleen.

'Fellowes wist niet dat Garrett hem op video had,' zei ik.

'Nu vermoedt hij het. Pas op voor hem, Robbie. Die blik in die kleine oogjes stond me helemaal niet aan.'

'Waarom heeft Garrett zijn bewijsmateriaal niet aan Fellowes laten zien?' vroeg ik. 'Waarom verzamel je iets als je het niet gebruikt?'

'Dat weet ik niet,' zei McKenzie. 'Er staat genoeg op zijn harde schijf om tien gemeenteschandalen te veroorzaken en tien mensen te gronde te richten. Maar blijkbaar heeft hij er helemaal niets mee gedaan.'

'Misschien dacht hij dat hij nog meer kon ontdekken.'

'Misschien stond hij op het punt om er iets mee te doen,' zei ze. 'Die bijeenkomst van woensdag – hij zou het aan iemand van het Openbaar Ministerie voorleggen.'

'Misschien heeft iemand hem vermoord om dat te voorkomen.'

'Ja,' zei McKenzie. 'Ook al zegt Van Flyke dat die bijeenkomst alleen maar routine was. Ze wisten dat Garrett een gesprek zou hebben met iemand van het Openbaar Ministerie, en dat konden ze niet laten doorgaan.'

'Wie zijn die "ze"?'

'Daar werk ik nog aan, Robbie.'

Ron Mincher had die dag tot zes uur 's avonds dienst.

Ik ging naar het pad dat van de kleedkamer en douches naar het parkeerterrein leidde en wachtte daar op hem. Ik had tegen McKenzie gezegd dat ik onder vier ogen met Mincher wilde praten. Daar had ik twee redenen voor. Ten eerste is een team van Moordzaken altijd een team van Moordzaken, terwijl één rechercheur van alles kan betekenen: van een verzoek van de politiebond tot een uitnodiging om in het bowlingteam te komen. Ten tweede wilde ze erg graag naar Hollis Harris en zijn snelle rode auto toe.

Mincher liep om ongeveer kwart voor zeven over het pad. Hij kwam net onder de douche vandaan en droeg zijn burgerkleren. Zijn pistool, munitie, riem, badge en waarschijnlijk ook zijn handboeien had hij in een kleine plunjezak.

Toen ik Mincher zag, moest ik denken aan de tijd dat ikzelf nog straatagent was. Het was altijd prettig om het werk achter je te laten wanneer je vrij was. Als je rechercheur wordt, neem je het mee naar huis. Ik herinnerde me dat ikzelf ook over dit pad had gelopen, net onder de douche

161

vandaan, zoals nu Ron, en gehaast om zo gauw mogelijk thuis en bij Gina te zijn. Meestal kon ik om kwart voor zeven of zeven uur in Normal Heights zijn. Als ik door onze voordeur ging, was het of ik in de hemel zelf kwam. Geen criminelen, geen chef, geen leugens. Alleen jij en de bloedmooie vrouw van wie je hield, en zes of zeven uur niets anders te doen dan van elkaar genieten, tot je moe was en in een diepe slaap viel, waarna je wakker werd om het allemaal opnieuw te doen. Wat zou ik graag weer op die manier jong willen zijn.

Mincher keek naar me toen hij aan kwam lopen. Hij was 26, een meter tachtig en goed gebouwd. Zijn haar was bruin, net als zijn typische politiesnor.

'Ron, ik ben Robbie Brownlaw van Moordzaken.'

'Ik weet wie u bent.'

'Je hoeft geen u tegen me te zeggen. Kan ik je even spreken?'

'Natuurlijk.'

'Laten we een eindje gaan lopen.'

Hij zette zijn plunjezak in zijn mooie gele Ford pick-up en we verlieten het hoofdbureau aan de kant van 14th Street, waarna we in oostelijke richting door Broadway liepen.

'Er zitten me twee dingen dwars,' zei ik. 'Aan een van die twee dingen moet ik iets doen. Dat andere laat ik nu even rusten.'

'Wat is er?' zei hij met een heel klein glimlachje. 'Dat klinkt niet best.'

Mincher had dezelfde nonchalante zuidelijke tongval als Dale Payne.

'Hoe bevalt het je in San Diego?'

'O, goed. New Orleans was me te vochtig.'

'Ik werk aan de moord op Asplundh.'

'Ja, dat weet ik.'

'Hij is beschoten met een 9mm Smith die uit het politiemagazijn in New Orleans is verdwenen. Dat gebeurde een paar maanden voordat jij daar wegging en hierheen kwam.'

Mincher keek me aan. 'Een interessante samenloop,' zei hij.

'Maar het houdt verband met dat andere wat me dwarszit,' zei ik. 'En dat is het volgende. Garrett is niet vermoord om zijn geld of zijn creditcards, zijn auto of zijn wapens. Hij is vermoord om iets wat hij wist.'

We liepen door Broadway. Ik rook de zee en zag een rode trolleybus die naar de grens reed. De lichtjes van de stad twinkelden en het nieuwe honkbalstadion stak prachtig af tegen de zwarte hemel.

'En Garrett wist een heleboel dingen,' zei ik. 'Hij wist bijvoorbeeld dat jij Squeaky Clean-meisjes kocht.'

Zelfs onder de straatverlichting kon ik zien dat hij rood werd.

'Een van hen had een verborgen camera. Garrett werkte met haar samen. Het staat allemaal op dvd's van goede kwaliteit. Je was niet de enige, als dat je kan troosten. Ik heb er een beeld van afgedrukt dat ik nu in mijn zak heb, als je me niet gelooft. Wil je het zien?'

'Dat is misschien wel beter.'

Het was een volledige pagina, drie keer gevouwen. Hij vouwde hem open, keek ernaar, vouwde hem toen weer op en stopte hem in zijn zak.

Hij keek me even aan en schudde zijn hoofd. 'Jij eerst.'

'Praat tegen me.'

'Ik ben dom geweest.'

We liepen door, maar Mincher was in gedachten verzonken.

'Heeft Garrett hierover met jou gepraat?' vroeg ik.

'Nee.'

Ik wachtte op het bewijs dat hij loog, maar dat kwam niet. En opnieuw vroeg ik me af wat Garrett precies van plan was geweest met de video-beelden die hij van Carrie Ann Martier en haar vriendinnen had gekregen.

'Hij heeft je de video's nooit laten zien?'

'Nooit.'

'Hij heeft je nooit verteld wat hij had?'

Mincher schudde zijn hoofd.

'Vermoedde je al dat je op video was opgenomen?' vroeg ik.

'Nee. De meisjes waren altijd heel... professioneel.'

'Wat heb je ervoor teruggedaan? Je betaalde honderd dollar voor wat normaal duizend dollar kost.'

Mincher keek me weer aan. We liepen 15th Street in. 'Ik kom nu in heel grote moeilijkheden.'

'Nee, daar zit je al in.'

'Wat heb je nog meer?'

'Fellowes, als je dat bedoelt.'

'O, man,' zei hij zachtjes. 'Wat zal die hier kwaad om zijn.'

'Heeft hij je een voorstel gedaan?' vroeg ik.

We praatten een tijdje, en toen knikte Mincher.

'Vertel me daar eens wat over.'

Hij bleef enkele stappen zwijgen. 'Help me.'

'Dit is de enige hulp die ik je kan geven, Ron: jij vertelt me alles wat je weet, en ik arresteer je niet hier ter plekke. Is dat goed genoeg? Ik ben gewapend en ik heb mijn handboeien bij me. Jouw spullen liggen achter in die nieuwe gele pick-up. Ik overmeester je hier op straat, doe je de boeien om en breng je naar het huis van bewaring, voor het oog van je collega's. Dan zul je je hele verhaal toch moeten vertellen, maar dan aan je advocaat.'

Hij bleef staan en keek me aan. Hij was een beetje langer en zwaarder dan ik, maar ik zag helemaal geen vechtlust in zijn ogen. Even dacht ik dat hij opeens zou wegrennen. Ik ben niet snel, maar ik hou het wel lang vol. Ik kan de ene kilometer na de andere rennen.

'Ik zat in het golfteam. Zo heb ik Fellowes ontmoet,' zei hij. 'Hij was een belangrijke hoofdinspecteur, weet je, en ik was 24 en werkte hier nog maar net. We konden goed met elkaar opschieten. Hij vroeg altijd naar mijn liefdesleven. Ik was jong, alleenstaand en nieuw in de stad, en hij wilde weten hoe het met me ging. Hij was te geïnteresseerd. Eerst dacht ik dat hij me in de maling nam, maar op een dag zei hij dat hij een paar klassemeiden kende die van politiemannen hielden. En ik was typisch het soort knappe jonge agent waar ze gek op waren. Je kent dat soort vrouwen wel: de politiegroupies. Het ging mijn ene oor in en mijn andere oor uit, maar hij bleef maar over die meisjes praten, en op een dag kwamen we met z'n vieren na werktijd in La Jolla bij elkaar. Klassemeiden? Het waren twee van de mooiste vrouwen die ik ooit had gezien! Ze waren goed gezelschap en ze reden in coole auto's. Een drankje en een uur later waren Fellowes en zijn meisje weg. Nog een drankje en nog een uur later was ik in het Valencia Hotel en keek ik naar Allison die mijn kleren uittrok. Na afloop zei ze dat het eigenlijk vierhonderd voor de kamer en zeshonderd voor haar was, plus iets extra's als ik het leuk met haar had gehad, maar voor mij zou honderd dollar deze keer genoeg zijn. Ik had maar tachtig bij me en ze lachte en pakte het geld aan. Toen ik die avond thuis was, dacht ik aan wat ik had gedaan en kon ik het niet geloven. Ron Mincher deed zulke dingen niet. Ron Mincher was een brave zuidelijke baptist. Als Ron Mincher de tijd van zijn leven wil hebben, neemt hij twee sixpacks en gaat hij zitten pokeren. Dat wist iedereen. Maar ik had het gedaan. Ik was met die hoer meegegaan alsof ik niet goed bij mijn hoofd was.'

'En je zou nog veel meer dan tachtig dollar betalen,' zei ik.

'Eh... ja. Die avond kwam Fellowes naar mijn huis en gingen we een eindje wandelen, zoals wij nu doen. Hij zei dat er nog meer van die meiden waren, meiden nog mooier dan Allison, en ze zouden zo ongeveer alles doen om mij gelukkig te maken. Ik hoefde alleen maar een beetje op de meisjes in die kleine cabriolets te passen als ik straatdienst had. Ik moest mijn collega's afraden ze lastig te vallen. Ik moest nooit tegen ze praten als ze een klant hadden. Als er een probleem was met de hotelbeveiliging, moest ik tegen de hotelbeveiliging zeggen dat ik het zou regelen en moest ik ervoor zorgen dat het meisje naar buiten kwam en in haar auto kon wegrijden. Later moest ik de meisjes zijn eigen teams van Zeden aanwijzen, opdat ze niet betrapt werden. Fellowes liet me weten waar ze een val gingen zetten, en dan liet ik de Squeaky Cleans dat van tevoren weten. Hij zei dat er genoeg andere hoeren waren die we in de cel konden gooien. Hij zei dat we niet slap waren als het om prostitutie ging, zoals in sommige andere steden, maar je kon toch niet alle meisjes van de straat halen? Waarom zouden wij dan niet zelf mogen beslissen wie er in de Mooiste Stad van Amerika mochten werken en wie niet? Je zou kunnen zeggen dat we een dienst verleenden.'

Er zat een vreemd soort logica in. Als je Chet Fellowes was, kon je jezelf ervan overtuigen dat je de misdaad bestreed door een misdaad te begaan. En de kern van zijn redenering klopte wel: je kon de prostitutie niet uitbannen, alleen in bepaalde banen leiden.

'En het geld?' vroeg ik. 'Fellowes zal niet alleen voor een beetje lol op de loonlijst van Squeaky Clean hebben gestaan.'

'Ik kreeg tweehonderd dollar per week. En twee meisjes. Daarna kostte het me honderd dollar.'

'Leuke regeling,' zei ik.

'Tot ongeveer tien minuten geleden.'

'Wat kreeg Fellowes?'

'Dat heb ik niet gevraagd,' zei hij.

'Heb je ooit met Jordan Sheehan persoonlijk te maken gehad?'

'Ik heb haar nooit ontmoet.'

'En Fellowes?' vroeg ik. 'Heeft hij ooit over haar gesproken?'

'Hij noemde haar de "hoerenbazin". Verder zei hij niet veel over haar. Hij zei dat ze een geweldige politica had kunnen zijn als ze geen hoerenbazin was geweest.'

'Ben je Chupa junior ooit tegengekomen?'

'Ik heb van hem gehoord.'

'Van de meisjes?'

Mincher liet zijn hoofd zakken en knikte. 'Hij is een soort nachtmerrie voor hen. Er kan iets gebeuren als je het niet verwacht. Squeaky Clean laat de meisjes veel geld verdienen, en zij laten haar veel verdienen. Maar ze laat Chupa boven hun hoofd bungelen.'

'Laat Fellowes hem zijn gang gaan?'

'Ja,' zei Mincher. 'Wij beschermen. Chupa is de angstfactor.'

'Ik zal zorgen dat Fellowes hiervoor verschrikkelijk op zijn lazer krijgt.'
Mincher keek me aan en wendde toen zijn ogen af.

We liepen het terrein van het hoofdbureau op. De lichtjes van de stad staken af tegen de avondhemel. Ik kon merken dat deze crisis Ron Mincher had verrast. Die crisis was komen opzetten als een snelle auto in een donkere nacht. Hij zag alleen een fel licht voor zich, en toen hij zich omdraaide, kon hij niets anders meer doen dan proberen van de weg af te duiken. Hij knipperde nog steeds met zijn ogen.

'Misschien is dit goed,' zei hij. 'Met mijn ziel was het niet best gesteld. Ik probeerde mezelf voor te houden dat er alleen volwassenen bij betrokken waren, en dat soort dingen. Maar je wordt op een bepaalde manier opgevoed en dat laat je niet los. Ik wist dat het verkeerd was wat ik deed. Maar het was zo gemakkelijk. En die Squeaky Cleans. O, man!'

'Vergeet ze nu maar even. Hoe zit het met die Smith & Wesson die niet één maar twee keer uit het politiemagazijn in New Orleans is verdwenen?'

'Daar weet ik niets van. Ik weet nog dat er op een nacht door een paar junks in dat magazijn werd ingebroken, maar ik dacht dat we alles terug hadden gevonden.'

'Het meeste wel. De Smith & Wesson die is gebruikt om Garrett Asplundh te doden, is teruggevonden, in het magazijn teruggelegd en daarna verdwenen.'

'Nee,' zei Mincher zacht. 'Ik heb mijn eigen wapens. Ik hoef niet die van iemand anders te stelen. Ik hou toch al niet zo van wapens.'

'Wat deed je dinsdagavond, de avond waarop Garrett werd vermoord?'

We waren bij Minchers nieuwe gele pick-uptruck aangekomen. Hij drukte op de knop van de sleutel, het alarm liet zich even horen en het portierslot klikte open.

'Overdag werkte ik, en toen ging ik naar de schietbaan in La Mesa. Ik raakte drie emmers, kreeg de kippenmand te pakken, en toen reed ik weer naar de binnenstad. Ik dronk wat bij Dick's. Ik ken een van de barkeepers, Parry Songrath. Die kan voor me instaan.'

'Tot hoe laat?'

'Niet langer dan tot een uur of tien. Ik ging vroeg naar bed, want ik mag graag trainen voordat mijn dienst begint.'

'De rest van de nacht was je alleen?'

'Ja.'

'Geen Squeaky Clean?'

Hij glimlachte. 'Nee. En net nu ik een alibi zou kunnen gebruiken.'

Op weg naar huis reed ik langs Salon Sultra. Het licht binnen zag er warm en uitnodigend uit in de koele, maartse avond. De kapsters knipten, krulden, permanentten en praatten, maar Gina's stoel was leeg, het licht eromheen gedimd. Ik vroeg me af hoe lang het zou duren voordat ze die stoel aan iemand anders gaven. Ik wist dat er een wachtlijst was om in Sultra te werken. Ik wist dat Chambers haar meteen kon vervangen. Mijn keel werd hard, alsof hij opeens van staal was. Het deed pijn. Ik ging naar de overkant van de straat en wachtte op de bekende golf van woede, maar die kwam niet. In plaats daarvan kwam er een optimistische glimp van hoop bij me op en ik vroeg me af of ik iets kon doen waardoor Gina bij me terug zou willen komen.

Toen ik thuiskwam, belde ik haar ouders, Vince en Dawn Brancini, in Las Vegas.

Het zijn prima mensen. Vince is tafelchef bij Binion en Dawn organiseert bruiloften bij Caesars Palace. Ik leerde Gina kennen omdat ze met z'n allen naar San Diego waren gekomen om te vieren dat Gina net achttien was geworden en eindexamen had gedaan. Haar beste vriendin, Rachel, was ook meegekomen.

Ik was toen 23 en zat in mijn laatste maand als geüniformeerd agent, voordat ik als rechercheur bij Fraude ging werken. Het was een warme augustusavond en ik liep in de Gaslamp Quarter en zag een jonge vrouw met rood haar. Ze droeg een zwarte jurk en liep wat wankel omdat ze hoge hakken aanhad. Ik bleef enkele passen achter haar, want ik dacht dat ze me vast wel nodig zou hebben. Ze liep daar met een andere jonge vrouw en een echtpaar van middelbare leeftijd. Ze liepen door rood licht voor de nachtclub Rock Bottom. Ze stapte van de stoep af, verzwikte haar enkel en viel. Ik had het zien aankomen en ving haar op voordat ze tegen het wegdek sloeg. Ze was niet zwaar. Ik droeg haar de Rock Bottom in en zette haar op een stoel. Ik onderzocht haar enkel heel voorzichtig en zei tegen haar dat ze er ijs op moest doen en de voet moest laten rusten. Ik raadde haar ibuprofen tegen de pijn aan. Ik was al half verliefd op haar toen ik wegging en ze me een kus toewierp en beloofde dat ze zou bellen. Ik wist dat ze dat niet zou doen. Later die avond, toen ik me op het bureau verkleedde, rook ik haar parfum op de kraag van mijn lichte zomeruniform. De volgende dag liet ze een boodschap voor me achter op het bureau en die avond namen Rachel en zij me mee uit eten. Haar enkel was een beetje gezwollen en ze liep mank. Voor het dessert nam ik hen mee naar een goed restaurant, maar ik wilde niet dat ze alcohol dronken, iets wat Rachel betuttelend en Gina grappig vond. Tegen de tijd dat we afscheid namen, had ik mijn hart al helemaal aan haar verpand. Haar moeder mocht later graag beschrijven hoe we elkaar hadden ontmoet: die verraste jonge agent met een kreunend/lachend roodharig meisje in zijn armen. Ze zei dat het haar favoriete 'grappige ontmoeting' was, en dat zegt wel wat, gezien het werk dat ze deed.

Nu ik Dawn door de telefoon sprak, klonk ze terughoudend. Ik hoorde het ploppen van een kurk uit een fles en het tikken van glas tegen glas, en daarna iets gorgelen. En toen nog een keer. Ik zei tegen haar dat Gina wat spullen had ingepakt en was weggegaan omdat ze dacht dat er meer in het leven moest zitten.

Een korte stilte. En toen: 'O, Robbie. O, verdomme. Weet je... Weet je het zéker?'

'Heel zeker, Dawn. De kast is halfleeg, ze heeft ontslag genomen en me via Rachel vaarwel gezegd.'

'Gaat het wel met je?'

'Met mij gaat het goed, maar ik moet met haar praten.'

'Maar... Ik kan niet geloven dat ze zomaar... Je bedoelt dat ze haar spullen heeft ingepakt en... Weet je zéker dat ze...? Hebben jullie ruzie gehad of...'

Dawn is meestal ordelijk ingesteld. Voor elke bruiloft moet ze honderden dingen regelen en organiseren. Ik dacht aan de twee tikken van glas tegen glas en meende te begrijpen wat er verkeerd was. Het vonkje van hoop in mij ging over in een klein vlammetje.

'Kan ik haar spreken?' vroeg ik.

'Ze is hier niet, Robbie. Ze kan niet...'

'Laat haar aan de telefoon komen,' zei ik.

'Wát? Nee, Robbie, ze is niet...'

'Dawn, jij en ik kennen elkaar nu al zes jaar of zo. Ik merk het als je liegt of van streek bent, en ik merk nu allebei.'

Een lange stilte, en toen zachtjes: 'Verdomme!'

'Precies.'

'Ik zie niet waarom ik...'

'Geef haar nou maar...'

'Verdomme, Gina, schat. Wil je even met je man komen praten? Ik kan niet...'

Het geluid van een draadloze telefoon die op een tafel wordt gelegd.

'Voordat jij op het vliegveld bent, ben ik al weg,' zei Gina. Haar stem klonk zwak, maar vastbesloten. 'Of voordat je in Escondido bent, als je probeert hierheen te rijden.'

'Dan kom ik niet. Blijf daar nou maar. Daar ben je veilig. Ik zal je niet

lastigvallen, maar ik moet één ding weten.'
'Leugenaar. Dag, Robbie. Je had niet moeten bellen.'
'Is er...'
Maar ze verbrak de verbinding, en toen ik op de REDIAL-knop drukte, kreeg ik de ingesprektoon.
Natuurlijk had ik gelogen. Ik belde twee luchtvaartmaatschappijen voor hun vluchten naar Las Vegas van die avond, maar de vertrektijden waren te vroeg of te laat.
Ik gooide mijn benzineverslindende dienstwagen vol en gebruikte de tolbanen van de I-15, die je rechtstreeks in het ergste forensenverkeer brengen als ze op de snelweg ten zuiden van Escondido uitkomen.
Langzaam kroop ik mee in die rivier van rode remlichten, naar Gina toe. Het was een van de meest frustrerende dingen die ik ooit had gedaan. Mijn hart hamerde als dat van een hardloper, maar mijn auto kwam amper vooruit. Ooit, toen ik tien was en net met skiën was begonnen, had ik geprobeerd in een sneeuwstorm op Mammoth Mountain te skiën. Ik gleed de beginnersbaan af en stortte me in de wervelende witheid, zonder sneeuwbril maar vastbesloten. Algauw was ik verblind – ik zag alleen maar wit –, maar ik voelde de sneeuw die tegen mijn gezicht sloeg, de harde wind die door mijn muts vrat, en ik herinnerde me dat ik mijn knieën gebogen moest houden. Ik kwam met mijn ski's in het ritme dat ik van mijn instructeur had geleerd en vloog die sneeuwstorm in, totdat de witte razernij om me heen tot bedaren kwam. Ik kon weer iets zien en constateerde dat ik al die tijd op dezelfde plek was blijven staan. Maar nu ik tergend langzaam met de file mee reed, had ik niet eens de luxe van mijn illusies.
Vijf uur en 37 minuten later reed ik het pad op van het huis van de Brancini's in het zuiden van Las Vegas. Ik voelde me moedeloos toen ik haar auto niet zag, alleen het lege pad en de open garagedeur. De twee auto's van Dawn en Vince stonden in de garage. Tot mijn verbazing zat Vince op een klapstoel achter zijn Cadillac, met een roodgloeiend elektrisch kacheltje bij zijn voeten. Naast hem stond een lege stoel. Gina's auto was nergens te bekennen. Zoals ze had gezegd, was ze waarschijnlijk al vertrokken toen ik nog vastzat in het verkeer.
Ik ging op de klapstoel naast Vince zitten en we praatten een poosje. Hij schonk me een kop koffie in uit zijn thermosfles. Het verbaasde me dat het hier in de woestijn van Nevada zo koud was. De sterren in het zuiden waren helder en dichtbij.
Vince verontschuldigde zich voor de 'grilligheid' van zijn dochter en zei

dat hij hier al bang voor was geweest toen ze op haar achttiende had gezegd dat ze ging trouwen. Wat had hij kunnen zeggen of doen? Hij had van zijn dochter gehouden. Hij had mij graag gemogen. Gina was gelukkiger geweest dan hij haar ooit had meegemaakt. Dawn praatte al over de stof van de jurk, bloemmotieven en manieren om de restaurantkosten te beperken.

'Ik heb een vriend die privédetective is,' zei hij. 'Onder ons gezegd: we houden een oogje op haar.'

'Heb je hem al gebeld?'

'Zodra ze weg was, Robbie.'

'Waar ging ze heen?'

'Dat heb ik niet gevraagd.'

Ik wist dat ze hier mensen kende met wie ze op school had gezeten. Ik wist dat sommigen van hen op het verkeerde pad waren geraakt. Ik wist dat Gina ook bang was geweest dat ze op het verkeerde pad zou raken; dat was een van de redenen geweest waarom ze naar San Diego was gegaan om met mij te trouwen. Ze mocht me graag haar 'grote, vierkante held' noemen. Onder al Gina's vrolijkheid ging een hart schuil dat precies aanvoelde wat er mis kon gaan. Ik denk dat bij haar het licht en het donker kracht uit elkaar putten, als de wortels en takken van een boom.

'Ik kan haar niet zomaar laten gaan, Vince.'

'Nee. Maar voorlopig moet dat wel. Ga naar huis. Doe je werk. Ze praat min of meer met haar moeder en mij. Ik hou je op de hoogte. De dingen veranderen, Robbie, en dan veranderen ze opnieuw. Je weet wel wat ik bedoel.'

Dat klonk tegelijk onheilspellend en hoopvol. Ik hield mijn handen bij het elektrische kacheltje en wreef ze over elkaar.

'Ik hou van haar,' zei ik.

'Je mag jezelf gelukkig prijzen.'

Dat was een vreemde uitspraak, maar ik wist dat hij gelijk had.

'De meeste mensen vervreemden gewoon van elkaar,' zei Vince. Zijn woorden waren zacht en oprecht, en ik vroeg me af hoe het met hem en Dawn zat. Per slot van rekening zat Vince in zijn eentje in een koude garage, en niet bij zijn vrouw in een warm huis.

'Dit is een verdomde klotezaak,' mompelde ik. Ik gebruikte bijna nooit krachttermen en kan het ook niet goed.

Vince lachte. 'Zo kun je het wel stellen. Ik vind het jammer, Robbie. Ik weet niet wat ik kan doen.'

Ik bleef een tijdje naar de sterren zitten kijken. Een paar kilometer naar het noorden zag ik de lichtjes van de stad.

'Waarom zit je in de garage, Vince?'
'Ik mis het buitenleven.'
'Serieus.'
'Dat is serieus. Ik ben opgegroeid in Buffalo, weet je nog wel? Soms mis ik de bossen en de sterren en de kou.'
'Nou, vanavond heb je twee van de drie.'
Hij keek me aan, maar zei niets.
'Tot ziens en bedankt, Vince,' zei ik.
'Het is bijna één uur. Ik heb de logeerkamer in orde gemaakt, voor het geval dat.'
'Doe de groeten aan Dawn.'
'Ik moet me van haar bij je verontschuldigen omdat ze niet is opgebleven. Eigenlijk geloofde ze niet dat je meteen hierheen zou komen, maar ik wist dat je dat zou doen.'
Vince omhelsde me zoals Italianen doen, en ik stelde dat op prijs.
'Hoe gaat het met je hoofd?' vroeg hij. Vince is de enige die nooit veel medelijden met me heeft getoond na wat er in het Las Palmas gebeurd is. Blijkbaar gelooft hij dat het bij mijn normale werk hoort, iets wat je vroeg of laat meemaakt als je bij de politie werkt. Ik vind dat wel een prettige houding, want het leidt de aandacht van me af.
'Hetzelfde.'
'Jij bent een goed mens, Robbie.'
'Wie is die detective?' vroeg ik.
'Stap in je auto en rij voorzichtig,' zei Vince. 'Ik bel je zodra er iets is wat je moet weten.'
'Ik wil niet dat we zomaar uit elkaar groeien, Vince. Ik wil niet dat ik haar nooit terugzie.'
'Dat wil ik ook niet.'
'Weet je, we hebben het vrij goed. Ik begrijp niet wat ze wil. Maar ik dacht: misschien kan ik iets doen waardoor ze terug wil komen.'
'Ze weet niet wat ze wil, Robbie. Ze is jong. Ze komt er nog wel achter.'
Ik keek weer op naar de schitterende sterren.
'De Mobil op de hoek heeft de laagste prijzen,' zei Vince. 'Maar blijf van de speelautomaten vandaan.'
Tegen zonsopgang was ik weer thuis. Ik sliep twee uur, nam een douche, schoor me en ging aan het werk.

171

17

Chupa junior, de uitsmijter van de Squeaky Clean Madam met zijn eigen gedragscode, was om drie uur die nacht op verdenking van rijden onder invloed gearresteerd. Terwijl ik door Barstow had gereden, had Chupa junior in een pijpje geblazen en een alcoholpromillage van 24 gescoord: meer dan twee keer zijn wettelijk toegestane maximum.

Agent Ron Mincher had de boodschap voor me achtergelaten dat Chupa was opgepakt. Hij dacht dat ik hem misschien wilde spreken. Ik was Mincher dankbaar voor zijn tip, en ik was niet verrast. Hij was een jongeman die in begrijpelijke moeilijkheden was geraakt en daar nu weer uit probeerde te komen.

Chupa junior keek me nors aan toen ik zijn cel binnenkwam. Een normale man zou in de dronkemanscel terecht zijn gekomen, bij de andere drinkers, maar Peter Avalos was een meter negentig, 140 kilo, en niet normaal. Ik had in zijn dossier gezien dat hij in verband met twee moorden was ondervraagd en vrijgelaten voordat ik op Moordzaken kwam te werken. Ze dachten in beide gevallen dat hij het had gedaan, maar ze konden niemand aan de praat krijgen. Eén keer lukte dat wel, en dat meisje werd op een ochtend in Glorietta Bay gevonden, precies zoals McKenzie had gezegd, gewurgd en met drie gebroken ribben. Chupa had gezeten voor autodiefstal, een gewapende roofoverval en geweldpleging. Zoals veel griezels vond Chupa het geen probleem om andere griezels te verraden. Hij had een paar dollar verdiend met informatie voor ons en was zelfs onder een aanklacht wegens geweldpleging uit gekomen door een maffiabaas in La Eme, Mexico, te verraden. Die maffiabaas had hem kunnen laten vermoorden en zou dat misschien alsnog doen.

Hij was net zo groot als Vic Malic, maar wel anders gebouwd. Malic is een worstelaar, een en al schouders en rug. Chupa was groot in zijn benen en zijn middel. Op zijn kleine, kaalgeschoren hoofd krioelde het van de tatoeages, en zijn zwarte ogen keken me met onverholen gewelddadigheid aan. Hij zat onderuitgezakt op het metalen bed en leek half dronken. Ik was blij met de tralies die tussen ons in zaten. Na twee uur slaap laten de dromen je niet helemaal los. Ik wankelde een beetje op mijn benen.

'Ik ben rechercheur Brownlaw van Moordzaken,' zei ik.

'Haal me hier dan uit, man.'

'Je moet de groeten van Jordan hebben. Ze zegt dat je een beste kerel bent, met je eigen gevoel voor goed en kwaad. Je werkt als uitsmijter voor haar in de club.'

'Ja.'

'Blijkbaar heb je vannacht een beetje te veel gedronken. Ik wilde dat ik dat ook had kunnen doen, maar ik was op de terugweg van Las Vegas.'

Hij keek me aan alsof hij zich afvroeg welk formaat mes hij moest trekken.

'Ik hou van de kamers in het Venetian en de massages in het Bally's,' zei hij. 'Ze gebruiken daar vroegere boksers en die hebben de goeie handen.'

'Mijn broer is croupier in het Excalibur,' zei ik.

Chupa dacht daarover na, zoals ik had verwacht. Ik wilde hem iets persoonlijks geven dat hem uit zijn evenwicht bracht, zodat hij ging praten. Niet dat ik hem ooit iets zou vertellen wat de waarheid was, want ik kon zien dat Chupa al naar een manier zocht om gebruik te maken van die nieuwe informatie. Dat moet je de echte schurken nageven: ze zien nooit een gelegenheid over het hoofd, en voor hen is alles een gelegenheid.

'Hoe heet hij?'

'Bill Brownlaw.'

'Verdient hij goed?'

'Hij moet het van de fooien hebben, maar het gaat goed met hem. De mooie vrouwen verdienen meer.'

'Heb je een systeem met hem uitgewerkt?' vroeg Chupa.

'Ik doe nooit iets met hem of in een casino.'

Hij keek me aan alsof hij me niet geloofde.

'Vreemd dat je midden in de nacht op de terugweg was van Las Vegas,' zei hij.

'Dan schiet je beter op.'

'Nou, wat doe je hier, man?'

'Ik wil je vragen stellen over Garrett Asplundh.'

Er twinkelde iets in zijn zwarte ogen. 'Die smeris die ze zijn hersens uit zijn kop hebben geschoten in die auto?'

'Hij was geen smeris. Hij werkte voor de dienst Ethiek.'

'Vroeger was hij smeris. Hij heeft me in 1998 opgepakt voor mishandeling, en ik had het helemaal niet gedaan. Zal ik zeggen hoe je kunt weten dat ik het niet had gedaan?'

'Omdat die kerel nog leefde.'

'Zo is dat.'

'Ik heb gehoord dat je dynamiet in je twee handen hebt.'

Hij stond op en sjokte naar me toe. Hij bewoog zich als een olifant, met een tonnage dat traag maar niet onbehouwen heen en weer deinde. Zijn oren waren opgestapelde curven, als zandlopers, de lellen groot en rond, met zwart haar dat in de openingen groeide.

'Waarom zou ik met jou praten, man?'

'Die kerel van Ethiek. Ik wil weten wat hij in zijn schild voerde met Squeaky Clean.'

Hij greep de tralies met zijn twee grote handen vast. De tatoeages op zijn onderarmen vormden een zwart bajesassortiment van Keltische letters, *chupacabras* en demonen die zich om zijn armen slingerden. Een van die demonen stak zijn klauw in een vrouwenjurk terwijl hij bloed dronk dat uit haar doorgesneden hals gutste. Chupa junior boerde een bierlucht naar me toe.

'Waarom zou ik jou dat vertellen?'

'Ik ben rijk,' zei ik. 'Ik heb invloed.'

Chupa glimlachte. Kleine tanden, bleek tandvlees.

'Ik heb hen samen in het Indigo gezien. Dat is Jordans tent.'

'Wanneer?'

'Een halfjaar geleden. Ik stond bij de deur. Probeerde hem op wapens te fouilleren toen hij binnenkwam en ik dacht dat hij mijn kop van mijn romp zou scheuren. Probeerde het evengoed. Het had rommelig kunnen worden. Jordan duwde hem langs me, zei tegen me dat hij een vip was. Ik zei: "Ja, *very important pig*." Hij keek me aan als een kwaaie hond, je weet wel, en dus was ik hem iets schuldig.'

Volgens de erecode van de onderwereld beantwoord je zo'n blik met een kogel. Als je dat niet doet, geniet je geen respect.

'Ja, je was hem een kogel schuldig, hè?'

Hij schudde al met zijn hoofd. 'Iemand was me voor.'

'Wat deden Jordan en Garrett op de avond dat je ze samen zag?'

'Ze zaten te drinken aan een tafeltje achterin. Keken naar de mensen die dansten. Ongeveer een uur, en toen ging hij weg.'

'Zonder haar?'

'Alleen, man. Op weg naar buiten kwam hij van achteren naar me toe en fluisterde wat rottigheid in mijn oor.'

'Wat precies?'

'Ik heb net geheugenverlies gekregen. Wat een tijden.'

We waren natuurlijk op een gesloten televisiecircuit te zien, maar ik had de brigadier van dienst gevraagd of ik de arrestant een klein geldbedrag mocht geven voor dingen die het verblijf achter de tralies wat aangenamer maakten. De brigadier had het goedgevonden.

'Hier heb je twintig dollar,' zei ik.

'Veertig.'

'Niet hebberig worden, junior.'

Ik vouwde het bankbiljet twee keer dubbel en keek goed naar zijn hand, die zich losmaakte van de tralie, naar voren kwam en het geld aanpakte.

'Hij zei dat hij, als ik ooit nog een Squeaky Clean-meisje aanraakte, een kogel in mijn reet zou pompen en me in de baai zou pleuren,' zei Chupa.

'Zou dat niet geweldig zijn?' vroeg ik.

Hij keek me met een verward glimlachje aan. Het is vreemd dat simpel sarcasme zo'n straatvechter als Chupa junior uit balans kon brengen. Maar zijn oude glimlach was gauw terug, vol vrolijkheid en gewelddadigheid.

'Hoeveel van die meisjes heb je aangeraakt?' vroeg ik.

Hij schudde zijn hoofd. 'Niet één. Ik weet niet waar die *pendejo* dat vandaan had.'

'Maar iedereen weet dat je de meisjes ervan langs geeft als ze zich niet aan de regels houden,' zei ik.

'Man, ik maak zelf wel uit wat ik je ga vertellen. Ik weet niets van Squeaky Clean-meisjes. Ik weet niets van Squeaky Clean, behalve dat ze Jordan heet en dat ze me dertig dollar per uur betaalt om ervoor te zorgen dat alles in het Indigo rustig verloopt en dat er geld wordt verdiend.'

De rode vierkantjes van de leugen tuimelden uit zijn mond. Ze waren groter dan de meeste die ik had gezien, en de zijkanten waren een beetje ingezakt, uitgehold, alsof ze dreigden te bezwijken onder Chupa's enorme gewicht. Er kwam geen eind aan.

'Waar kijk je naar?'

'Niets, Chupa.'

'Noem me meneer Avalos.'

Ik keek hem aan. Ik hou meer van harde jongens die het je moeilijk maken dan van de zwakkelingen die bevend ineenkrimpen en je neersteken wanneer je ze maar even je rug toekeert. Bij kerels als Chupa weet je altijd waar je aan toe bent en wat je te doen staat.

'Je weegt 140 kilo?' zei ik.

'Wat kan jou dat schelen?'

'Ik vroeg me alleen maar af hoeveel je had gedronken om zo'n alcoholscore te halen.'

175

'Het grootste deel van een krat Budweiser.'
'Wauw.'
'Een paar glazen tequila.'
'Oei.'
'Wat bourbon.'
Chupa junior keek me weer rustig aan, draaide zich toen om en ging naar zijn bed terug. In zijn geschoren nek stapelde het vlees zich op als een opgevouwen badhanddoek. Het stalen bed piepte onder zijn gewicht.
'Ik werkte in het Indigo op de avond dat je vriendje een kogel door zijn kop kreeg. Daarna bleef ik nog wat drinken. Een meisje, Dolly, ging met me mee naar huis. Ze is een van de serveersters. Vraag het maar aan Jordan. Die was erbij.'
'Ik trek dat verhaal na, Chupa.'
'Doe dat, man.'
'Bij Zeden zouden ze graag een deal met je sluiten over Squeaky Clean,' zei ik. 'Dan zijn ze dit gevalletje van rijden onder invloed zo weer vergeten.'
'Iemand verlinken omdat je voor rijden onder invloed bent opgepakt? Wie doet dat nou? Jordan heeft gelijk: ik heb mijn eigen gevoel voor goed en kwaad. En al wilde ik haar verraden, dan kon ik het nog niet.'
'Waarom niet?'
'Omdat ik niet weet waar je het over hebt. Ik heb nooit een Squeaky Clean-meisje gezien. Weet je hoe het echt met dat Squeaky Clean zit? De meiden hebben het verzonnen op avonden dat ze weinig klanten hebben. Dat doen ze om het een beetje spannend te maken. Het geeft ze het gevoel dat ze in een geheime organisatie zitten. In die organisatie zou dan een grote gemene klootzak zijn die ze in elkaar slaat als ze zich niet aan de regels houden. *Chupacabra*, man, een geitenzuiger. Dat is verzonnen. Dat is niet waar. Er bestaat niet zoiets. Het is net als op straat wanneer je een kind bent, man: er zijn altijd monsters en verhalen en meer van dat gelul. Het is allemaal gelul, man. Dat zou jij toch moeten weten.'
Gedurende het eerste deel van Chupa's monoloog zinderde de lucht van de uitgeholde rode vierkantjes. Toen hij aan het eind was, waren ze weg.
'Dus die Squeaky Cleans met wie ik praat, zijn alleen maar moerasgas,' zei ik.
'En jij bent alleen maar een sukkel die twintig dollar heeft betaald voor niks. Meer krijg je niet van me. Tenzij... je weet wel: de situatie ideáál is.'
'Vertel me eens wat over dat ideale.'
'Op een avond als alles goed is, man, kom ik jou misschien alleen in je

auto tegen. Dan steek ik een wapen naar binnen en schilder ik met je hersens op de ramen.'

'Wat een mop. Vertel me er nog eens een.'

'Dat kost je veertig dollar.'

'Mijn portefeuille is net zo leeg als jouw toekomst, Chupa. Veel plezier met je kater.'

Ik ging even naar het gebouw van het blad *San Diego Monthly* en kocht het januarinummer, waar een fotoreportage over het 'Vijftig San Diegans om te Volgen'-feest in december in stond. Als Jordan Sheehan daar echt de oorbel was kwijtgeraakt die uiteindelijk in Garretts Explorer was terechtgekomen, kon ik misschien ook nagaan wie hem had opgeraapt. Het idee dat de moordenaar een van de Vijftig San Diegans om te Volgen was leek me fascinerend, maar ook erg onwaarschijnlijk.

Toen ik weer achter mijn bureau zat, keek ik naar de foto's en las ik het artikel. Ik had zelf in 2003 ook tot die Vijftig behoord, toen ik op wonderbaarlijke wijze mijn val uit het Las Palmas had overleefd en binnen een halfjaar twee keer promotie had gemaakt.

Gina en ik gingen naar het feest aan het eind van dat jaar, en we werden geweldig behandeld door de uitgevers van het blad, de andere Vijftig en de vele feestgangers. Gina leidde bijna alle aandacht van me af, en daar was ik blij om. Ze was op haar best: gewoonweg beeldschoon, vol stralende nonchalance en een en al zelfvertrouwen. Als mensen hoorden dat ze kapster in Salon Sutra was, wilden ze vaak weten wat ze met hun haar zou doen. Kapsters maken dat op feestjes vaak mee, zoals artsen naar kwalen wordt gevraagd en effectenmakelaars naar goede tips. En dus gaf Gina die avond haar haartips met veel opgewekt commentaar over degene die hun haar nu knipten en wat die daarmee probeerden te bereiken – 'Nee, nee, nee, vertel het maar niet' – maar niemand voelde zich beledigd en in de week daarop kreeg Gina verschillende telefoontjes van societyvrouwen die zich door haar wilden laten knippen.

Mijn ouders waren er ook, al stonden ze bijna de hele avond in een hoekje, beduusd van zoveel plaatselijke beroemdheden. Het was de enige keer ooit dat mijn moeder te nerveus was om voor een foto te glimlachen. Ik zal nooit vergeten hoe trots ze waren toen ik als een van de Vijftig San Diegans om te Volgen werd gepresenteerd, al zei mijn moeder later tegen me dat ze echt alleen maar blij was dat ik nog leefde. Pa zei dat het een van de toptien-gebeurtenissen uit zijn leven was, en op een avond hadden we een onthullend gesprek over de andere negen. Gina en ik vierden het

177

na afloop met z'n tweeën in een suite in het Hilton, die ons bijna vier-honderd dollar kostte en die dat helemaal waard was. Ze had gezorgd dat er een fles Dom Pérignon op ons stond te wachten, al was dat nog lang niet het mooiste wat ik me van die nacht herinner.

Ik keek uit het raam van de kamer bij Moordzaken en dacht aan die avond. Na wat er in het Las Palmas was gebeurd, verbaasde het me niet meer hoe vlug dingen kunnen veranderen. Daar had John Van Flyke beslist gelijk in. Maar ik dacht aan Gina op dat feest van twee jaar gele-den, en ik dacht aan haar zoals ze nu was, en onwillekeurig stond ik er ver-steld van dat zoiets moois, dierbaars en geweldigs in zo korte tijd verloren kon gaan.

De foto's van het Vijftig San Diegans om te Volgen-feest van dit jaar leken sterk op die van twee jaar geleden. Op societypagina's zie je vaak dezelfde gezichten, of types. Onder de Vijftig bevonden zich een buitenvelder, een vervangende werper, een verdediger, vier acteurs, acht advocaten, meer dan tien ondernemers, een nieuwe weerman van de televisie, en een schil-der.

Het verbaasde me niet dat Abel Sarvonola, voorzitter van de begrotings-commissie, ook tot de uitverkorenen behoorde. Volgens het artikel was dit de derde keer dat hij in evenzoveel decennia op de lijst voorkwam. Hij was verreweg de oudste van het stel en zag er in zijn smoking verweerd maar onverwoestbaar uit. Het kapsel van zijn vrouw zou Gina's vakbekwaam-heid wel kunnen gebruiken.

Tot mijn verbazing was ook Steven Stiles, de assistent van het raadslid Rook, tot een van de Vijftig uitgeroepen. Volgens mijn bronnen in het gemeentehuis stelde zijn carrière tot nu toe niet veel voor en werd hij als overdreven ambitieus beschouwd. Hij glimlachte breed naar de camera, met zijn vrouw aan de arm en een glas champagne in de andere hand. Ik vroeg me af of hij ook zo had geglimlacht toen Garrett Asplundh hem vroeg of hij Carrie Ann Martier had geslagen. Ik wist ook dat van alle mannen die op het seksschijfje voorkwamen, Stiles en nu ook Mincher de enige twee waren die zeker wisten dat ze waren betrapt. Maar het Vijftig San Diegans-feest was gehouden vóórdat Stiles de ribben van Carrie had gekneusd. Kon hij de verloren oorbel uit nieuwsgierigheid hebben opge-raapt om hem later met opzet op de plaats van het misdrijf achter te laten? Het was wat vergezocht, maar het was mogelijk.

De volgende twee namen die me opvielen, waren Hollis Harris en Garrett Asplundh.

Harris stond op de foto met HTA-controller Elsa Shnackenburg, die eruitzag als een filmster. Ze was een halve kop groter dan Hollis, die zich daar blijkbaar niets van aantrok en vermoeid naar de camera lachte. In het artikel stond: *De onderneming Hidden Threat Assessment van de 28-jarige Harris zal dit jaar niet alleen het land veiliger maken, maar ook een omzet van meer dan 45 miljoen dollar behalen met systemen die hier in de Mooiste Stad van Amerika worden ontworpen, gebouwd en onderhouden.* Ik stelde me voor dat Hollis zich bukte om een oorbel op te rapen die door Jordan Sheehan was verloren. Waarom zou hij hem niet meteen aan haar teruggeven? Als hij niet wist dat hij van haar was, waarom hield hij hem dan? Waarom gaf hij hem niet aan de hotelbeveiliging? Nog belangrijker: welke reden zou Hollis Harris kunnen hebben om Garrett Asplundh te vermoorden?

Garrett stond alleen op de foto, en in het artikel was geen sprake van iemand die hij naar het feest had meegenomen. Hij zag er niet bepaald uit als een feestganger, meer als een strafpleiter die een zaak verloren heeft en bij het verlaten van de rechtbank op de foto wordt gezet. Op de donkere achtergrond van de foto zag ik Abel Sarvonola met John Van Flyke praten. Ze werden niet in het bijschrift genoemd. Wat zou Sarvonola of Van Flyke aan Jordan Sheehans oorbel hebben? Ik zou het niet weten. Garrett was het niet eens met Sarvonola's politieke of budgettaire beleid, maar was dat genoeg om iemand dood te schieten? Garrett was Van Flykes ondergeschikte en vriend.

In het artikel stond: *Garrett Asplundh, de voormalige toprechercheur van de eenheid Professionele Normen, werd plotseling weggekaapt door de dienst Ethiek van de gemeente, waar hij de strijd zal aanbinden tegen corruptie, complotten en criminaliteit. Heeft hij het in zich? Zijn vroegere baas, hoofdinspecteur Roger Sutherland, noemde Asplundh eens 'de meest principiële man met wie ik ooit heb samengewerkt'. En wat is er in onze jachtige stad van meer dan een miljoen mensen nog meer voor nodig om over de ethiek te waken dan principes? 'Volharding,' zei Asplundh met een vaag glimlachje.*

Jordan Sheehan stond twee keer afgebeeld. Op de eerste foto stond ze tussen een nieuwe vervangende werper van de Padres die ons moest helpen de National League West te winnen en een televisieacteur die een politieman in New York speelde en een deel van de tijd in Rancho Santa Fe woonde. Op de tweede foto maakte ze deel uit van een groepje met onder anderen Steven Stiles, de kok van het meest trendy nieuwe restaurant van de stad, en *Trey Vinson, een financiële whizzkid van Jance Purdew die tijdelijk in onze stad is.*

Ik probeerde me voor te stellen dat de magere, onopvallende Trey de verloren oorbel had gevonden en hem had bewaard voor zijn moord op Garrett Asplundh. Het kostte me moeite.

McKenzie en ik kwamen om tien uur bij elkaar voor ons gesprek met Vinson. Ik reed naar La Jolla en vond een parkeerplek. We liepen over het trottoir naar Vinsons hotel. Ik rook de zee in de al wat warmere maartse wind en hoorde de scherpe kreten van de meeuwen die door de strakblauwe lucht zeilden.

'Hoe was je avond met Harris?' vroeg ik.

'Snel. Ik bracht ons in zijn auto naar de schietbaan in Oceanside. Leerde hem met Dood en Verderf omgaan. Daarna eten, drinken, dessert.'

'Dood en Verderf' is McKenzies bijnaam voor haar pistool, een 9mm Glock. Onder de vorige korpscommandant werd ons verteld welke wapens we moesten dragen, maar tegenwoordig hebben we daar meer vrijheid in. De Glock is een werkpaard dat zelden vastloopt of weigert, al is het een nogal groot wapen, dat moeilijk te verbergen is.

'Het is een beste kerel, Robbie.'

'Goed.'

'Het is net of ik hem al een hele tijd ken. Had jij dat gevoel ook toen je net met Gina omging: het gevoel dat je haar altijd al had gekend?'

'Nee, ze leek me iets uit een volslagen andere wereld.'

'Hij vroeg me of ik het weekend met hem en een paar vrienden in Jackson, Wyoming, wilde doorbrengen. Hij chartert een vliegtuig om daarheen te gaan, naar zijn huis dus, en je kunt daar zo van de veranda naar de lift skiën. Vrijdagmiddag weg, maandagavond terug.'

Ik dacht aan mijn stationaire ski-avontuur op Mammoth Mountain. 'Dat lijkt me leuk, McKenzie. Veel plezier.'

'Als je me nodig hebt, Robbie, zit ik binnen vijf minuten in dat vliegtuig en land ik nog geen twee uur later op Brown Fields. Ik heb tegen hem gezegd dat er zoiets zou kunnen gebeuren, en hij vindt het goed. Hij weet wat voor mij op de eerste plaats komt.'

'Je bent een goede collega, McKenzie. Ik red me wel.'

'Al die rijkdom geeft me een vreemd gevoel,' zei ze. 'Die Enzo imponeert me, want ik ben gek op auto's, maar van al die andere dingen ben ik niet zo zeker. En zoals die mensen leven... veel drukker dan ik gewend ben. Voor Hollis en zijn vrienden is het weekend een tijd om naar een bijzondere plaats te vliegen en je daar te amuseren. Voor mij zijn het dagen om de was te doen en de kat te verzorgen. Ik laat op zaterdag mijn auto wássen, weet je, ik koop geen nieuwe.'

180

Toen we de prachtige hal van het Valencia Hotel binnenliepen, dacht ik aan Ron Mincher en Allison, en Minchers opmerking dat het met zijn ziel niet best gesteld was. Dat had niet in een fraaiere omgeving kunnen beginnen. Er stond een enorme vaas bij de deur, boordevol grote tropische bloemen. De vloer was van glanzend grijs marmer zoals ik nog nooit had gezien. De balie was compact en werd bemand door een keurig verzorgde man van ongeveer mijn leeftijd en een aantrekkelijke vrouw die iets ouder was.

In het echt, en gekleed in witte tenniskleding, zag Trey Vinson er minder pathetisch uit dan wanneer hij voor het oog van de videocamera prostituees neukte. Hij nodigde ons uit in zijn suite met zeezicht en had nog steeds een houding alsof hij rechten kon doen gelden: een man die geloofde dat hij alles verdiende wat hij om zich heen zag. Hij had zijn glanzende trouwring om.

Vinson bood ons iets uit een fruitmand aan, maar we sloegen allebei af. Hij nam een rode appel en leunde op een roomkleurige stoel achterover. De appel knapte toen hij erin beet.

Ik zei dat we onderzoek deden naar de moord op Garrett Asplundh en Asplundhs notities hadden gevonden. Sommige daarvan zetten ons aan het denken, zei ik.

Ik las het hem voor: 'De gemeente heeft geknoeid met de boekhouding. Het is nu aan Vinson. Het is erop of eronder. Als hij standhoudt, redden we het. Als hij bezwijkt, redden we het niet.'

'Nou,' zei hij. 'Hij had meteen de kern te pakken, dat moet ik hem nageven.'

'De kern waarvan?' vroeg McKenzie.

'Dat het van mij afhing. De kredietrating voor de obligaties van de gemeente. Ik ben degene die de informatie naar New York brengt, en dan kan Jance Purdew de rating vaststellen. Ik beoordeel de gemeente, praat met de boekhouders en juridische teams, bestudeer de boekhouding, de beleggingen, investeringen, activa – noem maar op. Mijn aanbeveling legt veel gewicht in de schaal.'

Knap zei zijn appel.

'Nou, heeft de gemeente San Diego met de boekhouding geknoeid?' vroeg ik.

'Daar zou je ze van kunnen beschuldigen,' zei Vinson. 'Het gaat bijna tien jaar in de tijd terug. De rating voor een gemeenteobligatie is gebaseerd op de dingen die ik net noemde. De boekhouding van de gemeente moet accuraat en transparant zijn. Alles draait om openheid. Indertijd hield de

181

gemeente achter dat zijn pensioenfonds voor een miljard dollar ondergefinancierd was. "Ondergefinancierd" betekent dat ze pensioendollars hadden gebruikt om de gemeentebegroting in evenwicht te brengen en zo aan een hogere kredietrating te komen. Ik zei: een miljárd dollar, niet één miljoen, niet honderd miljoen, niet zeshonderd miljoen. De financiële rapportage van de gemeente deugde van geen kanten. Een en al fouten en weglatingen. Nou, datzelfde pensioenfonds is nog steeds voor een miljard dollar ondergefinancierd, maar nu weet iedereen het. En de gemeente bloedt elke dag rode inkt. Uw politiekorps heeft nieuwe auto's en nieuwe agenten nodig. De brandweer heeft honderden miljoenen dollars nodig, als de gemeente niet opnieuw een ramp wil als drie jaar geleden. De nieuwe bibliotheek kan er niet komen. En toch probeert de gemeente San Diego zijn rating hoog te houden. Ik heb tegen ze gezegd dat ik wel optimistisch kan zijn, maar dat er ook grenzen zijn. Ik zei dat ze waarschijnlijk een teruggang van "stabiel" naar "negatief" konden verwachten. Ik had geen keus.'

'Wanneer moet u in New York uw rapport indienen?' vroeg ik.

'Op 15 mei,' zei Vinson. Hij keek peinzend naar de appel en nam nog een hap. 'Ik vertrek vrijdag over een week. Ik heb nog meer besprekingen, maar ik kan niet om die negatieve rating heen. Sorry. Ik weet dat jullie wapens en kogels nodig hebben.'

Ik dacht aan het ondergefinancierde pensioen en het achterhouden van gegevens. 'Dus toen Garrett schreef: "Als hij standhoudt, redden we het. Als hij bezwijkt, redden we het niet," bedoelde hij dat als u de aanbeveling deed om de oude rating te handhaven...'

'Precies. Als de gemeente San Diego voor stabiel doorgaat, blijft de obligatierating aantrekkelijk. Als ik dat terugbreng tot "negatief", kan de gemeente helemaal geen obligaties meer uitgeven of kost het ze vele miljoenen dollars aan hogere rente.'

'Hoeveel miljoenen?'

'Vijftig miljoen, plus of min twintig. Er kan veel gebeuren.'

Vinson wierp het klokhuis van de appel naar de zwarte, geëmailleerde prullenbak. Het ging eroverheen, stuiterde tegen het fraaie behang en viel toen toch nog in de bak. Vinson stond op, pakte een papieren zakdoekje van zijn bureau en veegde daarmee voorzichtig de muur af.

'Garrett Asplundh was geen financieel deskundige,' zei Vinson. 'Maar hij begreep wat liegen was en wat de gevolgen daarvan waren.'

'Wat bedoelt u?' vroeg ik.

'Hij was een van de weinige gemeenteambtenaren die niet probeerden me over te halen de rating hoog te houden.'

'Het was zijn werk om dat soort dingen te voorkomen,' zei McKenzie.
Vinson haalde zijn schouders op, keek op zijn horloge en ging weer zitten. 'Mensen van Ethiek zijn niet ongevoelig voor geld of pressie. Gelooft u me.'

Hij noemde een stuk of wat gemeente- en districtsbesturen die nergens voor terugdeinsden om ratingfirma's te paaien. Ik vond 'paaien' een interessant woord, als je bedacht wat we hem straks gingen vertellen. Hij zei dat ratingfirma's als Moody's en Standard & Poor's en Jance Purdew beleggers miljarden dollars per jaar bespaarden door de achtergehouden risico's in de openbaarheid te brengen. Hij zei dat hij San Diego een prachtige stad vond, maar dat hij zich aan zijn normen moest houden en zijn bevindingen niet onder de mat kon vegen. Hij zou zich aan de waarheid houden, en eerlijk gezegd zou het een erg moeilijke aanbeveling worden.

'Dus u weet nog niet wat u gaat aanbevelen?' vroeg McKenzie.

'Dat zei ik toch?' Hij keek haar met verveelde arrogantie aan.

'Wist u dat Garrett Asplundh u op video had met drie prostituees van Jordan Sheehan?' vroeg ik.

Vinsons arrogantie werd broos. Hij keek me aan. *De wát van Jordan wíé?*

Ik herhaalde het.

'Gelul.'

'Ik heb hier een laptop in mijn koffertje,' zei ik. 'Een plaatje zegt evenveel als honderd woorden.'

Hij stond op en keek eerst McKenzie en toen mij weer aan. 'Wat stelt dit voor?'

'Het gaat om u en een stel prostituees waar u niet voor betaalde. Vertelt u ons eens hoe dat zit.'

'Gaat u zitten, meneer Vinson,' zei McKenzie.

Vinson ging geërgerd zitten.

Ik haalde de laptop tevoorschijn en liet hem enkele seconden zien.

'Genoeg,' zei hij.

'Uw gedeelte duurt niet lang,' zei McKenzie.

'Zet hem nou maar uit.'

Enkele ogenblikken zaten we daar met z'n drieën in die mooie kamer. Ik luisterde naar het geluid van de golven en zag een pelikaan in een rechte horizontale lijn voor het raam langs zeilen.

'Wat wilt u?' vroeg hij.

'Antwoorden,' zei McKenzie. 'Wie heeft u met de meisjes in contact gebracht?'

'Het was geen misdrijf. Ik heb geen geld betaald. Het waren sletjes uit San Diego. Meiden die plezier wilden maken.'

'En dat maakten ze met u?' vroeg McKenzie.

Ik grinnikte zachtjes, blij dat we Vinsons vernedering nog groter konden maken, blij dat ik niet zelf degene was die door McKenzie onder vuur werd genomen.

Hij keek McKenzie met een vreemde, glazige blik aan. 'Ik kan niet geloven dat dit echt gebeurt.'

'Gelooft u het nou maar. Wie heeft u met hen in contact gebracht?'

'Ik wil mijn advocaat.'

'Die krijgt u pas als we u arresteren,' zei ik.

Hij stond op.

'Ga zitten!' snauwde McKenzie.

Trey ging zitten.

'Wie heeft u met dat meisje in contact gebracht?' vroeg ik. 'Dat moet iemand gedaan hebben, want iemand verwachtte iets in ruil. Ze waren niet echt gratis, en dat wist u.'

'Dat wist ik níét,' zei hij.

'Trey,' zei McKenzie, 'wij zijn je enige kans. We willen je niet kapotmaken. Integendeel, we willen dat je ons aardig vindt. We willen dat je naar huis gaat en voor onze gemeente de rating "stabiel" aanbeveelt. We willen de mooie dingen die we met jouw hulp kunnen krijgen: meer stadions en sportterreinen, meer stadsontwikkeling. De dienst Ethiek heeft afluisterapparaatjes nodig. Wij hebben nieuwe patrouillewagens en helikopters en kogelvrije vesten nodig. Maar we zullen ook met alle plezier je leven tot een hel maken en je carrière verwoesten, als je dat liever hebt. We willen de grote schurken. Vertel ons meer.'

'Niemand heeft om iets gevraagd. Er is me nooit gevraagd iets anders te doen dan mijn werk. Nooit.'

'Maar je begreep het wel, nietwaar?' vroeg McKenzie. 'Je wist dat je dat soort meisjes niet voor niets kreeg. Je wist dat er jou een dienst werd verleend.'

Ik luisterde naar de golven op de kust. Op de gang viel met een gedempte klap een deur dicht. Ik keek uit het raam en vroeg me af of ik een val vanuit dit raam zou overleven.

'Robbie, laten we gewoon naar New York bellen,' zei McKenzie. 'We e-mailen Jance Purdew een clip van Treys acteerprestatie. Gewoon om ze te laten zien hoe San Diego hun man behandelt.'

Vinson verbleekte. Zijn ogen werden vochtig.

'Ik doe het, Vinson,' zei McKenzie. 'Ik hou niet van jouw arrogante houding, alsof de hele wereld van jou is. Voor mijn part mogen ze je ontslaan. Jezus, man, je bent getrouwd.'

'Abel Sarvonola,' zei Vinson zachtjes. 'Hij zei dat ik me geen zorgen hoefde te maken, en dat je je ontzettend met die meisjes kon amuseren. Hij zei dat ik gewoon tevreden naar huis moest gaan en daar moest zeggen dat alles er hier goed uitziet. Neem me niet kwalijk, ik moet even naar het toilet.'

18

Die avond liep ik weer door ons huis, ongeveer zoals ik had gedaan toen Gina voor het eerst was weggegaan. Ik voelde me nu anders. Ik wist nu zeker dat ze weg was en niet terug wilde komen. Ik wist ook dat mijn woede voorbij was. Ik had nog wel dat kleine gloeiende kooltje van hoop in me, de hoop dat ik misschien toch nog een manier zou vinden om haar bij me terug te laten komen. Het kostte me moeite om in dit huis te zijn, dit huis dat vervuld was van haar magnetische kracht. Alle voorwerpen deden me denken aan mijn leven met haar.

Toen mijn schizofrene tante Melissa stierf, zei oom Jerry tegen me dat hun huis plotseling 'ander weer' had gekregen. Hij zei dat de tochtstromen uit andere richtingen kwamen, dat gloeilampen veel meer of minder licht gaven, dat het huis op warme middagen afkoelde en dat de regen naar binnen kwam door zes lekken in een dak dat in geen veertien jaar had gelekt. Hij kocht emmers om de druppels op te vangen en een binnen-thermometer om te bewijzen dat hij niet gek aan het worden was. Hij registreerde een aantal 'erg vreemde' temperatuurpatronen in het oude huis in North Park. Hij zei dat ze geleidelijk minder werden, evenals de schommelingen van de lichtsterkte en de lekkage van het dak, al onder-ging San Diego na Melissa's dood een droogte die drie jaar duurde.

Ik stond in de slaapkamer en keek naar onze trouwfoto op een kastje. Aan onze gezichten was absoluut niet te zien dat we op dat moment een kolossale fout maakten.

Ik keek enkele minuten op de website van de Synesthesievereniging in San Diego, zoals ik het afgelopen jaar al vaker had gedaan. Hun volgende bij-eenkomst was woensdag – overmorgen – en ik kwam in de verleiding om te gaan. Ik zag er ook tegen op. Ik wist niet wat ik zou aantreffen in een kamer vol mensen die hetzelfde hadden als ik, maar ik was wel nieuws-gierig. Ik las dat de meeste synestheten linkshandige vrouwen waren, zoals Gina. Ik was nieuwsgierig naar de gevolgen die mijn aandoening op de lange termijn zou hebben. Werd je er langzaam gek van? Zou mijn synesthesie geleidelijk verdwijnen? Of werd die juist sterker?

Toen ik Vince belde, zei hij alleen dat Gina op een veilige plaats was en het goed maakte. Dat zat me dwars, al kon ik dat niet toegeven. Ik wist dat Vince me wilde helpen, maar ik wist ook dat voor hem zijn dochter op de eerste plaats kwam. Dawn kwam aan de lijn om tegen me te zeggen dat ik de dingen op hun beloop moest laten – er was altijd een reden waarom dingen gebeurden, en het kwam allemaal wel goed. Daardoor voelde ik me nog beroerder, want het leek me een mooie manier om te zeggen dat ik het maar moest opgeven.

Ik ging naar de garage en keek naar mijn vliegenbindtafel, maar had geen zin om imitatie-insecten te maken die in de keel bleven steken van vissen die ik toch weer in de rivier teruggooide. In plaats daarvan zat ik me daar af te vragen hoe het McKenzie met Hollis Harris zou vergaan. Ik had het onverklaarbare gevoel dat hij misbruik van haar maakte, al zou ik niet kunnen zeggen op welke manier. Ze was volwassen. Ze was intelligent. Ze had levenservaring. Ze had een scherpe tong en kon op de schietbaan een groep op vijftien meter afstand in negenenhalve seconde met haar pistool overhoopschieten. Ik vroeg me af of Harris zijn software op haar had losgelaten. Misschien had hij iets gevonden wat hij kon gebruiken. Ik wist dat ze verre familieleden had die in de criminaliteit zaten. Zijn geld zat me dwars, zoals het haar ook dwarszat. Hij kon dingen huren waarvoor de meesten van ons een heel leven moesten sparen om ze te kopen. Zonder risico. Ik hoopte dat McKenzie niet een van die dingen was.

Toen het allang donker was, reed ik van Normal Heights naar La Jolla terug en parkeerde tegenover Jordan Sheehans huis. Het was een koele, heldere avond, en ik hoorde de golven van de oceaan en het blaffen van de zeeleeuwen.

Het was een rustige buurt. Een ouder echtpaar liep met een miniatuurteckel in een rode trui voorbij. Toen ze wankelend uit het zicht verdwenen, slenterde ik naar Jordans pad en plakte een strook isolatieband over het rechterachterlicht van de lichtblauwe Porsche. Ik drukte het stevig vast.

Ik had onderweg een zak taco's en een groot blik gemberlimonade gekocht, en nadat ik dat isolatieband op Squeaky Cleans achterlicht had geplakt, ging ik achteroverzitten in mijn grote Chevrolet, begon te eten en wachtte af.

Ik wist niet waar ik precies op wachtte, maar Jordan Sheehan stond in verbinding met bijna iedereen die we over de dood van Garrett Asplundh hadden ondervraagd. Ze stond via Fellowes en Mincher in contact met de politie, via Rood en Stiles met het gemeentebestuur, via Sarvonola en

Vinson met het bedrijfsleven. Via haar meisjes en hun klanten en Chupa junior had ze voeling met wat er op straat gebeurde. Ze was geen thuis-werkende beleggingsadviseur die alleen maar voor haar plezier naar feesten van prominenten ging. Ze kende precies de mensen op wie Garrett Asplundh had moeten letten, de mensen die zuiver op de graat moesten blijven en normaal moesten functioneren.

Anderhalf uur later, om een uur of acht, kwam Jordan de trap van haar huis af. Ze droeg een zonnige, gele jurk met een glimmende ceintuur en knopen die hoog genoeg eindigden om haar benen te laten zien. Daaroverheen droeg ze een zijdezachte grijze jas. Ze maakte de auto open en stapte in, en even later liet de pastelblauwe Porsche een schor gekuch horen, waarna hij achteruit het pad af kwam.

Ik liet haar bijna tot de avenue rijen, zette toen mijn lichten aan en keer-de mijn auto. Ik liet twee auto's tussen ons in rijden. Met dat isolatieband op haar achterlicht was ze gemakkelijk te volgen, en vreemd genoeg was Jordan Sheehan een brave automobiliste die ruimschoots op tijd richting aangaf.

Aan de rand van de stad nam ze de Interstate 5 in noordelijke richting. Ik bleef vier auto's achter haar en een rijbaan naast haar, mijn blik steeds gericht op die Porsche met één achterlicht. Ze nam de afslag van Lomas Santa Fe en ging toen weer naar het zuiden, eerst naar Solana Beach en toen naar Eden Gardens. Toen reed ze naar het oosten, de heuvels in en een helling op.

Er zat nu maar één auto tussen ons – godbetert zo'n hybride die op ben-zine en elektriciteit kan rijden – en ik zag dat de Porsche met vrij grote snelheid de helling op ging. Ik kon de hybride niet inhalen zonder Jordans aandacht te trekken, en de hybride kon de Porsche niet bijhouden. We waren de huizen en kantoren nu voorbij en de heuvels staken donker af tegen een nog donkerder hemel. Ver voor me uit ging ze naar rechts, en toen vlug naar links, om meteen daarop in de duisternis van de hogere canyons te verdwijnen.

Ik vloog met de Chevrolet voorbij de hybride en reed in volle vaart de hel-ling op. Ik ging naar de tweede versnelling, en toen naar de derde, en nu had de V-8 het te pakken en vrat de auto het asfalt weg. Ik kwam met de banden los in de bocht die de Porsche zo soepel had genomen en pro-beerde te accelereren zonder te veel lawaai te maken. Voor me uit zag ik niets dan de witte middenstreep van de weg en een glinstering van achter-lichten die achter de struiken op de helling verdwenen.

Ik liet me door de helling vertragen en ging weer naar de derde versnelling. Ik volgde een wijde bocht, nog steeds omhoog, en kwam toen korte tijd op een recht stuk, waarna er een bocht in de andere richting volgde. Voor me uit ving ik een glimp op van verlichte ramen en de silhouetten van gebouwen.

Squeaky Clean trapte op de rem, gaf richting aan en ging linksaf naar een brede oprijlaan met een wachthokje en een sierlijk wit hek dat de weg versperde. Het wachthokje was niet verlicht. Toen ik voorbijreed, zag ik dat ze haar arm uit het raam van de auto stak. Ik reed honderd meter door, keerde snel en reed rustig in de tweede versnelling naar het wachthokje terug.

Het hek ging net dicht en de Porsche was er al een eind voorbij. Jordan reed het complex van gigantische, fel verlichte huizen in. Ik zag de kleine auto naar rechts gaan en achter een huis ter grootte van een flinke schouwburg verdwijnen. Toen het hek weer dicht was, las ik de woorden die door het witte ijzer werden gevormd: EDEN HEIGHTS. Ik vond dat het er heel anders uitzag dan Normal Heights. De huizen waren vele malen groter en veel spectaculairder dan die in de oude buurt waar ik woonde.

Ik stopte langs het pad en deed mijn lichten uit. Twintig minuten later kwam een exotische sportwagen, zo'n ding waarbij McKenzie stond te kwijlen, in volle vaart over de weg aanrijden. Op het allerlaatste moment zwenkte hij het pad op en stopte voor het hek. Degene die achter het stuur zat, stak een hand uit het raam en schoof een wit kaartje in een elektronisch kastje dat in een leigrijze zuil was aangebracht. Muziek en een vrouwenlach schalden door de duisternis. Het hek gleed opzij en de exotische auto reed erdoorheen. Achter hem aan reed ik met mijn schuit van een Chevrolet het complex Eden Heights in.

De exotische sportwagen volgde dezelfde route als Squeaky Clean. Ik reed langzaam naar de eerste bocht. Ik had in mijn leven genoeg in tijdschriften over wonen en architectuur gebladerd om te weten dat dit het soort huizen was dat ze voor hun covers gebruikten. Alles was ontzaglijk groot en werd van benedenaf verlicht. Je zag geen hout, geen stucwerk. Alleen natuursteen, gips en glas. Majestueuze palmen deinden in de koele, zachte bries. Fonteinen sijpelden in dure tuinen. Elk huis stond op een groot perceel, een eindje van de straat vandaan, met een beplante helling ervoor. Sommige hadden hun voorkant naar de straat toe en andere naar verschillende andere kanten, als mensen die oogcontact proberen te vermijden.

Ik ging de bocht om. Nog meer discrete villa's. Aan het eind van het doodlopende straatje stond een twee verdiepingen tellende villa in Italiaanse stijl, ruimer en hoger dan de rest en van bijna vorstelijke allure. Er lag een imposante ronde oprijlaan voor, met in het midden een grote fontein die blauw verlicht water omhoogspoot. Squeaky Cleans auto stond daar dicht bij het huis. Er stonden nog meer auto's, en vier daarvan waren cabriolets. De man van de exotische sportwagen stapte uit toen ik voorbijreed. Ik herkende hem: Anthony Rood, raadslid van Wijk Negen met de ambitie om in de wetgevende vergadering van de staat Californië te komen, iemand die een zwak voor sportteams had en graag overheidsgeld aan slechte wijken mocht besteden, zodat arme mensen het zich niet konden veroorloven daar te blijven. Bovendien was hij een bijzondere vriend van minstens drie Squeaky Clean-meisjes. Er kwam nu een ander meisje van de passagiersplaats van de sportwagen. In het voorbijgaan zag ik alleen de glans van een zilverkleurige jurk.

Ik kwam aan het eind van het doodlopende weggetje, ging de bocht om en parkeerde uit het zicht van het huis. Ik zette de motor af. Achter me lag de duisternis van de heuvels en voor me lag een met struiken begroeid heuveltje waarachter ik een vaag lichtschijnsel van het huis en het terrein zag. Ik kon er niet precies met mijn Chevrolet langs rijden.

Uit de kofferbak haalde ik mijn kijker, een gebreide bivakmuts en een donker jack met POLITIE SAN DIEGO in gele letters op de rug. Ik deed de auto op slot, ging de struiken in, trok de jas aan en zette de muts op. Ik deed mijn ogen even dicht, en toen ik ze opendeed, was de nacht minder donker. Omdat het struikgewas zo stug en hoog was, en de bodem zo rotsachtig, deed ik er even over om de helling op te komen. Ik bleef staan en keek door de takken van een hoge berendruifstruik. Heel misschien keek Gina op datzelfde ogenblik ook naar de maan. Een konijn koos dat moment uit om hard weg te rennen. Ik schrok zo erg dat mijn hart ervan bonkte.

Toen ik boven aan de helling kwam, kon ik de zijkant van de villa zien. De ramen op de eerste verdieping bevonden zich voor mij op ongeveer ooghoogte. Ik keek door de kijker naar de grote patio achter het huis, waar ook een zwembad en een whirlpool waren. Daaromheen was een stijlvolle metalen omheining met sierlijke maar intimiderende speerpunten langs de bovenrand aangebracht. Een man en een vrouw zaten tot hun schouders in het bubbelende groene water en kusten elkaar innig in een wolk van opstijgende damp. Het zwembadgebouwtje was in duisternis gehuld, met alleen een zwakke verandalamp buiten. Rond het zwembad stonden koningspalmen, elk met zijn eigen lamp, als een schilderij in een museum. Tot mijn verrassing kwam er een mooie vrouw in een korte, donkere jurk en op hoge hakken uit het huis. Ze droeg een dienblad met twee glazen. Ze zette de glazen op een tafeltje bij de whirlpool en ging weer naar binnen.

Doordat er luiken voor alle ramen zaten, kon ik niet in het huis kijken. Alleen de tuindeuren waardoor Korte Donkere Jurk naar buiten was gekomen, lieten me iets zien. Ik zag een grote, schemerig verlichte kamer. Korte Donkere Jurk stond achter een bar en spoelde een longdrinkglas af. Ik zag een bank en een vloerlamp waarvan de lamp zwak brandde, een man en een vrouw die druk zaten te praten op de bank, een groot abstract schilderij aan de muur achter hen en een biljarttafel die verlicht werd door een hanglamp in Tiffanystijl. De ballen lagen klaar in de triangle, maar er speelde niemand.

Plotseling liep Jordan Sheehan de kamer in. Ze had een mobieltje tegen haar ene oor en zei iets tegen Korte Donkere Jurk. Terwijl ze weer in de telefoon praatte, liep ze langs het stel op de bank en verdween uit het zicht.

Ik ging een paar meter verder en vond een plaats waar ik kon zitten en vanwaar ik het huis kon zien. Het stel in de whirlpool kwam naakt uit het water. Ze sloegen handdoeken om zich heen, pakten hun drankjes van de tafel en liepen vlug over de patio het zwembadgebouwtje in. Ik herkende geen van beiden. Door mijn kijker zag ik hun donkere voetafdrukken op de tegels van de patio. Het licht in het zwembadgebouw ging niet aan.

Ik vroeg me af wat ik moest doen. Jordan zou minstens één uitkijkpost aan de voorkant van het huis hebben.

Ik kon om assistentie vragen, maar zodra er een stoet politiewagens kwam aanrijden, zou iedereen er meteen vandoor gaan.

Ik kon ook aankloppen en vragen of ik mocht binnenkomen. Degene die opendeed, zou met het volste recht tegen me kunnen zeggen dat het huis particulier terrein was en dat ik moest oprotten. Maar misschien lieten ze me binnen, en dan stond de wet me toe om alles te observeren wat duidelijk te zien was.

Ik kon ook het pand binnengaan op grond van mijn redelijke vermoeden dat daar een misdrijf werd gepleegd. Later zou ik dan moeten aantonen dat ik een gerede aanleiding had gehad om dat te doen. De aanwezigen zouden uiteenstuiven. Als ik snel was, kon ik er een stuk of twee aanhouden. Maar tenzij ik geld van hand tot hand zag gaan of een getuige kon vinden die zoiets had gezien, zou ik in de problemen komen bij de rechtbank. Ik zou moeten rechtvaardigen dat ik Jordan Sheehan was gevolgd.

Omdat ik in mijn eentje was, zou ik dan in moeilijkheden komen. En misschien werden er aanklachten tegen het politiekorps ingediend wegens huisvredebreuk en onrechtmatige aanhouding.

Ik kon ook een andere keer met een huiszoekingsbevel en een stuk of vijf rechercheurs terugkomen om het hele huis te doorzoeken. Maar waarschijnlijk kreeg ik geen huiszoekingsbevel op grond van wat ik had gezien: een vermoedelijke hoerenmadam die een vergunning had om als financieel adviseur op te treden, een gemeenteraadslid en zijn assistent, een vrouw met drankjes op een dienblad, twee naakte mensen die elkaar kusten in een whirlpool. Klonk dat als een bordeel?

Ik pakte mijn mobieltje en belde hoofdinspecteur Villas. Hij vond het niet leuk dat hij thuis werd gestoord, maar ik legde hem rustig uit wat ik had gedaan en wat ik nu vanuit de struiken achter de villa in Eden Heights kon zien. Hij zei dat hij de korpscommandant zou inlichten en dat ik het voorlopig voor me moest houden. Hij vroeg me of ik alleen was en zei dat ik voorzichtig moest zijn.

Ik stond op en liep om het huis heen om de voorkant te kunnen zien. Met mijn zakmes sneed ik wat takken van een wilde boekweitstruik. Toen nam ik mijn notitieboekje en ging weer zitten. Het was halftien. Een witte Volkswagen cabriolet reed het ronde pad op en parkeerde achter de sportwagen van Rood. Er stapte een roodharige vrouw uit en mijn hart ging meteen sneller kloppen. Ze had Gina's veerkrachtige rode haar en snelle manier van lopen, en gedurende een fractie van een seconde dacht ik dat ik haar zag. Maar haar huid was donkerder en ze had een voller figuur dan mijn vrouw. Toen ze de trap op ging, deed Chupa junior de voordeur open. Hij droeg een glanzend blauw pak. Ze praatten toen hij haar binnenliet. Hij keek de straat door en deed de deur dicht. Door mijn kijker zag ik het stijlvolle tralieraam in de fraaie voordeur. Chupa's kantoorraam, dacht ik. Ik maakte aantekeningen en wilde dat ik een geluidloze camera met telelens en trage sluiter had meegenomen.

Er kwamen nog meer meisjes en klanten, en ik maakte steeds aantekeningen. Tussen halftien en twee uur 's nachts kwamen er zes mannen in hun eentje en gingen er acht weg. Er kwamen nog vier Squeaky Clean-meisjes. Ze parkeerden en gingen het huis binnen. Zeven gingen weg. Onder hen bevonden zich Carrie Ann Martier en een van haar twee vriendinnen die aan de totstandkoming van Garretts seksvideo hadden meegewerkt. Om een uur of twaalf kwam Chet Fellowes in een glanzende suv aanrijden en ging naar binnen. Hij maakte een nerveuze, gretige indruk. Trey Vinson kwam om tien uur 's avonds en ging om vijf voor halftwee weg. Het verbaasde me dat hij de moed had om hierheen te komen na wat we hem eerder die dag hadden laten zien. Om halfdrie stonden er nog maar twee auto's op het pad. Jordan Sheehan kwam met haar hoge hakken in haar ene hand naar buiten, stapte in haar blauwe Porsche en reed weg. Een paar minuten later gingen de lampen in het huis een voor een uit en kwam Chupa naar buiten. Hij deed de deur op slot en liep over het pad naar een zwarte BMW. De auto ging scheef hangen door zijn gewicht. Toen hij in een werveling van witte rook de helling af reed, stampten de bastonen uit de woofer in zijn kofferbak door de nacht.

Ik ging rustig de helling af en verliet Eden Heights. Op weg naar La Jolla dacht ik aan wat ik had gezien. Ik begreep niet waarom zulke mooie jonge vrouwen tegen betaling seks hadden met mannen die getrouwd en niet erg aantrekkelijk waren. Het was niet zo dat die meisjes honger leden of straatarm waren, of op geen enkele andere manier aan geld konden komen. Kon je een knop in je hoofd omdraaien en doen alsof het niet gebeurde? Ik parkeerde dicht bij Jordans mooie huis, liep vlug over het trottoir naar haar pad en trok het isolatieband van haar achterlicht.

Toen ik thuiskwam, ging ik meteen na of Gina gebeld had, maar dat had ze niet. Wel had Rachel gebeld, om te vragen hoe het met me ging. Ze zei dat ze niets had gehoord en hoopte dat het goed met me was. Ik vertrouwde Rachel voor geen cent, maar het was aardig van haar dat ze even had gebeld.

Ik ging in onze donkere huiskamer zitten en dacht nog wat na over wat ik de afgelopen uren had gezien. Ik sloeg aan het rekenen. Als ik uitging van duizend dollar per klant die ik had geteld, minus de kortingen voor Fellowes en Vinson, hadden de Squeaky Clean-meisjes een slordige twaalfduizend dollar binnengehaald. Als Jordan Sheehan vierhonderd dollar per klant kreeg, had ze 4.800 dollar verdiend. En dat was dan alleen nog maar gebaseerd op de mannen die ik had geteld. Er waren al betalende klanten in het huis geweest voordat Squeaky Clean en ik daar aankwamen. Ik nam aan dat de dinsdag geen topdag was. Wat zou een vrijdagavond opbrengen – twee keer zoveel? Nog meer? En daar kwamen dan nog de inkomsten bij die de Squeaky Cleans binnenhaalden als ze in hun geinige glanzende cabrioletjes door de straten reden.

Omdat ik moe was, dwaalden mijn gedachten af naar kleine dingen. Hadden ze een contract met een wasserij? Werd het huis gemeubileerd verhuurd? Wat dachten de buren dat er zo laat op de avond gebeurde? Was het bordeel alleen op bepaalde avonden open?

Enkele ogenblikken bleef ik met het licht uit op mijn veranda staan en keek de koele maartse duisternis in. Ik kon voelen dat de lente eraan kwam; dat zou nu niet lang meer duren. Het leek wel of er nooit een eind aan de nacht kon komen. Ik vroeg me af hoe het met mijn ouders ging in El Cajon. Ik was blij dat ze elkaar hadden.

Een tijdje later ging ik op de bank zitten en deed *Leven en dood van Samantha Asplundh* in de dvd-speler. Ik had doodmoe moeten zijn, want ik had de afgelopen 48 uur nauwelijks geslapen, maar ik voelde me alleen maar onrustig en somber.

Ik keek naar de volwassenen die aten en dronken, en luisterde naar hun stemmen en de stem van de man met de camera: 'Geweldig feest.' Ik zag Garrett en Stella aan het midden van de tafel zitten, blij en uitbundig. En Garretts broer Sam. 'Geweldige mensen.' Het viel me onwillekeurig op dat zelfs Fellowes er slanker en beter geproportioneerd uitzag dan nu. 'Geweldig land.' Kavens dichte haar kwam omhoog in de lichte bries en zijn glimlach schitterde achter zijn grote snor.

Ik vroeg me af wie van Asplundhs feestgasten deze videobeelden had gemaakt en het commentaar had uitgesproken. Zijn stem was helder en krachtig. Ik wist dat ik die stem eerder had gehoord, maar kon hem niet thuisbrengen.

Ik keek naar de spelende kinderen en de plens van het bommetje en het water dat tegen de lens van de camera spatte. Daarna het vuurwerk en de jongen die met het sterretje rende. En toen de afschuwelijke stilte rondom de kleine kist in het gebrandschilderde licht van de kapel.

Ik keek weer naar de feestscènes. Ik had het gevoel dat me iets ontging wat toch duidelijk te zien was. Het waren maar een paar minuten in de felle julizon. Toen zag ik Garrett Asplundh weer voor me, zoals hij in zijn zwarte Explorer op zijn speciale plekje bij de Cabrillo Bridge had gezeten, terwijl het maar regende en regende.

Wat een afschuwelijk verschil hadden die negen maanden gemaakt.

Toen ik een paar uur later wakker werd, scheen de zon fel in de kamer en hoorde ik vogels zingen in de koraalboom in onze voortuin. Ik lag op de bank, met de afstandsbediening in mijn hand en een verrekte spier in mijn nek.

Ik had gedroomd dat Gina en ik een gelukkig leven leidden in een boomhut in een bos in Saskatchewan. De hut was bijna in de top van de hoogste boom gebouwd en was aan alle vier de kanten open. Het was een kleine hut met de geur van het woud, en je keek uit over honderden kilometers bos. Zelfs in de droom wist ik dat ik nooit in Saskatchewan was geweest; dat maakte ons leven daar des te kostbaarder en tijdelijker. We hadden bladblazers om de dennennaalden van de vloer te verwijderen en we konden die blazers ook achterwaarts tussen onze benen door richten en er gewoon op zitten, waarna we de lucht in sprongen en konden vliegen. De blazers maakten niet veel geluid, en ze verspreidden de geur van kaneel in plaats van benzinedamp. Als Gina vloog, lachte ze en waaide haar jurk op, en dan probeerde ik haar te pakken te krijgen, maar dat lukte me niet. Ik weet niet hoe de droom afliep.

Ik keek weer in haar kast, maar werd niet verrast door wat ik daar aantrof. Ik bekeek mezelf in de spiegel van de badkamer en wilde dat ik iemand anders was.

19

Garrett Asplundh werd op woensdagmorgen begraven, een week nadat hij was vermoord. Door de begrafenis was ik weer blij om mezelf te zijn. Ik voelde me egoïstisch en gevoelloos omdat ik de vorige avond zo pessimistisch was geweest.

De herdenkingsdienst was kort. Stella, die met haar ouders en Sam Asplundh kwam, sprak de aanwezigen niet toe. Garretts moeder, die al lang weduwe was, hield zich op de achtergrond. Er waren meer dan twintig leden van het politiekorps, onder wie de commandant zelf. De dienst Ethiek verscheen massaal – van de directeur tot en met Asplundhs mede-onderzoekers. Zelfs Arliss Buntz was er, in een zwarte jurk en een trui die ooit groen was geweest.

John Van Flyke hield een roerende toespraak over Garrett, vooral wanneer je bedacht dat Van Flyke een arrogante, humorloze persoonlijkheid had. Hij zei dat Garrett, zoals veel geweldige mensen, grote vreugde en groot verdriet had gekend. Hij had duisternis en licht gezien. Hij had talloze verleidingen overwonnen om op het rechte pad te kunnen blijven. Hij had geloofd in de kracht van het goede. Hij had begrepen hoe snel je leven kan veranderen. 'Hij was een geweldige man.' Van Flykes stem trilde toen hij dat zei, en dus zei hij het nog een keer: 'Garrett Asplundh was een geweldige man.' Het duurde even voor ik besefte dat ik zijn stem nog maar een paar uur eerder had gehoord: 'Geweldig feest, geweldige mensen, geweldig land.' Ik besefte nu pas hoe nauw zijn band met Garrett was geweest.

Van Flyke zei dat Garrett Asplundh de nagedachtenis van zijn dochter, een rouwende echtgenote en veel goede vrienden achterliet, en dat degene die voor zijn dood verantwoordelijk was, op aarde eens gestraft zou worden en eeuwig in de hel zou boeten.

De predikant huiverde subtiel bij die laatste woorden, maar hij zei een krachtig gebed voor de zielen van de doden en de levenden en voor vergeving in de naam van Jezus Christus, amen.

Stella verborg zich achter een zonnebril en steunde op Sams arm. Haar haar was strak naar achteren getrokken en ze zei niet veel. Ik vroeg me af of ze ooit van dit alles zou herstellen, en hoe lang dat zou duren. Het verlies van een dochter en een man binnen één jaar leek me een beproeving die bijna niet te overwinnen was.

De gelijkenis tussen Garrett en Samuel viel me weer op. Volgens de informatie die we van Hollis Harris hadden gekregen, was Samuel drie jaar ouder. Hij was ook een beetje groter en zwaarder, als ik kon afgaan op wat ik me van Garrett herinnerde. Maar Samuel zag er net zo verzorgd uit, met donkere trekken en dezelfde expressieve ogen als zijn broer. Ik vroeg me af waarom hij het aantrekkelijke blondje van het feest op 4 juli niet bij zich had.

Erik Kaven, directeur van de dienst Ethiek, was er ook, met druipsnor en doorgroefd gezicht, zijn ogen strak gericht op iedereen om hem heen.

De burgemeester, de brandweercommandant en vijf van de negen gemeenteraadsleden waren allemaal aanwezig.

Jordan Sheehan kwam laat. Ze bleef enigszins rechts van de aanwezigen staan en ging vroeg weg.

Carrie Ann Martier deed hetzelfde, maar ze ging helemaal aan de andere kant staan, dus links. Ze begroetten elkaar niet.

Hoofdinspecteur Sutherland, die me namens Professionele Normen had ondervraagd, was gekomen, evenals functionarissen van die eenheid die ik nauwelijks kende, Garretts vroegere collega's. Hoofdinspecteur Villas was er natuurlijk ook. Hoofdinspecteur Fellowes van Zeden keek me merkwaardig joviaal aan toen hij me voorbijliep.

Abel Sarvonola, de voorzitter van de begrotingscommissie, net terug uit Las Vegas, bewoog zich door de menigte met zijn gebruikelijke entourage van wat het ook maar waren: adviseurs, lijfwachten, hielenlikkers. Hij was minstens midden tachtig en zag daar ook naar uit. Zijn pak hing slap om hem heen, maar zijn ogen waren nog scherp en hij had een verrassend krachtige handdruk.

'Ik ben bedroefd en kwaad tegelijk,' zei hij. 'We kunnen het ons niet veroorloven de goede mensen te verliezen.'

'Ik ben ook kwaad,' zei ik. 'Garrett heeft over u gesproken.'

Hij knipperde. Zijn donkere ogen glinsterden en hij glimlachte. 'Ik wist helemaal niet dat hij aan me dacht. We moeten eens praten.'

'We hebben vanmiddag een afspraak,' merkte ik op.

'Uiteraard.'

Hij schudde McKenzies hand en keek haar recht in de ogen.

Gemeenteraadslid Tony Rood had ook kans gezien om te komen. Hij keek voldaan en boetvaardig, precies zoals je zou verwachten van iemand die net uit een bordeel komt. Zijn assistent Steve Stiles, de man die meisjes sloeg, kwam met hem mee, kaarsrecht en met een dikke nek.

Ik stond met McKenzie, Hollis Harris en April Holly in de schaduw van een den.

Harris wist blijkbaar niet goed hoe hij zich tegenover McKenzie en mij moest gedragen. Dat hebben mensen soms als ze politie om zich heen hebben. Zijn formele houding tegenover ons was tegelijk wellevend en geforceerd, vooral wat McKenzie betrof. Aan de manier waarop hij haar aankeek, zag ik dat hij door haar gefascineerd werd. Altijd interessant wat je in iemands ogen kunt zien. Maar hij sloeg zijn arm niet om haar heen en pakte haar hand niet vast, al fluisterde hij wel iets in haar oor.

McKenzie had het ook te pakken. Ze hield het veel beter verborgen dan Harris, maar ik kon het zien. Haar hele houding was anders en haar huid straalde meer. Het was mooi om te zien dat die twee zich zo sterk tot elkaar aangetrokken voelden.

Ik dacht aan Gina met het soort verlangen dat weet dat het niet bevredigd kan worden.

Ik wil dat je je mij herinnert zoals ik vannacht was.

Ik begon het gevoel te krijgen dat ik haar niets te bieden had om haar naar me terug te laten komen.

April zag er goed uit en leek ouder dan haar achttien jaar. Ze maakte een gezonde, onschuldige indruk en ik zag weer de waarde van wat Squeaky Clean van haar had geprobeerd te kopen, maar wat Garrett haar had laten houden. Ik vroeg me af waarom de wereld zo graag gezondheid en onschuld tot zich wilde nemen. Toen April de overledene de laatste eer bewees, vroeg ik me af of Stella wist dat April in het geheime appartement van haar man woonde. Ik nam me voor om dat uit te zoeken. Garretts vrouwen, dacht ik. Hij had oog voor schoonheid.

Aan het eind van de dienst zag Stella er iets beter uit dan op de dag dat we haar over Garretts dood hadden verteld. Er stond een zekere vastberadenheid op haar gezicht te lezen. Enkele minuten werd ze omringd door een groep vrouwen van haar leeftijd, en ze praatten en raakten elkaar geruststellend aan. Ze kwamen me bekend voor en toen wist ik ook waarom: het waren de kampioenen synchroonzwemmen op de Pan Am Games van 1983.

Toen ik raadslid Rood en zijn assistent Stiles met Sarvonola en zijn mensen zag praten, vroeg ik me af of Stiles het lef had om Garrett te vermoorden en daarna Jordans oorbel in de Explorer te gooien om ons te misleiden. Hij had wel iets agressiefs, met zijn forse postuur, zijn modieuze ultralichte zonnebril en de gel in zijn achterovergekamde haar. Ik had inlichtingen ingewonnen bij een raadslidassistente die ik kende en vertrouwde, en die had me verteld dat Stiles erg graag zelf een ambt wilde bekleden en in het onderwijsbestuur zat in het district waar zijn dochter naar school ging. Ze zei dat Rood in de wetgevende vergadering van Californië gekozen wilde worden, en dat Stiles een begerig oog had geworpen op de zetel die Rood dan in de gemeenteraad zou achterlaten. Dat kwam mooi uit, dacht ik. Ik herinnerde mezelf eraan dat als van alle mannen die op Garretts video voorkwamen iemand wist dat hij was opgenomen, het Stiles wel was. Garrett had hem in elk geval benaderd. Al zijn politieke ambities konden door dat ene dunne schijfje of door die ene beëdigde verklaring van Carrie Ann Martier worden verpletterd. Maar wat zou Stiles er in dat stadium mee opschieten als hij Garrett vermoordde? Garrett had hem al weken eerder te pakken gekregen. Stiles had zich verontschuldigd en een forse boete betaald voor zijn vergrijpen. Ik kon me voorstellen dat Stiles zich woedend en hulpeloos voelde, gevangen in zijn eigen web, maar ik kon me nog steeds niet voorstellen dat hij de trekker van Carl Herberts pistool had overgehaald.

McKenzie ging met Harris weg. April Holly bleef nog een tijdje bij me staan en liep toen achter een rij graven langs om afscheid van Stella te nemen. Ze reed in haar eentje weg in een hippe, gele coupé die ze aan Garrett Asplundh te danken had.

Ik leunde tegen een boom en zag John Van Flyke aan de andere kant van het graf tegen zijn eigen boom geleund staan. Hij keek naar de aanwezigen, net als ik. Hij zag er moe uit. Kaven was allang vertrokken.

Ik wilde zelf ook weggaan, toen een slanke jongeman met een donkere zonnebril over het gras naar me toe kwam lopen. Hij had donker haar en droeg een pak dat blijkbaar voor hem was gemaakt. Hij was in zijn eentje naar de begrafenis gekomen en ik had hem een paar keer naar McKenzie en mij zien kijken. Hij bleef voor me staan, zette de zonnebril af en keek me recht in de ogen.

'Ik ben Sanji Moussaraf.'

'Van de rode Ferrari.'

'Mijn auto stond met pech langs de weg op de avond dat meneer Asplundh werd vermoord. Ik heb de politie gebeld. Bent u rechercheur Brownlaw?'

'Ja.'

'Ik herken u van het brandende hotel,' zei hij. 'Ik heb het artikel in de krant over meneer Asplundh gezien en besloot hierheen te gaan om met u te praten.'

'U had beter wat eerder kunnen komen.'

'Ik had niet de moed.'

Hij was erg jong – negentien of twintig. Ik zag oprechtheid in zijn ogen, en ook een beetje angst.

'Laten we een eindje gaan lopen, meneer Moussaraf. Dan kunt u me vertellen wat u hebt gezien.'

Sanji Moussaraf sprak een enigszins formeel Engels met een accent. Hij vertelde me dat zijn auto het op de 163 plotseling had laten afweten en dat hij hem nog naar de kant van de weg had kunnen rijden. Het leek of hij geen benzine meer had, al had hij de tank die ochtend nog volgegooid. Hij had al eerder problemen met het brandstoffilter gehad en toen was de auto er ook opeens mee opgehouden. Het was ongeveer tien over halfnegen in de avond. Het regende. Hij belde met zijn mobieltje naar de Automobile Club. Ze zeiden dat er binnen een halfuur een wagen zou komen. Hij stapte uit en trok de motorkap van zijn auto omhoog, maar kon niet veel zien.

Er kwamen geen gekleurde figuren uit Sanji's mond.

We liepen over de smalle, bochtige weg die over de begraafplaats leidde. De onderhoudsmensen haalden bloemen van de graven, en dat was jammer, want veel van die bloemen waren nog lang niet verwelkt. Ik vroeg me af of ze wel eens een mooi bloemstukje meenamen om aan iemand te geven.

'En dus ging ik weer in de auto zitten en wachtte op de Automobile Club,' zei Moussaraf. 'En toen ik daar zat, zag ik een auto over de helling naar beneden rijden. Het was een zwarte suv. Hij reed langzaam. Toen hij beneden was, deed de bestuurder het licht uit en zette de motor af. Die auto stond ongeveer vijftig meter van me vandaan. Er waren bomen met laaghangende takken en daardoor kon ik het niet goed zien. Vijf minuten later kwam er nog een auto de helling af. Hij reed ook langzaam en stopte naast de zwarte suv. Het was een witte Hummer. Hij zag er nieuw uit. Het chroom glansde. Er zat geen nummerbord aan de voorkant. Ik dacht dat er een tijdelijk kenteken op de voorruit geplakt zat, maar dat kan ook iets anders geweest zijn. Toen gingen de koplampen uit.'

Ik was teleurgesteld, want ik had gehoopt dat deze oplettende jongeman minstens een deel van een autonummer had onthouden. Met een tijdelijk kenteken op de voorruit kwamen we niet veel verder, al zouden Hummerdealers in San Diego en omgeving ons iets over hun recente verkopen kunnen vertellen.

'Ik bleef daar een paar minuten zitten,' zei Moussaraf. 'Het ging harder regenen. De regen trommelde op het dak van mijn auto. Ik keek naar de twee auto's die samen in het gras stonden. Omdat ze enigszins achter me stonden, moest ik me omdraaien om ze te zien. Die bomen stonden tussen ons in. Ik zag een oranje lichtflits in de eerste suv. Het was een felle flits. Het was ook meteen voorbij, een flits zo dun en lang als een vallende ster. Horizontaal. Ik dacht meteen dat er iemand met een vuurwapen had geschoten.'

Ik keek Sanji aan. Er zweefden gele driehoekjes tussen ons in. Die zijn een teken van angst. De meesten mensen zouden bang zijn als ze aan een schot terugdachten.

'Hebt u de schutter gezien?'

'Even later zag ik het silhouet van een man tussen de auto's bewegen. Hij droeg donkere kleren. Hij was erg moeilijk te zien.'

'Weet u zeker dat het een man was?'

Sanji knikte. 'Bijna zeker.'

'Waar schoot hij vandaan?'

Sanji fronste zijn wenkbrauwen. 'Dat weet ik niet zeker. De flits kwam van de passagierskant. Misschien zat de schutter daar. Misschien stond hij buiten de auto en boog hij zich naar binnen. Ik denk dat de flits van de passagierskant naar de bestuurderskant ging, maar daar kan ik me in vergissen. Het ging erg snel.'

'Hoorde u een knal?' vroeg ik.

'Het verkeer op de weg maakte veel lawaai. En de regen roffelde op het dak van mijn auto. Maar ik meende iets uit de richting van de geparkeerde auto's te horen. Een gedempte knal.'

'Wat gebeurde er toen?'

'Ik bleef kijken. Door de regen, de takken en het donker kon ik niet veel zien. Toen zag ik het silhouet van die man tussen de auto's lopen. En daarna reed de witte Hummer achteruit de helling op. Blijkbaar verloren de banden even hun grip op het natte gras, maar toen kwam hij heel langzaam boven aan de helling en verdween daaroverheen. De koplampen waren nog uit.'

Weer die gele driehoekjes.

'Hoeveel tijd zat er tussen de flits en het moment waarop u de man van de ene naar de andere auto zag lopen?'

'Tien seconden.'

Ik vroeg me af waarom een schutter zo lang zou wachten. Iedere schutter die ik ooit heb gekend, zou meteen in zijn eigen auto zijn gesprongen en als de gesmeerde bliksem die helling op zijn gereden. Een oorbel naar binnen gooien om de recherche op het verkeerde been te zetten? Vingerafdrukken afvegen?

'Toen u hem had gezien, hoeveel tijd verstreek er toen totdat de Hummer achteruit de helling op ging?'

Sanji Moussaraf veegde over zijn voorhoofd met een lichtblauwe zakdoek die bij zijn das paste. 'Misschien vijf seconden. Genoeg tijd om de motor te starten en te schakelen. Niet lang.'

We bereikten het hoogste punt van een lichte glooiing en deden er het zwijgen toe. De begraafplaats strekte zich nog een heel eind uit en het onderhoudspersoneel pakte de bloemen op en gooide ze in een pick-uptruck, als rommel die na een sportevenement was achtergebleven. In deze zee van gras en steen leken de Asplundh-rouwenden klein, zwart en onbeduidend. Van Flyke was van zijn boom vandaan gegaan en stond nu bij Sam en Stella en haar ouders. De ochtendwolken hingen laag over ons heen, in verschillende schakeringen grijs.

'Zodra ik de flits zag, keek ik op mijn horloge,' zei Sanji. 'Het was precies acht uur tweeënvijftig. Ik heb een Rolex en die is erg nauwkeurig. Toen de Hummer weg was, wachtte ik even. Toen stapte ik uit mijn auto. Ik klom over het hek. Er was daar een greppel vol water en ik sprong eroverheen. Ik ging naar de SUV en zag dat de ruit gebroken was. Er zat een man achter het stuur. Hij bewoog niet. Het was erg bloederig. Ik rende naar het hek en klom er weer overheen. Ik haalde mijn hand open aan het draadgaas. Ik stapte weer in mijn auto en probeerde de motor weer, maar hij wilde niet starten. Ik dacht na over wat ik had gezien. De sleepwagen bracht mijn auto naar een garage. De chauffeur gaf me een lift en ik ging met een taxi naar huis.'

Hij liet me een kleine rijtwond op de wijsvinger van zijn rechterhand zien. We liepen terug naar de rouwenden en Garrett Asplundhs pasgedolven graf.

'Maar u belde pas na drie uur die nacht,' zei ik. 'Dat is meer dan zes uur later.'

Hij keek me weer aan en zuchtte. 'Ik weet dat ik niet had moeten wachten.'

'Waarom deed u dat dan?'

'Toen ik thuiskwam,' zei Moussaraf, 'bleef ik lang op. Ik dronk koffie en dacht aan de immigratiegevangenis waar ze me na de aanslag op 11 september hadden opgesloten. Die heet de CCA omdat het een particuliere gevangenis is van een bedrijf dat Corrections Corporation of America

202

heet. Ik heb daar zestig dagen gezeten, zonder aanklacht, zonder advocaat, zonder dat ik iemand mocht bellen en zonder dat me iets over mijn situatie of mijn toekomst werd verteld. Zestig dagen, zonder lichaamsbeweging, zonder zon, zonder contact met mijn familie of vrienden. Mijn studentenvisum was geldig en legaal. Ik dacht aan de achterdocht en minachting van de mannen die me over de terroristen in San Diego hadden ondervraagd. Ik was vijftien en mijn misdaad was dat ik naar dezelfde moskee ging als een van de zelfmoordkapers.'

Een stroom van gele driehoekjes zweefde aan me voorbij en verdween.

'Hebt u hem gekend, die kaper?'

'Nee. Ik had hem precies één keer ontmoet. Maar mijn naam en telefoonnummer stonden in zijn adresboekje. Ik herinner me dat hij zwijgzaam was en geen gevoel voor humor had. Hij vroeg me om geld voor een humanitair hulpverleningsproject in Afghanistan. Ik weigerde. U kunt zich wel voorstellen hoe achterdochtig de Amerikaanse overheid zou zijn, gezien de economische macht van mijn familie in Saudi-Arabië. Er ging die nacht veel door mijn hoofd. Toen stapte ik naar een telefooncel en belde de politie.'

'Hebt u de berichten in de kranten gevolgd?'

Hij knikte. 'Ik besefte dat ik met u moest gaan praten. Misschien had u iets aan de dingen die ik heb gezien. En brigadier Waimrin zei dat ik u kon vertrouwen.'

'Beter laat dan nooit,' zei ik.

'Ja. Ik ben nu derdejaars aan de San Diego State University. Ik heb een Amerikaanse vriendin, al weet ik dat ik van mijn familie niet met haar mag trouwen. Ik heb veel vrienden hier in San Diego. Ik wilde dat allemaal niet op het spel zetten.'

We liepen nog steeds in de richting van de anderen. Er waren nog maar een paar mensen over. Blijkbaar was dit een begraafplaats waar ze de kist pas echt begroeven als iedereen weg was. De grafdelvers zaten een paar meter van het graf vandaan op hun graafmachientjes. Ze rookten en wachtten. Ik zag dat Van Flyke het portier van de limousine voor Stella, haar ouders en Sam openhield, en het toen dichtdeed en naar zijn eigen auto terugliep.

'Nog één ding,' zei Sanji. 'Toen ik bij de werkplaats op mijn taxi wachtte, zag ik een nieuwe witte Hummer over Kettner Boulevard rijden. Er zat iets op de voorruit, waarschijnlijk een tijdelijk kenteken. Ik kan niet zeggen dat het dezelfde auto was. Misschien is het toeval, misschien niet.'

'Hoe zag de bestuurder eruit?'

'Dat kon ik niet zien, want de ramen waren donker. Maar er zat modder op de onderkant van de wagen.'

'Alsof hij achteruit een helling op was gereden.'

'Precies.'

'Hoe laat?'

'Negen uur vierenveertig.'

'In welke richting reed hij over Kettner Boulevard?'

'Naar het noorden, richting vliegveld.'

Sanji haalde een kleine papieren zak uit zijn jas. Die zak was een keer opgevouwen en vertoonde gladgestreken kreukels. 'Toen de witte Hummer voor het stoplicht moest wachten, deed de bestuurder zijn raampje open en gooide dit naar buiten. Jammer genoeg reed er een auto overheen voordat ik erbij kon komen.'

Hij gaf me het zakje en ik maakte het open. Er zat een platgedrukt kartonnen Higher Grounds-koffiebekertje in, het kleine formaat, compleet met de kartonnen ring die voorkomt dat je je vingers brandt. Het plastic dekseltje lag bovenop, geplet en gescheurd, met koffievlekken rond de openingen.

'Misschien kunt u hier DNA op vinden,' zei Sanji.

'Misschien. En vingerafdrukken op het deksel, als we geluk hebben.'

20

Het zwembad waarin Samantha Asplundh is verdronken, is klein en ziet er onschuldig uit. Het is rechthoekig, is voorzien van blauwe tegels boven de waterlijn en wordt overschaduwd door twee grote dennen die hun naalden op het terras laten vallen, maar een aangename geur verspreiden. Het vroegere huis van de Asplundhs staat in de buurt van La Mesa. Dat is ten oosten van San Diego en het wordt er 's zomers warm. De achtertuin is besloten en schaduwrijk, en bezit daardoor een zekere charme. Die tuin ligt lager dan het huis en daar iets naast, bijna aan het oog onttrokken door een oleanderhaag die roze bloeit tegen de achtergrond van het donkere hout waarmee de muur is bedekt. Maar die beslotenheid is ook medeschuldig aan het verschrikkelijke dat hier gebeurd is. De huizen van de buren staan een stukje verderop en worden van de tuin gescheiden door grote, hellende gazons achter omheiningen van draadgaas of hout, alsof ze niet te dicht bij die tragische plaats willen komen.

Toen ik daar kwam aanrijden, stond er een bord met TE KOOP in de voortuin. Het huis was nu eigendom van Owen James, die tandarts was. Zijn vrouw Cindy had me een sleutel van het hangslot gegeven, zodat ik bij het zwembad kon komen.

Zij en twee kleine kinderen sloegen me vanuit het huis gade toen ik door de nieuwe draadgazen omheining van het zwembad keek. Die omheining was tweeënhalve meter hoog en zag er nogal institutioneel uit voor zo'n huiselijke omgeving. De bobbelige afdekking van het zwembad was bezaaid met dennennaalden. Het filter gonsde en ik hoorde het slurpende geluid van het water dat erdoorheen ging.

Het kostte me geen moeite om me de familie Asplundh in die tuin voor te stellen. De tuin zag er nog ongeveer zo uit als op de videofilm die op 4 juli van het jaar daarvoor was gemaakt. Ik maakte een paar foto's met de digitale camera die ik om mijn hals had hangen.

Ik draaide me om, zwaaide naar de kinderen van de tandarts, maakte toen het slot open en ging door het hek naar binnen. Ik liep langzaam rond en probeerde een tijdje op elk van de plaatsen te gaan staan van waaraf de video van het feest op 4 juli was gemaakt. Ik maakte foto's vanuit elk van die posities. Ik wist niet waar ik naar zocht, al wilde ik wel een duidelijker beeld krijgen van wat er die dag was gebeurd. En ik wilde ook eer bewijzen aan een klein meisje dat ik nooit had gekend en wier vader ik zojuist had helpen begraven. Toch was er nog iets meer. Ik wilde de plaats zien om dezelfde reden waarom ik steeds weer naar de zwembadscènes uit *Leven en dood van Samantha Asplundh* wilde kijken: omdat ik het gevoel had dat me iets ontging.

Ik stond op de plaats waar de picknicktafel had gestaan en maakte foto's van het zwembad en het huis. Ik dacht aan de stem van John Van Flyke toen hij daar aan het filmen was. 'Geweldig feest'. Ik stelde me de rode, witte en blauwe linten voor die aan de paradijsvogelbloemen en hortensia's waren gebonden. 'Geweldige mensen'. Ik stelde me de kinderen voor die in het zwembad aan het spetteren waren. 'Geweldig land'.

Ik hoorde het hek opengaan en zag mevrouw James over het terras naar me toe lopen. Ze was fors en royaal geproportioneerd, en straalde gezondheid en vitaliteit uit. Het was rond de middag en de maartse zon scheen krachtig. Ze kneep haar ogen half dicht en hield haar vlakke hand erboven.

'We zijn ontzet door wat er met meneer Asplundh is gebeurd,' zei mevrouw James.

Ik keek achterom naar het huis en probeerde in te schatten welk deel van het zwembad zichtbaar was voor iemand die binnen stond. Er waren veel ramen, maar de meeste bevonden zich achter de oleanderhaag of de grote dennen. Ik dacht aan Garrett in een ander deel van het huis, waar hij aan het afwassen was en video-opnamen maakte van het vuurwerk buiten, terwijl de kleine Samantha door het woud van volwassenenbenen heen glipte om haar vader te zoeken. Ik zag het pad waarover ze was gekomen en stelde me voor waar ze was blijven staan, omdat haar aandacht door het glinsterende zwembad was getrokken, of misschien door haar favoriete pop die in het warme, verwelkomende water dreef.

'Is er licht in het zwembad?' vroeg ik.

'Ja,' zei mevrouw James. 'Het wordt helemaal verlicht. Hoezo?'

'Toen Samantha was verdronken, lagen haar pop en de zwembadveger in het water. Sommige mensen dachten dat ze in het water was gevallen doordat ze had geprobeerd de pop eruit te halen.'

'Door het licht zou die pop aan de oppervlakte te zien zijn,' zei mevrouw James.

Ik stelde me de drijvende pop voor, van onderaf verlicht. Ik vroeg me af waarom hij, als hij al een tijdje had gedreven, niet naar de rand was gegaan, zoals de meeste drijvende voorwerpen doen. In dat geval had Samantha alleen maar hoeven neer te knielen om hem te pakken; dan had ze de veger niet nodig gehad en had ze niet in het water hoeven te vallen. Maar blijkbaar had de pop op enige afstand van de rand gedreven. Weer een van de vele kleine dingen die op die avond die tragedie hadden veroorzaakt.

'Bent u hier voor Samantha of voor Garrett?' vroeg ze.

'Voor ongeveer alles,' zei ik.

Cynthia James sloeg haar armen over elkaar en ging een stap achteruit.

'U hebt het zwembad niet gebruikt, hè?' vroeg ik.

'Nee. Het is nog niet warm genoeg. We zijn hier pas in december komen wonen.'

'Verkoopt u het huis omdat het u dwarszit?'

Ze knikte. 'Voordat we het kochten, zei ik tegen Owen dat ik er nooit aan zou kunnen wennen. Hij zit er niet mee. De kinderen zitten er niet mee. Ik heb erg mijn best gedaan, maar ik zit erg met wat hier gebeurd is. Voordat we hier gingen wonen, heb ik het hek van anderhalve meter laten vervangen door een hek van tweeënhalve meter. Ik heb de sleutel van dat slot verstopt. Er zit een erg luidruchtig alarm op dat hek. Mijn kinderen mogen het hek of het slot niet aanraken. En toch heb ik nog nachtmerries. Toen meneer Asplundh werd vermoord, gaf Owen eindelijk toe. We hebben het maandag te koop gezet en er is al twee keer een bod op gedaan. Ik ben opgelucht. Ik kan bijna niet wachten tot ik hier weg ben. Dit is een ongelukshuis. De buurjongen valt mijn kinderen lastig. Mag ik alstublieft de sleutel terug?'

Ik gaf hem aan haar.

'Wilt u het slot goed dichtdoen als u weggaat?' zei ze.

Ik bedankte haar, in de wetenschap dat ze het slot zou controleren als ik weg was. Ik keek op naar het raam, maar de kinderen waren weg. Ik liep langs het zwembad. Een spotvogel daagde me uit in een van de grote dennen. Ik maakte een foto van hem en hij hield op. Hoog boven de spotvogel beschreef een gier een lome zwarte cirkel in de blauwe lucht.

Ik keek naar een jonge tienerjongen die door de tuin van de buren klauterde en zich dicht tegen de draadgazen omheining drukte die de scheiding tussen de percelen vormde. Het grootste deel van die omheining was begroeid met jasmijn, maar de jongen had een plek tussen de geurige witte bloemen gevonden of uitgesleten. Hij droeg alleen een rode zwembroek. En daar stond hij met zijn grote oren, ineengedoken en stuntelig.

'Wie ben jij?' vroeg hij.

207

'Ik ben Robbie.'

'Wat doe je?'

'Ik maak een paar foto's. En jij?'

'Daar is het gebeurd. Samantha is verdronken.'

'Ja,' zei ik. 'Hoe heet je?'

'Jeremiah.'

'Was je die avond thuis?' vroeg ik.

'Ja.'

'Iets gezien?'

'Het vuurwerk was heel erg mooi.'

Ik keek om naar het vroegere huis van de Asplundhs, waarboven het vuur-werk te zien zou zijn geweest, en besefte dat Jeremiah het vanaf zo onge-veer elke plek in zijn eigen achtertuin goed had kunnen zien.

'Waar stond je te kijken?' vroeg ik.

'Daar achter. Ik mocht van mijn moeder niet dichterbij komen.'

'Heb je Samantha gezien?'

'Ze was heel leuk.'

'Jeremiah!'

Hij kromp ineen en draaide zich om. Ik zag de duidelijk scheve krom-ming van zijn wervelkolom onder zijn huid. Toen keek hij me weer met doffe ergernis aan. Een kleine vrouw stond in de schuifpui van het huis. Ze liep over de patio naar ons toe.

'Ik moet weg,' zei hij.

'Heb je haar in het zwembad zien vallen, Jeremiah?'

'Jeremiah!'

'Nee. Ik moest naar bed. Ik vond dat vuurwerk hartstikke tof, maar ik moest naar bed. Mijn moeder stopte me in bed voordat het voorbij was. Later hoorde ik sirenes.'

De vrouw kwam over het afhellende gazon, haar handen op haar heupen, haar hoofd schuin.

'Jeremiah, het is tijd voor je dutje.'

'Ja. Dit is Robbie.'

'Mevrouw,' zei ik.

'Heb je weer over Samantha gepraat, Jeremiah?' zei de vrouw.

'Nee.'

'Hij heeft niets gezien en hij weet niets, en als jullie verzekeringsdetectives of journalisten of weet-ik-veel nog één keer komen snuffelen, bel ik de politie.'

'Ik ben van de politie.'

Jeremiah grijnsde toen ze hem van de omheining vandaan en in de richting van het huis duwde. Hij liep met zijn kromme rug en o-benen de helling op. Ik zag geen enkele verlegenheid bij hem. Blijkbaar waren zijn botten bij de geboorte samengesmolten en daarna scheef gegroeid.

'Neem me niet kwalijk,' zei de vrouw. 'Ik ben zijn moeder. Het was afschuwelijk. Jeremiah mocht dat kleine meisje erg graag en hij kan haar niet vergeten, wat met maar weinig dingen gebeurt. Zoals u hebt gemerkt, is hij zwakbegaafd.'

'U hoeft u niet te verontschuldigen,' zei ik.

'Hij heeft haar niet zien verdrinken. Niemand van ons heeft dat gezien. Allebei haar ouders dachten dat ze bij de ander was. Vermoedt u kwade opzet?'

'Nee.'

'Nou, tot ziens dan. En wilt u Jeremiah niet ondervragen? Hij lag in bed toen het gebeurde. Dat is het enige wat we kunnen doen om hem op een gezonde manier bij zijn positieven te houden.'

Ze stak haar hand op, draaide zich om en liep weg.

Ik maakte nog een paar foto's, deed het hek op slot, trok het slot drie keer hard dicht en ging weg.

21

Abel Sarvonola kwam langzaam uit zijn stoel en schudde eerst McKenzies hand en toen de mijne. Zijn huid was koel en hij had een kromme rug, maar zijn ogen schitterden vorsend. Zijn haar was wit, met kamsporen die met wax waren verstevigd. Hij droeg hetzelfde ruime zwarte pak dat hij een paar uur eerder op de begrafenis had gedragen.

'Gaat u zitten,' zei hij.

Terwijl hij zich stijfjes in zijn stoel liet zakken, kwam zijn receptioniste koffie en mineraalwater brengen. Sarvonola glimlachte naar haar, maar zei niets toen ze de dranken neerzette en de deur achter zich dichtdeed. Hij had grote, gele tanden.

We wisselden beleefdheden uit over de begrafenis, het weer en het voorrecht om in San Diego te mogen wonen.

'Ik weet dat Garrett een hekel had aan mijn beleid,' zei hij plotseling. 'We waren het niet eens over de manier waarop bepaalde dingen moesten gebeuren. Hij wilde meer geld voor Ethiek, maar we gaven hem alles wat we hem gezien de omstandigheden konden geven.'

'In zijn notities schreef hij over die onenigheid,' zei ik.

Sarvonola knikte en keek ons een voor een aan. Hij had het geduld van iemand die het gewend was dat er naar hem werd geluisterd.

'En ik weet ook van al die sekstoestanden die hij heeft opgenomen: Fellowes, Mincher, Rood en die klootzak van een Stiles – alles. Zelfs ons vriendje de kredietbeoordelaar uit New York. Garrett zat op de plaats waar u nu zit en hij liet me wat hoogtepunten zien. Toen ik dat zag, wilde ik dat ik weer jong was. Hij vroeg me wat ik vond dat hij ermee moest doen. Dat stelde ik in Garrett op prijs: je kon met hem praten. Hij vond het belangrijk wat je dacht.'

Het was interessant dat Sarvonola ons over de seksvideo's vertelde voordat wij er ook maar over waren begonnen. Hoe wist hij dat we ze hadden gezien?

'Wat was uw advies?' vroeg ik.

'Ik zei dat we de hoerenlopers eerst bij elkaar moesten halen om hun de video te laten zien. Dan konden we tegen ze zeggen dat we dat soort dingen niet konden hebben en dat ze ontslagen werden als ze het nog een keer deden. Einde discussie. En als ze protesteerden, konden we dreigen dat we de *Union-Tribune* zouden vertellen waarom ze ontslagen waren. Gelooft u me: dan zouden ze zich wel koest houden. Daarna konden we dat schijfje in stukken breken en door de dichtstbijzijnde plee spoelen, en die is hier de deur uit tien stappen de gang door.'

'Dat wilde Garrett niet,' zei McKenzie. 'Hij wilde vast meer dan hun alleen maar een tik op de vingers geven.'

'Ja,' zei Sarvonola. 'We waren het er helemaal niet over eens waar deze stad behoefte aan had. En dat was ook wel te verwachten van een ethiek-onderzoeker als Garrett en een beleidsmaker als ik. Garrett wilde een juri-dische oplossing: tenlasteleggingen, rechtszittingen, koppen die rolden. Ik kan me dat wel voorstellen. Er zit logica in en de schuldigen zouden hun verdiende loon krijgen. Maar het zou onze stad wel door het slijk halen. Het zou ons honderdduizenden dollars kosten om die mannen te vervol-gen, het zou een smet werpen op het beeld dat de wereld van onze stad heeft, en het zou de stroom dollars vertragen die ons levend, gezond en blij houdt. Het zou de deur openzetten voor regulering door de staat Californië of de federale overheid, en daar zitten we echt niet op te wach-ten. Neem bijvoorbeeld de politie van Los Angeles. Vanwege die schan-dalen van jaren geleden staan ze nog steeds onder federaal toezicht. Dat willen wij niet. Dat staan wij niet toe. Wij houden toezicht op onszelf. We lossen onze eigen problemen op. In onze stad hebt u, de politie, de vrij-heid om op de naleving van de wetten toe te zien. Wij zijn de Mooiste Stad van Amerika, niet de Geilste Stad van Amerika. Ondanks alles wat er op de video's van meneer Asplundh te zien is.'

Ik dacht even na over Abels benadering en haalde toen een papier tevoor-schijn. Het was een uitdraai van iets uit Garretts aantekeningen.

'Wat is dat?' vroeg Sarvonola.

'Garrett heeft dit geschreven,' zei ik. '"Denk daar eens even over na, Stella. Sarvonola zegt dat er geen geld voor Ethiek is. Zoals er ook geen geld was voor de brandweer, terwijl het halve district in brand stond en de brand-weer niet genoeg batterijen voor zijn walkietalkies had. En vergeet niet dat onze gemeenteambtenaren niet genoeg pensioen krijgen, al hebben som-migen daar dertig jaar voor betaald. Dat zijn maar een paar voorbeelden van de instorting die op komst is, Stella. De crash waarover niemand wil praten."'

'Hij was een padvinder, een koorknaap en een paniekzaaier,' zei Sarvonola. 'San Diego zal niet crashen.'

211

'Waarom niet?' vroeg McKenzie. 'Als we meer uitgeven dan er binnenkomt, is het een kwestie van rekenen.'

'Ik heb het uitgerekend, en we doen gewoon wat we altijd hebben gedaan,' zei Sarvonola. 'We verhogen de belastingen, beperken de dienstverlening, verkopen eersteklas onroerend goed voor stevige bedragen aan projectontwikkelaars en geven voor miljarden aan obligaties uit. Dan hebben we weer geld voor batterijen en kunnen we de pensioenfondsen weer volgooien die we al jaren aan het leeghalen zijn om de begroting in evenwicht te krijgen. Het is hollen of stilstaan. Heel eenvoudig.'

'Dan moet de volgende generatie voor die puinhoop betalen,' zei McKenzie.

'Nou en?' vroeg Sarvonola. 'Waar heb je anders kinderen voor?'

Hij glimlachte weer met zijn grote, gele tanden. 'Ik kan het weten. Ik heb acht kinderen, vier- of vijfentwintig kleinkinderen en zes achterkleinkinderen. En maken die zich druk om de schuld van de gemeente San Diego? Welnee. Ik zal u vertellen waar ze zich druk om maken: niet om die schuld, en niet om batterijen voor walkietalkies, en niet om een bibliotheek vol verouderde boeken, terwijl ze alles wat ze willen weten op internet kunnen vinden. Nee, ze maken zich druk om nieuwe stadions, sportteams en goede parken en recreatieprojecten. Om schone lucht, schoon water, mooie stranden en een hoge waarde van hun huizen. En dat er veel goede winkels en discountwarenhuizen zijn. Door de nuttelozen en mislukten buitenspel te zetten en met het bedrijfsleven samen te werken, halen we dollars binnen. Ontwikkeling, herontwikkeling, herplanning, herindeling, nog meer ontwikkeling. Dat is welvaart. Daar werk ik voor. Dat vertegenwoordig ik: het beleid van welvaart.'

Sarvonola, voorzitter van de Commissie voor Toezicht op de Begroting, had een mooi kantoor in het gemeentehuis. Ik keek door zijn raam naar de heldere, zonnige dag. We zaten zeven verdiepingen boven de grond. Ik zag iets van de baai, en Point Loma daarachter, en dan de onverstoorbare oceaan helemaal tot aan de horizon.

'Garrett vertegenwoordigde het beleid van eerlijk bestuur en eerlijk zakendoen,' zei ik. 'Als die dingen er niet meer zijn, vervalt iedereen tot de kleinste gemene deler. Dan gaan ze denken als u.'

Sarvonola's ogen schitterden van plezier. Hij glimlachte weer. 'Precies, preciés, rechercheur! Daarom hebben we hem in dienst genomen en daarom is het zo tragisch dat hij dood is. Laten we de scherven oprapen en proberen verder te gaan met ons leven. Dat zou meneer Asplundh ook hebben gewild.'

'Wij lastige dienders worden betaald om zijn moordenaar te vinden,' zei McKenzie.

Sarvonola leunde achterover en keek eerst McKenzie en toen mij aan. 'Zeg, ik vind het jammer dat hij is vermoord. Ik heb hem altijd graag gemogen. Nog maar een paar dagen geleden hadden we met elkaar gepraat. En ik vind het heel erg dat zijn dochter is verdronken. Zo klein en onschuldig – dat is een tragedie. En ik heb ontzettend te doen met de vrouw die hij heeft achtergelaten, al denk ik dat er wel voor haar gezorgd zal worden. Op een dag krijg ze iets van zijn gemeentepensioen, als ze daarvoor in aanmerking komt.'

'Als er dan nog geld in het pensioenfonds zit,' zei ik.

'We vullen dat pensioenfonds wel weer aan,' zei Sarvonola. 'Wacht u maar af.'

'Hebt u met iemand over die seksvideo's gepraat?' vroeg ik. 'Hebt u er iemand over verteld?'

Hij keek me met half dichtgeknepen ogen aan. 'U maakt een grapje. Garrett kwam me om raad vragen. Ik gaf hem raad. Ik wist dat hij zich daar niet aan zou houden. Híj wist dat hij zich er niet aan zou houden.'

Geen rode vierkantjes.

'Waarom vertelde hij u wat hij had ontdekt?' vroeg McKenzie.

'Is dat u niet opgevallen? Omdat ik de enige hooggeplaatste ben die niet minstens één ondergeschikte op Garretts video's heeft staan. De burgemeester? Die heeft Rood en Stiles. De commandant van het politiekorps? Fellowes en Mincher. De brandweer, het gemeentehuis – allemaal present. Maar de Commissie voor Toezicht op de Begroting? Wij zijn brandschoon.'

Sarvonola glimlachte alsof hij voor een televisiecamera zat.

'Heeft Garrett u verteld wat hij precies met de video's van plan was?' vroeg ik.

'Nee,' zei Sarvonola. 'Hij gaf niet veel prijs. Hij probeerde meer geld voor de dienst Ethiek van me los te krijgen. Hij zei dat ze apparatuur nodig hadden om telefoons af te luisteren, meer auto's, een beter telefoonsysteem in hun gebouw. En toen praatten we een tijdje over de Chargers en over honkbal. Weet u, voor iemand die zich zo druk maakte om het geld dat de gemeente aan het nieuwe stadion had uitgegeven, was Garrett erg gek op de Padres.'

'Maar u begreep dat Garrett die mensen op de video zou moeten aanpakken?'

'Natuurlijk. Het lag in zijn aard om zulke mensen aan te pakken. Ik wenste hem veel succes als hij ze allemaal wilde arresteren, maar zei ook dat het een ramp voor de gemeente zou zijn. En weet u wat? Dat maakte indruk op hem. Het zat Garrett Asplundh dwars, want hij was een beste kerel en hij hield van deze stad en begreep dat de schade die door een paar idioten was aangericht, niet werd hersteld als ze in de gevangenis werden gegooid.'

'Het is belangrijk dat we de juiste idioten in de gevangenis gooien,' zei ik. 'Daar hebben we de dienst Ethiek voor.'

Sarvonola keek me aan alsof ik iets niet begreep wat voor de hand lag.

'Trey Vinson zei dat u hem in contact bracht met een paar meisjes van Jordan Sheehan,' zei ik. 'U zei tegen hem dat hij zich met hen moest amuseren en dat u San Diego een gunstige kredietbeoordeling moest geven als hij thuiskwam.'

Sarvonola leunde achterover, fronste zijn wenkbrauwen en keek ons een voor een aan. 'Onzin.'

'Niet volgens Vinson.'

'Wilt u hier echt over praten?'

'Ja, dat willen we echt,' zei ik.

'Trey Vinson is een miezerige worm die op eigen kracht in geen duizend jaar een meid kan versieren. Daarom stelde ik hem voor aan wat kennissen van kennissen.'

'Hij is ook getrouwd,' zei McKenzie.

'Wat kan mij dat schelen? U begrijpt niet waar het om gaat, namelijk dat Vinsons vriendinnetjes gewoon meisjes waren die graag plezier maakten. Het waren geen professionals. Het waren geen meisjes van Jordan Sheehan of van iemand anders. Het waren jonge vrouwen uit San Diego die zich wilden amuseren. Het waren onze dochters en onze zussen en nichtjes. Vinson gaf geen geld aan de meisjes op die video. Niet dat ik heb gezien.'

'Misschien niet waar de camera bij was,' zei ik. 'Maar ergens is ervoor betaald. Ergens kregen Jordan Sheehan en de meisjes betaald. En omdat u de enige bent die tegen Trey Vinson zei dat hij zich moest amuseren, weet u waarschijnlijk precies waar en wanneer en hoeveel.'

Er gleden drie rode vierkantjes van bedrog uit zijn mond. Toen hij weer glimlachte, rolden er nog een stuk of tien tussen zijn grote tanden door. Ze zweefden over zijn bureaublad.

'Ik heb daar nooit een cent van gezien.'

Sarvonola keek me weer aan. Ik keek naar hem achter die rode vierkantjes en zag de dreiging in zijn half dichtgeknepen ogen. Ik wachtte een tijdje en zei niets. Niets ergert een leugenaar meer dan stilte.

'Geen cent!'

'Hebt u Garrett gezien op de avond dat hij stierf?' vroeg ik.

'Ik had hem in een week niet gezien.'

De rode vierkantjes waren in de lucht opgelost en er kwamen geen nieuwe naar buiten. Ik wachtte weer. Abel Sarvonola ging achteroverzitten en sloeg zijn armen over elkaar.

Ten slotte keek ik McKenzie aan en stond op. 'Dank u voor uw tijd, meneer Sarvonola. We houden contact.'

'Bedreigt u me? Ik heb u alleen maar de waarheid verteld,' zei Sarvonola.

'U mag ons zoveel over betalingen aan Squeaky Clean en haar meisjes voorliegen als u maar wilt,' zei ik. 'Maar als ik u was, zou ik aan mijn presentatie werken. Want als u voor de rechtbank liegt, heet dat meineed en gaat u naar de gevangenis.'

'U bent veel erger dan Garrett.'

'Dank u.'

Sarvonola keek me scherp aan, zijn glanzende ogen diep weggedoken onder zijn borstelige zwarte wenkbrauwen. 'Garrett was intelligent. Hij hield dingen voor zich tot hij begreep wat de implicaties waren. Maar jullie tweeën hebben zijn bevindingen overgenomen en jullie kunnen er niet mee omgaan. Jullie laten ze aan iedereen zien. Jullie maken jezelf kwetsbaar. Jullie zijn een gevaar voor jullie zelf en iedereen om jullie heen.'

'Nu lijkt het erop dat u óns bedreigt,' zei McKenzie.

'Ik kan de loop van de welvaart niet veranderen.'

'Dan wens ik u verder een prettige dag,' zei ik.

Hij hees zich uit zijn stoel en stak zijn bleke vingers naar me uit. Zijn gezicht was wit en zijn rug was krom.

'U bent alleen maar een middelmatige rechercheur die uit een gebouw is gegooid en op een luifel in plaats van een trottoir is neergekomen. U bent niet moedig, u hebt alleen maar geluk. U zou eigenlijk niet in leven moeten zijn. Ze geven u promotie om een held van u te maken. Daaruit blijkt hoe erg ze omhoogzitten.'

Ik ging rechtop staan en haalde diep adem, zoals mijn vader me had geleerd wanneer ik werd bedreigd.

'En u bent een parasiet die een goede kans maakt achter de tralies terecht te komen voor corruptie en koppelarij,' zei ik.

'De korpscommandant zal hiervan horen.'

'Hij zal ook horen over de meisjes die u voor Vinson had,' zei ik.

'Ik zal u verslaan.'

'Wie neemt u daarvoor mee?' zei McKenzie.

De rest van de middag belde ik met Hummerdealers in San Diego en omgeving. Omdat ik dacht dat ik op zoek was naar een witte Hummer die het tijdelijke kenteken nog op de voorruit had, vroeg ik iedere dealer naar de verkopen van de afgelopen drie maanden. Dat leverde me wat speling op, want normaal gesproken worden de metalen nummerplaten binnen acht weken opgestuurd.

Zeven Hummerdealers in San Diego hadden sinds het eind van het vorige jaar in totaal 21 nieuwe witte Hummers verkocht of aan leaseklanten geleverd. Dat waren modellen uit 2004 en 2005. Twee van de dealers vroegen of ze me terug konden bellen.

Vier van de verkoopmanagers en één eigenaar werkten mee en gaven me de namen van de kopers of leaseklanten. De anderen wilden die informatie niet verstrekken, al zeiden ze allebei dat ze, als ik een specifieke naam had, konden bevestigen of die persoon een Hummer had gekocht of geleased. Een van de verkoopmanagers bood me een korting van vijfhonderd dollar en nul procent 'vip-financiering' met een looptijd van vijf jaar aan als ik een nieuwe Hummer kocht, 'het veiligste voertuig' waarin ik ooit zou kunnen rijden.

Geen van de namen van nieuwe Hummerrijders riep iets in me wakker. De onwillige dealers noemde ik de namen van Fellowes, Mincher, Rood, Stiles, Jordan Sheehan en Peter Avalos, maar die stonden geen van allen op hun lijsten van kopers en leaseklanten. En ik was er ook niet van overtuigd dat een van hen het motief en de gelegenheid had gehad om Garrett te vermoorden.

Fellowes wist niet dat Garrett hem naakt op video had, tot we het hem vertelden. Mincher had een half alibi en leek me niet iemand die tot moord in staat was. Rood en Stiles waren op dat geldinzamelingsdiner aan boord van het vliegdekschip *Midway*.

Jordan Sheehan en Chupa junior zeiden dat ze die avond van acht tot twaalf uur in het Indigo hadden gewerkt, en dat bleek te kloppen. McKenzie had zelfs de serveerster, Dolly, opgespoord, en die had toegegeven dat ze van één uur die nacht tot twaalf uur de volgende dag bij Chupa in zijn huis was geweest.

Als Sanji Moussaraf gelijk had, was Garrett Asplundh die avond om precies acht minuten voor negen doodgeschoten, met een speling van zo'n tien paniekerige, bloederige seconden waarin hij een nagel had opengescheurd aan de kleren van zijn moordenaar.

Ik keek door het raam naar de vallende schemering en stelde me Garrett in zijn pak en met zijn blauwe das voor, in zijn eentje in de Explorer, geparkeerd in de regen op de plaats waar hij Stella tien jaar eerder een aanzoek had gedaan. Ik wist waaraan hij had gedacht: dat hij Stella straks zou zien en dan zou proberen het leven weer op te bouwen dat ze met elkaar hadden gehad voordat hun dochter verdronk. En ik vroeg me af of de moord werkelijk in verband stond met seksvideo's, Squeaky Clean-meisjes, kredietbeoordelingen en corrupte gemeenteambtenaren. Ik had dat van het begin af aan gedacht, maar inmiddels zag ik in dat Garrett niets had gedáán met wat hij wist. Het gesprek dat hij met die medewerker van de procureur-generaal zou hebben? Misschien was dat een motief voor moord, maar wie wisten wat Garrett aan de procureur-generaal kon voorleggen en wat hij zou achterhouden? Sarvonola begreep dat Garrett de stad waarvoor hij werkte en waarvan hij hield wilde beschermen, en Garretts vijanden moesten dat ook hebben geweten. Per slot van rekening was Garrett Asplundh een van hen, een van óns: een gemeenteambtenaar, een man met problemen en mogelijkheden, een man met macht en zwakheid. Hem vermoorden omdat hij op het punt zou staan hun geheimen in de openbaarheid te brengen? Misschien, maar misschien ook niet.

Ik vroeg me af of de moord niet op een persoonlijker vlak lag.

22

Op weg naar huis had ik geluk. Ik maakte een kleine omweg om langs Sultra te rijden, want er was altijd een kans dat Gina uit Nevada was teruggekomen en daar weer aan het werk was. Ik stopte maar even. Omdat de middag al op zijn eind liep, was de zonwering van de kapsalon open en ik zag een lang blond meisje achter Gina's stoel staan. Dat deed me zo'n verdriet dat ik meteen wegreed. Door die omweg kwam ik in Hawthorn Street terecht, waar ik langs het autoverhuurbedrijf Dream Wheels kwam. Ik was daar al wel duizend keer langs gereden, maar ik zag nu een nieuwe zwarte Hummer op het terrein staan en besloot te vragen naar een witte.

De manager van Dream Wheels was een kleine, dikke man die Reuben heette. Zijn assistente was een opvallend knappe vrouw van een jaar of veertig die zich voorstelde als Cass. Ze keek me argwanend aan toen ik mijn insigne weer in mijn zak stopte. Cass excuseerde zich en ging naar buiten.

Toen ik naar een witte Hummer vroeg, zuchtte Reuben. Hij tikte venijnig iets in zijn computer in en knikte toen. Ja, zei hij, ze hadden om kwart over vijf op de middag van 8 maart, de dag van de moord, een witte Hummer verhuurd. Vreemd genoeg was die die avond na sluitingstijd teruggebracht.

Dat was zeker vreemd, dacht ik.

'Charles Hudson Black,' zei hij. 'Hij woont in Rancho Santa Fe. Vraagt u Cass maar naar hem. Zij heeft hem die Hummer verhuurd. En weet u wat: ik print het huurcontract voor u uit als u kunt zorgen dat er hier wat vaker een politiewagen langs komt rijden. Er klimmen mensen over het hek. Ze zitten aan mijn auto's. Ze hebben zelfs een keer een Land Rover aan de praat gekregen en probeerden daar toen mee door het hek te rijden.'

'Afgesproken,' zei ik.

Ik vond Cass buiten, waar ze een sigaret rookte en de as naast een Shelby Cobra tikte. De huurauto's glansden in het licht van de lampen.

'Dat is mijn droomwagen,' zei ik. 'Als ik elke auto kon krijgen die ooit is gemaakt.'

'Ik zou een Maybach nemen,' zei ze. 'Bij de duurste modellen krijg je er een jaar lang een chauffeur bij. Ik zou hem uit de auto schoppen, zelf rijden en hem mijn huis laten schoonmaken.'

'Hoe zag de man eruit die op 8 maart de witte Hummer huurde? Dat was twee dinsdagen geleden, de laatste keer dat het regende.'

'Midden veertig,' zei ze. 'Chargers-pet met zonneklep. Die pet zag er nieuw uit. Dik geruit overhemd – bruin. Een borstelige snor. Zonnebril. Zo iemand die je op een picknick bij het stadion ziet voordat de wedstrijd begint.'

Ik zag het silhouet van een man tussen de auto's bewegen.

'Wat voor kleur haar?'

'De pet was ver naar beneden getrokken, maar de snor was bruin met grijs erin.'

'Hoe lang was hij?'

'Een meter tachtig, misschien een vijfentachtig,' zei Cass. 'Mijn ex is een meter vijfentachtig, en die man was ongeveer even groot. Niet dik. Hij had een arrogante houding.'

'Wat zei hij dan?'

'Niets bijzonders. Gewoon, zoals hij daar stond en me aankeek.'

Ik dacht aan Ron Mincher. Die voldeed aan het signalement, alleen was hij bijna twintig jaar jonger dan de man die Cass had beschreven en zat er geen grijs in zijn snor. Ik vroeg me af of door dat geruite bruine overhemd en die zonnebril niet goed te zien was geweest dat hij jonger was. Misschien had hij zelf wat grijs in zijn snor gedaan. Misschien waren de drie bruine wolvezels die in Garretts Explorer waren gevonden, afkomstig van dat dikke geruite overhemd. 'Wat voor broek en schoenen?' vroeg ik.

'Een spijkerbroek, denk ik. Van zijn schoenen herinner ik me niets,' zei Cass.

'Zei hij iets wat u hebt onthouden? Iets ongewoons, iets vreemds?'

'Ik zei dat er regen op komst was, en hij zei dat hij wel van regen hield, maar een hekel had aan de vochtigheid.'

Ik dacht weer aan Mincher. Die had ook zoiets gezegd toen ik die middag bij het hoofdbureau met hem praatte.

'Hoe was hij hier gekomen?'

'Dat weet ik eigenlijk niet, nu u het zegt. Met een taxi, dacht ik. Vanaf het vliegveld, dacht ik, of misschien kwam hij van een van de bedrijven hier in de buurt. Maar ik heb die taxi niet gezien.'

'Bagage, aktetas, rugzak – had hij iets bij zich?'

'Nee. Niet dat ik me herinner.'

Ik dacht even na en zag de bewakingscamera onder de dakrand van het gebouw boven ons. 'Is dat een tape of een gesloten circuit?'

'Het is een gesloten circuit tot aan sluitingstijd,' zei Cass. 'En dan zetten we hem met een keypad op digitaal opnemen.'

'Mooi spul.'

'Je hebt mooi spul nodig als je voor twee miljoen dollar aan auto's bij je pand hebt staan. U zou niet geloven wat mensen je proberen te flikken. Of misschien u wel. Maar als u de man zoekt die de Hummer heeft terug-gebracht, kunt u het wel vergeten. Het hek zat op slot. Als hij naar binnen had gewild, had hij dat niet gekund. En dus parkeerde hij de wagen op straat. De camera ziet alleen wat er op het terrein zelf gebeurt, plus nog een heel klein stukje straat.'

'Was de Hummer modderig?'

'Ja. Hij was met dat ding van de weg af geweest.'

'Hij is daarna herhaaldelijk gewassen?'

'Herhaaldelijk gewassen en verhuurd,' zei Cass. 'Of u het nu gelooft of niet, de Hummer is hier een heel populaire huurwagen. Over een preten-tieuze, oncomfortabele, veel te dure, benzineverslindende rotkar gespro-ken! Als je over een verkeersdrempel rijdt, raken er dingen los. Eigenlijk zou je iemand moeten betalen om achter je aan te rijden en de stukken op te rapen. Ik wil die zwarte wel opendoen als u wilt weten hoe ze er van-binnen uitzien. Ik wil hem u ook wel verhuren. Met korting.'

Reuben kwam naar buiten en gaf me een uitdraai van het huurcontract. Cass maakte de portieren van de zwarte Hummer open en ik bleef even naar het quasi-militaire design van het interieur staan kijken. Reuben liep naar het gebouw terug, maar bleef staan en keek naar me.

'U hebt niet toevallig een papieren zak van een Higher Grounds-koffie-zaak in die witte gevonden, hè?' vroeg ik. 'Toen u hem die ochtend schoonmaakte?'

Cass glimlachte en knikte. 'O, een helderziende rechercheur. Als u zo slim bent, kunt u me dan ook vertellen wat er in die zak zat?'

'Een roerstaafje en een samengepropt servetje.'

Ze lachte. 'En wat zat er op het servetje?'

'Koffie?' vroeg ik.

'Bloed.'

'Veel?'

'Een beetje.'

'En dat hebt u weggegooid.'

'Wat zou ik anders met een bebloed servetje doen?'

220

Ik schudde mijn hoofd en glimlachte. Een hopeloze omweg om mijn vrouw te zien had me naar een spoor in de moordzaak geleid. Ik ken een rechercheur die met zijn dochter naar Disneyland ging en daar iemand herkende die van verkrachting werd verdacht. Hij had een portret van die verdachte gezien dat gemaakt was door onze bekwame politietekenares, Kathy Iles, en nu zag hij hem met zijn eigen dochter in de rij staan voor Small World. De man werd ter plekke gearresteerd.

'Kunt u een signalement doorgeven aan een politietekenares?' vroeg ik. 'Dat zou ons ontzaglijk helpen.'

Cass keek me even aan. 'Goed. Maar kan die dan hierheen komen? Ik moet de kost verdienen. Ik kan hier niet zomaar weg.'

'Ik zal u bellen. En bedankt voor uw hulp,' zei ik.

'Laat die politiewagens hier eens langs rijden,' zei Reuben.

'Als ú nu eens langskomt om over onze veiligheid te waken?' zei Cass glimlachend.

'Doe ik.'

Ik besefte dat er een kleine kans was dat ik iets nuttigs op die bewakingstape zou zien. 'Wilt u me de tape van die avond laten zien?' vroeg ik haar.

'Ik zei al dat die camera alleen het terrein bestrijkt,' zei Cass. 'Hij zette de Hummer op straat neer, aan de andere kant van het hek. Daar.'

Ze knikte naar de straat en haalde haar schouders op.

'Maar als de Hummer buiten dat hek is achtergelaten...' zei ik. 'Misschien... Alstublieft, kunnen we vlug even kijken, snel doorspoelen tot aan dat gedeelte?'

'Er is niet zoiets als "dat gedeelte". Dat zei ik al,' zei Cass. 'Maar goed, we kunnen het proberen.'

Cass had bijna gelijk. In het kantoor ging ze achter een computer zitten en haalde de bewaarde bewakingsbeelden van dinsdag 8 maart op het scherm. We vonden niets op de schijf tot aan tien over halfelf, toen we de banden en ongeveer twintig centimeter van de carrosserie langs de trottoirband zagen stoppen.

'Dat is 'm,' zei Cass. 'Dat is de Hummer. Kijk, er zit modder op de onderkant.'

We zagen de onderkant van het portier opengaan en iemand uitstappen. Je zag alleen benen, van de dij naar beneden. Hoewel de opnamen in het donker waren gemaakt, had ik de indruk dat het de benen van een man waren en dat hij een spijkerbroek droeg. Zijn schoenen glansden in het licht van de straatlantaarns. Hij was maar zo'n drie stappen zichtbaar toen hij in westelijke richting over het trottoir liep, van Dream Wheels vandaan.

'Nou ja, iets is beter dan niets,' zei Cass. 'Dat was hem.'

We keken er opnieuw naar, en nog een keer.

Modder op de auto.

Een man in spijkerbroek.

Een glimp van donker schoenleer.

'Ziet u iets waar u iets aan hebt?' vroeg ze.

'Nee. Niet echt. Mag ik dit meenemen?'

Ze haalde haar schouders op. 'U wilt wel veel.'

Ik bedankte haar, en bedankte haar toen opnieuw. 'U hebt me erg geholpen.'

'Graag gedaan.'

Toen ik weer in mijn auto zat, gebruikte ik mijn mobieltje om het privénummer van Charles Hudson Black te bellen, maar ik kreeg een crèche. Het nummer op zijn werk bleek een uitvaartbedrijf te zijn.

Vreemd.

Ik pakte mijn kaart om zijn privéadres in Rancho Santa Fe op te zoeken, maar die straat bestond niet.

Dat was niet echt een verrassing.

Ik belde naar het hoofdbureau om te vragen of ze iets over Charles Hudson Black hadden. Ik gaf het nummer van het rijbewijs op, al was ik er vrij zeker van dat het vals was.

Inderdaad behoorde het nummer toe aan Susy Nguyen in Fresno, Californië.

Toen belde ik hoofdinspecteur Villas en vroeg hem of hij Kathy Iles naar Cass van Dream Wheels wilde sturen; dan kon ze een portret tekenen van de man die de Hummer had gehuurd.

'Je klinkt opgewonden, Robbie,' zei hij.

'De eerste keer in lange tijd dat het me meezit,' zei ik.

'Ik regel het.'

Daarna belde ik de hoofdinspecteur van de verkeersdienst en kreeg te horen – voor de tweede keer – dat Ron Mincher op 8 maart dagdienst had gehad en om tien over zes was vertrokken. Ik besefte dat hij die Hummer kon hebben gehuurd terwijl hij dienst had. Misschien had hij zijn politiewagen ergens geparkeerd, een plaats gevonden om gewone kleren aan te trekken, de Hummer gehuurd en hem ergens in de buurt laten staan. Had hij zijn uniform weer aangetrokken, was hij in de politiewagen gestapt en had hij zijn dienst afgemaakt. Hoe lang zou dat geduurd hebben als alles goed ging? Een halfuur? Ik zag opeens voor me hoe Ron Mincher zich naar een spiegel boog terwijl hij wat grijs aan zijn snor toevoegde uit een flesje schoencrème met een sponsje aan de bovenkant.

En opnieuw had ik de verleidelijke gedachte dat de moord op Garrett niets te maken had met de corruptie die hij had ontdekt. Zeker, hij had genoeg bewijs verzameld om minstens tien machtige mannen uit de roulatie te halen, maar wat had hij ermee gedaan? Voorzover ik kon nagaan helemaal niets, behalve dat hij Steven Stiles een vergoeding had afgedwongen en Abel Sarvonola om raad had gevraagd. Zeker, hij had op het punt gestaan om in de week na de moord zijn bevindingen aan het Openbaar Ministerie voor te leggen, maar de dienst Ethiek was, voorzover ik had begrepen, van plan geweest het Openbaar Ministerie af te raden om tot vervolging over te gaan. Stella had geprobeerd namens Garrett te spreken toen ze zijn dood geen moord maar een 'executie' had genoemd. Maar ik dacht nu dat ze zich vergiste. Ik dacht nu dat het wel degelijk een moord was en helemaal geen executie.

Wat zat er dan achter?

Ik zat in het donker en zag een groot passagiersvliegtuig door de donkere hemel omlaagdreunen, met knipperende lichten op weg naar het vliegveld Lindbergh. Ik dacht aan alle lichten die op dat moment in Las Vegas knipperden en stelde me een grote luifel van felle gloeilampen voor, waar het schijnsel van koplampen overheen gleed. Ik ving ook een glimp op van iemand met rood haar die over het trottoir van een boulevard liep.

Misschien zit dat achter de moord op Garrett Asplundh, dacht ik: iets duisters, iets persoonlijks, iets diep in zijn hart.

Ik wilde de plaats zien waar Garrett vermoord was, want die had ik nog niet goed in het donker bekeken. Ik nam de 163, ging eraf bij Quince Drive en reed naar Laurel.

Ik vond het onverharde pad en reed omlaag in de richting van de grote weg. Toen ik op een plek was vanwaar ik kon zien waar Garretts Explorer had gestaan, zette ik de motor af.

Recht voor me zag ik het vlakke gedeelte waar Garrett had geparkeerd en de lichte helling waarover hij naar beneden was gereden om daar te komen.

Links van me stond een erg grote, mooie palm en rechts van me was een eucalyptusbosje; de bladeren glansden en glinsterden in het schijnsel van de koplampen op de weg. Voorbij het vlakke gedeelte verhief zich de Cabrillo Bridge, verlicht en hoog in de duisternis, als een van de Romeinse aquaducten waardoor de architect zich had laten inspireren. Hij

223

leek net een prachtige oude ruïne, zoals hij daar uit het weelderige groen omhoogstak, iets zo krachtigs en stijlvols dat de eeuwen het eerder hadden verfraaid dan bedorven.

Midden op het vlakke gedeelte stond een man. In het onrustige felle licht dat van de weg kwam zag ik hem eerst niet.

Hij schonk me helemaal geen aandacht. Hij stond precies op de plaats waar Garretts auto had gestaan, ging toen een paar stappen terug en draaide zich langzaam om. Hij had zijn armen bij zijn gezicht. Zo te zien was hij foto's aan het maken, of misschien videobeelden.

Een grote vrachtwagencombinatie denderde over de weg voorbij en ik verloor de man in het verblindende schijnsel uit het oog. Toen de truck voorbij was en ik weer iets kon zien, was de man weg.

Ik stapte uit de auto en deed het portier zachtjes dicht. Ik pakte mijn zaklantaarn uit de kofferbak en glipte het eucalyptusbosje in. Tussen de lichtgekleurde stammen zag ik nog net de open plek waar de man had gestaan, zo'n vijftig meter van me vandaan.

Toen kwam hij weer in zicht.

Ik liep tussen de bomen vandaan en richtte mijn zaklantaarn op hem.

'Hé daar! Wilt u blijven staan?'

Hij keek me aan, deed iets met het instrument dat hij in zijn hand had en liet zijn armen zakken.

'Staan blijven,' riep ik. 'Politie.'

'Brownlaw?'

'Ja. Wie hebben we hier?'

'Komt u maar kijken.'

Ik deed een paar stappen en herkende toen Samuel Asplundh. Hij had zijn begrafenispak verwisseld voor een spijkerbroek en een zwart colbertje.

Er volgden enkele onbehaaglijke momenten van stilte. Ik voelde hoe de schaduw van de verdenking moeiteloos over mijn hart gleed.

'Bent u hierheen gekomen om een spoor op te pikken?' vroeg hij.

'Ja,' zei ik. Ik keek naar het verkeer op de weg en naar de schitterend verlichte brug. Ik stelde me voor dat Garrett Asplundh daar in de regen in zijn Explorer had gezeten en door het verregende raam aan de passagierskant had gekeken toen de Hummer naast hem stopte.

'Welk spoor hebt ú opgepikt?' vroeg ik.

'Garrett was niet verrast,' zei Samuel. 'Garrett was niet te verrassen. Hij kende die kerel. Hij maakte het raampje open om met hem te praten.'

'De portieren van de Explorer gaan op slot als je schakelt,' zei ik. Ik had het gevoel dat ik Samuel wat informatie moest verstrekken om iets terug te krijgen. 'Om die ander binnen te laten moet Garrett op een knop hebben gedrukt om hem van het slot af te halen.'

'Is hij vanaf de passagierskant beschoten?'

Ik knikte.

Hij keek me aan en keek toen om zich heen. 'Was er nog een auto?'

'Een witte Hummer. Nieuw.'

'Heeft iemand de schutter gezien?'

'Misschien. Een grote man. Het was donker en het regende.'

Samuel stak zijn hand in de zak van zijn colbertje en gaf me een zilverkleurige flacon. 'Johnnie Walker,' zei hij.

'Black, zoals Garrett dronk?'

'Black.'

Ik schroefde de dop los en nam een slokje. De whisky deed me denken aan mijn avond in McGinty's Pub.

'En jij, Brownlaw? Welke indruk doe jij hier op?'

'Ik weet dat het een bijzondere plaats voor hen was.'

'Garrett heeft haar hier zijn aanzoek gedaan,' zei Samuel.

'Maar ik begrijp niet waarom hij hierheen was gekomen,' zei ik. 'Daar zie ik nog geen reden voor.'

'Uit sentimentele overwegingen?' vroeg Samuel. 'Garrett had een romantische inslag. Bloemen en gedichten en de kleine dingen waar een vrouw van houdt. Garrett was zo iemand die naar een plaats met sentimentele waarde zou gaan omdat die hem geluk zou brengen. Echt waar. Zulke dingen deed hij. Toen hij nog op school zat, deed hij hetzelfde hemd aan voor al onze footballwedstrijden, en hij wilde het tussen de wedstrijden door niet wassen. Hij ging steeds weer terug naar dingen die belangrijk voor hem waren of waarin hij geloofde.'

'Ze probeerden weer bij elkaar te komen,' zei ik. 'Dat heeft Stella me verteld. Ze hadden die avond in Rancho Santa Fe afgesproken om wat dingen te bespreken.'

'Ja,' zei Samuel rustig. 'Hij hield onnoemelijk veel van haar.'

Samuel zweeg even.

'Wat is er gebeurd met die blonde vrouw met wie je vorig jaar op het feest van 4 juli was?' vroeg ik. 'Ik heb haar vandaag niet op de begrafenis gezien.'

'Ik heb het uitgemaakt,' zei Samuel.

Hij keek me aan en er stroomde een rivier van rode vierkantjes door de duisternis tussen ons in.

'Ik hield veel van Garrett,' zei Samuel. 'We hadden wel eens problemen met elkaar, maar iedereen zal je vertellen dat ik van hem hield en dat ik respect voor hem had. Sterker nog: ik aanbad hem. Ik pestte hem toen we nog klein waren, maar ik beschermde hem ook. Ik paste op hem. En hij paste op mij. Vroeger wedijverden we altijd om alles: de snelste fiets, de grootste golf, het leukste meisje. Totdat op een dag alle stukjes op hun plaats vielen en we beseften dat we niets meer hoefden te bewijzen. We waren gewoon twee broers. Heb jij een broer, Brownlaw?'

Ik schudde mijn hoofd.

'En nu moet ik dit afwerken,' zei hij. 'Ik moet ervoor zorgen dat de man die dit heeft gedaan wordt gepakt en gestraft. Op de dag dat ik ervan hoorde, had ik een droom. In die droom gebruikte ik in mijn vrije tijd middelen van de FBI om zelf wat onderzoek te doen. Ik vond degene die het had gedaan en hij verzette zich tegen arrestatie. Ik schoot almaar door op hem, want dat gaf me een verdomd goed gevoel. Maar toen ik wakker werd, wist ik niet meer hoe hij eruitzag en waarom hij Garrett dat had aangedaan.'

'Misschien kun je het onderzoek beter aan mij overlaten,' zei ik.

'Misschien wel. Bij de FBI in Los Angeles hebben ze me meer nodig dan de politie van San Diego. Ik hoorde van Garrett altijd goede dingen over jullie. Hij vond het verschrikkelijk dat hij naar de dienst Ethiek moest. Hij was ook doodmoe en depressief, en hij dronk te veel.'

'Hij had wat vijanden gemaakt,' zei ik.

'Een talent van de Asplundhs.'

'Ik dacht eerst dat het een executie was. Nu ben ik daar niet meer zo zeker van.'

'Iets persoonlijks,' zei Sam.

Ik keek op mijn horloge en stak mijn hand uit. Sam schudde hem.

'Laat me weten wat je denkt,' zei ik.

'Doe ik. Ik neem een paar weken vrij om Stella te helpen.'

'Dat is aardig van je.'

'We hebben hetzelfde bloed, Stella en ik.'

Dat vond ik vreemd, want dat hadden ze niet.

23

Toen ik van de Cabrillo Bridge naar huis reed, besloot ik later die avond naar de bijeenkomst van de Synesthesievereniging te gaan. Het was me ineens volkomen duidelijk dat ik dat moest doen.

Ik redeneerde dat als mijn afwijking een van de redenen was waarom Gina was weggegaan, andere synestheten me misschien konden vertellen hoe ik de negatieve gevolgen kon beperken of verhullen. Met behulp van die technieken zou ik Gina misschien terug kunnen winnen. Ik wilde ook weten of mijn synesthesie in de loop der tijd zou veranderen, en zo ja, wat ik dan kon verwachten. En verder was ik er gewoon aan toe om met mensen te praten die me niet voor gek verklaarden als ik zei dat ik hun woorden kon zien.

Ik was altijd bang geweest dat mijn collega's zouden horen dat ik naar zo'n bijeenkomst was geweest. Ze zouden misschien denken dat ik iets mankeerde in mijn bovenkamer. Maar nu ik in de richting van Normal Heights reed, kon het me niet schelen wat mensen als Chet Fellowes, Roger Sutherland en Bryan Bogle van mijn brein dachten. Ik was al dat gezeur beu – van mezelf en van anderen.

Daarom reed ik naar huis met hetzelfde soort gretigheid als vroeger, toen ik naar Gina ging. Maar zodra ik binnenkwam, viel het me weer op dat het huis opeens zo klein was. Geen boodschappen ingesproken. Zelfs geen groet van Vince en Dawn, of opnieuw medelijden van Rachel. Net als oom Jerry na de dood van tante Melissa had ondervonden, was het in het huis veel warmer dan het in maart zou moeten zijn. Ik zette alle ramen open en keek naar de temperatuur op de thermostaat: 27 graden.

Ik keek naar de informatie van de Synesthesievereniging op internet, waste mijn gezicht boven de wastafel, trok een schoon overhemd aan en ging op weg.

Ik had gelezen dat synestheten hun afwijking als een gave beschouwen en dat veel kunstenaars, artiesten en schrijvers synestheet waren. De beroemde schilder David Hockney schijnt kleuren als muziek te horen. Ze zeggen ook dat Balzac erg graag synestheet wilde zijn, maar het niet was. Hoewel ik geen kunstenaar ben, weet ik wel dat ik nu een betere rechercheur ben dan voor mijn val, want ik kan nu heel duidelijk zien wanneer iemand, zoals Carrie Martier of Abel Sarvonola, me iets voorliegt.

Ik heb ook gelezen dat er niet zoiets als synesthesie bestaat. Sommige onderzoekers beweren dat synestheten alleen maar het slachtoffer van hun eigen 'overspannen verbeelding' zijn of misschien lijden aan de gevolgen van hallucinogene drugs. Die ondeskundige opvatting is in onbruik geraakt. Op de Universiteit van Californië in San Diego houdt een complete afdeling zich bezig met de bestudering van het verschijnsel, en daardoor geloof ik dat het 'echt' is wat ik heb. Er is een American Synesthesia Association, een Synesthesia Association in Groot-Brittannië, en er is ook een International Synesthesia Association. Als je het echt hebt, moet je tests ondergaan. Er zijn goede boeken en veel artikelen over het onderwerp gepubliceerd, en er zijn veel lezingen over gegeven. Ik weet zeker dat synestheten de dingen die ze zien, proeven en horen niet verzinnen. En het zijn ook geen zinsbegoochelingen. We zien geen ufo's of verschrikkelijke sneeuwmannen of geesten.

De bijeenkomst werd gehouden in het wijkcentrum in Hillcrest. De afdelingsvoorzitster was Moira Handler, een forse vrouw van een jaar of vijftig met kort, blond haar en nuchtere, grijze ogen. Er waren 23 mensen, in leeftijd variërend van ongeveer twaalf tot een jaar of zeventig. Op twee lange tafels achter in de zaal stonden hapjes en drankjes. De meeste waren zelfgemaakt. Na wat beleefdheidsgesprekjes gingen de deuren dicht, zochten de synestheten hun plaatsen op en ging Moira achter het spreekgestoelte staan.

Ze verwelkomde de leden en stelde de eerste bezoeker aan ons voor: Lillian, een jonge vrouw uit het noorden van het district San Diego. Lillian had de vereniging op internet ontdekt, maar wist niet zeker of ze echt synestheet was of niet. Ze zag er onzeker en verlegen uit in haar spijkerbroek en haar lange, versleten, bordeauxrode fluwelen jas. Terwijl ze aan het woord was, had ik er plotseling spijt van dat ik was gekomen en verzon ik in gedachten een verhaal. Ik zou zeggen dat ik naar de bijeenkomst was gekomen omdat mijn vrouw er vrij zeker van was dat ze synesthetische ervaringen had, maar te verlegen en te onzeker was om zelf te komen. Maar ik kan niet beter liegen dan vloeken, en toen het mijn beurt was, stond ik op, stelde me voor en zei dat ik gekomen was omdat ik synesthetische symptomen vertoonde sinds ik een val had gemaakt. Mijn stem trilde een beetje en ik vroeg me af of iemand dat merkte. Ik richtte mijn aandacht op Lillian en probeerde te doen alsof wij de enige twee mensen in het vertrek waren.

Moira zei dat ze mijn val maar al te vaak op de televisie had gezien. Ze was erg blij dat ik het niet alleen had overleefd, maar nu ook de 'gave' had. Ze zei dat ik het levend bewijs was van 'hetzij wonderen, hetzij enorm veel geluk'. Er volgde een stevig applaus. Toen het applaus was afgelopen en ik was gaan zitten, voelde ik me weer goed. Ik had me nooit geschaamd voor wie ik was, en deze mensen schaamden zich niet voor wie zij waren, dus wat was het probleem? Ik dacht aan mensen als Chet Fellowes, Roger Sutherland en Abel Sarvonola, en besefte dat het vijanden waren, of ik nu synesthesie had of niet, en dat ik helemaal niet slechter af zou zijn als ze te horen kregen dat ik hier vanavond was. Zo langzamerhand voelde ik voor hen hetzelfde als voor de gespierde echtgenoot die had geprobeerd me van Gina's Hikari Cosmos-schaar te beroven: ik was woedend en wilde erg graag tot daden overgaan.

Moira las de notulen van de vorige bijeenkomst en meldde dat de vereniging 289 dollar in kas had. De nieuwsbrief van maart had 26 dollar aan papier en postzegels gekost. Veel leden waren achter met hun jaarlijkse contributie, die op 1 maart betaald moest zijn. Ze keek mij even aan en zei dat de jaarlijkse bijdrage vijftig dollar bedroeg, inclusief een zomerfeest in de Bongo Room van het Outrigger Motel en kortingen bij Indy Bandenservice, dankzij de man van lid Kris Shuttler.

De spreker van die avond was Darlene Sable, auteur van *Rode sax en gele cimbalen*. Ze noemde het boek een 'openhartig relaas' van haar jeugd als synestheet in San Francisco. Haar moeder was pianolerares en haar vader piloot bij een luchtvaartmaatschappij geweest. Al vanaf haar vroegste kinderjaren zag ze muziek. Bepaalde kleuren bewogen zich door haar gezichtsveld wanneer er bepaalde muzikale geluiden te horen waren. Later begreep ze dat bepaalde muziekinstrumenten haar bepaalde kleuren lieten zien: de saxofoon was natuurlijk rood en cimbalen waren citroengeel; violen waren limoengroen, gitaren paars enzovoort. Daarom was ze gek op concerten, en haar moeder gaf haar graag alle gelegenheid.

Toen Darlene vijf was, ontdekte ze dat niet iedereen muziek zo zag als zij. Ze praatte er een paar keer met haar moeder over, maar verder met niemand. Haar moeder zei dat het waarschijnlijk bij haar leeftijd hoorde en vanzelf zou ophouden. Darlene schaamde zich ervoor en wilde erg graag normaal zijn, al had ze er geen last van. Voor Darlene waren concerten jubelende synesthetische spektakels die bijna niet te beschrijven waren: golven van kleuren en van geluiden die overal om haar heen spoelden, dicht over haar huid. Als ze de concertzaal verliet, voelde ze zich moe en uitbundig.

Toen Darlene acht was, deed ze alsof ze geen muziek meer zag. Ze kreeg vreselijke migraine en maagzweren. Na twee jaar van artsen en medicijnen bekende ze haar moeder eindelijk dat ze muziek levendiger kon zien dan ooit. Ze ging naar een psychiater, en de hoofdpijn en maagzweren namen geleidelijk af. De psychiater was de eerste die het woord 'synesthesie' gebruikte om haar 'talent' te beschrijven en moedigde haar aan om het te ontwikkelen en ervan te genieten. Ze had het boek geschreven om anderen met synesthesie te helpen hun gave te herkennen en er trots op te zijn. Als volwassene was ze pianolerares geworden, net als haar moeder, en er was maar weinig waaraan ze zoveel plezier beleefde als wanneer ze naast een jonge leerling zat en de golven van vuurrode muziek uit het instrument zag komen.

Na de bijeenkomst werden Lillian en ik uitgenodigd om met zes van de leden koffie te gaan drinken in de cafetaria naast het wijkgebouw. Omdat de tafels binnen allemaal bezet waren, gingen we in de koude maartse avond buiten zitten. We hadden onze jassen helemaal dicht en de damp steeg op uit onze kopjes. De meeste leden beschreven hun gaven voor Lillian en mij. Een van hen had precies het tegenovergestelde van wat Darlene Sable had: ze hoorde kleuren als muziek. Een ander proefde een duidelijke smaak aan bepaalde woorden die werden uitgesproken. Meestal waren dat aangename en onverwachte smaken, zoals aardbeien bij het woord 'trouw' en komijn bij het woord 'aartsbisdom'. Maar sommige smaken waren minder prettig. Het woord 'pietepeuterig' smaakte vaag naar een rottende kies, terwijl 'tjokvol' naar zwavel smaakte. Een ander zag de zwarte drukletters van boeken of kranten in verschillende levendige kleuren. De A was bijvoorbeeld altijd geel. De D was altijd lichtgroen. 'Beschrijf jij je gave eens,' zei Bart. Hij was een zwaargebouwde man met een baard die mijn hand overdreven op en neer had gezwengeld toen we aan elkaar werden voorgesteld.

De anderen werden stil. Ik vertelde hem over gekleurde vormen die werden opgeroepen door gesproken woorden. Om precies te zijn: door de emoties achter de gesproken woorden.

'Voorbeeld,' zei hij.

'Ik zie blauwe driehoekjes als de spreker blij is. Rode vierkantjes komen uit de mond van leugenaars. Jaloezie neemt de vorm aan van groene trapezia, zodat "groen van nijd" voor mij letterlijk opgaat. Agressie ziet eruit als kleine zwarte ovaaltjes.'

'Dat is geen synesthesie,' zei Bart. 'Ik heb alles gelezen wat er ooit over is geschreven, en niemand heeft ooit vastgesteld dat de emoties van een spreker zichtbaar gemaakt kunnen worden.'

'Dat kunnen ze wel,' zei ik. 'Dat gebeurt.'

'Misschien moet u een artikel schrijven, meneer Brownlaw,' zei Moira. 'De ASA zou het vast wel in overweging willen nemen.'

Bart trok zijn wenkbrauwen op en nam een slokje van zijn koffie. Er bleef slagroom op zijn snor zitten. Hij veegde die af met een papieren zakdoekje.

'Heb je de Reynolds gedaan?' vroeg hij mij.

'Reynolds?'

'Test. De Reynolds-test voor Synesthesie. Blijkbaar niet. Hij bestaat uit drie delen: een elementaire vragenlijst, Geografietest 18 – die natuurlijk weinig met de conventionele geografie te maken heeft – en de sectie Triaden Oplossen, die in feite uit RAT-afleidingen van Mednick en Mednick bestaat. Komt dat je bekend voor?'

Ik zei van niet.

'Dat dacht ik al,' zei Bart. 'Misschien zou je die test moeten afleggen als je echt iets wilt claimen. Er zijn een hoop misverstanden over synesthesie in omloop. En een hoop kletspraatjes.'

'Allemachtig, Bart,' zei Moira.

'Wat zie je op dit moment uit mijn mond komen?' vroeg hij me.

'Kleine, zwarte ovaaltjes. Nogal veel.'

'Agressie. Ja, vast. Maar als ik je deze vragen nu eens stelde met humor in mijn hoofd?'

'Dan zou ik oranje kubusjes zien. De dingen die ik zie, kun je niet vervalsen. Dat is de synesthesie.'

'Dat is parapsychologie en gelul,' zei Bart. 'Waarvoor kwam je hier eigenlijk? Om iemand te versieren?'

Ik zei tegen hem dat ik gelukkig getrouwd was.

'Dat zal wel,' zei Bart.

'Bart, kom nou,' zei Moira.

Ik zag de zwarte ovaaltjes als een soort ziekte uit zijn mond komen. Mijn hart hamerde en ik voelde de geruststellende stroom adrenaline door mijn bloed. Als ik kwaad word, zie ik erg scherp en voelt mijn lichaam licht en soepel aan.

'Ik zou het op prijs stellen als je niets meer over mijn vrouw zegt,' zei ik.

Bart nam een slokje koffie en schudde zijn hoofd. 'En jij, verlegen Lillian, welk buitengewoon talent beweer jij te bezitten?'

Ze keek hem aan.

'Geen enkel, stomme lul,' zei ze rustig. Toen stond ze op. 'Aangenaam kennisgemaakt te hebben met de rest van jullie.'

231

'Ik loop met je mee,' zei ik.

'Dat hoeft niet.'

Ik liep met haar naar haar auto. Ze zei dat ze niet kon geloven dat Bart 'zo'n enorme klootzak tegen volslagen vreemden' was. Ze zei dat ze een keer met zo'n man had samengewerkt: iemand die alles wat ze zei onderuit wilde halen.

We liepen naar de overdekte parkeergarage en ze maakte het portier van een oude, bruine Toyota open. Ze draaide zich om en leunde tegen het portier. Lillian was slank en had lange benen, golvend zwart haar, sproeten en mooie, blauwe ogen. Haar wijnrode fluwelen jas leek tweehonderd jaar oud.

'Dank je,' zei ze.

'Graag gedaan.'

'Had je daar veel zelfbeheersing voor nodig? Ik weet wie je bent en wat voor werk je doet. Je had die man een flinke mep kunnen verkopen, hè?'

'Eh... ja, maar daar zou ik niet veel mee hebben bereikt.'

Ze knikte en keek me in de ogen. Ze was iets jonger dan ik, misschien midden twintig.

'Nou,' zei ik, 'wat voor synesthesie heb jij?'

'O, dat weet ik nog niet precies.' Ze beet nerveus op haar onderlip. 'Het is... Nou, het klinkt vreemd, maar wat er met mij gebeurt, is dat gezichten muziek maken.'

'O, dat is een goeie.'

Ze keek me aan. 'Alleen sommige gezichten. Niet bij alle gezichten hoor ik muziek. Maar als het gebeurt, maken die gezichten telkens weer hun eigen unieke melodie. Er zit systeem in.'

'Zit je in de muziek?'

Ze knikte en lachte zachtjes. 'Ja. Ik kan bijna niet wachten tot ik het boek van Darlene Sables heb gelezen. Het klonk erg goed, en ze houdt net zoveel van muziek als ik.'

'Kun je je de melodieën herinneren?'

'Ja. Ik schrijf ze allemaal op. Sommige neurie ik in een microfoon en schrijf ik later op, want het zijn er heel veel.'

'Kun je een melodie horen en die als muziek opschrijven?'

'Eh... ja, Robbie, bijna iedere musicus kan dat. Zo lezen en schrijven we.'

Ik dacht daarover na. 'Dat lijkt me synesthetisch. Maar ik heb nog nooit iemand horen zeggen dat muziek schrijven synesthetisch is.'

'Nee, ik ook niet.'

Lillian keek weer naar de cafetaria. Het groepje daar bestond uit nog maar drie mensen. Bart spreidde zijn armen en hield een betoog. Lillian schudde haar hoofd en keek me aan.

'Nou,' zei ik. 'Het was prettig tot aan het eind.'

'Ja,' zei Lillian.

'Ik vond het goed wat je tegen Bart zei. Het was waar en het was grappig.'

Ze schudde haar hoofd. 'Tja. Nou...'

'Een prettige avond,' zei ik. Ik had geen haast om een eind aan ons gesprek te maken, maar ik wist niets relevants te zeggen.

'Jij ook,' zei Lillian.

'Het was erg prettig om... Heb je altijd al muziek gehoord bij bepaalde gezichten?' vroeg ik. Ik besefte dat ik het afscheid alleen maar probeerde te rekken, en zo te zien besefte zij dat ook. Ik had even het gevoel dat ik Gina bedroog, maar de woorden kwamen er toch uit. 'Of is het nieuw?'

Ze schudde haar hoofd. 'Ja, het is iets nieuws. Helemaal nieuw. Ik was normaal en toen werd mijn broer... Het is een lang verhaal. Zo, nu moet ik maar gaan.'

'Rij voorzichtig.'

'Dit ding gaat maar tachtig.'

'Doe toch je gordel maar om,' zei ik. 'Heb je de remmen de laatste tijd laten nakijken?'

'Ja.'

'Ze zijn belangrijk.'

'Ik bedoel... Nou, ik was normaal tot vorig jaar, toen mijn, nou... toen mijn broer Rich, hij was voor Global Thermal in Saudi-Arabië, en ze, eh... Nou, hij was een van die mensen die... Ze hebben hem onthoofd. En toen ik de foto zag, waren er die drie mannen met maskers, en ik had een afschuwelijk hard gerinkel in mijn oren, en ik zag steeds weer die drie mannen met maskers, steeds weer, en ik kon ze niet uit mijn hoofd zetten, wat ik ook deed, of ik sliep of wakker was, het waren altijd die drie mannen met die maskers en met dat spandoek achter ze met die kronkelletters als slangen en dat vreselijke geluid van knarsend metaal en de wind, en het was zo afschuwelijk, ik kon twee weken niet slapen, en sindsdien hoor ik bij gezichten geluiden en muziek, en soms is de muziek heel angstaanjagend, en... Verdomme, ik had dit niet moeten vertellen.'

Ze maakte het krakende portier open, liet zich op de voorbank zakken, trok de stijlvolle oude jas op haar schoot, deed toen het portier dicht en keek recht voor zich uit. Vijftien centimeter rood fluweel bleef buiten de deur hangen.

233

Ik gebaarde dat ze het raam open moest doen, maar ze gooide het krakende portier open.

'Het raam is kapot,' zei ze.

'Je kunt genezen,' zei ik. Ik knielde neer, schoof het verkreukelde jaspand binnen het portier en stond toen op. 'Er zijn mensen met wie je kunt praten en dingen die je kunt doen, en er zijn medicijnen die helpen. Je kunt het niet allemaal binnenhouden. Je kunt...'

'Dat heb ik allemaal al gedaan.' Lillian stond op en keek me met haar vochtige blauwe ogen aan. 'Ik ben er nu goed aan toe. Erg goed. Soms overvalt het me gewoon. Ze hebben Richard weggenomen, maar Richard gaf me muziek. Zo. Zie je? Ik weet dat het waar is. Ik kan diep ademhalen en mijn emoties beheersen. Ik heb mezelf onder controle. Adem in, adem uit. Lillian beheerst Lillian. Ze wordt niet beheerst door gemaskerde terroristen. Ze hebben die schoften een dag later aan flarden gebombardeerd, dus waar maak ik me druk om?'

Ze keek me aan en haalde diep adem, in en uit. 'Het gaat goed. Zie je wel?'

'Ja, je doet het nu goed, Lillian.'

'Ik ben een echte professional.'

'Dat was een prachtig cadeau van je broer.'

'Ik wil het cadeau niet,' zei ze. 'Ik wil mijn broer.'

'Dat begrijp ik.'

'Jij kreeg een prachtig cadeau toen je op die luifel viel.'

'Ik wil dat cadeau ook niet,' zei ik.

'Dat begrijp ik. Kom op een zondag met je vrouw naar de Belly Up in Solana Beach, dan kun je me horen zingen. Ik treed 's avonds van zes tot zeven op om het publiek warm te laten draaien voor de sterren. Bel eerst even op, dan weet je zeker dat ik optreed. Soms kan ik er niet tegen om tegenover die mensen te staan.'

'Dat zal ik doen.'

'Bedankt dat je met me meegelopen bent.'

Even na tienen reed ik door mijn eigen straat en zag een ongewone coupé tegenover mijn huis geparkeerd staan. Ik was er vrij zeker van dat hij van geen van mijn buren was. Ik wist dat het een Thunderbird 1985 was, omdat mijn moeder er in het begin van de jaren negentig een had gehad. Ik drukte op de opener van de automatische garagedeur en zag in mijn spiegeltje dat er een vrouw uit de Thunderbird stapte. Ze richtte zich op, keek nerveus om zich heen en liep toen naar me toe. Haar trui golfde in het schijnsel van de straatlantaarns. Ze hield iets tegen haar borst gedrukt. In plaats van mijn garage in te rijden zette ik de motor af en stapte uit.

'Hallo, mevrouw Buntz,' zei ik.

'Vraag me binnen, alstublieft,' zei ze. Ze liep me voorbij, de garage in.

'Wilt u binnenkomen?'

Ik maakte de deur van het huis open, deed een lamp aan en hield de deur open voor Arliss Buntz. Ze had een lichtgele cassetterecorder bij zich, die er oud uitzag. Toen ze me voorbijliep, rook ze naar seringen.

Ik ging achter haar aan naar binnen. Er was een bries komen opzetten uit het oosten en omdat de ramen openstonden, was het koel geworden in huis. Ik keek naar het antwoordapparaat, maar er was niets ingesproken. Ik wees naar de eettafel en Arliss zette haar oude cassetterecorder erop, maar ze ging niet zitten.

'Wat kan ik voor u doen?' vroeg ik.

'Telefoongesprekken van de dienst Ethiek worden op willekeurige tijdstippen afgeluisterd en opgenomen,' zei Arliss Buntz. 'Dat gebeurt conform het handvest van de dienst. Directeur Kaven verzamelt de gesprekken, kopieert ze en geeft ze aan de politiecommandant, de burgemeester, de gemeenteraad en andere bevoegde personen. Als hoofd van de eenheid Handhaving krijgt John Van Flyke elke woensdag een kopie. Ik catalogiseer ze en sla ze op. Toen het vanmiddag stil was, heb ik naar de tape van vorige week geluisterd en toen stuitte ik op dit gesprek. U zou dit moeten horen.'

Het was een oude cassetterecorder met verbleekte kleuren. Er zaten extra grote knoppen op voor bejaarden en de functie van elke knop stond er in braille op geschreven. Ze drukte op de groene afspeelknop.

Ik hoorde het volgende gesprek:

MAN: ... mij.

VROUW: Hallo, Garrett.

GARRETT: Hoe gaat het?

VROUW: Bang.

GARRETT: Het is dus afgesproken? Negen uur.

VROUW: Ik zal er zijn.

GARRETT: Ik heb me in geen eeuwigheid zo op iets verheugd.

VROUW: Laten we eerst eens zien hoe het gaat.

GARRETT: Goed. Dat ga ik doen. Ik heb het gevoel alsof ik uit het donker kom kruipen.

VROUW: Het is maar een afspraakje.

GARRETT: Het is veel meer.

VROUW: Dat weet ik. Ik heb nooit gedacht dat de duisternis zou verdwijnen.

GARRETT: Ik hou van je, Stell.

STELLA: Ik hou van je, Garrett. Alsjeblieft, ga vanavond niet drinken.

GARRETT: Ik heb in geen twee weken iets gedronken. Ik heb het onder controle, Stella. Dat heb ik je gezegd, en dat is ook zo. Ik ga wat eerder naar de brug om een gebed te zeggen.

STELLA: Neem mij daarin op.

GARRETT: Ik zie je gauw.

STELLA: Alsjeblieft, wees voorzichtig.

GARRETT: 'Ik kom tot u bij maanlicht, al vind ik de hel op mijn weg.'

STELLA: (zacht lachend) Oké, meneer de struikrover.

GARRETT: Oké, Bess, de roodlippige dochter van de herbergier.

STELLA: Dat niet bepaald.

GARRETT: Dat zul je voor mij altijd zijn. Daag.

Er was een harde klik te horen, gevolgd door stilte. De opname was zwak en er zat nogal wat ruis bij, maar toch was alles goed te verstaan. Omdat de begroeting aan het begin onvolledig was en er aan het eind een abrupte klik zat, nam ik aan dat Arliss de opname zelf had gemaakt met haar primitieve oude recorder. Dit was een kopie van de kopie die door Kaven aan Van Flyke was gegeven.

'Speelt u het nog eens af,' zei ik.

Arliss spoelde de band terug en speelde het gesprek nog eens af.

'De tijd en de datum van elk gesprek worden genoteerd in een logboek dat bij de banden zit,' zei Arliss. 'Dit gesprek trok eerst mijn aandacht omdat het meneer Asplundh was. Toen zag ik dat het enkele uren voordat hij werd vermoord, was opgenomen.'

Ik keek haar aan. Ze stak uitdagend haar kin naar voren, maar ik zag de twijfel in haar oude grijze ogen.

'Weet niemand bij Ethiek dat u dit voor mij hebt opgenomen?' vroeg ik.

'Ik zou op staande voet worden ontslagen.'

Ik knikte. 'Maar u vertrouwde mij.'

'Ik vertrouwde meneer Asplundh vanwege zijn hoogstaande moraal. Ik vertrouw u omdat ik niet anders kan. Iemand heeft dit gesprek gehoord. Iemand wist dat meneer Asplundh bij de brug zou zijn. Hebt u dat opgevangen? *"Ik ga wat eerder naar de brug om een gebed te zeggen."* Hij ging daarheen en werd vermoord.'

'Misschien werd hij daarheen gevolgd,' zei ik.

Arliss Buntz drukte op de knop om het bandje eruit te laten springen, en de cassetteband kletterde uit de speler en op mijn tafel.

'Garrett Asplundh?' vroeg ze. 'U hebt geen idee hoe scherp zijn zintuigen waren. Hij werd niet gevolgd; hij werd bedrogen. Door iemand die dat gesprek hoorde. Iemand die wist over welke brug hij het had.'

'Wie zijn er bevoegd om de gesprekken van de eenheid Handhaving af te luisteren?'

'Kaven, de korpscommandant, de burgemeester en alle gemeenteraadsleden,' zei Arliss. 'Maar vergeet u de ónbevoegden niet die altijd in de buurt zijn – al die kantoormedewerkers en assistenten van de raadsleden, alle ondergeschikten van de korpscommandant en de persoonlijke staf van de burgemeester. Secretaresses en officemanagers en zelfs schoonmakers. Tientallen mensen met oren, rechercheur Brownlaw. En als directeur Kaven de opnamen heeft verzameld en opgeslagen, gaan ze door de hiërarchie omlaag naar Van Flyke, de gemeenteadvocaat en een aantal hoofdinspecteurs van politie.'

'Fellowes?' vroeg ik.

'Ja, en Villas en Sutherland.'

'En Sarvonola?' vroeg ik.

'Onbevoegd,' zei Arliss. 'En onbetrouwbaar.'

Ze pakte de cassetterecorder op en hield hem tegen haar borst. 'Ik heb altijd gevonden dat meneer Asplundh zich niet met zijn vrouw zou moeten verzoenen,' zei Arliss. 'Ze haalde eerder zijn zwakke dan zijn sterke punten naar boven. Het contact met haar ging ten koste van zijn logica en scherpzinnigheid. Hij werd er zacht van. Ik heb hen samen gezien. Ik heb ze horen praten. Ik kan het weten.'

'Dank u.'

'Als ik hierom word ontslagen, weet ik wie me heeft verraden.'

'Ik zal u niet verraden.'

'Ik heb het nu uit handen gegeven.'

Ik hield de achterdeur voor haar open. Ze liep door mijn garage naar de straat, de cassetterecorder dicht tegen zich aan.

Ik keek haar na toen ze wegreed en stond versteld van haar moed en haar buitengewone trouw aan Garrett Asplundh.

Ik belde Stella, kreeg de ingesprektoon en probeerde het een paar minuten later opnieuw. Ik verontschuldigde me omdat ik belde op de dag dat haar man begraven werd, vooral zo laat op de avond, maar ik zei dat ik een paar belangrijke vragen voor haar had.

'Vraagt u maar,' zei ze.

'Het moet persoonlijk, mevrouw Asplundh. Ik zal het dan wel uitleggen.'

'Zeg maar Stella,' zei ze. 'Laten we afspreken in Higher Grounds. Er bellen steeds mensen. Ik wil graag een paar minuten het huis uit.'

Ik maakte een kopie van het bandje, opende de kluis in de vloer en borg het origineel op. Toen ik weer zag dat al Gina's sieraden weg waren, ging eerst het oude vertrouwde ongeloof door me heen. Toen kwam de oude vertrouwde woede, gevolgd door het idee dat ik haar misschien nog kon overhalen, als ik maar zou weten wat ik haar kon aanbieden.

Maar toen het deksel van de safe dichtviel, besefte ik dat ik haar nooit terug zou krijgen. Dat was plotseling een afschuwelijk vaststaand feit. Ik had me na mijn val nooit hulpeloos gevoeld, maar nu maakte een vreselijke hulpeloosheid zich van me meester. Het was of ik was verschrompeld en opgesloten zat in de safe, waar ik niets anders kon doen dan wachten.

24

Het was druk en ook een beetje lawaaierig in Higher Grounds. Ik keek naar de mensen die daar werkten en vroeg me af wie op de avond van de moord de bestuurder van de Hummer van Dream Wheels had bediend. Ik verheugde me erop dat ik hier met Kathy Iles' portret zou binnenlopen en iemand zou vinden die onze man had gezien.

We kochten koffie en liepen door 4th Avenue. Stella had haar begrafenisjurk verwisseld voor een spijkerbroek, een lange trui met grote zakken en een rode honkbalpet. Ze zag er bleek en afgetobd uit, ongeveer zoals je zou verwachten van een vrouw die net haar man had begraven. Ik voelde me zelf ook zo.

Ik zei tegen haar dat me een interessante bandopname was toegestuurd.

'Ik wil hem horen.'

'Mijn auto staat daar.'

Ik speelde het bandje een keer af, en toen nog een keer.

Ze keek strak door de voorruit.

'Je hebt me een keer over dat gesprek verteld,' zei ik. 'Vertel het me nu nog een keer.'

'Het was op 8 maart,' zei ze. 'Een uur of halfvijf. Ik was thuis en Garrett was op zijn werk. Het was... precies zoals het klinkt: twee mensen die proberen het verleden te laten rusten en een nieuwe toekomst op te bouwen.'

Ik speelde het bandje terug. Ik dacht dat als iemand het gesprek van halfvijf tussen de Asplundhs had gehoord, hij zou beseffen dat Garrett binnen enkele uren alleen en kwetsbaar zou zijn, in het donker onder een brug. Omdat hij het te riskant vond om daar met zijn eigen auto naartoe te gaan, had de moordenaar een taxi genomen naar Dream Wheels en daar om kwart over vijf de Hummer gehuurd.

Maar de naam van de brug was niet genoemd. Het moest iemand zijn die hun voorgeschiedenis kende, die wist dat de Cabrillo Bridge een bijzondere betekenis voor hen had.

Ze keek me aan. 'Hoe wisten ze nou wélke brug?'

'Je hebt je vrienden over de brug verteld omdat het een romantisch verhaal was. We mogen aannemen dat Garrett dat ook heeft gedaan.

Vrienden vertellen het aan vrienden, verhalen worden herhaald. Vijanden horen dingen. Vijanden slaan dingen in hun geheugen op. Jaren gaan voorbij. Iedereen kan het weten, Stella.'

Ze deed haar ogen dicht en liet haar hoofd tegen de steun zakken. 'Goed. Misschien is het zo gegaan. Iemand kende het verhaal en wist van de brug. Iemand gebruikte dat gesprek om Garrett te vermoorden. Waarom zouden ze dat bandje naar jou sturen?'

'Ze willen me op het verkeerde been zetten of ze willen me helpen,' loog ik. Ik zag de rode vierkantjes tussen ons in hangen. Ik wilde niet tegen Stella liegen, maar ik moest aan Arliss Buntz denken.

Stella deed haar ogen open. 'Dit bandje verbaast me niet echt. De afgelopen paar maanden had ik al het gevoel dat ik werd geobserveerd en afgeluisterd. Dat was erg vreemd.'

'Waar?'

'Op straat. In mijn auto. Zelfs in mijn huis. Of ik gek ben? Misschien. Misschien is Garretts paranoia op me overgeslagen.'

'Heb je ooit iemand gezien die je observeerde of volgde?'

'Nee,' zei ze. 'Maar ik had wel eens het gevoel dat hij opeens zijn gezicht had afgewend, alsof hij wist dat ik me gadegeslagen voelde en ermee ophield. Alsof hij me net was ontgaan. Garrett en mijn huisbaas zijn de enige mensen tegen wie ik daar iets over heb gezegd. De huisbaas woont op de benedenverdieping van het gebouw. Ik dacht dat hij, eh... een oogje in het zeil kon houden.'

'Is die volger een man?'

'Ik denk het.'

'Dat had je me veel eerder moeten vertellen.'

Ze keek me vreemd aan, deels krachtig, deels defensief. 'Dan had je misschien gedacht dat ik ze niet meer allemaal op een rijtje had. Nu kan het me niet meer schelen of je dat denkt.'

Ik liet de cassette uit de recorder springen.

'Kom mee naar mijn flat,' zei ze. 'Er is geen reden waarom we in een koude auto zouden zitten.'

Stella stak het bandje in een recorder. Ze gooide haar honkbalpet op een stoel en we gingen aan beide uiteinden van de grote paarse bank met de goudkleurige biezen zitten. Er brandde alleen een hoeklamp, en verder kwam er een beetje licht uit de keuken. Het was vreemd om bijna in het donker te zitten en Stella Asplundh met haar dode man te horen praten. Ze speelde het bandje weer af.

En nog een keer.

Ik dacht aan *Leven en dood van Samantha Asplundh*, waarnaar ik keer op keer had gekeken. Ik had me er niet van los kunnen maken, al wist ik niet waarom.

GARRETT: 'Oké, Bess, de roodlippige dochter van de herbergier.'
STELLA: 'Dat niet bepaald.'
GARRETT: 'Dat zul je voor mij altijd zijn. Daag.'

'Weet je wat op dit moment het moeilijkst is?' vroeg ze. 'Garrett was mijn eigen man, en ik heb geen idee waaróm iemand hem zou willen vermoorden. Weet je hoe moeilijk dat is, om niet eens te weten waarom? Ik wilde dat er één logische moordenaar was. Eén duidelijke reden. Eén begrijpelijke gebeurtenis.'

'Garrett bezat videodisks die door prostituees waren gemaakt,' zei ik. 'Daarop zag je kopstukken van gemeente, politie en bedrijfsleven met de meisjes.'

'O, jezus.'

'Sommige van die mannen zijn invloedrijk. Zelfs machtig. Ik dacht eerst dat Garrett misschien op de verkeerde tenen had getrapt. Zoals je al zei, had hij veel vijanden.'

'Maar nu?'

'Ik ben er niet meer zo zeker van. Je zei dat hij je niet veel over zijn werk vertelde.'

'Weinig specifieke details,' zei Stella. 'Hij heeft me bijvoorbeeld verteld dat er een prostitutieprobleem in de stad was, maar dat niemand dat wilde erkennen. Ik wist dat hij bij een aspect daarvan betrokken was.'

De telefoon ging weer en Stella excuseerde zich om op te nemen.

'O, hallo, mam... O, nee, ik ben blij dat je belde... Ik zat net met rechercheur Brownlaw te praten... Ja... goed, doe ik. Tot kijk, en ik hou ook van jou...'

Stella kwam terug en ging op de bank zitten.

'Ik wil je vragen naar mensen over wie Garrett misschien wel eens iets heeft gezegd. Jordan Sheehan?'

'Nee,' zei Stella.

'Chupa junior?'

'Nee.'

'Carrie Ann Martier?'

Stella schudde haar hoofd.

'Abel Sarvonola en Trey Vinson?'

'Ik weet natuurlijk van Sarvonola. Maar Vinson ken ik niet.'

'Chet Fellowes?'

'Niet veel meer,' zei Stella. 'We waren vroeger bevriend met Chet en zijn vrouw, maar na Samantha is het contact verwaterd.'

'Ron Mincher?'

'Nee.'

'Heeft Garrett ooit over iemand gepraat die hij graag van zijn voetstuk wilde halen? Iemand die hij gewoon niet kon uitstaan?'

Stella dacht daar een tijdje over na. 'Nee. Maar hij vertrouwde zijn eigen directeur niet helemaal. Hij vond dat Kaven wat te goeie maatjes was met Sarvonola, de burgemeester en het gemeentebestuur, dat Kaven toestond dat ze... nou, dat ze het met de ethiek niet zo nauw namen als Garrett wenselijk vond. Blijkbaar had Kaven het niet zo'n geweldig idee gevonden om Garrett in dienst te nemen. Hij vond dat Garrett beter bij de politie kon blijven. John Van Flyke heeft hem aan boord gehaald. Garrett en John beschouwden zichzelf als de goeien die het opnamen tegen de vele corrupte figuren. Ik bedoel, ze maakten er grappen over, maar ik weet dat ze van zichzelf vonden dat ze de goede strijd streden. En de dienst Ethiek presenteerde zich altijd als een hecht team. Garrett zou nooit achter Kavens rug lelijke dingen over hem zeggen.'

'Als de soldaten die aan het front vechten terwijl de generaals boven alles blijven staan.'

'Die indruk had ik.'

'Maar Garrett en jij vonden Kaven sympathiek genoeg om hem bij jullie thuis uit te nodigen.'

Ze dacht even na. 'We hadden een geweldig sociaal leven. Iedereen dacht dat Garrett hard en compromisloos was, maar hij hield van zijn vrienden. Hij was ontzaglijk trouw. En voor iemand met zijn functie was hij ook merkwaardig goed van vertrouwen. We hadden allerlei verschillende vrienden: mensen van de politie, mensen van het schooldistrict waarvoor ik werkte. Ik had oude vriendinnen van het zwemmen, en Garrett had vrienden uit zijn jeugd die nog een hecht contact met elkaar hadden. Hij maakte steeds weer nieuwe vrienden. Hij raakte bevriend met de man die zijn auto onderhield – die was vandaag op de begrafenis. In een zomer kwam Garrett een keer uit Montana terug met een jonge vissersgids die wat problemen had. De jongen bleef een maand bij ons en Garrett hielp hem aan een baan op een van de charterboten in Point Loma. Die knul was er vandaag ook.'

Het is altijd interessant om een kant van iemand te zien die je nooit bij hem had vermoed. Ik dacht aan Garrett Asplundhs vreemde mengeling van achterdocht en edelmoedigheid, moraliteit en vergeving, nederigheid en superioriteit.

'Wist je van Garretts appartement in National City?'

'Daar heeft hij me over verteld. Maar niet precies waar het was.'

'Wist je dat daar sinds eind januari een jonge vrouw woonde die April Holly heet?'

'Nee,' zei Stella. 'Dat wist ik niet. Er was wel een April op de begrafenis.'

Ik vertelde haar het verhaal over April die met prostitutie in aanraking was gekomen en Garrett die haar had gered. Ik vertelde haar dat April had gezegd dat er nooit enig seksueel contact was geweest.

Ze luisterde zonder me te onderbreken en zweeg toen een tijdje.

'Nou,' zei ze ten slotte, 'eigenlijk verbaast dat me niet. Vóór Samantha vertrouwde hij mensen gauw en hielp hij hen. We hebben een van zijn neefjes een jaar bij ons in huis laten wonen omdat hij thuis moeilijkheden had. We namen een keer een buurjongen op omdat zijn ouders uit elkaar gingen en het bij hem thuis een puinhoop was. Garrett bracht zelfs zwerfdieren mee naar huis. Maar na Samantha kwam er een eind aan al dat vertrouwen. Het doet me goed om te horen dat er iets van terug was gekomen, met dat meisje April.'

'Leg dat eens uit.'

'Hij was altijd een drinker geweest, maar toen begon hij heel veel te drinken,' zei Stella. 'Hij was bang dat hem iets zou overkomen. Sloten en alarminstallaties werden een obsessie voor hem. Hij veranderde steeds zijn reisroute en dagindeling. Was bang voor telefoons, afluisterapparaatjes en bandrecorders. Was bang dat mij iets zou overkomen. Hij piekerde over alles wat ik deed. Het werd erger en erger. Op die manier kon ik niet met hem leven. Het was of ik gewurgd werd. Ik huurde deze flat in september, amper acht weken na Samantha. Hij had de flat in Hillcrest en een maand later ook die in National City.'

'Was dat ongeveer de tijd waarin je het gevoel kreeg dat je werd geobserveerd en afgeluisterd?'

Ze keek me aan. 'Ik kreeg dat gevoel in augustus, niet lang nadat Sam was gestorven. En ik weet wat je denkt. Maar Garrett was niet degene die me stalkte of bespioneerde. Ik wist hoe het aanvoelde om door hem te worden gevolgd. Dit was anders. Het was iemand anders.'

Ik dacht daarover na en vroeg me af of ze de onzichtbare blik van haar man echt kon onderscheiden van die van iemand anders. Ik vroeg me af hoe Garretts angsten misschien op haar waren overgeslagen. Ik had eens iets gelezen over een geestesstoornis waarbij iemands wanen op een gegeven moment werden 'gedeeld' door een ander.

'Dus dat appartement in National City was een middel tegen paranoia?' vroeg ik.

'Ja, dat heeft hij zelf gezegd. En blijkbaar werkte het. Hij was zichtbaar opgelucht toen hij het huurde. Hij voelde zich er veilig door. Als dat meisje daar sinds eind januari woont, is dat op een vreemde manier wel begrijpelijk. Garrett was toen net aan zijn genezingsproces begonnen. Hij probeerde weer de oude te worden. De oude Garrett zou haar ook hebben opgenomen.'

Ik zei dat Garrett volgens April die avond tussen halfacht en acht uur in het appartement in National City was geweest. Nog geen uur voordat Sanji Moussaraf die flits had gezien, was hij daar weggegaan. Volgens April was Garrett naar National City gekomen om 'te kijken hoe het met haar ging'.

'Ze zei dat hij bijna elke dag kwam, of minstens om de dag, gewoon om te kijken of het goed met haar ging,' zei ik.

We bleven een tijdje zwijgend in de schemerige kamer zitten. Ik vroeg me af hoeveel uren van de afgelopen week Stella Asplundh dat ook had gedaan.

De telefoon ging weer. Ze liet de beller een boodschap inspreken en nam toen op.

'O, Sam. Ja, het gaat goed met me... En met jou?'

Ze luisterde een hele tijd zonder iets te zeggen. Toen zei ze tegen Sam dat ze ook van hem hield en dat ze hem de volgende morgen zou bellen.

Toen ze terugkwam, vroeg ik haar of haar ooit een vrouw was opgevallen die gouden oorbellen in de vorm van een halvemaan droeg, met een kleine saffier in de kromming.

'Nooit. Hoezo?'

Ik vertelde wat we in de Explorer hadden gevonden en dat het ernaar uitzag dat het sieraad in een worsteling los was gekomen.

'Het is moeilijk om je voor te stellen dat een man dat met een ander mens doet,' zei Stella. 'Laat staan een vrouw.'

'Had Garrett een minnares?' vroeg ik.

Stella schudde haar hoofd. 'Dat zou me erg verbazen. Dan had je haar trouwens al wel gevonden. Nee, Garrett was gek op mij. Ik zeg dat met trots, niet uit arrogantie.'

'Hoe hebben Garrett en jij elkaar leren kennen?'

244

Ze keek me aan en glimlachte erg vaag. Ik werd weer getroffen door haar ongewone schoonheid, hoezeer die nu ook was aangetast door tragedie, moord en verdriet.

'Ik had afgesproken met Sam Asplundh in een eetcafé in Los Angeles. Ik was toen bijna klaar met mijn lerarenopleiding. We gingen twee keer met elkaar uit en toen beging hij de fout een dubbele date met zijn broer te organiseren. Aan het eind van de avond was ik helemaal weg van Garrett, al was ik zo verstandig om dat aan niemand te laten blijken, ook niet aan Garrett.'

Ik herinnerde me dat ik zelf halsoverkop verliefd was geworden op Gina.

'Koesterde Sam rancune?' vroeg ik.

'Een beetje misschien. Hij trouwde en scheidde.'

'De vrouw van het feest op 4 juli?'

Ze knikte, herinnerde het zich weer.

'Had Garretts lichtblauwe das een bijzondere betekenis voor jou?' vroeg ik.

'Die droeg hij op onze trouwdag. Had hij... toen hij...?'

'Ja.'

'God,' zei Stella zachtjes. Ik geloof dat ze huiverde, al kon ik in het licht van de keukenlamp niet veel meer zien dan haar silhouet.

Ze ging naar de cassetterecorder, spoelde het bandje terug en drukte op de afspeeltoets. Hun krassende, slecht opgenomen stemmen gingen als de soundtrack van een oude televisieserie door de flat. Ik kon me hen bijna voorstellen zoals ze op die dag met elkaar praatten, om halfvier 's middags, met donkere wolken die zich buiten samenpakten om 's avonds de regen te laten neerdalen.

GARRETT: Dat zul je voor mij altijd zijn. Daag.

'Wie is meneer de struikrover?' vroeg ik.

Stella kwam terug en ging zitten. 'Dat is een knappe rover die verliefd is op Bess, de zwartharige dochter van de herbergier. Hij heeft kant om zijn kin en een jas van wijnrood fluweel, en zijn rapier en pistoolkolven twinkelen in het sterrenlicht. En hij trekt erop uit om reizigers te beroven en zweert dat als de politie hem echt op de hielen zit, hij zich zal schuilhouden en de volgende avond bij maanlicht naar haar terug zal komen, al zou de hel hem in de weg staan. Het was Garretts favoriete gedicht toen hij een jongen was. Hij had het als kind uit zijn hoofd geleerd en zei het voor me op. Het is mooi. Het is nogal lang. moet je horen:

'De wind een duistere stroom door takken en blaren,
De maan een schimmig galjoen op woelige baren,
De weg een lint van maanlicht door veen zonder kleur,
En de struikrover kwam rijden...
Rijden... rijden...
De struikrover kwam rijden naar de oude herbergdeur.'

Haar stem ging verloren in het geluid van het verkeer op de straat beneden.
'Komt hij veilig weg met de buit?' vroeg ik.
'Ze worden verraden door een jaloerse stalknecht. Dat kost hun het leven.'
'Het klinkt goed,' zei ik.
'Het is romantisch en tragisch.'
Ik zei niets, maar ik merkte dat ze naar me keek.
'Jij hebt je portie tragiek wel gehad,' zei ze.
'Die krijgt iedereen. Als je maar lang genoeg leeft.'
'Praat je over wat er is gebeurd?' vroeg ze.
'Liever niet.'
'Dat begrijp ik. Ik heb de val op de televisie gezien. Ik wist dat je het had overleefd, anders hadden ze het niet laten zien. Ik kan niet goed beschrijven wat voor gevoel ik daarbij had. Vreselijk. En toen was ik opgelucht. Toen erg hoopvol. Het gaf me het gevoel dat niet alles in dood en tragedie eindigt.'
'Ik ben blij dat je hoop voelde,' zei ik. 'Niets snijdt zo goed door de duisternis als hoop, hè?'
Ik hoorde gierende banden in de straat. Ik stelde me weer voor dat ik gevangenzat in die vloersafe waar vroeger Gina's sieraden hadden gelegen.
'Vind je het erg om over Samantha te praten?' vroeg ik.
'Dat doe ik liever niet,' zei Stella.
Een hele tijd zeiden we geen van beiden iets.
'Hoe was het?' vroeg ze. 'De val?'
Ik zag de grimas van Vic Malic weer voor me op het moment dat hij me dicht tegen zich aan hield. Ik wilde dat niet, maar ik kon me er niet van ontdoen. Ik rook ook de gin in zijn adem en zag de vlammen bij het raam omhoogschieten, terwijl hij me maar rond- en ronddraaide. Ik had weer dat eerste schokkende gevoel toen ik alleen in de lucht hing, hoog boven de grond en van alles los.
'Het leek een hele tijd te duren,' zei ik. 'Ik dacht aan veel dingen. Eerst

246

probeerde ik mezelf met louter wilskracht te dwingen daar boven te blijven, maar dat lukte niet. Toen gingen er allerlei dingen door mijn hoofd in een soort code die veel sneller was dan herinneringen of gedachten. Het was of mijn totale ervaring op aarde was samengebundeld en voor me werd afgespeeld. Eigenlijk vond ik het niet eens zo erg dat ik doodging. Ik maakte me meer zorgen om... nou, om praktische dingen. Bijvoorbeeld wanneer ik precies de grond zou raken, en welke botten zouden breken, en hoe lang het zou duren voor ik Gina weer zag. Dat is zo ongeveer alles wat ik anderen er ooit over heb verteld, behalve Gina.'

'Is zij je vrouw?'

'Ja.'

'Zijn jullie gelukkig?'

'Ik kan je niet zeggen hoe gelukkig.'

Ik ging naar het raam en keek door de luxaflex naar beneden. Ik ben altijd enigszins opgelucht als ik uit een raam kijk en zie dat ik me minder dan zes verdiepingen hoog bevind. Een groep jonge vrouwen stak op dat moment de straat over en ik dacht aan Gina die door rood probeerde te lopen voor de Rock Bottom-nachtclub. Ik stond er versteld van dat het toeval zo'n grote rol in het leven speelde: het toeval dat Gina en mij in dezelfde straat op hetzelfde moment bij elkaar bracht, het toeval waardoor Samantha's pop midden in het zwembad dreef en ze over een hek kon klimmen zonder dat iemand het zag.

'Heb je ooit die film gezien die Garrett over Samantha heeft gemaakt?'

'Nee,' zei Stella. 'Garrett zei dat hij ermee bezig was. En ik ging er een keer met hem voor zitten, maar ik hield het niet langer dan een paar seconden uit. Hij mailde me een kopie, maar die heb ik nooit afgespeeld.'

'Ik heb hem gezien. Het is moeilijk. Ze was volmaakt.'

'Ik geloof niet dat ik ernaar zou kunnen kijken,' zei ze. 'Weet je, Garrett... Garrett en ik reageerden heel verschillend op wat er gebeurd was. Garrett wilde alles houden: beelden, kleren, spullen, haar kamer intact, precies zoals hij was. Bijna een halfjaar wilde ik dat ook. Ik verzamelde, organiseerde en conserveerde. Toen zag ik een wit vuur. Dat vuur zei tegen me dat ik het moest loslaten. Dat ik niet langer moest proberen mijn dochter vast te houden. Het zei tegen me dat ik moest vergeven en onthouden, maar dat ik er niet bij moest blijven stilstaan. Het zei tegen me dat ik, als ik mezelf met de voorwerpen van haar leven begroef, nooit in haar dood zou kunnen geloven. Daarom deed ik afstand van de meeste van haar dingen. Ik liet alleen een... redelijk aantal van haar foto's in mijn huis. Ik groef mezelf weer op. En toen vond er een heel vreemde verandering plaats. Toen ik Samantha's leven kon opgeven, vond ik enigszins rust. Garrett ging dieper de andere kant op. Later vond hij, vanuit die andere richting, dezelfde rust die ik had gevonden.'

Door het raam zag ik de vrouwen op straat een Italiaans restaurant binnengaan. Ik vroeg me af hoe het zou zijn om vrijgezel te zijn, met vrienden en vriendinnen, en de straat op te gaan en tegen elf uur iets te gaan drinken in de Gaslamp.

'Ik neem aan dat je de video van je val vele malen hebt gezien,' zei Stella.

'Ik heb er nooit naar gekeken.'

'Waarom niet?'

'Ik denk dat ik verdomde bang zou worden. Sorry voor mijn taalgebruik.'

'Er mankeert niets aan je taalgebruik.'

Door het raam zag ik weer een vliegtuig naar Lindbergh afdalen. Ik dacht weer aan de lichtjes in Las Vegas en vroeg me af waar ze was.

'Dat is interessant. We hebben allebei videobeelden waar we niet naar willen kijken,' zei Stella. 'Videobeelden van de belangrijkste dingen in ons leven, en we willen ze niet zien.'

'Ik denk dat het goed is om bepaalde dingen te negeren,' zei ik. 'Ik geloof dat mensen niet alles hoeven te weten.'

Haar telefoon ging weer, schrikwekkend hard in die oude kamer met hoog plafond. Ik was blij dat ik niet meer over het Las Palmas hoefde te praten. Ik had nog steeds het gevoel dat Malic dicht bij me was. Ik rook zijn adem nog.

Stella ging naar de keuken. Ik zag haar in het zwakke licht toen ze de telefoon opnam. Ik hoorde het zonder te luisteren.

'Hallo? O, John... Ik voel me vanavond goed, naar omstandigheden. Jij? Ja, ja, ik weet het. Je hebt vandaag erg mooi over Garrett gesproken, dat wilde ik je nog een keer zeggen... O... O, dat wist ik niet. Ja, die zou ik graag willen hebben... Goed... Goed... Goed.... Doe ik. Goedenavond.'

Stella legde de telefoon neer en kwam naar de bank terug.

'Sorry. Dat was Van Flyke,' zei ze. 'Ik heb mijn tekst van de dienst bij het graf laten liggen. Hij heeft me erg gesteund, maar soms heb ik het gevoel dat hij dieper getroffen is dan ik.'

'Waarom denk je dat?'

'Hij belt bijna elke dag om te vragen hoe het met me gaat, maar hij is zelf een wrak. Ik denk dat hij verliefd op me aan het worden is. Onder al die bazige bravoure heeft John een goed hart. Hij vond Garrett geweldig. Hij behandelde hem als een grote broer, al is John een paar jaar ouder. Ik vond dat het vandaag allemaal in zijn toespraak zat.'

'Ik ook.'

'Er zijn dus veel mensen die hulp hebben aangeboden en zich voor me hebben ingezet,' zei ze. 'Mijn ouders waren er voor me. Samuel doet wat hij kan, al heeft hij het er zelf ook moeilijk mee. Abel Sarvonola probeert de pensioenprocedure te versnellen. De korpscommandant wil een gedenkteken voor Garrett oprichten. Sutherland en zelfs Chet Fellowes hebben aangeboden voor eventuele financiële of zelfs huishoudelijke problemen te zorgen.'

'Het is leuk als mensen je verrassen.'

'Sommige verrassingen zijn niet zo leuk. Ik begrijp wel waarom Garrett een hekel had aan Erik Kaven. Tot vandaag heeft hij geen woord tegen me gezegd. Geen telefoontje. Geen condoleancebrief. Geen bloemen naar de aula gestuurd. Hij heeft niets over de moord op Garrett tegen de media gezegd. Vandaag sprak hij tegen me, kort voordat hij wegging. Hij keek me aan alsof ik hem zelf had vermoord en hij zei: "In tijden als deze moeten we allemaal in onszelf kijken." Dat is alles. Meer niet. Alsof ik de moordenaar zou vinden als ik maar diep genoeg in mezelf keek.'

Ik vroeg me af hoe Kaven het met zo'n houding tot directeur van de dienst Ethiek had gebracht. Ik dacht aan zijn schaamteloze blik en zijn ontredderde uiterlijk. Ik vroeg me af of er daaronder – net als onder de laatdunkende arrogantie van John Van Flyke – in werkelijkheid een fatsoenlijke kerel school die zich niet kon uiten. Ik kon dat moeilijk geloven. In de 29 jaar van mijn leven had ik de ervaring opgedaan dat mensen vaak precies zo zijn als ze lijken.

In het halfduister zag ik haar weer door de kamer naar de geluidsinstallatie lopen. Het bandje ging snel terug en kwam jengelend tot stilstand. Ik stond op en liep naar de deur.

'Je mag het bandje houden,' zei ik. 'Ik heb het voor jou gemaakt.'

'Dank je.'

'Ik krijg hem wel te pakken.'

'Dat weet ik.'

Ik keek naar de twee grendels en het kettingslot op Stella's deur, maakte hem toen dicht en ging over de trap naar beneden. De oostelijke bries was warm geworden en ik voelde de naderende lente. Ik hing mijn jasje over mijn schouder, liep door de Gaslamp naar Salon Sultra en vroeg me af wanneer ik eindelijk zou accepteren dat ze daar niet meer werkte. Ik ging op het bankje van een bushalte tegenover de kapsalon zitten en keek naar de weinige auto's die voorbijreden. Ik vroeg me af wanneer Vince Brancini zou bellen.

Toen ik naar Normal Heights terugreed, vroeg ik me af of het verstandig van me was geweest om een kopie van dat bandje voor Stella Asplundh te maken. Ik verplaatste me in haar positie en vroeg me af of ik een bandje van mijn laatste gesprek met Gina zou willen hebben. Ja, dat wel. Toen vroeg ik me af of ik ernaar zou luisteren.

Daar was ik niet zeker van.

25

Tegen het eind van de volgende morgen stonden McKenzie en ik in de schaduw van het Dream Wheels-gebouw, terwijl tekenares Kathy Iles bijna klaar was met Cass. Verwacht werd dat de temperatuur in de middag van deze maartse dag tot 27 graden zou oplopen.

Kathy is een buitengewoon goede politietekenares, omdat ze de persoon in kwestie als een echt mens afbeeldt en niet als een type. Je hebt vast wel compositietekeningen gezien die niet op echte mensen lijken. Kathy vindt dat niet goed genoeg. Het is, denk ik, haar geheim dat ze zo kalmerend overkomt en daardoor de indruk wekt dat het 'goed' is, al zijn veel van de mensen die ze ondervraagt het slachtoffer van een vreselijk misdrijf. Ze neemt de tijd en krijgt details die andere tekenaars ontgaan omdat de getuigen zo van streek zijn. Kathy is een forse, gemoedelijke vrouw en ze is erg gevoelig voor stemmingwisselingen van mensen. Ze werd politietekenares omdat haar moeder om het leven kwam bij een uit de hand gelopen winkeloverval door een man die nooit werd geïdentificeerd en nooit werd gepakt.

'Sorry,' zei ze toen we in Cass' kantoor stonden en naar de nieuwe tekening keken. 'Die pet, die zonnebril, die snor. Hij lijkt meer op een vermomming dan op een mens. Dit is niet een van mijn beste tekeningen.'

'Maar zo zag hij eruit,' zei Cass. 'Je hebt hem goed op papier gekregen.'

'Nou, dank je,' zei Kathy.

Op haar weergave van Hummerman zag je een arbeiderstype met een breed gezicht, iemand die je, precies zoals Cass had gezegd, in de laadruimte van zijn pick-uptruck zou kunnen aantreffen bij een picknick die aan een footballwedstrijd voorafging. De zonnebril en borstelige snor onttrokken een groot deel van zijn gezicht aan het oog. Kathy had gelijk: dit was niet haar beste werk. Haar Hummerman was vaag, een type.

In fysiek opzicht leek de getekende man een beetje op Mincher, maar Mincher was nog steeds te jong. En Mincher had een vriendelijke, zuidelijke houding, heel anders dan de arrogantie die Hummerman volgens Cass tentoon had gespreid. Tenzij Mincher een getalenteerde acteur was. Ik hoorde dat Hummerman rechtshandig was. Ik was vergeten dat zelf aan Cass te vragen.

251

Kathy had ook uit Cass gekregen dat Hummermans nagels schoon en verzorgd waren, terwijl hij er verder toch als een arbeider uitzag. Zijn handen leken glad. Ik dacht aan de nieuwe Chargers-pet van Hummerman, zijn schone nagels en gladde handen, en zijn arrogante houding.

Toen dacht ik aan de bewakingsbeelden die ik had gezien, en het glanzende schoenleer op die beelden. Welke arbeider zou op een miezerige, regenachtige dag zulke glanzende schoenen dragen?

Het leek me verkeerd. Ik vroeg me af of we naar een echte arbeider zochten of naar iemand die op een arbeider probeerde te lijken.

'Misschien is dat precies waar we naar zoeken: een vermomming,' zei ik.

'Ik vond inderdaad dat hij iets onechts had,' zei Cass. 'Alsof hij nep was. Hij leek net een doodgewone kerel die eruit wilde zien als een beroemdheid die zijn best deed om niet herkend te worden. Of zoiets.'

Toen ik weer achter mijn bureau zat, vond ik daar een boodschap dat commissaris Dale Payne van de politie van New Orleans had gebeld. Ik belde hem terug.

'Ik heb de lijst van iedereen die een wapen heeft opgevraagd,' zei hij. 'Dat is dus inclusief wijzelf, de districtskorpsen, de federale diensten – iedereen. Ik heb insigne- en telefoonnummers. Daar ging wat werk in zitten. Nou, daar komen ze. Misschien helpt het u om uit te zoeken wie er met mijn Model 39 vandoor is gegaan.'

Ik typte de naam, rang en organisatie in van iedere persoon die bij het vrijgeven van wapens uit het magazijn betrokken was geweest. Zoals ik al had gedacht, had de politie van New Orleans de wapenverstrekking niet door inspecteur Darron Wright in zijn eentje laten afhandelen. Hij was geassisteerd door de agenten Clay Strunk en Gloria Escobedo. Ik verwachtte min of meer dat ik de naam van Ron Mincher zou horen, maar dat gebeurde niet en daar was ik blij om. Geen van de zes namen kwam me bekend voor.

Ik liet boodschappen voor drie van hen achter, maar de drie anderen kreeg ik aan de lijn. Ik legde in het kort uit dat ik op zoek was naar iemand die op die dag in New Orleans een moordwapen had meegenomen.

De twee eersten vertelden me met neerbuigend geduld dat natuurlijk iedereen ervoor had getekend; dat was de procedure. Bob Cramer van de DEA aarzelde en stelde zich daarna onwillig op. Hij zei dat het niet zijn gewoonte was om de namen of verblijfplaatsen van DEA-agenten bekend te maken aan 'regionale politiekorpsen'.

Ik streepte de namen met steeds forsere halen van mijn pen door, maar omcirkelde die van Bob Cramer.

Ik zuchtte en keek door het raam naar het zonovergoten San Diego. Het was nog winter in de mooiste stad van Amerika.

Na de lunch verlieten McKenzie en ik het hoofdbureau met een stapel pamfletten van een centimeter dik en een klein beetje hoop. Voordat we kopieën van de tekening hadden gemaakt, hadden we die op een politieformulier gezet met het symbool van ons korps en de tekst GEZOCHT VOOR ONDERVRAGING. Daaronder hadden we een signalement van de onbekende persoon gezet.

We gingen eerst naar het gebouw van de eenheid Handhaving van de dienst Ethiek. Op de trottoirs van Little Italy wemelde het van de voetgangers die van de zon genoten en ik rook het brood en de knoflook van de restaurants. Arliss Buntz keek naar ons toen we binnenkwamen en legde toen dingen recht op haar bureau. Haar oeroude, bijna groene trui hing aan een kapstok bij de trap en ze had een erg klein vaasje met slaapmutsjes, Californische papavers, naast haar telefoon staan.

'Kom maar boven,' zei Van Flyke. Hij stond op de eerste verdieping naar ons omlaag te kijken.

'Nou, gaat u de trap maar op,' zei Arliss.

Ik deed de deur dicht en speelde het bandje van Garrett Asplundhs laatste gesprek met Stella af. Van Flyke luisterde met gefronste wenkbrauwen, zijn hoofd enigszins schuin.

'Hoe bent u hieraan gekomen?' vroeg hij.

'Onze vrienden bij de politie,' zei ik.

Van Flyke schudde zijn hoofd. 'Wat ik in deze stad al niet moet meemaken! Ze roepen de dienst Ethiek in het leven om de gemeente in de gaten te houden, en wat doet de gemeente? Die houdt de dienst Ethiek in de gaten.'

'Het gesprek vond plaats om halfvijf op dinsdag de achtste, de dag waarop Garrett werd vermoord,' zei ik.

Van Flyke knikte maar zei niets.

'Iedereen die dit heeft gehoord, kon weten dat Garrett die avond naar de Cabrillo Bridge zou gaan,' zei McKenzie.

'Hij zegt niet welke brug,' zei Van Flyke.

'Iemand die Garrett goed kende, wist over welke brug hij het had. Heeft hij u daar ooit over verteld?'

'Daar heeft hij haar zijn aanzoek gedaan.'

'Wanneer hebt u uw exemplaar van dit bandje gekregen?' vroeg ik.

'Gisteren,' zei hij. 'Altijd op woensdag, tenzij Kaven het vergeet of de boel traineert. Die bandjes zijn voor ons van Ethiek niet zo belangrijk. We vinden het vernederend dat er opnamen van ons worden beluisterd. Vooral door de burgemeester en jullie van de politie.'

McKenzie haalde een van onze nieuwe GEZOCHT VOOR ONDERVRAGING-pamfletten uit haar aktetas en liet hem aan Van Flyke zien.

'Dat lijkt op u met een snor,' zei ze.

'Ik ben een Dolphins-fan,' zei hij.

McKenzie hield een pamflet omhoog om de tekening met hem te vergelijken. Ze trok haar wenkbrauwen op en Van Flyke glimlachte en schudde zijn hoofd.

'Hij ziet er beter uit dan u,' zei McKenzie.

'Dat kun je van de meeste mannen zeggen,' zei Van Flyke. 'Maar die hebben dan niet mijn zinderende persoonlijkheid. Prik dat pamflet achter Arliss' bureau op de muur, dan ziet iedereen het die daarlangs komt.'

'We laten er ook een paar op de tafel beneden liggen,' zei McKenzie.

'Heel goed,' zei Van Flyke. 'En doe me een lol: zeg tegen uw bazen bij de politie dat ze zich niet met de zaken van de dienst Ethiek moeten bemoeien. Als ze bandjes met gesprekken willen laten circuleren, kunnen ze hun eigen mensen afluisteren.'

Erik Kaven zei dat hij de telefoongesprekken van de dienst Ethiek 'onregelmatig' opnam en beluisterde, maar dat hij niet naar het gesprek van Garrett en zijn vrouw had geluisterd. Hij hield er niet van om zijn eigen medewerkers te bespioneren. Bepaalde andere personen hadden toegang tot de opnameapparatuur en konden hebben meegeluisterd toen het gesprek plaatsvond of later het bandje hebben beluisterd. Hij zei dat het beleid om telefoongesprekken van de dienst Ethiek af te luisteren 'achterlijk' was en dat hij er fel op tegen was, maar omdat het nu eenmaal in het handvest van de dienst was opgenomen, moest hij zich aan de regels houden.

'Het was een idee van de burgemeester en de gemeenteraad,' zei Kaven. 'Op die manier houden ze ons onder hun politieke duim. Ze willen ethiek, maar ze willen geen ethiek met ballen.'

Ik dacht aan wat Stella had gezegd: dat Garrett geen vertrouwen in Kaven had omdat Kaven te goede maatjes was met Sarvonola en het bedrijfsleven van San Diego.

'U was ertegen om Garrett in dienst te nemen, nietwaar?'

Hij keek me aan. 'Ik vond dat hij beter bij de politie kon blijven, maar de beslissing was aan Van Flyke. Ik geef leiding aan de dienst. Ik dicteer niets. En u hoeft me niet te vragen of ik u nog meer bandjes van de dienst Ethiek wil laten horen. Als u iets van de dienst wilt opeisen, moet u naar de rechter gaan en met een papier terugkomen. Of anders kunt u met al uw onberispelijke hoofdinspecteurs praten. Waarschijnlijk kunt u alles van ze krijgen wat u maar wilt.'

'We hebben al wat papier,' zei McKenzie. Ze pakte weer een pamflet met de tekening. 'Hij lijkt op u.'

Hij bekeek de tekening. 'GEZOCHT VOOR ONDERVRAGING... Wat is dat voor een gezicht? Het lijkt wel een vermomming. Waarom zit u achter die man aan? Wat is zijn verhaal?'

'Vraagt u de rechter maar om een papier en we vertellen het u,' zei McKenzie.

Kaven glimlachte. De tanden achter zijn grote snor waren wit en recht. 'Ik wil het niet weten. Ik weet al te veel.'

In de volgende vier uur reden we naar drie televisiestudio's, zes radiostations, zes kranten en drie tijdschriften. We hadden de tekening ook kunnen faxen, maar het is mijn ervaring dat je meer aandacht krijgt als je er persoonlijk naartoe gaat.

We werden overal met ernstige gezichten en gefronste wenkbrauwen ontvangen en kregen van iedereen de verzekering dat onze tekening zou worden uitgezonden, gepubliceerd of, in het geval van de radiostations, beschreven. Bij elke tekening deden we een persbericht over de moord op Garrett Asplundh.

Om vijf uur die middag gingen we tot slot naar de wijkgebouwen in de stad, waar prikborden hingen die eigenlijk bestemd waren voor plaatselijke bekendmakingen van niet-commerciële aard. Tussen de pamfletten voor bijeenkomsten over natuurlijke bevallingen, therapieën tegen kaalheid, gratis poesjes, edelstenen- en mineralententoonstellingen, programma's om af te vallen met kruiden, haiku-workshops en niet-medische behandelingen van zweterige handpalmen en slechte ogen, prikten we onze GEZOCHT VOOR ONDERVRAGING-pamfletten van Hummerman. Te midden van die optimistische mengeling van zelfhulpprogramma's, educatieve projecten en gratis huisdieren kwam hij nogal bruusk en grof over. Toen we op het hoofdbureau terug waren, was het bijna donker en bedroeg de temperatuur nog 21 graden. We hadden nog tien pamfletten over. Ik stopte er een paar in mijn tas en gaf de rest aan McKenzie. Ze scande er een in haar computer om hem op de website van ons korps te zetten en stuurde hem als jpeg naar een paar van die particuliere websites die de politie van dienst willen zijn.

Chet Fellowes kwam de kamer van Moordzaken binnen, zijn schouders ingezakt, zijn armen lang. Hij legde beide handen op mijn bureau, boog zich voorover en keek me aan.

'We gaan om twaalf uur vanavond naar Eden Heights,' zei hij. 'Jij hebt het ontdekt, dus je mag meekomen, als je dat leuk vindt.'

'Mag McKenzie ook mee?'

'Ja. En doe jullie kogelvrije vesten aan. Bij types als Chupa junior kan dat geen kwaad.'

'Weet Villas hiervan?' vroeg ik.

'Natuurlijk heb ik Villas ingelicht.'

'Dan doen we mee.'

'Jullie kunnen met onze mensen meerijden in een van de tactische wagens,' zei Fellowes. 'We gebruiken er twee. Ik heb gisteren de locatie bekeken. We zetten wat mannen bij dat zwembadgebouw neer. Dat is vast de nooduitgang als Chupa ons ziet aankomen.'

'Goed. Dank u.'

Hij boog zich dichter naar me toe en fluisterde: 'Die video die Garrett had, met onze jongens en meisjes erop. Die is toch niet verspreid, hè? Die heb je toch binnenshuis gehouden?'

'Ik heb hem aan Professionele Normen overgedragen,' zei ik.

'Maar je hebt een kopie gemaakt, toch?'

'Nee. Waarom zou ik?'

Op zulke momenten ben ik blij dat mensen de leugens niet uit mijn mond zien tuimelen, zoals ik bij hen kan zien. Evengoed vraag ik me altijd af of ze dat toch kunnen, misschien op een andere manier.

'Als die hoge pieten vanavond in Eden Heights worden betrapt, is het huis te klein,' zei Fellowes. 'Gemeente, politie, brandweer, bedrijfsleven – iedereen wordt in het net gevangen. Slecht voor ons. Slecht voor de stad. Kun je dat aan?'

'Dat kan ik aan.'

'Want jij bent niet zoals sommige mensen. Ik bedoel, je wílt toch niet dat de stad een slechte reputatie krijgt?'

'Ik hou van de stad zoals hij is.'

'We zien elkaar tegen twaalf uur bij de uitvalspoort.'

Hij sloeg met zijn vlezige hand op mijn schouder en ging naar McKenzies bureau.

McKenzie verliet het hoofdbureau een paar minuten eerder dan anders. Ze had een eetafspraak met Hollis Harris en moest voortmaken, wilde ze op tijd terug zijn om tegen twaalf uur aan onze inval in Eden Heights te kunnen meedoen. Ik glimlachte. Het deed me goed dat McKenzie en Hollis er vier of vijf uur over zouden doen om te eten. McKenzie las mijn gedachten en wendde haar ogen af.

Ik dacht aan alle eindeloze diners die Gina en ik thuis met recepten uit tijdschriften hadden gemaakt. Tussen de gangen door hadden we de liefde bedreven. Koken en eten waren deel van het liefdesspel geworden, of het liefdesspel een deel van het koken en eten – een duizelingwekkende reeks verlangens die we samen opbouwden terwijl de frisse bries door de open ramen naar binnen kwam en de televisie zacht aanstond, het antwoordapparaat alle telefoontjes afhandelde en ik vurig hoopte dat mijn pieper of mobieltje niet zou overgaan om me van huis weg te sturen, achter de boeven aan.

Sinds de eerste keer dat McKenzie met Harris uit was geweest, had ze er een beetje moe maar gelukkig uitgezien. Haar teint en houding waren enigszins verzacht. Ze had me verteld dat ze nog nooit iemand had gekend die zo intelligent was als hij en dat hij als amateurschutter vrij goede resultaten behaalde. Hij had belangstelling gekregen voor kleiduiven schieten, iets wat McKenzie nooit had gedaan. Ze zei dat ze daar samen aan wilden beginnen en vroeg of Gina en ik misschien wilden meedoen. Ik had tegen haar gezegd dat het geweldig zou zijn – ik zou Gina vragen wanneer ze vrij was. Ik vond het teleurstellend dat ik na vijf jaar huwelijk leugens vertelde over mijn vrouw, terwijl McKenzie al na één week contact plannen kon maken met haar vriendje en in alle eerlijkheid over hem kon praten.

Ik bleef nog lang op het hoofdbureau. Toen ik naar huis reed, ging ik nog even naar Higher Grounds. De twee eerste personeelsleden die ik sprak, waren er vrij zeker van dat ze die avond hadden gewerkt, maar ze konden zich geen van beiden de man van de tekening herinneren. De volgende twee waren er vrij zeker van dat ze die avond niet hadden gewerkt, en ze konden zich hem ook geen van beiden herinneren.

Toen wierp een opvallend bleek meisje met heldere groene ogen één blik op de tekening en keek me vervolgens stralend aan.

'Ik heb hem bediend,' zei ze. Volgens haar badge heette ze Miranda. Ze had wit haar. 'Dat is niet zo'n goeie tekening, maar ik herken hem. Hij kwam om ongeveer halfnegen. Ik weet nog dat ik zijn zonnebril een beetje té vond, want het was donker en het regende.'

'Vertel me wat er gebeurde,' zei ik.

'Hij bestelde een medium cafeïnevrij met melk,' zei Miranda. 'Ik weet nog dat ik dat verstandig van hem vond. Hij leek me nerveus.'

'Hoe kon je dat zien?'

'Zijn handen beefden.'

'Had je hem eerder gezien?' vroeg ik.

'Twee of drie keer. Maar... hij was die avond anders.'

'Hoe anders?'

'Dat weet ik niet. Dat kan ik niet precies zeggen.'

'Zei hij iets tegen je, behalve dat hij koffie bestelde?'

'Niets,' zei Miranda. 'Hij keek opzij toen hij betaalde, alsof hij niet wilde zien of gezien worden. Hij betaalde met twee dollar. Toen zag ik dat zijn handen beefden. Hij gaf me een fooi van veertig cent.'

'Wat voor stem had hij?'

'Dat weet ik niet meer. Ik ben visueel ingesteld, niet auditief.'

'Heeft hij zijn zonnebril afgezet?'

'Nee.'

'Zou je hem herkennen als hij weer binnenkwam?'

Ze glimlachte en schudde haar hoofd, alsof ze met een kind te maken had. 'Ik zit op de kunstacademie. Ik heb erg goede ogen. Er is maar één ding dat ik echt goed kan, en dat is zíen. Ja, ik zou hem herkennen.'

Ik schreef mijn mobiele nummer op de achterkant van vijf visitekaartjes en gaf er een aan haar.

'Ik hou een oogje in het zeil,' zei ze. 'Twee, om precies te zijn.'

Toen gaf ik de andere kaartjes aan de andere personeelsleden.

'Te gek.'

'Te gek.'

'Te gek.'

'Te gek.'

'Ik heb u op de televisie gezien,' zei Miranda, die me met haar volmaakte groene ogen bestudeerde. 'Ik ben blij dat u het hebt overleefd.'

'Dank je. Dat is aardig van je.'

'Toen ik het zag, dankte ik God voor mijn leven.'

'Ik ook. Weet je nog iets meer over die man die je hebt gezien?'

'Nee. Het spijt me dat ik u niet kan vertellen waarom hij anders was. Ik heb hem echt wel goed gezien, maar... Het spijt me. Hij was gewoon niet hetzelfde als de vorige keren dat ik hem zag.'

26

Er hing een vage mist in de dalen rond Eden Heights. We reden de heuvels in, voorbij de laatste straatlantaarns met hun nevelige schijnsel.

Ik dacht aan Garrett Asplundhs favoriete gedicht, zoals Stella het had geciteerd: 'De weg een lint van maanlicht door veen zonder kleur...'

Ik stelde me Hummerman weer voor en hoopte dat we nog een beetje meer geluk hadden met onze tekening. Wat Miranda me had verteld, was relevant, interessant en een beetje huiveringwekkend. Maar ik zou er niet veel verder mee komen, tenzij hij naar Higher Grounds terugging als zij daar was of ik kon aantonen dat het DNA van een verdachte overeenkwam met dat in het speeksel op het dekseltje dat Sanji Moussaraf me had gegeven, al zou dat misschien niet als bewijsmateriaal worden toegelaten.

Om kwart voor één verlieten we het hoofdbureau in de tactische SUV, een zwart-met-witte Suburban met veel lampen en antennes. Het was een indrukwekkende wagen. We zaten er met z'n achten in: Fellowes en twee rechercheurs, alle drie in burger, drie geüniformeerde agenten en wij tweeën. Mincher was uit de verkeersdienst gehaald, ongetwijfeld door Fellowes. Hij zat zwijgend achter het stuur en lette op het verkeer. Hij zei niets tegen mij of McKenzie.

We hadden allemaal een kogelvrij vest aan. Vooral Fellowes voelde zich daarin niet op zijn gemak, en het vest leek me ook wel wat te klein voor zijn lange lichaam. Ik draag altijd een ouder kevlar II-vest van Point Blank. Dat zit me goed en het komt altijd goed uit vergelijkende tests, al is het zwaar en niet bepaald het nieuwste van het nieuwste.

We werden gevolgd door vier patrouillewagens en twee politie-Chevrolets, met in totaal twaalf gewapende agenten, allemaal met een kogelvrij vest aan. Er zaten vier vrouwen van Zeden bij; twee van de agenten waren ook vrouw. Het is voor vrouwen gemakkelijker om vrouwen te arresteren omdat ze niet zo gauw van buitensporig geweld of aanranding worden beschuldigd, al hebben vrouwelijke agenten er soms moeite mee om in hun eentje een gewelddadige verdachte in bedwang te houden. De achterhoede bestond uit twee transportbusjes met vier geüniformeerde agenten om de meisjes en de klanten naar het huis van bewaring af te voeren.

Ik draaide me om en zag één busje, twee patrouillewagens en twee burgerwagens naar de kant van de weg gaan en in de duisternis verdwijnen. Ze zouden onverharde wegen en brandgangen gebruiken om aan de achterkant van het huis te komen. Volgens Fellowes zouden ze er eerder zijn dan de anderen. Ze zouden zo dicht mogelijk bij de achterkant van de Toscaanse villa parkeren en dan te voet verdergaan en posities bij de achtertuin en het zwembadgebouw innemen.

Wij zouden ons in twee groepen opsplitsen. We zouden recht op het huis af rijden en beide uiteinden van de ronde oprijlaan blokkeren. Een paar zouden zich te voet verspreiden om zijdeuren en -ramen te bewaken. De rest zou naar binnen gaan. We zouden ons huiszoekingsbevel laten zien en mensen handboeien omdoen. Fellowes zou aanbellen en het woord doen, al vermoedde ik dat we uiteindelijk de voordeur zouden moeten forceren.

Ik keek naar de halvemaan, die op zijn rug lag in het waas van mist en duisternis. McKenzie controleerde haar Glock, stak hem weer in de holster en maakte het riempje vast. Ik voelde de Colt 1911 A1 van mijn opa tegen mijn ribben.

Fellowes vertelde ons wat ze over het bordeel te weten waren gekomen. Zijn rechercheurs van Zeden hadden ontdekt dat het pand in Eden Heights eigendom was van een financier in Los Angeles die er nooit was gaan wonen. Het werd beheerd door Sorrento Property Management en van maand tot maand voor zevenduizend dollar aan het bedrijf Preferred Financial Services verhuurd. Preferred Financial Services was eigendom van Jordan Sheehan & Associates, Investments. Er was geen formele huurovereenkomst waarop haar naam voorkwam.

'Ik hoop dat ze ons niet in de gaten heeft gekregen,' zei Fellowes toen we vaart minderden voor de afslag. 'Ze is niet dom.'

Ik nam aan dat Fellowes er zelf voor had gezorgd dat ze ons in de gaten kreeg; anders zouden we er nu niet heen gaan. Ik nam aan dat Jordan Sheehan op dat moment ver van Eden Heights vandaan was, waarschijnlijk in het Indigo, waar mensen haar zouden zien en zich haar zouden herinneren. Ik nam aan dat ze Chupa ervoor zou laten opdraaien en dat Fellowes niet aan de pers zou vertellen wie de werkelijke huurder van die gigantische Toscaanse villa was. Ik geloofde niet dat we daar vanavond veel kopstukken zouden aantreffen, alleen de klanten van het tweede garnituur, de mannen die echt betaalden voor hun Squeaky Clean-pret.

'Ik hoop dat ik haar zelf de boeien kan omdoen,' zei McKenzie. Terwijl ze dat zei, boog ze zich naar voren, naar Fellowes toe, en daarbij trapte ze met haar dienstschoen op mijn tenen om me te laten weten dat ze wel wist dat Jordan daar heus niet zou zijn.

We hadden allemaal extra plastic polsboeien bij ons, die je gemakkelijk achter een riem of broekband kon bewaren. Twee van onze mensen hadden een videocamera om alles in beeld te brengen. We wilden dat alles goed werd vastgelegd, want dan zat onze bewijsvoering beter in elkaar en hadden we minder te duchten van de golf van kritiek die soms komt opzetten wanneer de politie in opspraak komt. Natuurlijk moest ons gedrag onberispelijk zijn, en dat is wel eens moeilijk wanneer mensen schreeuwen, rennen en zich tegen arrestatie verzetten.

We hoefden tenminste niet langs de kant van de weg te wachten tot iemand die de code kende de poort van Eden Heights passeerde. Fellowes had de code gekregen van Liberty Ridge Protection, het bewakingsbedrijf dat de toegang tot Eden Heights beheerde.

We wachtten terwijl Mincher de code intoetste. Het grote, smeedijzeren hek zwaaide open en de Suburban reed door. We reden langzaam; dan konden de anderen ons bijhouden. Even later gaf Mincher wat meer gas en gingen we de helling op.

We volgden de brede straat door de fraaie woonwijk. Het was net of we door een levensgrote reisbrochure van een paradijs aan de Middellandse Zee reden. Ik zag de Toscaanse villa in de verte, de fonkelende fontein, de gedempt verlichte ramen, de scherpe weerspiegelingen van de auto's die op de grote rondgaande oprijlaan stonden.

McKenzie boog zich naar voren, leunde toen achterover en haalde diep adem. We tikten met onze vuisten tegen elkaar; dat bracht geluk. Chupa junior stond in een bundel licht voor de deur. Hij wierp één blik op ons en verdween toen naar binnen.

'We zijn gezien,' zei Fellowes.

Mincher reed met de Suburban naar de verste toegang en zette hem daar dwars voor. Twee patrouillewagens stopten bij ons om de doorgang te blokkeren. Ik keek achterom naar de eerste toegang en zag dat die ook door onze wagens geblokkeerd werd. De portieren zwaaiden open.

We draafden over de oprijlaan, Fellowes voorop. Het blauwe water spetterde in de fontein en ik rook de vochtige salie op de hellingen. Onze videofilmer ging een eind opzij en volgde ons van daaraf met draaiende camera. Hoofdinspecteur Fellowes klopte drie keer, wachtte enkele seconden en klopte opnieuw. Ik stond naast hem op de oprijlaan en zag boven een lamp aangaan, en nog een. Deuren werden dichtgeslagen. Stemmen galmden door het huis.

261

Fellowes gaf een teken. Mincher en een andere agent beukten met de stormram tegen de fraaie deur. Het koper sprong van het hout, de deur wrong zich open als iets wat gewond was, en Fellowes strompelde naar binnen.

Ik hoorde geschreeuw aan de achterkant van het huis. Fellowes en drie mannen renden door de hal en gingen toen naar links. McKenzie en ik volgden, maar gingen rechtsaf. Er werd een deur voor me dichtgegooid en er stormde een jonge man naar buiten. Hij zag ons en rende de andere kant op. Hij droeg een pak, maar had zijn schoenen en sokken in zijn handen. Achter hem aan strompelde een jonge vrouw op blote voeten, haar jurk half aangeschoten, haar haar voor haar gezicht en met een wilde glinstering in haar ogen. Ze probeerde hem door de gang te volgen.

Ik rende de vrouw voorbij en kreeg de klant te pakken toen hij halverwege de biljartkamer was. Ik riep dat hij moest blijven staan. Dat deed hij niet, en dus haalde ik hem onderuit. We dreunden hard tegen de poot van een biljarttafel, zodat de ballen op het vilt boven ons uit elkaar vlogen. Ik draaide de polsen van de man achter zijn rug en deed er een plastic boei omheen. Hij bood nauwelijks weerstand. Ik rende terug en zag dat McKenzie zich meester had gemaakt van het meisje, dat geboeid was en onmiddellijk haar advocaat eiste te spreken.

Twee van onze geüniformeerde agenten kwamen naar ons toe om onze verdachten naar het transportbusje te brengen.

Er kwam weer geschreeuw van de achterkant van het huis, maar ik kon het niet verstaan. In een kamer aan de gang verrasten McKenzie en ik een stel dat nog bezig was genoeg kleren aan te trekken om weg te rennen. De man was van middelbare leeftijd en duidelijk doodsbang. Het meisje was een erg jonge latina in een rood slipje. Toen ze langs me naar de deur probeerde te rennen, spreidde haar haar zich uit tot een glanzende, zwarte waaier. McKenzie overmeesterde haar en ze scholden en ruzieden in angstaanjagend Spaans, terwijl ik Middelbaar zijn broek en overhemd liet aantrekken.

Plotseling ging het licht uit. Boven gilde een vrouw en schreeuwde een man. Ergens achter in het huis ging een vuurwapen af – een klein kaliber pistool, 5mm of 6mm, dacht ik.

Er klonken nog twee snel opeenvolgende knallen in de chaos. Een man schreeuwde van pijn.

Middelbaar maakte zich uit mijn greep los en rende de gang door.

Ik riep naar hem dat hij moest blijven staan, maar dat deed hij niet. Ik zag zijn silhouet om de hoek verdwijnen, richting biljartkamer. Ik rende achter hem aan, herinnerde me waar de biljarttafel stond, maar vergiste me in de positie van de jukebox. Ik dreunde ertegenaan, al wist ik overeind te blijven. Aan de andere kant van de kamer stonden de tuindeuren open. Ik zag het zwakke maanlicht buiten en de weerspiegeling van het zwembadoppervlak op de ramen. Middelbaar stormde naar buiten en rende naar rechts.

Ik zei wie ik was en beval hem nog één keer te blijven staan. Bij het zwembadgebouwtje kreeg ik hem te pakken en gooide hem tegen de grond. Hij verbrak mijn greep met een handige draai van zijn pols en krabbelde overeind. Hij haalde het hek, dat op de bovenrand van pieken was voorzien, en ik dreunde tegen hem aan toen hij eroverheen probeerde te klimmen. Hij viel op de grond en rolde een keer om. Hij kronkelde onder me vandaan. Ik kwam overeind en graaide naar hem. Maar in plaats van te rennen bleef hij staan, zette zijn voeten stevig neer en haalde uit naar mijn gezicht. Ik ontweek hem en gebruikte zijn eigen beweging om hem weer neer te trekken. Ik ramde mijn knie in zijn rug en gebruikte al mijn kracht en gewicht om zijn polsen bij elkaar te krijgen en hem eindelijk die plastic boeien om te doen.

Ik stond hijgend op en zag nu pas voor het eerst wat er om me heen gebeurde.

Het plan had gewerkt. Onze collega's in de achtertuin hadden de vluchtenden onderschept en leidden de meisjes en hun klanten nu in groepjes van twee en drie weg. De zwaailichten van de patrouillewagens zetten het hele tafereel in een flikkering van rood, blauw en geel, en de koplampen van de transportwagen en de burgerwagens sneden met groot licht door de mist.

Ik herkende de brandweerman uit San Diego van een van Garretts video's. Ik herkende een ander gezicht, al wist ik de naam niet. Carrie Ann Martier, gehuld in een witte badstoffen ochtendjas, keek me aan toen ze door een van de agenten van Zeden werd weggeleid.

'Hallo, Robbie.'

'Hallo, Carrie.'

'Je helpt me toch wel?'

'Dat zou ik doen, als ik het kon.'

'Na alles wat ik voor je heb gedaan?'

'Ik ben ook gebonden, Carrie.'

Toen explodeerde de muur. Een gigantische gedaante zonder hoofd stormde dwars door een tuindeur, bleef met zijn voet achter het kapotte raam haken, smakte tegen de grond en rolde een keer om. Hij kwam als een grote, zware kat overeind en liet het beschermende colbertje van zijn gezicht zakken. Chupa verstijfde. Hij keek naar mij en mijn collega's, bracht toen zijn immense armen en benen in beweging en denderde door de tuin naar het hek. Hij liep erg mank. Een rechercheur van Zeden probeerde hem te tackelen, maar Chupa tilde hem boven zijn hoofd en gooide hem in het zwembad. Een ander klom op Chupa's rug, maar de grote man schudde hem van zich af. Een andere rechercheur van Zeden kwam op hem af en riep dat hij moest blijven staan, maar Chupa was al bij het hek. Een geüniformeerde agent naderde hem met getrokken pistool, maar Chupa wendde zich van hem af en beklom het hek met de stijlvolle pieken.

Ik geloofde niet dat hij het voor elkaar kon krijgen. Het hek was twee meter hoog en stond op een helling. Maar hij had al een piek in allebei zijn knuisten en hij had meer dan genoeg kracht in zijn armen om zijn lichaam over de bovenrand te hijsen. Hij bleef met één enkel achter de horizontale bovenkant haken. Ik zag het bloed van zijn schoen lopen.

Toen zag ik Fellowes door de kapotte tuindeur strompelen, gevolgd door Mincher. Ze keken naar Chupa en brachten hun al getrokken wapens omhoog.

'Van dat hek af!' blafte Fellowes. 'Hij heeft een rechercheur neergeschoten! Binnen ligt een rechercheur!'

'Lul niet, man, ik heb geen pistool!' schreeuwde Chupa.

Iemand schoot over Chupa's hoofd en beval hem naar beneden te komen. Hij had een precair evenwicht gevonden, zijn voeten stabiel op de bovenrand van het hek, zijn lichaam wankelend naar voren. Zijn grote maskerachtige gezicht keek woedend op ons neer.

Opnieuw galmde er een waarschuwingsschot door de nacht, wegzoevend in de duisternis van de heuvels achter het huis.

'Kom van dat hek af!' riep Fellowes. 'Je staat onder arrest! Je staat onder arrest!'

'Ik heb helemaal geen wapen, man. Ben jij niet goed bij je hoofd?'

Chupa liet de pieken los en stond nu rechtop. Hij bracht zijn grote armen omhoog om zich in evenwicht te houden en zijn colbertje waaierde uit, een en al golvende gratie. Hij maakte aanstalten zijn gewicht te verplaatsen voor de sprong naar beneden, maar zijn bebloede voet bezweek of glipte uit, en hij viel achterover de tuin weer in en kwam met beide voeten op de grond terecht. Hij haalde nu moeizaam adem. Zijn kolossale benen hadden er grote moeite mee om hem overeind te houden en zijn handen grepen het ijzeren hek achter hem vast.

Twee agenten kwamen met getrokken wapens naar hem toe.

'Hij is gewapend!' riep Fellowes.

Chupa vond zijn evenwicht. 'Lul niet, man, ik heb geen wapen!'

'Laat het wapen vallen!'

Hij glimlachte. 'Ik heb geen wapen!'

'Laat het wapen vallen!'

En op dat moment trok Chupa vliegensvlug het pistool uit zijn jasje.

Ik trok meteen het mijne, maar dat maakte niet meer uit.

Chupa kwam niet tot een schot. Een gebulder van schoten bracht hem op zijn knieën. Hij maakte een hulpeloze, verraste indruk. Hij loste het ene na het andere schot in de lucht, en een volgend salvo gooide hem op zijn buik op de helling. Zijn rug kwam nog een keer omhoog en het bloed gutste door de kogelgaten. Hij tilde zijn hoofd op, tuurde naar ons en naar de flikkerende zwaailichten en liet toen zijn gezicht op het gras zakken. Er ging nog een huivering door hem heen.

Om halftwee die nacht had iemand de stroomonderbreker gevonden en ging het licht weer aan.

Om twee uur waren alle klanten en meisjes afgevoerd. Er hadden zich wat buren voor het huis verzameld, en de mist was dichter geworden.

Om drie uur was het lichaam van Chupa junior weggehaald.

Om vier uur hadden Roger Sutherland en zijn eenheid Professionele Normen de videocamera's in beslag genomen die waren gebruikt om de gebeurtenissen te filmen. Ze verrichtten hun metingen en berekeningen op de plaats delict, ondervroegen mensen over de schietpartij waarbij Chupa junior om het leven was gekomen en gaven opdracht alle vragenstellende journalisten naar hen te verwijzen.

Het bleek dat een van Fellowes' rechercheurs van Zeden, Swanson, een schot in zijn borst had gekregen, maar het kogelvrije vest had zijn werk gedaan. Mincher was er getuige van geweest: Chupa junior had een pistool uit de zak van zijn jasje gehaald en had de rechercheur geraakt toen die een kamer op de bovenverdieping was binnengestormd.

McKenzie en ik bleven op de achtergrond. De transportwagens en patrouillewagens waren weg, maar de zwembadverlichting scheen op het water en de tuinlampen verspreidden een zacht schijnsel in de mist.

'Gaat het?' vroeg ik.

'Ik ben op van de zenuwen en ik heb slaap.'

'Ik ook.'

Fellowes kwam het huis uit en sjokte naar ons toe.

'Daar zijn jullie,' zei hij.

'Hier zijn we,' zei McKenzie.

'Ik heb de pest aan zwembaden,' zei Fellowes. 'Ze doen me aan Samantha Asplundh denken. Lopen jullie even met me mee?'

We volgden hem het huis weer in en gingen naar boven. Toen ik achter hem aan de trap op ging, begreep ik dat Fellowes in opdracht van Sarvonola zijn invloedrijke vrienden een tip had gegeven, zodat ze die avond niet werden opgepakt: Rood, Stiles, Vinson. En dat hij de sporen van hemzelf en Mincher uitwiste door een inval in het bordeel te doen. Ik begreep dat hij Squeaky Clean door de mazen van het net had laten glippen, zodat ze ergens anders opnieuw kon beginnen. Jordans meisjes zouden de klappen voor haar opvangen: Carrie Ann Martier en de anderen. En ik begreep dat we een man hadden gedood die misschien op een rechercheur van Zeden had geschoten, en misschien ook niet, met als enige getuige een verkeersagent die al even corrupt was als Fellowes. Ik werd er beroerd van.

Hij leidde ons naar een van de kamers. Ik zag dat de deur geforceerd was. Het was een vrij grote kamer. Er stonden leren meubelen en de vloerbedekking was donker en dik. In de haard brandden gasblokken. Een van de muren bestond uit een reusachtige inloopkast met spiegeldeuren. Het bed was omgewoeld: zwartsatijnen lakens en kussenslopen.

Mincher leunde tegen de deurpost van de badkamer. Twee rechercheurs van Zeden stonden tegenover hem en twee anderen stonden bij het raam.

'Doe de deur dicht,' zei Fellowes.

Mincher deed de deur dicht. Fellowes ging naar het raam en keek toen McKenzie en mij aan.

'Jullie tweeën moeten iets begrijpen,' zei hij. 'Wij weten niet wat er met Garrett is gebeurd. Laat Zeden erbuiten. We hebben onze handen vol aan onze eigen problemen. Is dat duidelijk?'

'Garrett was een van jullie problemen,' zei McKenzie.

'Nee. Hij heeft ons nooit verteld wat hij deed. We hadden geen problemen met Garrett totdat jullie je ermee bemoeiden. Luister eens even, stelletje idealisten: dit is mijn territorium. Vanavond hebben jullie kunnen zien wat daar gebeurt. Daarom vond ik het goed dat jullie meekwamen.'

'We hebben het gezien,' zei ik.

'Dit was nog niets.'

'Zeg dat maar tegen Chupa.'

'Die schoft heeft zijn verdiende loon gekregen,' zei Fellowes. 'Vraag Mincher maar. Die heeft het gezien.'

Mincher haalde zijn schouders op. Maar hij keek McKenzie of mij niet aan.

27

De zon kwam al op toen ik thuiskwam. Voor de tweede keer in één week had ik de hele nacht doorgehaald. Mijn oren galmden en ik voelde me traag en afgestompt.

Ik liep met vermoeide ogen door mijn huis, als een toerist die te moe is om zich voor iets te interesseren. Ik warmde aardbeiencakejes op, zat een tijdje aan de eettafel en keek naar de tientallen krassen en blutsen die het goedkope vurenhouten blad in vijf jaar had opgelopen. Terwijl ik met mijn vingertop de sporen van mijn leven met Gina volgde, vroeg ik me af waar ze was en wat ze deed. Het werd tijd dat haar vader me dat vertelde. Je kon het niet maken om na vijf jaar huwelijk weg te gaan en dan bijna niets tegen de man te zeggen die van je hield en je het allerbeste toewenste. Vince wilde niet dat ze dat deed. Ik zou niet toestaan dat ze dat deed, al had ik geen idee wat we zouden zeggen.

Ik wist dat er grotere problemen op de wereld waren dan de vraag waarom mijn vrouw me had verlaten, en ik dacht aan alle corrupte, egoïstische mannen en vrouwen die samenspanden om San Diego naar hun hand te zetten. Waarom gaven ze niet om die geweldige stad? Ik schaamde me voor de mannen in mijn politiekorps die zich zo gemakkelijk lieten omkopen met een beetje seks, een beetje geld, een beetje macht. En ik had medelijden met jonge kerels als Mincher die op het rechte pad probeerden te blijven maar daar hopeloos vanaf raakten en er niet meer op terug konden komen. De anderen kon je begrijpen: Sarvonola, een typische manipulator die bezeten was van zijn eigen macht; Rood en Stiles, politici met enorme verlangens en een nog groter gevoel dat ze overal recht op hadden; Jordan Sheehan, die schaamteloze uitbuitster van jeugd en onschuld, van betaalde liefde; Trey Vinson, een zwakkeling in een machtige firma; Peter Avalos, een gemene, dode schurk die amper de lagere school had afgemaakt; de Squeaky Cleans, een bataljon van mooie, jonge vrouwen die alle mooie dingen direct wilden hebben; een stad vol kerels die er een paar honderd dollar per keer voor over hadden om hun behoeften te bevredigen.

En zo kwam ik op Garrett Asplundh, die zijn weg had gevonden naar de duistere kern van dat alles. Hij had geprobeerd inzicht te verwerven en de kennis die hij had verworven had zwaar op zijn schouders gedrukt. De organisatie waarvoor hij vroeger had gewerkt, had zich geblameerd en laten misbruiken. Zijn stad was in handen van gokkers en idioten. Zijn dochter was verdronken. Zijn hart was gebroken en begon weer te helen. De vrouw van wie hij meer dan van wat ook ter wereld hield, was bereid hem na negen helse maanden terug te nemen. En ik zag hem daar in zijn eentje in de regen en duisternis bij de Cabrillo Bridge zitten, denkend aan alles waarnaar hij terugging, alles wat hij opnieuw zou kunnen krijgen. Alsof hij met Stella op die brug kon gaan staan en zich daardoor van een rampzalig verleden naar een veelbelovende toekomst kon laten voeren.

Ik sprak boodschappen voor McKenzie en hoofdinspecteur Villas in en ging toen met mijn kleren aan op ons bed liggen.

Zes uur later, kort na twaalf uur, trilde het mobieltje aan mijn riem. Ik had van een ver land met mooie rivieren gedroomd en wist niet of ik wel gebeld wilde worden. Ik ging rechtop zitten en drukte op de toets.

'Bob Cramer, DEA, Miami,' zei hij.

'Oei.'

'Sorry van dat vorige telefoontje. Zeg, ik heb eens nagedacht over uw vraag, rechercheur. Uw vraag wie er op die dag bij de overdracht van bewijsmateriaal in New Orleans aanwezig waren. Eerst dacht ik dat het u niet aanging wie daar namens de DEA waren. We leggen elk jaar beslag op een heleboel wapens, vooral hier in Miami. U bent niet van de DEA. Wij openen onze boeken niet voor de gewone politie.'

'Dat heb ik de eerste keer allemaal al gehoord.' Ik wilde dat ik weer in dat verre land was.

'Maar het zat me dwars,' zei Cramer. 'Het zat me niet lekker. Daarom heb ik wat gepraat met mijn mensen hier. Ik wilde nagaan of ik u kon helpen zonder DEA-regels en -voorschriften te overtreden. U zou niet geloven hoeveel bureaucratie we hier hebben, of misschien ook wel. Hoe dan ook, ik heb het voor elkaar gekregen.'

'Mooi zo. Ik luister.'

'Mijn collega die dag was John Van Flyke. Maar hij heeft getekend, net als iedereen. Dat zegt hij. Ik herinner me dat hij bij het logboek was en dat hij met zijn pen in de weer was. Ik heb niet over zijn schouder meegekeken, maar het zag er echt wel naar uit dat hij tekende.'

Mijn hoofdhuid koelde af. 'Uit de gegevens van de politie van New Orleans blijkt niet dat hij daar was,' zei ik.

'Hoort u eens, rechercheur, Van Flyke is een goede rechercheur en hij had een onberispelijke staat van dienst bij ons. Hij was daar. Er is hier vast wel een redelijke verklaring voor. Als ze op het politiemagazijn een 9mm pistool kunnen kwijtraken, kunnen ze ook een intekenregister kwijtraken, nietwaar?'

Ik vertelde Cramer niet dat het register er nog was. De enige dingen die ontbraken, waren een pistool en John Van Flykes handtekening.

'Wanneer hebt u hem gesproken?'

'Een uur geleden. Ik heb tegen hem gezegd dat de politie van San Diego een onderzoek instelde. Ik heb geen namen genoemd.'

'Dank u.'

Ik belde McKenzie en gaf haar het nieuws door. Een halfuur later troffen we elkaar voor het gebouw van de dienst Ethiek.

We liepen de tochtige, oude hal in en Arliss Buntz vertelde ons dat Van Flyke de rest van de dag vrij had genomen.

'Hij had nog vakantiedagen over,' zei ze.

'Is hij meteen na het telefoontje van Cramer vertrokken?' vroeg ik.

Ze knikte. 'En hij vroeg me de GEZOCHT VOOR ONDERVRAGING-biljetten uit de hal te halen. Hij zei dat uw tekening "nutteloos" was.'

Buiten draaide ik het mobiele nummer dat Van Flyke me had gegeven toen we elkaar voor het eerst hadden afgesproken.

'Brownlaw, waarom vroeg je me niet gewoon of ik die dag in New Orleans was?' zei hij. 'Ik heb meer wapens voor de DEA opgehaald dan jullie in een jaar te zien krijgen. Heeft Cramer dat ook verteld?'

'Min of meer. Maar als u tekende, waarom staat uw naam dan niet in het register?'

'Geklungel van de politie daar? De politie van San Diego laat een moordenaar het gerechtsgebouw uit lopen. In New Orleans raken ze pistolen en papieren kwijt. Ik denk dat ze bij de politie vooral mensen aannemen die achteraan stonden toen de hersenen werden uitgedeeld.'

'Hebt u dat pistool ingepikt?' vroeg ik.

'Nee. En ik heb ook niemand doodgeschoten. Je zult een beetje harder moeten werken om je zaak op te lossen, Brownlaw.'

Er kwamen geen gekleurde vormen naar me toe. Die had ik nooit gezien als ik met iemand telefoneerde. Ik wilde Van Flykes antwoorden zelf zien.

'We moeten bij elkaar komen,' zei ik. 'Ik heb een paar vragen.'

'Is maandag goed?'

'Nu meteen.'

'Goed. Ik zit in een sushibar in La Jolla. Ik zit achter mijn eerste martini,

270

mijn eerste portie zalmsashimi en ik verheug me op de rest van mijn vrij-dagmiddag, weg van Ethiek, weg van de politie, weg van Erik Kaven en Arliss Buntz. Ik heb net een interessante vrouw ontmoet. Je mag er gerust bij komen zitten. En Cortez ook. Maar ik ga geen centimeter van deze kruk vandaan.'

Op de achtergrond hoorde ik zachte muziek en de gedempte klanken van een restaurant.

'Ik ben er over een halfuur.'

'Sushi on the Rock, Girard Avenue. De zalm is de beste die ik ooit heb gehad.'

Ik reed met mijn Chevrolet naar de Interstate 5.

'Je denkt toch niet echt dat Van Flyke het heeft gedaan, hè?' vroeg McKenzie.

'Ik denk alleen maar.'

Ze zweeg een ogenblik.

'Ik zie geen reden waarom hij zijn vriend zou vermoorden,' zei McKenzie. 'Wat schiet hij daar nou mee op?'

Ik had mezelf die vraag al gesteld sinds Cramer had gebeld, en ik kwam steeds weer op hetzelfde antwoord. Het antwoord kwam van ergens diep in me, van een verontrustende plaats waar ik niet vaak kwam. 'Dan maakt hij een kans bij Stella.'

Ik voegde in op de snelweg en voelde al die tijd dat McKenzie naar me keek.

'Nee,' zei ze. 'Het was iets zakelijks, Robbie. Het was iets wat Garrett wist. Iets wat hij ging doen.'

'Waarom kan het niet persoonlijk zijn? Een paar weken nadat Samantha was verdronken, is Van Flyke helemaal uit Florida naar San Diego ver-huisd. Hij wilde erbij zijn als het huwelijk van de Asplundhs strandde. Hij nam Garrett in dienst. Overal waar Garrett en Stella waren, was hij ook. Zijn kantoor is maar een paar straten van Stella's flat vandaan. Ze had het gevoel dat iemand haar volgde; misschien was het Van Flyke. Hij zag dat het tot een verzoening zou komen en zag ook een gelegenheid om Garrett voorgoed uit te schakelen. Hij luisterde niet naar het bándje van Garretts laatste gesprek met Stella – hij hoorde het zelf in zijn kantoor in dat holle, oude gebouw. Het is een erg gehorig pand. Dat is je toch wel opgevallen?'

McKenzie knikte, maar zei een hele tijd niets. 'Dat zijn lelijke dingen, Robbie.'

'Erg lelijk.'

'Goed, als je aan zulke lelijke dingen wilt denken, denk dan ook aan

Garretts dierbare broer Sam,' zei McKenzie. 'Je zei dat hij Stella had ontdekt. Toen pakte Garrett hem zijn grote vondst af. Die blonde vrouw zette hem uiteindelijk aan de kant. Samuel was op het feest toen Samantha verdronk. Hij was waarschijnlijk ook bij veel andere familiegebeurtenissen van de Asplundhs. Dus overal waar Garrett en Stella waren, was Samuel ook. Hij woonde niet ver weg. Hij kon gemakkelijk hierheen rijden en haar overal volgen. Hij is van de FBI, dus hij zou zelfs een camera in haar flat kunnen verstoppen.'

'Daar heb ik aan gedacht,' zei ik. 'Maar een broer? Nee. Mijn bloed laat me dat niet geloven.'

'Ik geloof het ook geen seconde, Robbie. Ik denk nog steeds dat het iets zakelijks was. Zaken, dollars, en de mensen die het in deze stad voor het zeggen hebben. Ik denk dat Garrett die video-opnamen had en dat ze niet wilden dat hij daar iets mee deed. Dat zou alles bederven, van het gemeentehuis tot en met Wall Street. De machtigen moesten daar een stokje voor steken.'

'Goed,' zei ik. 'Vertel me dan eens wie en hoe.'

'Kaven,' zei ze. 'Als je al dat haar onder een Chargers-pet propt en een zonnebril opzet, heb je Hummerman. Hij zou niet eens een snor hoeven te vervalsen.'

'Waarom zou hij Garrett doodschieten?'

'Garrett stond op het punt om alles aan de procureur-generaal te vertellen. Hij hield dingen achter voor zijn eigen directeur, want Garrett vond dat Kaven te goeie maatjes was met Sarvonola. Zelfs Stella wist dat. Als je je niet kunt voorstellen dat Kaven de trekker overhaalde, denk dan eens hieraan: misschien hebben Sarvonola en hij het afgeschoven op Fellowes, die op zijn beurt Mincher overhaalde om het vuile werk te doen. Fellowes en Mincher staan op die opnamen met Squeaky Cleans, en Sarvonola heeft dat gezien, nietwaar? Hij kan hen dus onder druk zetten. En Mincher heeft geen alibi voor die avond.'

'Maar Cass van Dream Wheels zei dat Hummerman midden veertig was. Mincher is 26.'

'Als iemand zijn gezicht op die manier bedekt, is zijn leeftijd moeilijk te schatten, Robbie.'

Alles wat ze zei, werd door mijn verstand geaccepteerd, maar door mijn gevoel verworpen.

'Ik zie het meest in Van Flyke,' zei ik.

'Voor zo'n aardige man heb jij vanbinnen een paar duistere plekjes.'

Ik haalde mijn schouders op en nam de afrit.

Van Flyke was niet in de Sushi on the Rock. Ik keek in de herentoiletten en vroeg toen de gastvrouw naar hem. Kort nadat hij was gebeld, was hij vertrokken. Dat was om ongeveer één uur geweest. Hij had contant voor een gemengde sushischotel en drie martini's betaald. Er had geen vrouw bij hem in de buurt gezeten. Hij was serieus en onvriendelijk geweest en ze had hem heimelijk naar een klein flesje zien kijken. Ze had gedacht dat het insuline was, want ze had zelf diabetes type 1 en diende zichzelf injecties toe.

Toen we weer buiten stonden, in de milde maartse zon, belde ik naar Van Flykes mobieltje en kreeg een bandje. Ik had de telefoon net weer aan mijn riem gehangen toen hij begon te trillen.

'Rechercheur Brownlaw? Met Miranda van de Higher Grounds Coffee Pub. De man die koffie bij me kocht op die avond dat het regende? Die kwam hier net voorbijlopen en stapte in een grote, witte auto met een antenne op het dak. Ik had gelijk: ik heb hem hier vaak gezien, zonder zonnebril, zonder snor, zonder pet. Daarom kwam hij me die avond zo bekend voor, al zag hij er anders uit. Want meestal draagt hij een pak, en dat had hij daarnet ook aan. Hij had zijn arm om een mooie vrouw geslagen, een brunette. Ze stond een beetje wankel op haar benen; misschien was ze dronken. Hij hielp haar min of meer in de auto. Ik heb haar hier ook een paar keer gezien. Ik kon niet zien of ze zich verzette of dat hij haar overeind hield.'

Ik schrok. Stella.

'U weet zeker dat hij het is?'

'Absoluut.'

'Hebt u het kenteken?'

'Ik kon niet dichtbij genoeg komen zonder dat het opviel. Ik ben er vrij zeker van dat het een Ford was.'

'Welke kant gingen ze op?'

'In noordelijke richting door Fourth Avenue.'

'Mag ik uw telefoonnummers?'

Ze gaf me haar nummers van werk en huis en haar mobiele nummer.

Ik verbrak de verbinding en keek McKenzie aan. 'Hummerman en Stella zijn net in een witte auto met een antenne op het dak gestapt. Ze reden over Fourth naar het noorden. Probeer Stella op haar mobieltje te bereiken.'

We stapten vlug in de auto en ik keerde op Girard Avenue, tegen het verkeer in. Terwijl McKenzie contact met Stella probeerde te krijgen, vroeg ik de centrale een opsporingsverzoek te laten uitgaan voor een witte personenauto met een dakantenne, mogelijk een Ford, die voor het laatst gezien was toen hij in noordelijke richting door Fourth Avenue naar Broadway reed. Ik gaf een signalement van de bestuurder en zei dat hij werd vergezeld door Stella Asplundh. Ik zei dat ze misschien ontvoerd was. Agenten die de man zagen, moesten hem aanhouden voor ondervraging.

'Hij is mogelijk gewapend en gevaarlijk. Ik denk dat hij Garrett Asplundh heeft vermoord,' zei ik.

'Begrepen, Robbie. Wil je SWAT en ABLE?'

ABLE is een afkorting van Airborne Law Enforcement. Ons korps heeft vier helikopters en een vliegtuig. De helikopters hebben telescopen aan boord waarmee je vanuit de lucht een kenteken kunt lezen, en ook infraroodsensors die de lichaamswarmte van vluchtende verdachten kunnen registreren, zodat aan agenten op de grond kan worden doorgegeven waar verdachten zich bevinden. We hebben erg veel aan die hulpmiddelen.

Ik zei tegen de centrale dat het SWAT-team moest worden verzameld en klaar moest staan om uit te rijden voor een code 11 en dat alle vier de helikopters zo snel mogelijk de lucht in moesten gaan.

'Je bedoelt beide helikopters,' zei ze.

'Ik zei: alle vier.'

'Er zijn er maar twee die werken. Je weet wel: Sarvonola en zijn bezuinigingen.'

'Jezus. Over en sluiten.'

Ik reed in volle vaart met de Chevrolet door het chique La Jolla, richting Stella's flat in de Gaslamp Quarter.

De huisbaas liet ons binnen. Er was niets bijzonders te zien. Geen sporen van een worsteling. Helemaal geen sporen van iets.

'Eens kijken of onze vriendin bij Higher Grounds met haar scherpe ogen een foto van John Van Flyke herkent,' zei ik.

'Ik zal die lieve Arliss eens bellen,' zei McKenzie.

Tien minuten later stond ik voor Arliss' bureau en keek ik naar een vergrote afdruk van de foto die voor John Van Flykes legitimatiebewijs was gebruikt. Arliss gaf me ook de nummers van zijn witte Ford Crown Victoria en zijn privéadres in Coronado.

'Heeft meneer Van Flyke diabetes?' vroeg ik.

'Daar heeft hij nooit iets over gezegd,' zei Arliss.

Ik gaf de foto aan Miranda van Higher Grounds.

Ze keek ernaar en knikte. 'Dat is hem.'

We volgden Fourth Avenue in noordelijke richting, zoals Van Flyke ook had gedaan. Ik zag vier patrouillewagens die nog langzaam door de

274

omgeving reden. En ik zag twee Delta-burgerwagens die als verzadigde haaien kwamen aanrijden, maar ik wist dat die kerels meteen weer weg zouden zijn wanneer er ergens anders iets gebeurde. Onze beide ABLE-helikopters waren nu in de lucht. Terwijl ik naar het noorden bleef rijden, zag ik er een voor me langs vliegen in de richting van de oceaan. Een andere hing boven het punt waar de 163 in de binnenstad komt. De kans dat ze de auto zouden zien, was overigens al niet groot meer. Stuntelig perste ik er een paar krachttermen uit. McKenzie keek woedend naar buiten.

Ik reed langs McGinty's aan India Street, waar Garrett soms iets ging drinken. Toen passeerde ik het kruispunt van Hawthorn Street en Kettner Boulevard, waar de St. Patrick's Day-knikkers op tijd uit een vrachtwagen waren gerold om in de band van Garretts Explorer te komen. Toen reed ik over Kettner Boulevard langs de afdeling Handhaving van de dienst Ethiek, waar Garrett had gewerkt. Toen Hawthorn Street weer in en langs de glanzende auto's van Dream Wheels. Ten slotte terug naar de Higher Grounds in de Gaslamp Quarter.

Ik wist dat het onlogisch was om nog eens door dezelfde omgeving te rijden, maar ik kon niets anders bedenken. Intussen probeerde ik te begrijpen wat er gebeurde.

Wat ging Van Flyke met haar doen?

Ik belde de politie van Coronado en vroeg om assistentie.

Van Flykes huis stond verscholen aan Astrid Court in Coronado. Het was een oudere buurt met bomen langs de straten en keurige gazons, in het schijnsel van de milde middagzon.

Het huis had twee verdiepingen en was van hout en glas. Het hout was bijna zwart gebeitst en de ramen hadden donker rookglas. De hoeken waren scherp en onttrokken veel aan het oog. Midden in de voortuin stond een enorme magnoliaboom met gladde, wasachtige bladeren. Het leek net of het huis zich erachter verschool. Aan de rechterkant bevond zich een vrijstaande garage.

'Bij Ethiek verdienen ze ongeveer net zoveel als wij,' zei McKenzie. 'Hoe kan hij dat betalen?'

'Misschien huurt hij het.'

'Het lijkt wel wat op hem: strak en grimmig.'

Ik maakte mijn holsterriempje los en stapte uit.

We liepen in een rustig tempo over het trottoir. Twee agenten van de politie van Coronado en twee rechercheurs liepen met ons mee. Er lag een krant op het garagepad. Ik pakte hem op – de *Union-Tribune* van vrijdag – en keek in de brievenbus, maar die was leeg.

'Hij heet John Van Flyke,' zei ik tegen de anderen. 'Hij heeft een vrouw ontvoerd en hij is waarschijnlijk gewapend.'

'Wie is hij?' vroeg een van de rechercheurs. 'Wat doet hij?'

'Hij werkt bij de dienst Ethiek van San Diego,' zei ik.

'Meen je dat nou?'

'Ja. Wees voorzichtig, jongens,' zei ik. 'Hij is niet mis.'

We liepen langs de grote magnoliaboom naar het huis met zijn donkere hoeken. Er stond een plantenbak bij de voorveranda, maar daar zaten geen planten of bloemen in, alleen een scheefstaand bordje van een particuliere bewakingsdienst. De veranda lag in de schaduw en de voordeur was van massief hout, afgezien van een kijkgaatje. Er lag buiten geen deurmat.

Ik liet de krant bij de plantenbak vallen, klopte twee keer aan en ging opzij. Even later belde ik aan. Ik hoorde de bel in de verte, maar dat was alles. Ik klopte opnieuw aan, nu harder, en wachtte af.

Ik ging rechts naar voren en keek vlug door een van de smalle raampjes aan weerskanten van de voordeur. Ik zag de hal, een kapstok, een bank met hoge rug en een spiegel, en trok toen vlug mijn gezicht terug. Ik vormde een te goed doelwit. Ik ging naar de andere kant van de deur en deed het opnieuw. Ik zag dat de hal uitkwam in een kamer die schuin verdeeld was in zonlicht en schaduw. Ik zag een bank en een stoel.

Ik probeerde de deur, maar die zat op slot. Toen trok ik mijn revolver en keek de collega's uit Coronado aan.

De vier mannen trokken hun wapen. McKenzie had het hare al in de aanslag.

'Wij boven,' zei ik. 'Jullie beneden.'

Ik schopte tegen de deur en die ging meteen open. Een alarm kwam gierend tot leven. Ik draaide me opzij en de agenten renden schreeuwend naar binnen. Toen McKenzie en de rechercheurs. Ik ging als laatste, mijn ogen helder, mijn spieren trillend van de adrenaline.

Binnen was het licht. Ik volgde de loop van mijn Colt door de hal en de gang en ging toen rechtsaf. Ik beklom de trap door een schuin invallende bundel zonlicht. Ik kwam op de overloop en zwaaide met het pistool van links naar rechts, terwijl alles op me af kwam: een deurknop, een muurlamp, een boomtak die achter een rookglazen raam langs bewoog. Terwijl ik me snel de grote slaapkamer in draaide, gilde het alarm in mijn oren. Leeg. Bed opgemaakt.

McKenzie stormde achter me aan naar binnen. Ik hoorde dat ze haar adem inhield, zag dat ze de loop van haar wapen rustig door de kamer bewoog. 'Shit,' zei ze zacht. 'Dat zou mooi zijn geweest.'

'Te gemakkelijk.'

Een paar minuten later belde een van de rechercheurs uit Coronado om het alarm te laten afzetten. Weer twintig minuten later hadden we het huis, de garage en het terrein doorzocht en hadden we niemand gevonden, en ook niets waaruit bleek dat Van Flyke zelfs maar het kleinste delict had begaan.

'Waar is hij heen?' vroeg McKenzie.

Ik had me die vraag al gesteld sinds Miranda had bevestigd dat Van Flyke de man was die in de auto was gestapt met een vrouw die bijna zeker Stella Asplundh was.

Waar had hij haar heen gebracht? Waarom hadden onze patrouillewagens en de ABLE-helikopters zo'n opvallende auto niet kunnen vinden? Het was nu ongeveer tweeënhalf uur na de ontvoering, en de witte Crown Victoria die door Miranda van Higher Grounds was gezien, was nergens te bekennen.

Ik geloofde niet dat hij het district San Diego uit was gekomen – niet in een auto van de politie die gemakkelijk vanuit de lucht of vanaf de grond te zien was.

Ik dacht dat hij niet eens de stad uit was. Hij had de auto gewoon ergens uit het zicht geparkeerd, ergens waar hij niet opviel, zodat wij de hele nacht vergeefs zouden rondrijden om hem te zoeken.

Hij zou dat ergens dicht in de buurt hebben gedaan. Ergens waar hij privacy had. Ergens waar hij Stella en de auto kon verbergen.

'Wat dacht je van Garretts appartement?' vroeg ik.

28

De voordeur van Garretts appartement zat niet op slot. Midden op de vloer van de huiskamer lag een lege whiskyfles. Op de keukentafel lagen fastfoodverpakkingen.

Het bed was helemaal omgewoeld, en er zat bloed op de lakens. Op het nachtkastje, naast de wekker, lag een lege injectiespuit. Een stukje samengepropt plakband met lange, bruine haren lag in de hoek van de slaapkamer, in het volle zicht van de vele tientallen foto's van de mooie Stella en Samantha aan de muren.

De garage was leeg.

En dus reden we verder, de radio hard en de ramen half open. Mijn optimisme volgde de geleidelijk teruglopende benzinemeter. Tot nu toe was het een rustige vrijdagavond: kleine aanrijdingen, een huiselijke ruzie op Banker's Hill, een mogelijke overval op een bar in Front Street, openbare dronkenschap in Hillcrest. Een van de ABLE-helikopters sneed door mijn gezichtsveld. Hij ging in de richting van het donkere honkbalstadion. Ik vroeg me af of Stella Asplundh bestand was tegen wat haar nu overkwam. We knipperden met onze lichten naar de patrouillewagens en ze knipperden terug. Een paar keer stopten we om met de agenten te praten. Een Delta-burgerwagen voegde zich bij ons. De ABLE-helikopters vlogen over ons heen. Het is frustrerend wanneer een compleet politiekorps op zoek is naar één auto, één man, en niets kan vinden. We hadden te weinig mankracht, te weinig geld, maar we deden wat we konden. Iedereen mopperde, maar niemand gaf het op.

Het werd tien uur, elf uur, middernacht. Twee uur. Vier uur, en ik besefte dat over een paar uur de zon opkwam en de zaterdagmorgen begon. Terwijl ik stond te tanken, maakte McKenzie de voorruit schoon. We haalden ergens broodjes en kochten wat repen bij een benzinestation.

We reden in een langzame, steeds grotere kring door al die wijken van San Diego met hun prachtige namen: Mission Bay en Midway, Loma Portal en Uptown, Linda Vista en Old Town, Middletown en Centre City. Toen door Sherman Heights en Logan Heights, Golden Hill en Grant Hill, South Crest en Shelltown. Toen door Ronaldo naar Tierrasanta en Allied Gardens, Grantville en Kensington, Crown Point en Mission Valley. Als kind had ik mijn vinger over de wegenkaart van mijn vader laten glijden en gefascineerd die namen gelezen. Ik hield al van Shelltown en Logan Heights en Rolando toen ik ze nog niet uit elkaar kon houden.

Ik liet McKenzie de plaats in Normal Heights zien waar die hond me in een doornige heg had gejaagd toen ik een jongen was, waarna die politieman de hond had weggejaagd en me naar huis had gebracht. Dat was 23 jaar geleden. Ik weet nog steeds hoe die agent heette: Bob Hoppe. De heg stond er nog, groter en met nog meer kronkelende takken dan ik me herinnerde.

Toen de zon boven Normal Heights opkwam, belde hoofdinspecteur Killas mij op mijn mobieltje.

'Robbie, ABLE heeft net je auto gevonden. Hij rijdt in noordelijke richting over de 79, in het oosten van het district. Het staat vast dat het Van Flykes dienstwagen is. Onze mensen zijn er dicht naartoe gegaan. Ze hebben het nummer gezien en trokken zich toen terug. Jij mag hem hebben, als je wilt, maar de sheriffs zijn er veel eerder dan jij.'

'Laat de sheriffs hun posities handhaven,' zei ik. 'Als Van Flyke stopt, kunnen ze hem overmeesteren. Laat hem tot dan toe denken dat hij alleen is en laat hem zijn gang gaan. Wij zijn nu op weg.'

'Hij is alleen,' zei Villas. 'Geen vrouw.'

'Misschien ligt ze in de kofferbak,' zei ik. Of hij had haar ergens op de lange weg van de stad naar het oosten van het district gedumpt.

'Wil je het onderhandelingsteam?'

'Ja, stuur ze maar.'

'We kunnen SWAT een code 11 geven,' zei hoofdinspecteur Villas. 'We kunnen de scherpschutters inzetten.'

'Roep ze op,' zei ik. 'En zeg tegen ze dat ze misschien in de kofferbak ligt.'

'Begrepen. We praten met ABLE via de Mobile Data Terminal, dan kan Van Flyke het niet op zijn radio horen.'

Er was niet veel verkeer op de zaterdagmorgen. We namen de 8 in oostelijke richting. Het hele eind tot de State 79 reed ik 150. De ABLE-helikopter kon Van Flyke op afstand volgen en nam elke paar minuten via de MDT contact met ons op. Van Flyke naderde nu Julian, een plaatsje in de bergen. Hij reed honderd kilometer per uur en was nog niet gestopt. Als hij de helikopter had gezien, liet hij dat niet blijken.

Hij stopte niet in Julian. In plaats daarvan nam hij Julian Road, de weg die naar het dorpje Clear Creak in het westen leidde.

'Clear Creek is in 2003 afgebrand,' zei McKenzie. 'Ik denk niet dat er veel van over is.'

Ik herinnerde me de krantenfoto's van het kleine Clear Creek, dat plaatselijk bekendstond om zijn wijnmakerijen, een cafetaria die zich in appeltaart specialiseerde en een oud hotel waar volgens de verhalen Clark Gable en Greta Garbo vroeger kwamen. Veel wijngaarden waren nu niet meer dan rijen stompjes en as. Het Clear Creek Hotel, opgetrokken uit adobe, was helemaal uitgebrand, maar stond nog overeind. Het was zo gebouwd dat het op een oude Californische missiepost leek, met een binnenplaats in het midden. In de kranten had het er verwoest maar op de een of andere manier ook nobel uitgezien, met gesprongen ramen die als de ogen van een blinde vanuit het zwartgeblakerde interieur de wereld in keken.

We reden over de 79 naar het noorden, door de groene heuvels, en kwamen toen in de zwarte leegte die na de brand was achtergebleven. Ik keek naar de skeletten van de bomen en de zwart uitgeslagen rotsen. Het leek net een verkoold maanlandschap. Maar hier en daar kwam weer groen gras omhoog, en diep in het midden van uitgebrande bomen was niet alles dood meer. Je kon zien dat het leven het uiteindelijk zou winnen. Dat was alleen een kwestie van tijd. Ik vroeg me af of Stella's leven het ook zou winnen. We reden langs het Cuyamacabassin en de blokhutten op de oever die zo genadeloos met de grond gelijkgemaakt waren. Daarna ging de weg omhoog; we naderden Julian. Het MDT-scherm sprong tot leven met een bericht van een van de ABLE-helikopters: *Delta 8, witte vierdeurs is gestopt in Clear Creek. Blijkbaar het oude hotel. We hebben hem in de kijker. Hij is net uit de auto gestapt en hij kijkt omhoog naar ons.*

'We zijn daar nog geen tien kilometer vandaan,' zei ik tegen McKenzie. Ze typte dat bericht in.

We reden langzaam door het schilderachtige bergdorp Julian. Grijze wolken hingen laag boven de bergen, met flarden van nevel in de spichtige dennen. We sloegen Julian Road in, op weg naar Clear Creek.

Opnieuw kwamen we in een wereld die zwartgeblakerd was door de bosbranden van 2003. Hoewel er groen gras was, en hier en daar wat nieuwe groei, waren de meeste boomstammen niet meer dan levenloze masten die naar de grauwe hemel reikten. Het groene gras en de struiken waren weggebrand, zodat je overal rotsen zag, en ik vroeg me af hoe lang al dat leven erover had gedaan om tot bloei te komen, om ten slotte in enkele minuten door het vuur te worden verwoest.

Het MDT-scherm kwam weer tot leven: *Delta 8, hij heeft de kofferbak nu open en hij tilt er een lichaam uit. Ik bevestig: een vrouwenlichaam. Hij heeft het nu over zijn schouders en gaat naar het hotel.*

'Leeft ze nog, stomkop?' vroeg McKenzie, terwijl ze typte.

Even later kwam het antwoord op ons scherm: *Dood of bewusteloos. Het SWAT-team is nog twintig minuten verwijderd. Ambulances volgen ongeveer drie kilometer achter jullie.*

Rechts van me flitste een zwart uitgeslagen wegwijzer naar Clear Creek voorbij. Ik ging met de Chevrolet de hoek om en reed nu over een smalle asfaltweg naar het hotel. Het bos was donker en dicht, en de grauwe hemel hing als de buik van een kat over ons heen.

'Waarom heeft hij haar hierheen gebracht?' vroeg McKenzie.

'Hij wist zeker niets anders meer,' zei ik.

'Of hij had geen benzine meer. Daar is het gebouw.'

Ik reed naar de kant van de weg en stopte.

'We kunnen op het SWAT-team wachten,' zei ze. 'Dit is hun specialiteit.'

'Stella is daar.'

'Misschien is ze dood, Robbie.'

'Ik ga erheen.'

'Dan ga ik met je mee.'

'Volg me. Blijf tussen de bomen.'

We stapten uit en liepen door het woud van zwarte stammen. Nu eens kon ik het hotel van drie verdiepingen voor ons zien, en dan weer ging het schuil achter de verschroeide bomen. De wereld rook naar as, en de takken maakten roetstrepen op onze kleren, handen en gezichten.

Voor ons uit zag ik een veldje naast het hotel. Achter het hotel bevonden zich de resten van een wijngaard. De wijnstokken waren niet meer dan stompjes en vormden rijen zwarte kruisen, helemaal de glooiende helling op.

'Blijf hier en kijk naar me,' zei ik. 'Als ik je een teken geef, ga je weg en gebruik je de MDT om ABLE hier weg te sturen. Daarna ga je terug zoals we gekomen zijn. Je steekt de weg over voorbij de auto en gaat het hotel aan de voorkant binnen. Ik ga proberen hem naar buiten te praten. Als hij gaat schieten of zo, roep je gewoon de troepen op en hou je je gedekt.'

'Begrepen. Robbie, alsjeblieft: wees voorzichtig.'

Ik liep tussen de bomen door naar het hotel. Boven me liet een gaai een spottend gekrijs horen; hij hipte van de ene verschroeide tak op de andere. Ik probeerde niet geruisloos te lopen, maar als het enigszins kon, zorgde ik ervoor dat er een dikke boomstam tussen mij en de hotelramen stond. Vlak voor het veldje bleef ik staan. Ik keek langs een boom naar de uitgebrande ramen en trok intussen de oude Colt van mijn grootvader.

'John!' riep ik. 'Ik ben Robbie Brownlaw!'

Niets. En dus riep ik opnieuw.

Even later verscheen Van Flykes gezicht in de rechterbenedenhoek van een hoog raam op de tweede verdieping. Het leek klein en wit in de zwarte spelonk van het gebouw. Hij was ongeveer dertig meter van me vandaan. Het zou moeilijk zijn hem met mijn revolver te raken.

'Jij bent erger dan een horzel, Brownlaw.'

Zijn stem drong in de stilte goed tot me door, alsof die wereld van as naar geluid had gehunkerd.

'Is Stella in leven?'

'Waar is je collega?'

'In Jackson, Wyoming. Is Stella in leven?'

'Wat doet ze daar?'

'Skiën met Hollis Harris. Is Stella in leven of heb je haar vermoord?'

'O, natuurlijk is ze in leven. Erg relaxed. Boordevol morfine. Ze haalt lekker diep adem.'

'Er is van alles op komst: SWAT, ambulances, politieassistentie. Doe jezelf een lol en kom naar beneden.'

'Nee, ik blijf zo lang mogelijk bij haar.'

'Verdomme, John, heb je haar nog niet genoeg laten doormaken?'

'Toen Cramer belde, wist ik dat ik nog maar een paar uur had.'

'Wiens bloed is dat op het bed bij Garrett?'

'Stella heeft me gestoken met een nagelvijltje.'

Ik ging achter de boom staan en gaf McKenzie een teken dat ze weg moest gaan. Ik zag dat ze zich omdraaide en door de stinkende resten van het verbrande bos terugliep. Toen keek ik weer langs de boom naar Van Flyke, mijn wapen nog in de hand.

'Wat wil je, John?' vroeg ik. 'Wat wil je hier bereiken?'

'Dat heb ik nog niet uitgedacht. Daar had ik geen tijd voor.'

'Wat is er met je gebeurd? Waarom heb je dit allemaal gedaan?'

Zijn gezicht verdween uit het raam. Ik probeerde McKenzie door het bos te zien, maar dat lukte niet. Toen was Van Flyke in de rechterbenedenhoek van het raam terug.

'De eerste keer dat ik Stella zag,' zei hij, 'veranderde ik op slag. Mijn hele wereld werd op zijn kop gezet. Het werd steeds erger. Ik had niet naar dat feest op 4 juli moeten gaan. Ik had nooit naar die baan bij Ethiek moeten solliciteren. Als ik gewoon in Miami was gebleven, was er misschien niets met me aan de hand geweest.'

'Wat is er werkelijk met Samantha gebeurd?'

Van Flykes gezicht bleef in het raam, maar hij zei niets. Zijn gezicht was moeilijk te zien, maar ik bespeurde toch een zekere verbazing. Achter het oude hotel marcheerden de zwarte wijnstokkruisen de heuvel op, te midden van de verschroeide ranken.

'Ik dacht dat het niet kon gebeuren.'

'Wat niet?'

'Toen iedereen naar het vuurwerk keek, gooide ik de pop in het diepe,' zei hij. 'Het was een van die momenten waarover we het in mijn kantoor hadden, zo'n moment waarop alles verandert. Het was een impuls, een speculatie. Ik had me iets voorgesteld, maar ik dacht niet dat het echt zou gebeuren. Maar een paar minuten later liep ik langs het zwembad en zag dat het écht gebeurde. Ik had maar een paar seconden om een beslissing te nemen. Ik besloot het verschrikkelijkste te doen wat ik ooit heb gedaan: niets. De geluiden waren zacht, maar afschuwelijk, en ik was de enige die ze hoorde. Ik wist dat ik voor Stella mijn ziel aan de duivel had verkocht. Het was het waard.'

Ik keek om naar McKenzie en zag niets dan dode bomen. 'Kan Stella nu praten? Kan ze iets zeggen?'

Van Flykes gezicht verdween uit het raam. Even later was hij terug.

'Ze is nog buiten westen.'

'Is ze in leven?'

'Ik zei al dat ze in leven is,' zei Van Flyke. 'Ik heb haar nooit kwaad willen doen. Toen je met die opname van dat gesprek van Garrett en haar naar me toe kwam, wist ik dat het alleen maar een kwestie van tijd was voor je besefte dat ik de helft van dat gesprek had gehoord toen het plaatsvond. Ik wist welke brug hij bedoelde. Ik had alleen een goede auto nodig om daar te komen en weer weg te komen, want ik wilde niet in mijn eigen auto gezien worden.'

'Je reed die Hummer naar de brug, parkeerde naast hem en... wat toen? Klopte je op het raam aan de passagierskant?'

'Ja. Ik zwaaide naar hem. Ik glimlachte. Hij keek me aan met een blik van "Wat doe jij hier nou?", maar hij drukte toch op de knop om het portier open te maken. Ik zwaaide de deur open en duwde het pistool in zijn gezicht. Vanaf het moment dat ik op het raam tikte, duurde het maar zo'n vier seconden.'

Dus zo zat het. Terwijl Garrett in de regen in de auto zat en naar een brug keek die zijn verleden en zijn toekomst was, was hij vermoord door een man die hij als zijn vriend had beschouwd. Het was ongeveer zo gegaan als we het hadden gereconstrueerd, al was de schutter niet degene die we hadden verwacht. Een huivering trok als een koude golf door me heen.

'Waarom die oorbel, John?'

'Waarom niet? Ik wist dat jullie bij Squeaky Clean terecht zouden komen als jullie onderzoek naar Garrett deden. Jordan liet hem vallen op een feestje. Ik raapte hem op om hem aan haar terug te geven, maar dacht toen dat hij me misschien nog van pas zou komen. Ook dat was speculatief. Toen ik me voorstelde wat er daar bij die brug zou gebeuren, besloot ik de oorbel daar achter te laten.'

'De drukker was eraf gevallen, dus je nam een andere.'

'Ik kocht een goedkope oorbel met ongeveer net zo'n drukkertje. Ik dacht dat als jullie zo ver gingen dat jullie drukkers vergeleken, jullie al veel kostbare tijd hadden verspild.'

'Ja,' zei ik. 'Daar zit wat in.'

'Maar dat telefoontje naar Cramer deed het 'm, Brownlaw. Waarom belde je hem? Waarom vond je het niet genoeg om in het register van het politiemagazijn te kijken om te zien wie er die dag hadden getekend? Ik bedoel, er waren jaren voorbijgegaan. Er kon van alles met dat pistool zijn gebeurd.'

'Ik ben koppig,' zei ik.

'Weet je zeker dat die collega van je niet op weg hierheen is?'

'Ik heb haar een uur geleden nog gesproken. Ze is met Hollis Harris in Wyoming. Echt waar.'

'Ik heb Stella nooit kwaad willen doen. Maar ze is nu van mij, en als het moet, zal ik haar doden. Dwing me niet dat te doen.'

'Je hoeft het niet te doen,' zei ik. 'Niemand hoeft iemand te doden. Maar het SWAT-team kan hier elk moment zijn. Ze omsingelen je met scherpschutters en wachten dan af. Je krijgt honger en je krijgt het koud, terwijl zij eten en koffiedrinken. Het is iets voor het late avondjournaal, John, met camera's en zo. Dat is voor sukkels. Zo dom ben jij niet. Kom nou naar buiten. Ik breng je hier weg voordat de camera's er zijn.'

Van Flykes gezicht verdween even. Ik tuurde door het verbrande bos en probeerde McKenzie te zien. Ik zag niets levends, behalve een lichtblauwe gaai die als een belager op me neerkeek. Toen was Van Flyke terug. 'Ik dacht dat we de grens met Arizona konden bereiken voordat jullie me te pakken hadden,' zei hij. 'Ik dacht dat er net genoeg lucht in de kofferbak zou zitten.'

'De helikopter heeft je gevonden,' zei ik.

'En dan helemaal door naar Florida. Ik had gewoon moeten doorrijden.'

'Je zit nu min of meer vast, John.'

Hij zweeg enkele ogenblikken, maar zijn gezicht bleef in dat hoge raam, rechts en beneden.

'Jij ziet haar echt zoals ze is, hè?' vroeg Van Flyke. 'Dat kon ik zien toen je die dag het restaurant binnenkwam. Zoals je naar haar keek.'

'Ze heeft iets bijzonders,' zei ik.

'Nou en of.'

'Mijn vrouw heeft dat ook,' zei ik.

'Oké, Brownlaw, ik laat haar hier achter als jij me naar mijn auto laat gaan. Ik sterf liever tijdens een wilde achtervolging dan door een scherpschutterskogel.'

'Afgesproken,' zei ik. 'Maar je moet me laten zien dat ze leeft. Een lijk is me niet genoeg, John.'

Zijn gezicht verdween weer.

Enkele seconden later verscheen Stella in het raam. Van Flyke hield haar vast met zijn polsen onder haar oksels. Hij hield haar overeind of in evenwicht; dat was niet goed te zien. Hij had een groot pistool in zijn hand. Stella's hoofd hing opzij, kwam toen even rechtop en zwaaide naar de andere kant. Aan die kortstondige poging om in evenwicht te blijven, kon ik zien dat ze in leven was.

Ik besefte dat als McKenzie op dat moment door de deur van die kamer kwam, ze Van Flyke niet overhoop kon schieten zonder Stella ook te raken, tenzij ze goed genoeg was om hem in zijn hoofd te treffen.

'Ze kan niet staan,' zei Van Flyke. 'Ik heb haar wat te veel gegeven.'

'Ze ziet er goed uit,' riep ik. 'Leg haar neer, John. Ga naar je auto terug. Leg haar neer!'

Plotseling verscheen de ABLE-helikopter. Hij hing een eind van ons vandaan laag boven de kruisen van de wijngaard, waar een zwarte wolk van opsteeg. Van Flyke kon hem vanuit zijn raam niet zien, maar hij kon hem wel horen. Ik keek door de bomen naar de weg achter me en zag een flits van metaal en lak: de SWAT-wagens die achter mijn auto tot stilstand kwamen.

Ik kon aan de stand van Van Flykes hoofd zien dat hij ze ook had opgemerkt. Hij liet Stella los. Ik bracht mijn Colt omhoog en mikte op hem. Hij wendde zich vlug af en ik hoorde de vier snel opeenvolgende knallen boven het gebulder van de naderende helikopter uit. Van Flyke kwam naar achteren en zat nu op de vensterbank, zijn armen uitgestoken om in evenwicht te blijven. Nog twee knallen en hij viel uit het raam, drie ver-diepingen omlaag. Hij kwam als een vormloos hoopje neer.

McKenzie verscheen met haar pistool in het raam. Ze keek eerst omlaag naar Van Flyke en toen naar mij.

29

Die avond zat ik een tijdje bij Stella in het ziekenhuis. Ik had het gevoel dat ze wilde dat ik daar bleef en dat ze alleen maar praatte om me daar te houden.

Haar rechteroogkas was paars, haar oog was zo erg opgezwollen dat het bijna dicht was, en er zat een snee met drie hechtingen in haar voorhoofd. Ze wist niet hoe het gegaan was, maar ze wist nog wel dat ze had geprobeerd een nagelvijltje in Van Flykes rug te steken en dat hij haar daarom op haar gezicht had geslagen. Ze kon zich het eerste deel van haar ontvoering nog goed herinneren, maar daarna werd het vager. Dat kwam door de cocktail van valium en morfine die hij bij haar had ingespoten. Ze had hem twee of drie keer aangevallen. Hij had haar geslagen. Hij had haar minstens één keer zo erg gesmoord dat ze bewusteloos was geraakt. Hij had haar ruw gekust en blijkbaar op het punt gestaan haar te verkrachten, maar toen had hij dat niet gedaan en zich verontschuldigd. Hij had veel gevloekt en in zichzelf gepraat. Blijkbaar had hij niet zeker geweten wat hij wilde bereiken.

McKenzie kwam om een uur of zeven. Ze zag er net zo uitgeput en achterdochtig uit als na het gesprek over de schietpartij dat we met hoofdinspecteur Sutherland en zijn afdeling Professionele Normen hadden gehad. Ze bracht een gele roos in een smalle vaas mee en zette hem naast de plastic waterkan op Stella's nachtkastje. Stella knikte haar vaag toe en dat was alles.

Na het ziekenhuis haalde ik ergens wat fastfood en ging daarmee naar huis. Ik belde McKenzie en we praatten een hele tijd.

De nasleep van een dodelijke schietpartij is altijd moeilijk. Je denkt dat je in het reine bent met wat je hebt gedaan, maar dan ga je er opeens ontzaglijk aan twijfelen of het wel goed was. Je zegt tegen jezelf dat je niets anders had kunnen doen. Maar je blijft twijfelen. Je denkt aan al het leven dat je hebt weggenomen, de weken, maanden, jaren waarvan je iemand hebt beroofd. Je voelt je schuldig omdat je nog leeft en bent dan kwaad op jezelf omdat je je schuldig voelt. Je bouwt jezelf weer op, beetje bij beetje, totdat je weer gelooft dat het goed was wat je deed, en je herinnert jezelf eraan dat je die verantwoordelijkheid op je hebt genomen toen je de politie-eed aflegde en dat je alleen maar het middel was waardoor het was gebeurd, niet de oorzaak. Dat moet je geloven om verder te kunnen gaan. Toen ik erg jong was, heb ik als politieman iemand doodgeschoten. Hij had een mes en wilde dat gebruiken. Hij was drie stappen van me vandaan en kwam vrij snel op me af. Hij had gedreigd zijn vriendin en dan zichzelf te doden, en kwam nu op mij af. Hij had een lange voorgeschiedenis van geestesziekte. Op die manier plegen sommige mensen zelfmoord: ze laten zich door de politie doodschieten. Het gebeurde in Logan Heights toen ik daar patrouilleerde. Ik was 22, en hij was 25. Hij had een babyface, blond haar en blauwe ogen. Hij heette Duane Randolph. Het hele eind vanaf het Las Palmas dacht ik aan hem.

Toen ik die avond door de telefoon met haar sprak, camoufleerde McKenzie haar verdriet met bravoure. Ze wilde de schietpartij erg graag achter zich laten, maar ik wist dat hij steeds terug zou komen. De therapie die het korps ons geeft, helpt echt, al moet er tijd overheen gaan. McKenzie praatte een tijdje over Hollis Harris, wiens wereld uit bytes en gigs en privévliegtuigen en ander speelgoed bestond, terwijl die van haar een wereld van criminelen en wapens en fastfood was – wat had het voor zin om die twee te mixen?

'Daar zit wat in,' zei ik.

'Ik hou van hem,' zei ze.

'Dan is dat het probleem.'

'Niet iedereen heeft zoveel geluk als Gina en jij,' zei ze.

'Je hebt vandaag juist gehandeld, McKenzie. Je was daar alleen en het was niet gemakkelijk. Je hebt je werk gedaan. Je hebt haar er levend uit gekregen.'

McKenzie zweeg een tijdje. 'En jij, Robbie? Gaat het wel goed met jou?'

'Ja.'

Tot laat op de avond keek ik naar de televisie, met het geluid uit. Ik viel op de bank in slaap en droomde van mannen die van bruggen en gebouwen vielen en in weelderige, groene jungles terechtkwamen.

Tegen het eind van de zondagmiddag belde ik Vince. Hij klonk bruusk en nors, en zei dat hij me terug zou bellen. Tien minuten later deed hij dat, en nu klonk zijn stem anders.

'Sorry, Robbie,' zei hij. 'Dawn en ik hadden er weer ruzie over. Gina heeft nu eigen woonruimte hier in Las Vegas. Een mooi flatje. Ik ga je het adres geven, maar dan moet je me wel beloven dat je niets stoms doet, dat je niet tegen haar tekeer moet gaan of zoiets. Ze is mijn dochter en dat wil ik niet.'

'Ik kan niet tegen Gina tekeergaan, Vince. Dat moet je inmiddels wel weten.'

'Misschien komen jullie er samen uit. Dawn zegt van niet, maar wat weet zij ervan? Twee mensen zijn twee mensen. Ze vinden hun eigen manier om dingen te doen.'

'Dank je.'

Hij gaf me het adres. Ik noteerde het en keek ernaar: 414 Villa Bonterra, B-303, Las Vegas.

Ik had nog net genoeg tijd om naar het winkelcentrum Horton Plaza te gaan en een nieuw pak te kopen. Ik moest er een meenemen zoals het daar hing, want ik wilde het een paar uur later dragen, maar ik heb een grote lengtemaat en het viel dus niet mee om iets te vinden. Alle broeken met mijn lengte hadden een te wijde taille, maar volgens de verkoper was dat wel op te lossen met veiligheidsspelden en een strakke riem. Het was een duur pak van marineblauwe wol. Ik kocht ook een wit overhemd en, ter ere van Garrett Asplundh, een lichtblauwe das. En een paar nieuwe zwarte schoenen. Toen ik thuiskwam, sloeg ik de broek om en hield hem met iso-latieband op zijn plaats. Ik keek in de spiegel, probeerde de veiligheidsspel-den goed te krijgen, keek naar het eindproduct en schudde mijn hoofd.

Dream Wheels ging de volgende morgen om negen uur open. Ik huurde een zilverkleurige Porsche 996 Twin Turbo omdat Gina er altijd al een had willen hebben. Cass zei dat het nieuwe pak erg stijlvol was en dat de dame in kwestie zich gelukkig mocht prijzen. De auto kostte me negenhonderd dollar voor die ene dag. Ik voelde me sterk en machtig. Ik begreep nu waarom Garrett Asplundh mooie auto's had gehuurd en dure kleren had gekocht om indruk te maken op Stella.

Ik bereikte de stadsgrens van Las Vegas in vijf uur en acht minuten. Onderweg was ik aangehouden door de verkeerspolitie en had ik mijn politie-insigne laten zien, een goedkope truc als je in een huurauto meer dan 150 kilometer per uur rijdt. De agent keek naar het kentekenbewijs op naam van Dream Wheels en vertelde me intussen over een zwager in National City die seizoenkaartjes voor de Padres had. Hij zei dat ik rustig aan moest doen en levend in Las Vegas moest aankomen. Toen ik de stad in reed, voelde ik me net een rechercheur uit een televisieserie, met mijn stijlvolle pak en prachtige sportwagen en de casino's die als een fata mor-gana in de woestijnlucht opdoken om me te begroeten.

Ik vond het gebouw van de Palacio Toscana-appartementen en reed langs de carports, maar zag Gina's auto nergens staan. De appartementen waren zalmkleurig en nieuw, met namaakluiken naast de ramen. Er stonden bloemen langs de paden. Het Palacio Toscana rook naar vers asfalt. Ik parkeerde in de schaduw en spreidde een krant over het stuur. Het was een zonnige, maar niet warme middag.

Een uur en een kwartier later kwam Gina's kleine blauwe coupé van de straat af rijden, het pad langs de carports in. Ik tilde de krant op en keek over de koppen heen naar haar, en ze reed me voorbij zonder naar me te kijken. Ze ging ver naar rechts en toen scherp naar links om op haar plekje te parkeren.

Toen ik over het zwarte asfalt naar haar toe liep, stapte ze uit haar auto. Ik kon aan de abrupte beweging van haar hoofd zien dat ze me herkende. Ik zwaaide en moest onwillekeurig glimlachen. Ik versnelde mijn pas en herinnerde me dat ze me vroeger op zulke momenten tegemoet was gerend. Ze droeg een mooie blauwe zomerjurk en blauwe schoenen. Haar haar zat in een staart die uit een koker met edelstenen op haar hoofd kwam en zich vervolgens als een wilde oranje fontein verspreidde.

'Ik ben hier niet om een scène te maken,' zei ik.

'Je zou hier helemaal niet mogen zijn. Mooie auto.'

Ik keek haar even aan. 'Ik krijg bijna geen adem als ik je zie, Gina.'

'Daarom is dit zo moeilijk.'

'Zullen we binnen gaan praten?' vroeg ik.

'Goed.'

Haar appartement was boven. Het keek uit op de gebouwen A en C, het zwembad en een groen parkje met een schaduwrijk paviljoen. Een stel van onze leeftijd zat in de schaduw van het paviljoen in alle rust te zoenen.

Ik zag aan de nietszeggende geelbruine harmonie van het interieur dat Gina het appartement gemeubileerd had gehuurd. Ik keek naar haar. Ze straalde. Ze was hier net zomin op haar plaats als een robijn in een kom havermout.

'Wat is er?' zei ze.

'Ik mis je.'

'Ik mis jou ook.'

Wat was het teleurstellend om de rode vierkantjes van de oneerlijkheid uit Gina's mond te zien komen. Ik zag de gekleurde vormpjes naar me toe zweven en toen over een ronde rand glijden, als water in een waterval.

Vroeger was ze naar de voordeur gekomen als ik van mijn werk thuiskwam en trok ze me naar binnen.

Gina haalde diep adem en keek naar de geelbruine vloerbedekking. 'Kom. Ga zitten.'

Ik ging aan het ene eind van de geelbruine bank zitten en Gina aan het andere eind.

'Hoe is het op je werk, Robbie?'

'Goed.'

'Nog boeven gevangen de laatste tijd?'

'Eentje.'

'Zie je nog steeds die vormen als mensen praten?'

Ik knikte. 'Ik wilde dat het niet zo was. Het zit een beetje in de weg.'

Ze sloeg haar ogen neer.

'Weet je waar je mee bezig bent?' vroeg ik.

'Ja.'

'Kun je het me uitleggen?'

'Ik kan het proberen.' Ze sloeg haar lichtgekleurde benen over elkaar en vouwde haar handen op haar schoot.

'Ik ben hierheen gekomen om een nieuw leven te beginnen. Ik denk dat er meer moet zijn.'

'Meer van wát?'

'Meer van alles. Ik weet dat het heel oppervlakkig klinkt, maar vanbinnen verlang ik naar iets wat ik niet kan zien, niet kan beschrijven en niet kan aanraken. Toch weet ik dat het er is. Het is er, al kan ik het net niet begrijpen. Het is net buiten bereik van mijn woorden.'

'Ik zou je er graag naar helpen zoeken.'

'Ik wil dit alleen doen. Het is nu eenmaal niet anders, Robbie. Ik hou niet meer van je. Ik wilde je bellen. Ik ga echtscheiding aanvragen en ik wil niets. Je mag alles hebben. Ik wil niet dat het duur wordt voor een van ons.'

Ik kon bijna geen antwoord formuleren. Iets in me nam de taak om te communiceren over, terwijl mijn hart verschrompelde en doodging.

'Alles wat we hebben, is gemeenschappelijk bezit,' hoorde ik mezelf zeggen.

'Maar ik wil er niets van. Helemaal niets.'

Ze boog haar gezicht naar haar handen en de oranje paardenstaart zwaaide naar voren. Ze stak haar hand omhoog, rukte de koker weg en haar prachtige haar viel helemaal los. Ze hield haar handen weer voor haar gezicht. Haar rug schokte krampachtig, maar ze maakte erg weinig geluid.

'Heb je een ander?'

Ze schudde naar hoofd en haar rug schokte nog meer.

Ik bleef zo een tijdje zitten en voelde hoe het ritme van haar gehuil via de springveren, het frame en de kussens van de bank tot me doordrong. Omdat ze haar gezicht in haar handen had, kon ik naar haar kijken, zoals ik al een hele tijd had willen doen. Ik kan niet precies beschrijven hoe mooi ze op dat moment was, maar voor mij was het iets unieks. Ik wilde haar in mijn armen nemen tot er een eind aan de tranen kwam, maar ik begreep dat er geen eind aan zou komen. Ik kon ze ruiken, dezelfde vochtige geur van de onweersbuien die in het begin van september soms boven Normal Heights losbarstten toen ik nog een kind was.

'Komt het door iets wat ik heb gedaan?' vroeg ik. 'Of niet heb gedaan?'

Ze schudde weer haar hoofd.

'Ik weet dat ik mijn fouten heb.'

'Nee, jij bent volmaakt. Echt waar.'

We zaten een paar lange minuten zonder te praten op de bank. In die stilte kreeg ik mijn gedachten op orde en begreep ik dat mijn hart niet dood was, alleen maar gewond. Er breidde zich een immense opluchting over me uit.

'Kijk me eens aan,' zei ik.

Ze haalde haar handen van haar gezicht, veegde haar tranen weg en keek me met haar bloeddoorlopen, groene ogen aan.

'Ik heb je dit nooit eerder verteld, Gina, maar toen ik die val maakte, ben ik iets kwijtgeraakt, een soort houvast dat andere mensen hadden en dat ik vroeger ook had. Ik heb nu het tegenovergestelde daarvan. Ik weet niet goed hoe ik het moet noemen, misschien de kracht om los te laten. Want weet je, dat deed ik helemaal aan het eind van die val. Ik liet gewoon los. Ik begreep dat mijn leven me uit handen was genomen en gaf het op. Dat heb ik nooit aan iemand verteld, want ik had het te druk met de held uithangen. Helden blijven vechten tot het eind. Ze geven nooit op. Ik was dus helemaal geen held. Maar nu begrijp ik dat je met opgeven soms net zover komt als met vechten. Ik weet niet waarom dat zo is, ik kan het niet uitleggen, en het gaat tegen alles in wat ik ooit heb geleerd. Er was maar één ding waarvan ik wist dat ik het nooit zou opgeven, en dat was jij. Toch ga ik dat nu doen, Gina. Ik kan je niet houden. Ik kan je niet geven wat je nodig hebt, want ik weet niet wat dat is. Dus ik ga. Maak je alsjeblieft geen zorgen om mij. Ik begin opnieuw.'

Ik stond op, deed een stap en kwam dicht bij haar zitten. Terwijl het kussen onder me werd ingedrukt door mijn gewicht, veerde het kussen onder Gina omhoog doordat ze opstond. Ze liep naar het uiteind van de bank en rende de badkamer in. De deur viel met een klap dicht en het slot klikte.

292

Ik stond op, zoals mijn ouders me hadden geleerd dat ik moest doen wanneer een vrouw de kamer binnenkomt of verlaat. Ik keek een keer in het appartement om me heen. Ik stak mijn neus omhoog om haar geur in te ademen. Ik deed de deur van binnenuit op slot en trok hem achter me dicht.

30

Een week later legde ik in een besloten zitting een getuigenverklaring af voor de onderzoeksjury van San Diego. Die was op mijn verzoek bijeengekomen. Ik vertelde de juryleden wat Garrett Asplundh als onderzoeker van de dienst Ethiek had ontdekt, en ik documenteerde dat met zijn rapporten, zijn seksvideo's en mijn eigen ontdekkingen. Zoals ze dan zeggen: je kon een speld horen vallen. Ze bedankten me en zeiden dat ze me misschien zouden vragen opnieuw een verklaring af te leggen, en later misschien ook voor de rechter. Twee dagen daarna verscheen ik weer voor de onderzoeksjury, ditmaal samen met McKenzie en hoofdinspecteur Villas, en namen we het bewijsmateriaal uitgebreider door.

Op een dag lunchte ik met Carrie Ann Martier in Seaport Village. We zaten in de lentezon op het terras en keken naar de toeristen die voorbijliepen. Ik vertelde haar dat er moeilijkheden op komst waren en dat zij daarbij betrokken zou raken. Ik zei dat ik, als ze de stad uit wilde om zich het theater van een proces te besparen, haar niet zou tegenhouden.

'Je hebt mijn blote reet op dvd met al die idioten,' zei Carrie. 'Dat is mijn getuigenverklaring, en bedankt voor de tip. Door die arrestatie in Eden Heights ben ik twee dagen werk misgelopen, dus ik vind dat ik mijn plicht heb gedaan.'

'Heb je genoeg om een aanbetaling te doen voor dat huis in Hawaï?' vroeg ik.

'Ik kom ongeveer elfduizend tekort,' zei ze. 'Wil je het me lenen? Ik kan het met werk terugbetalen. De eerste avond is gratis, als je je netjes gedraagt. Totdat ik je heb afbetaald, heb je de tijd van je leven.'

'Je denkt als een hoer,' zei ik.

Ze glimlachte een beetje koel.

Half april werd de een na de ander in staat van beschuldiging gesteld: Anthony Rood en Steven Stiles, Fellowes en Mincher, en natuurlijk Jordan Sheehan. De koppen in de *Union-Tribune* waren zeven centimeter hoog. Er waren meer journalisten in de stad dan toen we in 2003 de Super Bowl hadden.

Het was interessant om te zien wie voor de bijl gingen en vooral wie er de dans ontsprongen.

Aan het eind van die maand kende de firma Jance Purdew aan de gemeente-obligaties van San Diego de rating 'stabiel' toe. Ondanks al het tumult in onze fraaie stad kwam Trey Vinson met een rating van één woord die ons in de loop der jaren vele tientallen miljoenen dollars aan rente zou besparen. Ik vroeg me af of hij ons 'stabiel' had genoemd ondanks het feit dat hij met een Squeaky Clean op video was vastgelegd, of juist daarom. De commentatoren in de media wezen op het belang van het 'schoon schip maken' en zeiden dat die pijnlijke zorgvuldigheid de gemeente San Diego al een nieuw respect op Wall Street had bezorgd.

Abel Sarvonola en de Commissie voor Toezicht op de Begroting hadden bezielende dingen te zeggen over de nieuwe rating en de toekomst van San Diego. De burgemeester kwam met een begroting waarin ruimte was voor een nieuwe bibliotheek en achttien nieuwe politiewagens, en dat zonder het pensioenfonds te plunderen. Diezelfde week deden de Padres goede zaken met New York: twee dringend noodzakelijke werpers van gemiddelde lengte. Dat kreeg de grootste aandacht van de media, in plaats van Sarvonola en de burgemeester – en dat was precies wat iedereen wilde. Onze stad is gek op sport.

Namens Garrett ging ik op een avond naar het appartement in National City om te kijken hoe het met April Holly ging.

April had een korter kapsel dan op de begrafenis. Haar golvende, donkere haar hing mooi om haar hoofd en ze leek meer dan ooit op Stella Asplundh. Ze zei dat ze het erg goed had in Sea World. Ze hield van de mensen met wie ze samenwerkte en had nu biologie als hoofdvak gekozen om op een dag ergens dolfijnen of orka's te trainen. De eerste avond dat ze de Shamu-show had gezien, zei ze, had ze beseft dat ze dat wilde gaan doen.

Later ging ik naar Miranda's expositie in de Zulu Grill in Ocean Beach. Ze had haar twintig schilderijen 's ochtends in het restaurant gehangen, en ik zat die avond met haar aan de bar terwijl de gasten kwamen en gingen.

Haar schilderijen maakten een krachtige, humoristische indruk. Ze had de tijd genomen om het licht precies goed te krijgen. Elk werk was een stralend juweel dat met verrassend veel diepte en gezag zijn kleine ruimte innam. Hoe langer ik ernaar keek, des te meer komedie zag ik tussen de gespierde mannen en gewelfde vrouwen op Miranda's gewaagd gekleurde stranden. Op een ervan knielde een surfer voor een jonge vrouw in een verleidelijke houding neer. De vrouw had haar handen in haar golvende blonde haar gestoken. Ze negeerde hem, en de surfer krabde over zijn hoofd en keek naar de golven. Voor mij was dat schilderij de weergave bij uitstek van het gebrek aan contact tussen mensen die in een mooie tijd en op een mooie plaats bijeen zijn.

'Die vind ik mooi,' zei ik.

'Ik ook,' zei Miranda. 'Ze zien er zo verloren uit, en toch passen ze heel goed bij elkaar, al weten ze dat niet.'

Miranda zat naast me aan de bar. Ze had een stapeltje visitekaartjes bij zich die ze op een computer had gemaakt, maar ze kon niet de moed opbrengen om zich te introduceren bij de restaurantbezoekers, zoals de bedrijfsleider haar had voorgesteld. Ze dronk vlug drie mai tais en keek me met een schaapachtige grijns aan. Een paar minuten later haalde ze diep adem, gleed met de kaartjes in haar hand van haar barkruk af en stelde zich voor aan twee stellen die aan een hoektafel zaten.

Om tien uur had ze de ronde door het hele restaurant en de bar gedaan. Terwijl ze met vier luidruchtige mannen praatte die bij de uitgang zaten, riep ik de barkeeper naar me toe, betaalde de rekening en zei tegen hem dat hij haar niet dronken naar buiten mocht laten gaan. Ik zorgde ervoor dat hij mijn insigne zag. Dit alles deed me denken aan mijn eerste afspraakje met Gina en Rachel, en aan het feit dat ik hun had verboden alcohol te drinken omdat ze daar te jong voor waren.

Vreemd genoeg zat Rachel zelf twee avonden later op het bankje op mijn voorveranda toen ik thuiskwam nadat ik iets te eten had gehaald. Ze stond op toen ik over het pad kwam aanlopen. Ze was prachtig gekleed en ik rook parfum. Op een houten tafeltje voor de bank stonden twee glazen rode wijn en een open fles.

We gingen op de bank zitten. De wijn was buitengewoon goed en Rachel liet me weten dat hij tachtig dollar had gekost. Ze liet me ook weten dat ze met Gina had gepraat en dat het goed met haar ging. Gina had Rachel over ons afscheid verteld. Rachel had erg met me te doen, maar ze wist dat 'de zaden van ons verdriet tot geweldige dingen kunnen uitgroeien'.

We aten het eten dat ik had gehaald samen op en Rachel legde haar hoofd een tijdje op mijn schouder. Toen gaf ze me een kus op mijn wang en stond op. 'Bel me wanneer je maar wilt, Robbie.'

'Dat zal ik doen.'

'Goed. Voor de goede orde: ik heb het Gina gevraagd. Ze zei dat ik dit mocht doen. Ze wil dat we allebei gelukkig zijn.'

Weer sprong er een stukje van mijn hart af. 'Dat is mooi.'
'Het leven is lang, Robbie.'
'Meestal wel.'

In het begin van die zomer verhuisde Stella naar het noorden van Californië. Voordat ze wegging, spraken we elkaar een paar keer. Ze gaf me Garretts visspullen, waaronder een prachtige hengel voor vliegvissen die Garrett van zijn vader had gekregen.

Haar oog genas goed, maar voor de rest kon ik niet instaan. Elk woord dat ze zei, elke beweging die ze maakte, kostte haar blijkbaar de grootste moeite. Het leek wel of ze dingen voor het eerst zei en deed. Je kunt Stella Asplundh niet teruggeven wat haar is afgenomen. Je kunt het niet vervangen. Iemand als Stella kan alleen doorgaan met haar leven. Ze kan achteromkijken, maar niet te lang, en naar voren kijken, maar niet te ver. Voordat Stella uit San Diego vertrok, praatte McKenzie meer met haar dan ik. McKenzie dacht dat Stella het wel zou redden. Ze bezat kracht, inlevingsvermogen, edelmoedigheid, woede en een grote voorraad verdriet.

'Dat is meer dan de meeste mensen in zich hebben,' zei McKenzie.

Toen we op een avond wat hadden gedronken in het Grant Hotel, bood Eric Kaven me John Van Flykes vroegere baan als hoofd van de afdeling Handhaving aan. Kaven zei dat ik genoeg speelruimte zou krijgen om corruptie op te sporen. Hij zou me ook vier opsporingsambtenaren geven. Ik wees het aanbod af, omdat ik al de baan had die ik altijd had willen hebben. En wie weet, misschien kon ik op een dag een valse hond wegjagen en een klein jongetje uit de struiken halen en hem een lift naar huis geven.

Op een avond haalde ik de band tevoorschijn die Gina van me had gemaakt, de opnamen van mijn val uit het hotel. Ik legde het op de videorecorder in de huiskamer terwijl ik bezig was de boel een beetje op te ruimen. Telkens wanneer ik langs het apparaat kwam, keek ik er even naar.

Toen ik laat op die avond het huis had schoongemaakt en naar McGinty's was geweest om te eten en een glas wijn te drinken, stopte ik de band in het apparaat en drukte op de knop.

Het was kort, maar dramatisch. De cameraman had de beelden vanaf de overkant gemaakt, waarschijnlijk niet ver van de plaats waar ik had zitten lunchen. Maar dankzij een krachtige zoomlens nam het oude Las Palmas het grootste deel van het scherm in beslag. De vlammen schoten uit de open ramen en de rook kolkte omhoog.

Ik wist op welk raam ik moest letten. Ik zag Vic Malic daar ineengedoken

zitten en naar de mensen op straat schreeuwen. Zijn stem had iets hulpeloos, en dat had me in de waan gebracht dat ik hem zou helpen, in plaats
van door hem aangevallen te worden.

Even verdween Vic uit het raam. Ik wist dat hij was opgestaan en op mij
af was gekomen.

Ik stelde me zijn dronken, krankzinnige gezicht voor, rook de ginlucht die
uit zijn mond kwam, voelde zijn krachtige worstelaarsgreep op mijn
lichaam, zag het benzineblik in de hoek staan, zag de kleine hotelkamer
een keer... twee keer... snel om me heen draaien.

En toen zag ik mezelf naar buiten vliegen. Ik droeg die dag een lichte,
katoenen broek, een wit overhemd en een lichtgekleurd jasje, en stak dus
goed af tegen de donkere bakstenen muur van het Las Palmas. Ik zag
mezelf naar houvast graaien in de leegte, zag dat ik reikhalsde en met mijn
handen door de lucht klauwde. Ik zag dat vreemde moment van stilte,
gevolgd door die verschrikkelijke neerwaartse acceleratie. Mijn armen en
benen maaiden verwoed in het rond terwijl de donkere muur achter me
voorbijflitste. Ik leek net een veelpotig insect. Ten slotte viel ik met mijn
rug omlaag, horizontaal, mijn blik gericht op het raam waar ik uit was
gegooid, en ik zag op video wat ik ook in het echt had gezien: Vic Malic
die met een verrast gezicht naar me omlaagkeek.

Ik herkende het moment – het was tussen de tweede en de eerste verdieping van het gebouw – waarop ik besefte dat ik niets kon doen om mijn
val te vertragen of te stoppen, en toen keek ik naar de hemel en gaf ik het
op. Ik zag dat mijn lichaam zich ontspande en mijn rug zich sierlijk welf-
de, al kan ik me die ontspanning en gratie niet van het moment zelf herinneren.

Meteen daarna moet ik het bewustzijn hebben verloren.

Ik zag mezelf op de luifel neerkomen en daar met mijn benen doorheen
schieten, sterk vertraagd als een mummie die van een lopende band glijdt.
Daarna volgde nog een val van minstens drie meter. Hoewel mijn val goed
was gebroken, kwam ik toch op het trottoir neer met een krakende klap
die ik me niet herinner.

De menigte sloot zich om me heen en even later kwam Vic Malic door de
voordeur naar buiten om bij hen te komen staan.

Ik spoelde het bandje terug en keek er nog een keer naar. Ik weet niet wat
ik verwachtte te ontdekken.

Ik wilde mijn moment van overgave niet zien, want omdat ik later tot
held was uitgeroepen, schaamde ik me daarvoor. Toch kon ik precies zien
op welk moment ik de drastische waarheid van mijn lot inzag en mezelf

liet gaan. Gelovige mensen zeggen misschien dat ik God had gevonden. Ongelovigen zeggen misschien dat ik een 'hogere macht' had gevonden. Atheïsten zeggen misschien dat ik alleen maar tot het besef was gekomen van de grote, zuivere eenzaamheid die ons aller deel is.

Nadat ik de beelden twee keer had bekeken, kon ik mijn val op al die manieren bekijken. Als je de tijd hebt om na te denken, krijgen de dingen een betekenis. Maar op het moment zelf dacht ik helemaal niet aan betekenissen. Ik was alleen maar een hopeloze man die er het beste van hoopte. Een man die zo bang was dat zijn brein zichzelf ten slotte uitschakelde.

Toen ik zag wat hij had doorgemaakt, schaamde ik me niet meer voor hem.

McKenzie trouwde in juni in Jackson, Wyoming, met Hollis Harris. Harris liet meer dan tweehonderd vrienden en familie overkomen en zette ons allemaal in vijf van de allerbeste hotels in die fraaie stad.

McKenzie was onbeschrijflijk mooi in haar witkanten jurk. Haar zwarte haar was gekapt in een elegante golf die op de een of andere manier in zichzelf verdween. Ze had zich laten opmaken door een professional en de resultaten waren buitengewoon indrukwekkend. Ik had nooit geweten dat ze zulke schitterende ogen had.

Omdat McKenzie en Hollis geen van beiden uit een rijke familie kwamen – ze kwamen allebei uit een kleinburgerlijk milieu – vertoonden veel van de gasten een prettige excentriciteit. Iedereen vond het prachtig om daar te zijn. Ik zag een aantal erg vreemde en erg oude uitmonsteringen. Een van McKenzies oudere broers had een gevangenistatoeage op zijn dikke nek. Hollis' getuige was zijn beste vriend geweest vanaf de kleuterschool. Het was een broodmagere, bebrilde stotteraar die de tijd van zijn leven had met zijn toast en wiens gehuurde smokingbroek plotseling op zijn enkels zakte toen hij met McKenzie danste. De menigte bulderde van het lachen en er verspreidde zich een dieprode blos over zijn gezicht, maar hij glimlachte.

McKenzie had me een paar maanden eerder verteld dat Hollis' ouders bij een auto-ongeluk waren omgekomen toen hij tien was, en toen ik hem met zijn bruid zag dansen, met de schitterende bergen van de Grand Tetons op de achtergrond, dacht ik aan het grote verlies dat hem de kracht had gegeven om tot grootse prestaties te komen. Zijn zoon, die net zes was geworden, was intelligent en spraakzaam. We hadden een leuk gesprek over Bionicles, een vernuftig en populair soort speelgoed; tijdens de lange, luidruchtige receptie had hij een apparaatje bij zich gehad. Toen het mijn beurt was om met McKenzie te dansen, zei ik tegen haar dat ze er zonder pistool erg mooi uitzag.

De bruiloft had wel een nadeel: ik moest bekennen dat Gina bij me weg was. Ik probeerde er een 'positieve draai' aan te geven door te zeggen dat we de deur allebei op een kier hadden laten staan voor het geval we naar elkaar terug wilden. Daar trapte niemand in. Mensen keken me een beetje anders aan, al hadden ze me sinds mijn val uit het Las Palmas altijd al anders aangekeken, dus ik was eraan gewend.

Ik had niemand op wie ik indruk moest maken.

Ik besefte dat het tijd werd om opnieuw te beginnen.

De volgende dag, een zondag, vloog ik naar huis, en die avond reed ik naar de Belly Up in Solana Beach om Lillian, de synesthete, te horen zingen.

De zaal zat bijna vol, en dat zegt wel iets, want in de Belly Up treden meestal grote namen op. Blijkbaar was ik niet op de hoogte van Lillian Smiths grote plaatselijke reputatie. Ik kreeg een plaats dicht bij het podium, waarschijnlijk omdat ik alleen was.

Toen Lillian opkwam, klapte en juichte ik onwillekeurig met alle anderen mee. Ze leek op het toneel groter dan anders, met een glanzende, witte gitaar aan haar schouder, glimmende, hoge zwarte laarzen en diezelfde lange, wijnrode fluwelen jas die ze op de bijeenkomst van de Synesthesie-vereniging in maart had gedragen. De toneellichten gingen kriskras over haar heen en weerkaatsten met hun kleuren op haar glanzende, zwarte haar. Toen ze zich op haar eerste nummer voorbereidde, tuurde ze naar het publiek, en ik geloof dat ze me herkende, al kon die mooie glimlach eigenlijk voor iedereen in de zaal bestemd zijn.

Ze had een geweldig expressieve stem. Die was hoog en zuiver, maar bewoog zich ook met een zekere rauwheid op en neer langs de noten. De gekleurde geometrische vormen die om haar microfoon heen stroomden, waren stralend en overdadig als tropische bloemen. Hoe meer ze zong, des te meer vulden die vormen de lucht om haar heen. Vroeger zou ik misschien mijn best hebben gedaan om die vormen te verdrijven, maar ze ergeren of fascineren me niet meer zo als toen. Ze maken nu gewoon deel uit van de wereld. Ik leer ze te negeren wanneer ik dat wil.

Ik zat te luisteren en liet mijn gedachten afdwalen. Dat gebeurt altijd wanneer ik muziek hoor, of een preek in een kerk. Halverwege haar twee-de nummer besefte ik dat ze naar me keek. Daarna had ik het vreemde gevoel dat ze alleen voor mij zong, zoals ik alleen op haar had gelet toen ik het woord had gevoerd op de bijeenkomst van de Synesthesievereniging van San Diego. Het was een prettig gevoel.

Lillians liederen gingen over sterk uiteenlopende onderwerpen, variërend van de band van een jong meisje met haar ouder wordende moeder tot een jonge vrouw wier hart gebroken is maar die dat niet wil toegeven en een lied zingt dat *Carefree Blonde* heet – daarin noemt de zangeres haar rivalen naar haarkleuren, zoals 'Platinum Bounce', 'Cornsilk' en 'Urban Angel'. Het was een grappig, sarcastisch nummer, en veel mensen zongen het refrein mee.

Terwijl haar songs de zaal met emoties vulden en de vormen en kleuren uit haar mond zweefden, probeerde ik voorgoed afscheid te nemen van Gina. Maar van zoiets belangrijks kun je alleen maar beetje bij beetje afscheid nemen. Daarom nam ik weer een beetje afscheid en wist opnieuw diep in mijn hart dat het tijd werd om opnieuw te beginnen. Ik was niet de man voor haar. Ik dacht dat ik kon veranderen, maar ik wist niet in welk opzicht ik moest veranderen. Ik had alles gedaan wat ik kon: ik was gevallen.

Na de voorstelling wandelde ik over het parkeerterrein en door de dichtstbijzijnde zijstraten. Ik vond Lillians gedeukte bruine coupé. Hij stond onder een straatlantaarn geparkeerd. In de verte hoorde ik het bulderen van de golven op het strand en zag de zachte slierten junimist die door de bries werden meegevoerd. Ik besloot niet op haar te wachten en liep een tijdje over het strand, maar toen ik terugkwam, stond de auto er nog.

Ik sloeg mijn armen over elkaar en leunde ertegenaan.

Ze kwam in haar wijnrode jas door de mist naar me toe, de hoes met haar gitaar in haar hand. Achter haar duwde een van de grote uitsmijters een wagentje met haar monitors, haar andere gitaarhoes en een blauw plastic melkkrat vol snoeren en stekkers.

'Hallo, Robbie,' zei ze.

'Hallo, Lillian.'

'Wil je dat hij ophoepelt?' vroeg de uitsmijter.

'Nee, ik ken hem,' zei Lillian.

'Maak de kofferbak open, Lil,' zei hij toen.

Ze maakte de auto open, boog zich naar binnen en richtte zich toen weer op. Met die laarzen aan was ze bijna net zo groot als ik. Door haar toneelmake-up leek ze ouder dan de vorige keer, en die extra leeftijd stond haar goed.

'Hoe gaat het?' vroeg ze.

'Goed. En met jou?'

'Ook goed. Zie je nog stemmen?'

Ik knikte. 'Eigenlijk vind ik dat niet erg. Je raakt eraan gewend. Hoor jij nog gezichten?'

Ze keek me even aan. 'Ja. Ik heb over jou en de onderzoeksjury gelezen,' zei ze.

'Daar viel niet aan te ontkomen.'

'Waar is je vrouw?'

'In Las Vegas. Het was al uit toen ik je voor het eerst zag. Alleen wilde ik het toen nog niet geloven.'

Ze keek me met onverholen wantrouwen aan.

De kofferbak viel zo hard dicht dat de auto ervan schommelde. De uitsmijter kwam naar Lillian toe, omhelsde haar even en keek woedend naar mij. Toen draaide hij zich om en reed met het lege wagentje naar de nachtclub terug.

'Een eindje lopen?' vroeg ze.

'Dat zou geweldig zijn,' zei ik.

'Praat tegen me, rechercheur Brownlaw,' zei ze.

'Waarover?'

'Alles wat je maar wilt.'

Dankwoord

Nogmaals mijn dank aan Dave Bridgman, voormalig vuurwapeninstructeur bij de politie van San Diego, voor al zijn informatie over vuurwapens en de mensen die ze gebruiken.

Ik dank ook brigadier Jeff Gross van de politie van San Diego voor zijn hulp met SWAT-tactieken en -capaciteiten.

Veel dank aan voorlichter Dave Cohen van de politie van San Diego voor zijn hulp met politiehelikopters.

En mijn bijzondere dank gaat uit naar Lance Evers, voor zijn kennis van de wereld van het professionele worstelen.

De feiten zijn van hen; de fouten zijn van mij alleen.

De schaduw van de wind

Carlos Ruiz Zafón

ISBN 90 5672 078 3
ISBN 90 5672 187 9

Als Daniel op een dag door zijn vader wordt meegenomen naar het Kerkhof der Vergeten Boeken en daar een boek uitkiest met de titel *De schaduw van de wind*, is zijn leven voorgoed veranderd. Vanaf dat moment wordt Daniel beheerst door de personages die het boek bevolken. Hij raakt geïntrigeerd door de schrijver ervan, Julián Carax, en gaat naar hem op zoek. Er ontspint zich een web van verhalen, waarin de levens van Daniel en Julián steeds meer met elkaar verweven raken …

Een duizelingwekkend verhaal tegen de schitterende achtergrond van een mysterieus Barcelona.

Carlos Ruiz Zafón brak met zijn roman *De schaduw van de wind* internationaal door. Het boek is al in meer dan 30 landen verkocht en heeft inmiddels een wereldwijde oplage van meer dan 6 miljoen exemplaren.

'Een geweldige, romantische leeservaring.'
– *Stephen King*

'Een bestseller à la Gaudí.' – *Trouw*

'Belofte uit Barcelona.' – *Het Nieuwsblad*

SIGNATURE